中文社会科学引文索引（CSSCI）来源集刊

中国现代文学论丛

Modern Chinese Literature Research

第十四卷·2

教育部人文社会科学重点研究基地
南京大学中国新文学研究中心 主办

南京大学出版社

《中国现代文学论丛》编辑部

通讯地址：南京市栖霞区仙林大道163号（邮编210023）

南京大学仙林校区文学院638信箱

南京大学中国新文学研究中心

电　　话：(025)89686720　　89684444

传　　真：(025)89686720

E - mail：wxluncong@126.com

目　录

【文学现场】

【理论空间】

【现代文学史透视】

Contents

（特约编辑：任一江；英文翻译：张宇）

先锋的另一面：平淡后面的沉痛

——马原洪峰写什么

毕光明*

（海南师范大学 文学院，海口 571158）

内容摘要：在80年代先锋小说的名录里，马原是打头者。他以带有神秘色彩的西藏故事和让人耳目一新的小说叙述方式刷新了80年代文学的面貌。马原小说文学史地位的确立主要来自他在文体自觉方面的贡献，但这也是造成马原小说的思想价值被忽略的原因。除了西藏之旅的猎奇经历，马原的小说世界里还有不少是知青时代的生活。他讲述的知青故事，为知青文学提供了新的反思角度。马原的小说有明显的后现代特色，但貌似淡然的讲述并未减弱对生活的批判力量，平淡后面是深沉。洪峰的小说，在思想表现上比马原的更丰富复杂。他的"生命系列"从关注生命本身，到揭示生命与文化的关联，发展到思考社会政治对生命的宰制，汇入了80年代以历史批判为主题的启蒙叙事。而这些，都是在80年代一味追求形式创新的文学场域里以吴亮为代表的新潮文学批评所忽视的创作内容即思想要素。

关键词：先锋小说；马原；洪峰；叙述革命；社会批判；思想价值

在80年代先锋小说的名录里，马原是打头者。他以带有神秘色彩的西藏故事和让人耳目一新的小说叙述方式刷新了80年代文学的面貌。《拉萨河女神》、《冈底斯的诱惑》、《西海的无帆船》、《叠纸鹞的三种方法》、《拉萨生活的三种时间》、《虚构》不仅故事新鲜，故事的叙述方式更是出人意表。传统的小说，总是唯恐读者不相信自己讲述的是真正发生过的故事，因此不敢暴露虚构的痕迹，而马原的小说干脆告诉读者他是在编故事，让读者不要信以为真。① 在小说里直接说"我是一个叫马原的汉人"。"马原"是故事的讲述者，但又出现在故

---

* 作者简介：毕光明，文学博士，海南师范大学文学院教授，博士生导师，中国小说学会副会长。

基金项目：本文为国家社科基金项目"50—70年代文学"与"新时期文学"之关联研究（08BZW057）阶段性成果。

① 例如《上下都很平坦》开头就说："这本书要讲的故事早就开始讲了，那时我比现在年轻，可能比现在更相信我能一丝不苟地还原真实。现在我不那么相信了，我像个局外人一样更相信我虚构的那些远离所谓真实的幻想故事。"受马原的影响，洪峰也有这种写法，如《极地之侧》里就有这样的话："这是洪峰的想象。他没有任何根据。章晖不满毕业后的生活，只讲一些吓人的故事烦他，他就做出了这个恶意的想象。"

事里，叙述者同时又是叙述对象。马原在小说里还不时地提醒读者注意其小说的特点。①可是读者如果真的以为作者是要否定小说叙事的真实性的话那就错了，因为马原的叙述方法在打破一种幻觉时其实创作了另一种幻觉，读者还是不知不觉中跟着他的讲述游历了作家想要你进入的生活世界。只有艺术才能使艺术从社会意识的禁锢中解放出来。马原小说叙述创新的文学史地位是不可撼动的。80年代最活跃的批评家吴亮在他的著名论文《马原的叙事圈套》里给马原做了这样的定位："写小说的马原似乎一直在乐此不疲地寻找他的叙述方式，或者说一直在乐此不疲地寻找他的讲故事方式。他实在是一个玩弄叙述圈套的老手，一个小说中偏执的方法论者。"②多年后还有论者指出："如果从文学史的角度看待马原的影响，那么可以说他至少标志了一个文学时代的转向。从马原开始，中国的当代小说第一次颠覆了内容与形式的等级关系。'形式'已不再是为内容服务的技巧，它本身便成为写作的目的。对于马原而言，'怎么写'比'写什么'更为重要。"③马原小说文学史地位的确立主要来自他在文体自觉方面的贡献。但这也是造成马原小说的思想价值被忽略的原因。马原的小说究竟写了什么，80年代的评论界关注最多的是它的西藏题材。其实，在马原的小说世界里，除了西藏之旅的猎奇经历，还有不少是知青时代的生活。马原讲述的知青故事，为知青文学提供了新的反思角度，开辟了知青文学启蒙叙事的新局面。

马原的小说有明显的后现代特色，如叙述不连贯，无逻辑，反深度，零度感情，交替叙述，等等。然而，这可以理解为马原的思维特点、话语风格和叙述策略。它并不会减弱马原小说对生活的批判力量。例如他的长篇《上下都很平坦》（以下简称《平坦》）和短篇《错误》，讲述的是亲历的知青生活，反映的是知青的苦难，以第一人称叙述，讲的人物遭遇，哪怕非常悲惨，用的语气却很平淡，态度也好像无所谓。但越是如此，故事里的不幸越有悲剧力量，从故事背后可以窥见讲述者态度的深沉。在这些知青小说里，马原写得最多的就是知青的死。在《平坦》里，一同插队的知青死了那么多。小说中有这么一段：

> 当然也是事出偶然吧，姚亮刚到这里认识的这些人在那段时间都死了，活下来的只有他姚亮和尚未在场的陆高。还有我。不算我。这样只活了两个人，姚亮成了全部死亡的目击者，因而他记得他们所有人的名字。瓶子。二狗。小秀。长脖。江梅。和肖丽。一共六个。还没算江梅肖丽各自肚子里的那个。也许瓶子与小秀肚子里也都有了，谁知道。④

---

① 比如在《西海的无帆船》中，作者就借姚亮"声明"，提示读者注意马原小说中的人称转换、双线的叙述及选材上的特点。这样写"人称，你我他三种称谓走马灯似的转着圈运用，不停变换视点，用以扰乱读者思维的连贯性"；"叙述用双线。这是个诡诈的手段。断开，再接。这样可以巧妙地避开原断点，以新形成的接点偷梁换柱取而代之，所谓避实就虚之术"。

② 吴亮：《马原的叙述圈套》，《当代作家评论》1987年第3期。

③ 叶立文：《启蒙视野下的先锋文学》，湖北人民出版社2007年版，第85页。

④ 马原：《上下都很平坦》，《收获》1987年第5期。

除了二狗是得癌症死的，其余的都死于非命。长脖是莫名其妙被枪毙的，三个女人则都是自杀。她们之所以死，就因为她们是女人，在那个环境里，她们都逃脱不了当地干部对她们的摧残。表面上看直接导致她们被毁灭的是性关系，而实际是政治的魔影吞噬了她们青春的生命。它是因“文革”而引发的知青上山下乡运动的恶果之一。

《平坦》中的女知青之死十分悲惨。有一段这样的叙述：“这些少女很难使人联想到生殖繁衍，江梅比较丰腴，然而她年龄还太小。江梅如果在正常情况下一定会生养一大群孩子，做一个慈爱的母亲，一个尽责能干的家庭主妇，一个本分男人所希冀的好妻子。后来的事实证明她丰腴的身体呈现的恰好是健全的生育能力，而这种女人的天分常在不那么正常的环境里造孽了，我想说假如老天换一种安排，比如让她不那么丰腴不那么美不那么容易就怀孩子，虽然看来残酷，但对她无疑更仁慈些。”在另一篇小说《错误》里，交代了江梅的死：江梅在农场生下了第一个孩子，没有父亲，后来又生了一个，她不得不投井自杀，身子泡得像水缸一样粗。而实际上这两个孩子都是农场田会计的。这些女知青的死，说明那是一个多么黑暗的时代。仅仅是出于某种理念，让这些年少的中学生中止学业，离开父母，远走他乡，青春少女落入豺狼之口。

马原的小说的社会批判性，也体现在对男知青生活的陈述上。《平坦》写陆高，姚亮，“我”，二狗，黑枣，赵老屁……既不能保护他们身边的女性，自我的生命冲动也受到严酷环境的压制。在极低的生活水平线上，他们偷鸡杀狗，掰公家的苞米，讹农民的鱼虾……这不仅是可以原谅的求生需要，也是他们生命力的扭曲的挥霍。尤其令人震惊的是，作为男性，他们不仅阻止不了女同伴被作践，他们自己也自我作践，以残酷的自戕行为来发泄内心的郁积。比如在酒醉之际，赵老屁跟小个子打赌，他说他敢把自己的后脚跟砍下来，问小个子敢不敢把他后脚跟吃了。小个子当然不示弱，说你敢砍我就敢吃了，大丈夫放屁崩坑。果真，赵老屁借大耳朵锋利、飞快的铁锨，把自己的脚后跟砍下了一块。小个子没说二话，也向大耳朵借来匕首，把那块脚后跟切成三块，分三次硬咽下去了。短篇小说《错误》更是集中地写到这群少年在压抑生活中的自戕行为。故事里，仅仅因为一顶军帽，就废了三个男人。说的是十六个知青睡一间炕，“我”和赵老屁从外边摔跤回来，除二狗外出未归外，十三个全睡下了。“我”发现自己放在箱子上的军帽不见了，怀疑是有人藏了，提出要翻大家的箱子。黑枣认为这是一种侮辱，说：“你要翻可以，翻不出来怎么办？”结果没有翻出来。“我”甘心情愿接受了惩罚：黑枣退下一只锨柄，猛力一挥，打碎了“我”的踝骨。不一会儿，二狗从外面回来，提回一个孩子，包着孩子的止是那顶军帽。“我”方知是二狗拿走了帽子害得“我”错怪大家导致受罚被打碎脚踝骨，一气之下，“我”用没有受伤的右腿直捣二狗的胯下。二狗当时就倒下了，在地上发疯般地打滚嚎叫，连夜被送回了锦州，从此成了废人，二十三岁便患癌症死去。黑枣知道自己误伤了“我”，为了惩罚自己，他亲手挑了自己左脚的大筋，对“我”说：“我们两清了。”伤了腿的两人，后来都成了跛腿。而实际上，军帽丢失完全是一场误会，是“我”自己带到摔跤的地方忘在地上了。后来赵老屁因寡妇张兰生下他的孩子后死了，他去告别，把军帽和孩子一并交给了二狗。二狗来不及说清就被踢伤，接着又导致了黑枣残伤自己以抵偿。军帽好像是悲剧的诱因，但实际是那不正常的年代使这些男人只会对自己发狠。可见“文革”为了某种宏大的革命理念而改变了一代人的人生节律，本来充满希望的生命只能在无谓的荒废中自我扭曲为畸形，如果不是亲历者写出这令人伤痛的一幕，历史的代价也就白白付出。

马原叙述这些悲剧故事，淡然而超脱，但让人感到十分惨凛。只要用心体味，就会发现他的故事不是没有社会批判性的。在《上下都很平坦》中，他说：“我把那些只跟我一个人发生联系的故事当成是我们共有的了。对了，就这么回事。”这其实是反话，他的一系列知青故事正是我们共有的！他的叙述看似漫不经心，但并非没有沉痛，所以他接着写：“原谅我，最先读到这部手稿的朋友，我的好妻子，和以后要读这本书的读者，原谅我吧。我把我的耽于想象生活而摒弃实在生活的致命弱点又带到这个沉积了许久的带一点感伤带更多欢愉更多苦痛的长长的故事里面来了。原谅我。请原谅我。”这使我们想到沈从文在谈他的作品时说的话：“你们只知道我的文章的优美与清淡，不知我平淡后面掩藏的强烈与深沉。你们知道我的抒情，不知道抒情后面的痛苦有多深。”[①]对马原的小说，可能也要透过外表的平淡，读出内里的强烈与深沉。

洪峰的小说，在思想表现上比马原的更丰富复杂。他的“生命系列”（《生命之流》、《生命之寻觅》、《勃尔支金荒原牧歌》等）关注点在生命本身；《湮没》、《奔丧》与《瀚海》，揭示生命与文化的关联；而《极地之侧》就发展到思考社会政治对生命的宰制。大学毕业生章晖的自杀是政治侵入大学校园的结果。他一再地延宕自杀，表明了他对生命的留恋，但又无法放弃自杀，说明他受到的伤害超过了人的忍耐极限。在书写历史播弄人生，给生命造成创痛方面，《瀚海》更有代表性。《瀚海》借性爱形态的比较揭露了历史对人的生活的强行参与。小说写到几种不同的性爱形态，即“姥爷”和“姥姥”的自然形态，“舅舅”和“舅母”的文化形态，“二哥”和“林琳”的现代形态。其中“舅舅”和“舅母”的性爱形态是被否定的，因为它是利用社会政治的力量而曲折获致的不合理的性爱。“舅舅”和“舅母”的性爱中本来掺进了罪恶的因素，但这种罪恶狡猾地借助群体性的政治道德而变得正大光明起来。历史运动使小人升值，卑污的目的很堂皇地得到满足，而另一方面，则是美的被贬值，被糟践。小说写舅舅 1942 年当劳工，阴差阳错地由李金斗保举当了小工头，被人逼着偷了日本人的炸药，后来又被骗去加入了抗日队伍，结果因祸得福，1947 年他成了工作队长。就是这工作队长的身份，帮他得到了读过国高、风姿绰约、在小镇上鹤立鸡群的二十岁的深闺淑女李慧兰。那天舅舅穿一身土黄色大制服，斜挎着匣子枪，带着个小勤务员，在街上闲逛，迎面遇上了李慧兰，立时就叫她给镇住了。李慧兰只怯怯地看了工作队长一眼，就把他的魂摄了。“舅舅看着姑娘一缕香风掠过面孔盈盈而去，心跳得气短，喉咙里卡了什么东西一般，叫过勤务员，‘跟上她，看是谁

① 《文艺报》1987 年 11 月 28 日。

家的。'"然后，"舅舅不再逛街，跑回镇政府静候消息。他无法静候，急得坐立不安，喝半瓢井拔凉水依旧火烧火燎。"[①]当小勤务员气喘吁吁地回来报告那姑娘是李学文的妹妹时，"工作队长愣了好一会，挥退勤务员，一个人在屋子里转磨磨。后来他拿定了主意"。李学文当过土匪，跟工作队打过仗，后来投诚了政府，当了小学教员。到这时，社会发展的趋势已明显地成为他们生存下去的巨大威慑力量。舅舅就利用这一点，诱奸了李慧兰，后来又"大义灭亲"地枪毙了自己的舅子。先前还没有成为他岳父的李金斗也是他枪毙的，那一次是公报私仇(李金斗与他娘有过"那种"关系)。现在枪毙李学文，既可以不失去李慧兰，又可以保证官运亨通，结果他由公安局局长升到了地区人民法院副院长。这就是舅舅、舅母的婚姻，它完全是社会政治文化捏合而成的。舅母一生没有真正愿意过。结婚之后她坚决不要孩子，把怀上的孩子也打掉了。在此后的八九年里，她一共打掉了三个孩子，后来干脆就丧失了生育能力。舅舅死后舅母痛哭了两天两夜一句话不说，慰问的人还当成是夫妻的深厚情意，而不知道她的一生吞咽了多少委屈与创痛。洪峰对舅舅这样的性爱，是持否定和批判的态度，在小说中他用不事张扬的评述，用故意节制的讽刺点明了事情的性质：

> 这就是发生在舅舅和李慧兰身上的爱情故事。这故事充满诗情画意，是由美丽的仲秋之夜酿造的。在此之后，姑娘哭了一天，选择了嫁给舅舅的方案。
>
> 我说不清楚该怎样评价我的故乡，我只能说："它太荒漠太辽阔太神秘了。"或说这是故事的重复和重复的故事。其实不然。在我的故乡，舅舅和舅母这样的事爷爷和奶奶那样的事姥爷和姥姥那样的事时有发生毫不奇怪。我想也就是人需要这样于是就做了。至于这其中有没有多少历史的文化的乃至地域的或者更复杂的其它原因，我就难说得清。我认为大家只需注意他们之间的爱情故事有一些微小差异就够了。[②]

作者让人们注意爷爷、姥爷一辈的爱情故事同舅舅的爱情故事之间的差异。差异在哪里？在于实现性爱的方式和手段是不同的。前者取决于人的自然天性，没有多少外加的因素，少矫饰。而舅舅的性爱爱欲本身虽是无可厚非的，但它是借外力的参与而得以实现的——历史使他成为政治幸运儿，得以把李慧兰的美变成了他的盘中餐。舅舅工于心计，善于利用潮流，做得两全其美，人性已经跟文化相融合了，人性制造着文化，文化又改变着人性，二者之间相互利用。社会在趋向文明的过程中，个体性爱所具有的率真坦荡与热烈丧失了，而代之以虚伪和狡猾。洪峰从现代礼教中感受到的就是这一点。所以，他还可以把"二哥"张卫民的爱情方式与舅舅也加以对比。二哥的爱情故事是对郑义《枫》的戏仿。"二哥"指挥那次武斗的原因，跟郑义的小说《枫》所写的不同，不是出于对政治信仰的迷狂，而是一

---

① 洪峰:《瀚海》,《收获》1987 年第 5 期。

② 洪峰:《瀚海》,《中国作家》1987 年第 2 期。

个简单的理由——为了爱。他冒着枪林弹雨冲上大楼，全部动机是要抢回他心爱的人，而不是这之外的政治目的。小说写道："相当简单。简单得使普通人、更使政治家历史学家出奇愤怒。二哥只是要把林琳从'红革会'手里抢回来。他爱林琳。""他认为他不能失去林琳。为了夺回他的所爱，他什么都肯做。于是他就指挥了那次战斗并且身先士卒在枪林弹雨中冲在最前面。""起因是爱情，最终结果还是爱情。没有其它任何值得同情的理由。"①郑义的《枫》也写到一对相爱的年轻人，在武斗中成了敌对的双方，当男方攻上女方所在的楼上时，女方为了捍卫毛主席革命路线，还是跳楼自杀了，在她的心目中政治理想比爱情更重要。《瀚海》中却是爱情战胜了政治。小说写"二哥"张卫民冲上楼顶后的情形：

张卫民瞪着血红的眼睛扫视着战败的敌人。他最先看见了林琳。这十分合理，他不能第二个看到林琳。

林琳站在前面。风撩乱她柔软乌黑的长发。黄军装粘满尘土和血迹。苍白的脸同样粘满尘土和血迹。那两只张卫民所熟悉和亲吻过的眼睛漠然地注视着一脸杀气的张卫民。这悲怆的一幕让人不忍目睹。

接下去发生的事情变得不可想象。

张卫民朝前跨了两步，站住，犹豫了几秒钟，接着他就抛下灼热的冲锋枪，接着他就跑上去，接着他就抱住林琳。林琳一动不动把头伏在张卫民宽厚的肩上。她的喉咙响了两声，就放声大哭。哭声回荡在楼顶，使人们猛然联想到自己幸福的无忧无虑的童年，还有清晨的温馨的空气，还有傍晚宁静的街道窗子透出的柔媚的灯光和晃动的人影——小将们竟都垂下高昂的头颅，默默退下楼顶。楼顶上只剩下林琳和张卫民。

青年男女简单而炽烈的爱，轻易地战胜了派性立场与革命理想。但是"二哥"为这样的爱付出了代价。那次战斗死了人，需要有人承担责任。因为爱而发生的战斗还是被强加上政治的解释。六九年他被捕入狱，林琳等了他十五年。尽管"二哥"的爱情方式不会见容于秩序化的社会，但它无疑更多地表现出了人类之爱所应有的血性与激情。"二哥"的爱更接近于爷爷、姥爷那一辈人的爱，而不同于舅舅的爱。所以，在小说中的"我"对"二哥"是敬重的，而对舅舅只有轻蔑。"二哥"的莽撞与错误当然是无须开脱的，但他为了爱可以不顾后果，坦荡赤诚，跟舅舅的机关算尽很不相同。在洪峰的眼中，体现于性爱过程的勇敢与坦诚将成为一个人生机勃勃的证明，而社会发展却常常搞得本末倒置。洪峰以性爱作为观察点，目的还在于恢复人应有的生存状态。他看到某种政治文化遮蔽了人性的纯洁光辉，所以，他只能用文学来表达他对健康人情的渴望。这大概就是洪峰对两类不同性爱分别持肯定或否定态度的原因。南帆在一篇文章里指出过这一点："也许洪峰不会否认这点，文化形态——

---

① 洪峰：《瀚海》，《中国作家》1987 年第 2 期。

礼教道德乃至法律——对于人性的规范约束是历史的必然。人性在社会生活中的自由舒展必须同这些规范约束和谐一致。另一方面，我们也无法否认洪峰在这方面的敏感：现代文明礼教在其发展过程中的确也纵容了一些虚伪、矫饰乃至欺诈——洪峰从人们性爱方式的改变中察觉了这一点。”①

《瀚海》表明了先锋作家对不附加政治文化因素的人的本真生存方式的选择，这是80年代小说启蒙叙事主题的一种深化。在这方面，《奔丧》的成就更高，《奔丧》似乎是对加缪《局外人》的仿写。但它写的人的分裂、人与社会的疏离、人被遗弃及由此产生的局外感，完全是中国化的。《奔丧》的叙事，流畅而有节制，它通过距离的控制，成功地把生命和文化进行了一次剥离，通过一个在习惯性的生活习俗里恍恍惚惚的人，表述了现代人的悲哀处境与精神焦虑。洪峰的这篇具有现代品格的小说，是由历史批判的启蒙叙事向生命哲学思考的一次攀升。这些都是在80年代一味追求形式创新的文学场域里以吴亮为代表的新潮文学批评所忽视的创作内容即思想要素。在形式主义和审美主义的文学思潮中，先锋批评过于关注“怎么写”，而忽视了“写什么”，这样的文学旨趣，造成了对马原、洪峰这批所谓先锋小说家创作思想内涵的遮蔽。

① 南帆：《相反相成：〈奔丧〉与〈瀚海〉》，《当代作家评论》1988年第1期。

论王蒙“季节”系列小说的时间美学

温奉桥　霰忠欣[*]

（中国海洋大学 文学与新闻传播学院，青岛 266100）

内容摘要：90年代王蒙的“季节”系列不仅仅表现共和国历史和动荡时代的知识分子百态，深邃的精神与压抑的苦难使王蒙指向唯一客观的时间状态，救赎与延迟赋予“季节”系列独特的时间美学，具体体现为回溯、绵延、超越。这三种时间美学的形态分别以三种方式——遗忘、沉淀、“入梦”，植根于小说并冲破虚构形式的围墙至现实深处，以一种消除或剥离时间痕迹的方式在回溯与绵延后选择超越时间，这与王蒙躁动亦自如的人生并行。

关键词：王蒙；“季节”系列；时间；美学

“季节”系列（《恋爱的季节》、《失态的季节》、《踌躇的季节》、《狂欢的季节》）是王蒙20世纪90年代倾注全部心血创作的具有史诗性质的长篇系列小说，是王蒙的“泣血之作”。然而，由于各种原因，特别是20世纪90年代中国文学语境变化导致的读者与“季节”之间的阅读错位，文坛对这部系列小说反应较为平淡。今天回头看这部“几乎没有旨在构筑完整的‘实感世界’和情节故事”[①]的小说，它其实充满了强烈的时间意识和时间意味，体现了王蒙独特的“时间美学”。

一

时间是探索人类存在的必由之途，因为“任何一种存在之理解都必须以时间为其视

---

* 作者简介：温奉桥，中国海洋大学文学与新闻传播学院教授，博士生导师；霰忠欣，中国海洋大学文学与新闻传播学院硕士研究生。

基金项目：本文系国家社科基金项目“中国新时期小说隐喻叙事研究”（15BZW035）、“威廉·福克纳对中国新时期小说的影响研究”（13BWW007）阶段性成果。

① 郜元宝：《当蝴蝶飞舞时——王蒙创作的几个阶段与方面》，《当代作家评论》2007年第2期。

野”[1]。整体而言，王蒙的小说创作基本保持了与时代的同步性，如《青春万岁》、《组织部来了个年轻人》、《在伊犁》等；其晚年的小说创作《闷与狂》、《仉仉》、《女神》等回忆性文本，也是建立在传统的时间意识之上，时间的美学意义并不自觉。而“季节”系列则体现了一种完全不同的时间意识。在小说中，王蒙走出了个体性的怀旧情绪，将自我情绪转换为一种超越个体的现代性体验；时间具有了独立的审美内涵，建构起了一种特殊的回忆诗学。

“季节”并非纯粹意义上的自然交替的度量，也喻指由时间衍生构成命运曲折的色彩。其间所展现的家国坎坷深深镶嵌于个人平凡、丰富、独特的灵魂之中，包含对生命、生活的直觉体验，基于此种主观意识，时间被赋予美学的意味。柏格森认为，在时间概念中便寄寓了“审美”与“诗意”的内涵。“季节”系列呈现的时间美学是王蒙在经历历史沉浮的病态畸形与激情巨变的根基中生发而来。他的生活曾滞留于被“流放”与回忆的陌生空间，但王蒙因自身所带有的强大信仰和生命精神，摆脱了线性时间的束缚并实现想象的满足。不同于普鲁斯特的“回忆诗学”，抑或波德莱尔的将个体体验之上的审美隐喻于时间之中忘情或忘却，王蒙在时代与人生的跌宕中，将心灵意志在实在体验中延伸，在时间感知的存在中寻找走出时间困境的方式，因而生出一种独特的生命的沧桑感，“对于王蒙来说，沧桑感既是一种对生活的流动、命运的变迁、今昔的反差进行沉思的闪烁着辩证法智光的思想，更是一种敏锐迅捷地把握时代特征的艺术感觉”[2]。在意识形态和日常生活的矛盾、革命政治和人性道德的纠缠、历史激情和精神苦难的共孕中，王蒙反思着共和国以来的历史变迁、政治斗争，以及知识分子的命运和普通民众的思想，在被动的历史中获得了真正的主体意识。主人公钱文在“双重遗忘”的流放中，游离于往事形成回溯的时间美学，瞬间永恒的沉淀使往日回忆在某一点被瞬间唤醒绵延成为永恒。在回溯与绵延的状态中，王蒙试图消解时间的痕迹，炼铸并沉积了清明洒脱的沧桑感，最终超越时间而成为永恒存在。

海德格尔在《存在与时间》中指出：“情绪的基本生存性质是‘带回到……’。这一‘带回到……’并非才刚产生出曾在状态，而是：现身为生存论分析公开出曾在的一种样式。从而，现身的时间性阐释不可能意在从时间性演绎出诸种情绪并使它们消散到纯粹的到时现象中。”[3]我们无法直接感知世界的时间存在，而是在一种绵延的存在之中，在一种“带回”的状态中察觉到时间的存在，换句话说，就是人的主观经验的时间是对客观世界的回溯，在时间的序列中，每个片段构筑成不间断的时间流，心理上对时间的感知将时间向度转向过去。恰如柏格森所认为的那样，由过去、现在和将来一条直线表示的钟表时间是一种刻板、机械和人为的时间观念，只有心理时间才是真实和自然的。[4] 在“季节”系列中，钱文是“被遗忘”与“选择遗忘”的双重遗忘者，时间的遗失是一种交错。钱文的被遗忘是历史的放逐，而他的遗

---

① [德]海德格尔：《存在与时间》，陈嘉映、王庆节译，生活·读书·新知三联书店1987年版，第1页。

② 曾振南：《王蒙论》，中国社会科学出版社1987年版，第44页。

③ [德]海德格尔：《存在与时间》，陈嘉映、王庆节译，生活·读书·新知三联书店1987年版，第388页。

④ 李维屏：《英美现代主义文学概观》，上海外语教育出版社1998年版，第14页。

忘是对历史的沉默反抗，被遗忘使得他选择游离于时间的存在产生时间距离的沟壑，双重遗忘的身份体现在作品中形成回溯的时间美学。“季节”系列其实暗含了不自主的时间隔膜。王蒙的个体精神世界极其复杂，独特的身份经历和生命体验使他对时间有着异于常人的敏感度。在“季节”系列中，王蒙把这种交织的时间感表现在作品中的人物、细节中，意义的不确定性在“老”的真实暴露中成为一种反讽。

无论是王蒙还是钱文，“归来后”对往事的雕刻不仅是对记忆的减重，更是一种对共在的渴求。揭开苦痛的伤疤捕捉美的温度，这与王蒙对时间的体验息息相关。我们很难忽视“季节”系列中类似的描写：“东菊问：‘你怎么不吃陈皮梅？又酸又甜又苦，你说不清它的滋味……’于是他们转而谈糖果，谈风景，谈铁路隧道，谈最近又要上演什么电影……又觉得这个话题不太好——因为不管是演什么电影，反正钱文是看不上的了。便又改说年糕张的艾窝窝……又觉得说这个也不好，因为钱文一下乡，年糕张的艾窝窝也不是能吃得着的。东菊也不说话了。”①钱文去乡下权家店，需要先乘火车到达雁北台。这短暂的一个多小时的火车车程却是钱文被放逐的交叉点，被政治也是被历史放逐，“回忆是一种寂静的，明智的，有时候是深谋远虑的沉埋”②，“电影”、“艾窝窝”这些日常生活中随处可拾得的片段也不好再提起。东菊的细腻心思、刻意避闪，恰巧触碰了钱文深深隐藏起的自尊。“他忍住了泪”、“一个笑容”③，在被压抑的沉默时代钱文“灿烂”的“笑容”是后退中的隐形痛处，两个相知的人在成全着对方的善意回避。钱文深知他与东菊需要走向分叉的时间路口，时间伴随着生命的真实体验而存在。这是时间赋予每个人的，但是因为自身的主体性和独特性，钱文未流出的泪水更像是对时间的告别。

当钱文“主动要求调离北京，远走高飞”④时，被遗忘已经在接受中走向求索，他要从苦难的生活之中出走，因此产生游离于时间的存在。在去新疆之前他与东菊买了些东西：“一次去王府井花掉三百七十多块钱，这也使钱文心惊肉跳，这倒真是破釜沉舟——他们把多年积蓄的银行存款全部提出来用光——购物回来衣袋里还剩七毛四分。”⑤在号召“艰苦朴素”、“勤俭节约”⑥的社会，“双面卡中山服”、“中式丝棉袄”、“黑皮鞋”、“皮手套”、“人字呢大衣”这些显然优于他们家的衣物搭建出两个世界，走向明日世界的决绝使得这些衣物成为一种特殊的象征。这些衣物成为一架桥，在愿望和创造中延伸希望与存在的价值；破釜沉舟的选择蕴含着深邃的哲学反思，它颠覆了原有精打细算过日子的世俗与现实。选择也成为钱文在被遗忘中的复活，游离于时间的意识也体现于他选择遗忘。他将自己完全放逐，努力与

---

① 王蒙：《失态的季节》，《王蒙文集》（第 5 卷），人民文学出版社 2014 年版，第 108 页。

② 王蒙：《踌躇的季节》，《王蒙文集》（第 6 卷），人民文学出版社 2014 年版，第 200 页。

③ 王蒙：《失态的季节》，《王蒙文集》（第 5 卷），人民文学出版社 2014 年版，第 110 页。

④ 王蒙：《狂欢的季节》，《王蒙文集》（第 7 卷），人民文学出版社 2014 年版，第 23 页。

⑤ 王蒙：《狂欢的季节》，《王蒙文集》（第 7 卷），人民文学出版社 2014 年版，第 29 页。

⑥ 王蒙：《狂欢的季节》，《王蒙文集》（第 7 卷），人民文学出版社 2014 年版，第 29 页。

土地融为一体，证明自己属于这个地方，“来到边疆，钱文内心里充满了歌颂的真实的激情”[①]，在远走高飞之后，他“痛痛快快地做到了”，他将自己放置于大漠荒烟、圆拱形建筑、少数民族地区，这是理想与现实、新生和死亡的交点，他愿意、必须、只能选择歌颂。

回溯不仅是追忆，“季节”系列的可贵之处在于逆流而行，不断寻找那些原始的纯粹。一种原始自然本真的状态、一种简朴而执着的存在；在质朴生活的回归中，在时间的游离中寻求着、建构着生活的意义。在新疆，钱文在饲养小猫中感受到生命的哀伤之后，转而进行酸奶的发酵制作试验，“钱文过滤酸酪，把带着生面味儿的面团淘汰，然后以此酸酪为酵母，将之掺入到更多的煮沸消毒再晾凉的牛奶里，搅拌均匀”[②]。制作酸奶虽易于操作但过程也是繁琐，而且每一次制作出来的酸奶会因为容器、操作、温度、情绪产生不同的口感。这种与标准化生产绝然不同的制作既原初又充满本质的乐趣，如果说自己动手做饭、制作酸奶只是一种生活方式，那么对于劳动时挥洒汗水的留恋成为回溯中简朴的寻找，“许多年后，钱文仍然坚持认为，这个在紫李子沟劳动遭遇暴雨的一天，是他一生中最幸福的一天。想起这一天他就能闻到那雨后的山野的清香，那甘甜养人的空气，他就能看到那起伏的山峦和分明的梯田。特别那一次巨大的电闪雷鸣，是一次神圣的启示。他永远留恋它，珍惜它，思考它，温习它”[③]。当钱文赤裸着，挥洒着劳动的汗水时，他将生活放在了最朴实的泥土中，在压抑深埋的痛苦中无法将苦难击碎，便只能全部摆脱，宁愿在暴晒下重生，即使面对莫大的威胁，他仍然执着于自己所想，以自己的方式拒绝时间。在大汗淋漓的劳动的快感中，在之后迎接暴风雨的酣畅中，他重新发掘着生命的意义和价值，在一种游离于时间的状态中延续着生活，在真实中拼接着回溯的时间片段。当陷入生活的苦难时钱文选择短暂的拒绝，这些短暂的片段会因为回忆而重新出现或者在某一瞬间会被唤醒，但总是还带有因为自身选择而存在的隔膜。

二

王蒙作品中最为深沉的是复归中对永恒的书写。当所有的人物、故事、风景再一次在脑海中找回时，王蒙安慰着受伤的心，也慰藉着无数失意漂泊的魂灵。将目光转向过去，无论是曾经忽视的或是重现的在每一次记起的瞬间都被唤醒，即使是苦涩的，在回忆过后都变得美好，这是生命重度；渴望和憧憬在回不去的时间里，在王蒙的笔下被重新找回。

1958—1962 年王蒙被划为右派在北京郊区劳动，1963—1979 年王蒙远走新疆，这 20 年的时空错位使得这段历史在作者的沉淀之后出现。1958 年王蒙在农村桑峪，他说“这是哪儿来的机遇，脆弱的幼稚的神经纤细的王蒙能到这里一游一走一干活一锻炼一成长！”[④]冬

---

① 王蒙：《狂欢的季节》，《王蒙文集》（第 7 卷），人民文学出版社 2014 年版，第 36 页。

② 王蒙：《狂欢的季节》，《王蒙文集》（第 7 卷），人民文学出版社 2014 年版，第 229 页。

③ 王蒙：《失态的季节》，《王蒙文集》（第 5 卷），人民文学出版社 2014 年版，第 127 页。

④ 王蒙：《半生多事》，《王蒙自传》（第 1 部），花城出版社 2006 年版，第 176 页。

天一天只喝两顿玉米楂子粥的艰难时刻，他依然享受着所有被赋予的，他甚至这样问到自己，“也许这当真是阿Q精神？也许我当真忘记了自己的严峻处境？也许我的细胞里有中国失意文人徜徉山水之间的遗传基因？”[①]我们所有的独特性几乎来自时间打在我们感觉上的烙印，被不幸或痛苦折磨着的人比那些生活在欢乐和幸福中的人更容易从时间之流中游离出来，在回溯中绵延着时间的存在。这种回溯正如波德莱尔通过忘情地沉浸于当下以走出历史之流，而普鲁斯特则通过回忆逝去的时光寻找沉浸于时间的经验，“在艺术里，却只有这个领域才给人一块地方来安放他灵魂的印记”[②]。80年代归来后，王蒙由一个沉默的他者变为主动的观者，所观之人是自己，所归时间已不是原点。

“季节”系列表现出的因时间和空间的疏远而产生的巨大裂痕的状态，体现在作品中的人物身上，便是迟暮与归来；距离不只是空间的广阔，它改变的是内心的轨迹。“季节”系列书写着因回溯而存在的回忆片段，在某一瞬间成为永恒的沉淀，最终成为绵延的时间美学存在。无论是面对曾经的苦难或是欢乐，当周碧云收到舒亦冰寄来的一叠旧照片时，她仍然会记起“他们曾经在树下谈心，闹完小脾气又和好。有一张他们俩一起唱歌的照片就是在树下照的。为什么她唱起歌来张那么大的嘴。都说她有些个傻气，她也问过亦冰：‘冰，我傻，是吗？’”[③]一叠旧相片惊醒了周碧云。那些沉睡着的过去被唤醒，尽管唤醒它的人清晰地明白流逝的生命瞬间已无力挽回，但她还是用真情在被淹没的时间长河里追寻着死去的情景。过去和现在在她流淌如水的眼泪中交融，实现了无情毁灭后的失而复得，割裂的伤痕被温柔的光抚平，“她的耳边响起了她与舒亦冰的对话声和笑声，这时候有一阵风吹过，梧桐叶沙沙地响。下起了大雨，她要回亦冰的家”[④]。这是周碧云毫无隐藏的纯情流露，好像一切还属于过去，她全然忘记想要回到的家早已不属于她，当生活被拂去尘埃脱离现实时，周碧云重新回归那段记忆里的对话和欢笑。过去的时间经历与当下凝聚为一个点，特殊的人或者物触碰到这一点，往事便在封存中被唤醒打开，时间在偶然中触发并绵延。

作为一个历史见证者，王蒙带着一种责任与使命对逝去却永恒的时间进行书写。饱经沧桑而深沉的王蒙，与同时代作家相比，小说里的戏谑、反讽、幽默呈现出另类的情感传递，作品中的节奏、反复、强调或疑问只是一种假设。“生命力受压抑而生的苦闷懊恼乃是文艺的根柢，而其表现法乃是广义的象征主义。文艺是纯然的生命的表现，是能够全然离了外界的压抑和强制，站在绝对自由的心境上，表现出个性来的唯一的世界”，王蒙的创作正是凝聚了“严肃而且沉痛的人间苦的象征”。[⑤] 1980年在廖琼琼的追悼会上，钱文不断地想起曹禺

---

① 王蒙：《半生多事》，《王蒙自传》（第1部），花城出版社2006年版，第178页。

② ［德］瓦尔特·本雅明：《发达资本主义时代的抒情诗人》，张旭东、魏文生译，生活·读书·新知三联书店1989年版，第160页。

③ 王蒙：《恋爱的季节》，《王蒙文集》（第4卷），人民文学出版社2014年版，第266页。

④ 王蒙：《恋爱的季节》，《王蒙文集》（第4卷），人民文学出版社2014年版，第267页。

⑤ ［日］厨川白村：《苦闷的象征》，鲁迅译，江苏文艺出版社2008年版，第19页。

的话剧《雷雨》中的一句台词，“那是鲁妈见到周朴园时候所说的：‘我们都老了。’这是整个《雷雨》里最精彩的台词”①。参加追悼会的犁原、费可犁、苗二进、钱文他们都只能在瞬间的唤醒里回忆过去，追悼会不只是对死去的历史的祭奠，更是对生命时间沉淀后的延续。钱文借着返京的机会去探望犁原，虽然他仍然是“忙忙碌碌的样子”，但是依然看到“是的，老了，老多了，有点憔悴，眼睛上堆着眼屎，鼻孔里有稀薄的分泌物，嘴角上也沾着没吃干净的食品，脑门子上有一个疤，那是挨打的纪念”②。时间的重回在那个“挨打”的记号中被打开，对于短暂回到北京的钱文来说沧海已桑田，他听犁原说着60年代张银波说过的话，滔滔不绝的语言并未淹没过往，历史发生的一切记录在“一个疤”之上。在历史的漩涡中，在客体世界不断回望与必须前行的困境中，王蒙以一种独特的徘徊面对着现实的苛刻和偏见；那些无法忘却的人、那些无法复制的灵魂颤动的时刻，在感知的瞬间成为永恒，重新燃起对时间的记忆。

时间的连续性不仅仅表现在客观的在场外物之上，还有一种无尽绵延的心理时间存在，这一点隐藏并体现在王蒙作品中的一批“归来者”身上，当他们再次面对故土、面对故人时，现实成为对往事的承担。钱文的“归来”在“听到那些激越的诗歌的时候，一次次地热泪盈眶了”③。粉碎“四人帮”后，钱文写了许多新体和旧体诗，他没有想到自己仍然拥有这么大的政治热情，这样的坚信并非体现在外在的复归之上，而是存在于心理的存在，不论遭受过多少打击、失望、误解，他的内心始终留有“火种”。“火种”的燃烧成为延续的内在时间，以“在其中”的方式生于自我世界之中，它们离开过但是会归来。“火种”是敞开的疆域，感知着时空的瞬间与自由，它所代表的心理时间与我们对世界客观的对象化印象互为延伸，在作品中则体现为王蒙在其他作品中实现着对“季节”系列的再创造。《春之声》里复归故乡的游子岳之峰；《蝴蝶》中受磨难的张思远对家与爱的怀念忏悔；《夜的眼》中重返故城做小汽车零件的陈杲；郑梅泠“穿一身浅灰色套装，外加一个深色坎肩”，“头发灰白，身材苗条，眼角上堆积着细纹，然而眼睛的灵动与深情”④仍然使鹿长思惊叹；《秋之雾》中叶夏莽在碧云过世之后，决定违背一贯的想法，“打破自己生活的秩序去加拿大，也是为了亡妻碧云”，离开也是另一种意义的回归。叶夏莽在到家前的离世对他自己来说已经不再痛苦，“真——好——”⑤对故乡、家人、爱人内心深处的想象在“归来”中属于王蒙所有的作品，成为集体性延续。时间也不再只存在于线性的存在之中，归来的路途成为显性的归来，心理上的绵延存在于人的主体性之根借由回归成为必然，王蒙通过其他小说共同营造着“季节”系列瞬间永恒的内在与外在绵延。

---

① 王蒙：《踌躇的季节》，《王蒙文集》（第6卷），人民文学出版社2014年版，第92页。

② 王蒙：《狂欢季节》，《王蒙文集》（第7卷），人民文学出版社2014年版，第391页。

③ 王蒙：《狂欢季节》，《王蒙文集》（第7卷），人民文学出版社2014年版，第416页。

④ 王蒙：《中篇小说》（下），《王蒙文集》（第12卷），人民文学出版社2014年版，第131页。

⑤ 王蒙：《中篇小说》（下），《王蒙文集》（第12卷），人民文学出版社2014年版，第247页。

三

王蒙对时间向度的消解则更为坚决，精神体验之上的时间不再是存在于当下或者曾经的片段，它因为绵延而流动于过去与未来。王蒙在这一过程中将复杂、理想、抽象、荒诞、虚无并置继而粉碎，他希望以一种超越的方式实现时间的共时，而超越的状态则是一种摆脱时间限制的存在状态。在王蒙的意识中，他将被搁置的回忆、书写的作品、评论与鉴赏绵延为一个自在的时间状态。当衰老渐渐切断往事时，王蒙选择入梦的方式获得时间的自由，寻找着生命的另一条轨迹。“在犁原倾心《庄子》的时候钱文也迷于《庄子》。许多年后，钱文仍然很欣赏‘逍遥派’这个‘文革’专用名词。逍遥，本来出自《庄子》，这个词首先是好听，其次是美丽，一见到它就觉得受用。……作为一种想象，作为一种风格，作为一种境界，他的钱文的梦。”①钱文在《庄子》中寻求着解脱的方式，他感悟着“逍遥”的魅力，追逐自由、广阔、无穷、坦荡的生命境界。他深知在现实社会的浮沉中无法实现对时间的超越，哪怕是在诗歌的创作中也只能是对历史片段的捡拾或是对生活的有限书写，因此只能借以阅读在“入梦”的状态实现着对时间的超越。其实“季节”系列中钱文的希望正是王蒙在真实生活中所践行的，“季节”系列这个整体成为王蒙对逝去时间回忆的再加工，王蒙所做的在某种意义上成为钱文所想之事的再现，因此“季节”系列的时间美学不是简单的四部小说的集合，也不仅仅是回溯或是绵延，它已渗透王蒙的生命，将虚构与真实颠覆交融。

王蒙书写时将自己的体验从笔尖抵抗着虚伪、力量、诱惑流淌出来，作品中的时间美学也不仅仅在作品中，还存在于作者自身时间之体验。王蒙的身上刻着时代的烙印，在潮起潮落中一层层沉淀，“当往事的堆积高度已经惊心动魄、令你肃然无语，当对往事的咀嚼已经变得有点匆匆、有点怕赶不及”②时，他以一种独特的方式制造着迷狂的假象，透过喧嚣直指严肃的人间悲喜，多情且低沉地表达着对时间的爱。《踌躇的季节》里写道，“你渴望告别，你渴望死亡，死亡了才能再生”，再生的希望如同将绝望的时间之流割去，也借此来获得最为本质性的个体存在。在这条路上，他在沧桑中慨叹，在生死中眷恋，在流逝中歌唱。王蒙的追寻历程是将自己的所见所闻、所思所感流淌于经典之中的复活，是一种悲壮的时间延续。梦中的自己正如镜中的自己，在无意识的蕴藏中可以观灵魂姿态。王蒙在理想与现实之间形成一种生命的链条，在新疆或北京，世界的各个角落，一个好学生、革命政治、爱情理想、发配遗忘、委员部长，所有的一切生活经历真实如昨日，也如梦一场。王蒙对老庄和《红楼梦》的研究更像是一种对“梦”的寻找，此时他是真正地进入梦中去寻找曾经丢失的或是遗憾的，也是在这个过程中洗净了郁积在心灵深处悲痛的感情，走向自在。

《镜与灯》中的一段文字用“面纱”阐释了诗歌与情感的关系，“它常常不是去掩饰作者的

---

① 王蒙：《狂欢季节》，《王蒙文集》（第7卷），人民文学出版社2014年版，第217页。

② 王蒙：《踌躇的季节》，《王蒙文集》（第6卷），人民文学出版社2014年版，第201页。

隐秘情感，而是把这些情感一概公布于众；那层面纱似乎被突然揭去，于是灵魂中一切喜怒哀乐，一切突发的冲动，一切仓促的情感迸发和反常心绪，便都展露无遗了”①。1944 年，王蒙写下《题画马》，10 岁时王蒙还是执着轻狂的少年；然而在生命的选择中，似乎冥冥中注定了一种缘分，在长途跋涉的辛劳之后渴望上九霄，此时的心境必定无法纯然无物，同是自在生活，最初还是饱含着希望和梦想的飞翔，只是最后生命的某些选择早已突破时空的限制，实现超越时间的存在。王蒙说“我的幸运就是终能复命归根，略略知常曰明，当然只是基本上与大概”②。王蒙在自传中提到他研究《红楼梦》的一个初衷，“我还要通过红楼和自己的通融来追求一种永恒与普遍，欣欣向荣与生老病死，大千宇宙与拳拳此心”③。当王蒙体验过世事与人间之后，他把方向指向了经典。王蒙对《红楼梦》的研究也是自我走进一个圆的梦的过程，这也成为具有无限可能的梦中城。在时间的遐想中，探索未知，铭记过去，体验当下。

“慷慨悲欣日，沧桑风雨年”，王蒙的时间美学，更像是一座漂浮的空中楼阁。王蒙用“入梦”的方式摆脱了距离的限制和束缚，他在不断返回遗失的时间中拯救、触摸着过去的光泽，经过时间的磨砺，虚幻却多情地存在。他想要传达的时间意义包含着西方存在主义的哲思、东方文化佛教禅宗悟道的虚静，更多的却是对于生命、生活、生存的价值和反思。王蒙的创作凝聚了沉痛的人间苦，在生命的层层累积中他通过语言的放纵爆发了内心的沉重。研究者们认为这是一种语言热症、语言游戏、语言迷狂、戏弄和谋杀，或是乌托邦的寄托，在这所谓的热症或狂欢之下或许埋藏着更深的生命意识。词语或是语句的丰富性、自由性其实是时代情感的延续，这里面包含着对过往以及如今生活的冷凝，看似狂欢其实孤独低沉，表达方式只是表象的发生者并不是内在生命形态的覆盖者。王蒙并不是真正为了追求语言所带来的快感或是爆发内心难以言说的情绪，他更像是一个敏感而又艰难跋涉的迟暮之人，是一种沉重压抑的生命意识，是一种渴望存在绵延的时间体验。

王蒙曾经这样感慨“季节”：“它是我的怀念，它是我的辩护，它是我的豪情，它也是我的反思乃至忏悔。它是我的眼泪，它是我的调笑，它是我的游戏也是我心头流淌的血。它更是我的和我们的经验。”④在生命熔炉里沉浮的王蒙经过短暂的伫立选择超越时间，以另一种方式在经典中跳跃时空追寻生命的永恒。我们自身无法延续僵化的科学时间，却可以实现生命的绵延，形成再生的肯定价值，这应该就是王蒙时间美学存在的意义。

---

① [美] M·H·艾布拉姆斯：《镜与灯 浪漫主义文论及批评传统》，郦稚牛、张照进、童庆生译，北京大学出版社 1989 年版，第 117—118 页。

② 王蒙：《老子的帮助》，《王蒙文集》（第 35 卷），人民文学出版社 2014 年版，第 67 页。

③ 王蒙：《九命七羊》，《王蒙自传》（第 3 部），花城出版社 2006 年版，第 40 页。

④ 王蒙：《长图裁制血抽丝》，《王蒙文集》（第 23 卷）《论文学与创作》（下），人民文学出版社 2014 年版，第 96 页。

王蒙古体诗书写对中国传统诗学的继承

王晓隽*

（齐鲁师范学院 文学院，济南 250000）

内容摘要：王蒙的古体诗创作是被忽视的存在。他的古体诗题材丰富、形式多样：题材有田园山水诗、边塞诗、悼亡诗等，形式有律诗、绝句、汉俳；重视诗歌的音乐性，音乐性的诗歌语言在影响人的情绪上更直接和剧烈；激起读者强烈的情感；追求神韵的诗歌美学，神韵是一种印象主义，强调瞬间的感受和直觉，擅长抓住事物最富有代表性的一瞬间，是一种直觉主义，追求动感和神似；真性情的流露，杜绝虚假的感情和空洞的形式主义描写、追求真诚是王蒙诗学的理想之一，没有真性情的书写，王蒙的古体诗就失去了重要的发力点和阐释的文学场域。

关键词：古体诗；音乐性；神韵；真性情

中国古典诗歌在文学革命的大潮中迅速式微已成为一个时代的宿命，1919年后的中国诗人中很少是以写古体诗出名的：郭沫若是自由诗的代表，单纯从诗歌的审美角度上讲，他的自由诗不如古诗写得好；聂绀弩的古诗写得声情并茂、文采飞扬，但他蜚声文坛是因为杂文创作的犀利幽默，他的古诗写作成了被遗忘的角落。现代诗人们很多受过系统的传统国学教育，他们对古诗写作还有深厚的理论根底，他们的现代诗歌创作具有深厚的国学底蕴。当代文坛上的很多中青年作家在1949年后失去了系统接受国学教育的机会，他们的传统文学修养远远不及上一代人。古诗创作和中国古典诗学研究在1957年以后，基本上处于一种停滞和被压制的状态，直到1978年以后，中国传统美学研究才破茧成蝶，开始了新的涅槃，在古典美学的复苏中，王蒙的旧体诗创作也呈现出了蓬勃的生命力。

一、古体诗题材丰富，形式多样，注重诗歌语言的音乐性

王蒙的古体诗有山水田园诗：这些诗歌描写了祖国壮美的山河、优美的农村风景和宁静

* 作者简介：王晓隽，文学博士，齐鲁师范学院文学院讲师。

的农村生活。诗歌采用白描的手法，语言质朴清新，善于抓住代表事物的典型特征和迷人的一瞬间，追求所吟咏对象的神韵，代表作有《南行十景》、《阳朔行十八首》、《张家界》、《山居杂咏十一首》、《咏天柱山》、《春日杂咏七首》、《五绝九首》、《山居》、《明月落山中》、《咏雕窝五律五首并文》等。边塞诗：这些诗歌描写了中国边疆新疆和青海等地的自然风光和人民的生活，想象丰富、感情豪迈、思想深刻，反映了边疆奇异的自然面貌和 1949 年后人民安定的生活。代表作是《喀纳斯湖之一》、《喀纳斯湖之二》、《青海湖之一》、《青海湖之二》、《麦积山之一》、《麦积山之二》、《赴新疆三首》、《伊犁三首》、《听歌》。悼亡诗：这些诗歌表达了对妻子和朋友的追忆和悼念，感情真挚，读来令人潸然泪下。代表作有《以诗为别》、《哀思》、《悼张弦》、《悼茹志鹃》、《悼祖尔冬·沙比尔》、《悼汪曾祺》、《悼刘绍棠》、《悼张志民》、《悼上海文友》等。此外，王蒙的古体诗还有抒情诗和俳句，涉及面较广。在诗歌形式上，有律诗和绝句，主要是五言和七言。王蒙的古体诗遵循中国古诗的创作手法，无论在意境的营造上，还是在诗歌音乐性的追求中，他力求真实地体现古体诗的魅力。但王蒙是一位革新者，面对新时代古诗的凋零，他渴望创新，师古而不拘泥于古，正如温奉桥说"王蒙旧体诗，形式上不拘一格，为我所用，大胆创新。旧体诗，之所以'不易学'，一个重要的原因即是对字数、韵律、对仗、平仄等的讲究……王蒙的创作并没有被这种固定的'程式'所控制，所拘囿，而是有发展、有突破、有创新，很少削足适履，为文伤情"①。

新诗主要建立在砸碎旧诗的基础上，失去了旧诗的肩膀，新诗就没有了根基和高度，成为变形记中的四不像，诗的韵味大大降低，在某种程度上挫伤了人们对诗的追求和创作。有些新诗过度平民化和粗制滥造影响了品质，人们在新诗中看到诗性品格的流失。新诗实验的羸弱引起了人们对旧诗的一些怀念，旧诗的优点重回人们的视野，旧诗的音乐性是新诗努力回归的一个重要方面。戴着镣铐跳舞虽然极端不自由，但造就了诗歌语言的精致和吟咏。旧诗的经典之一就是诗歌的音乐性，音乐性指运用语音修辞使语言产生节奏鲜明、声调顿挫、回环流转等音响悦耳的效果，使读者容易感受、传播和记忆；诗歌语言的音乐性通过声调、韵式、节奏等因素表现出来，又称为韵律、格律。王蒙的古诗具有较强的音乐性，他注重押韵、对仗，如诗歌《少年》写道"少年慷慨笑嫣然，挑战鲲鹏搏九寰。审父应知观火易，捐身岂畏弄潮难？隔靴议痒可益智？信口搬山容焕颜！代有才人脱颖疾，千红万紫是春园"②。这首诗对仗工整，第一句和第二句押的是 an 韵，二、四、六、八句押的韵是 an。《春日杂咏七首》中的《山中》(一)二、四、六、八句押的韵是 ng；《山中》(二)二、四、六、八句押的韵是 ing；《杭州》(一)第一句和第二句押的 an 韵，二、四、六、八句押的是 an 韵；《杭州》(二)第一句和第二句押的 i 韵，二、四、六、八句押的是 i 韵；《普陀》第一句和第二句押的 ou 韵，二、四、六、

① 温奉桥：《浅论王蒙旧体诗——兼对当代旧体诗创作的思考》，《理论与创作》2006 年第 3 期，第 67 页。

② 王蒙：《七律五首·少年》，《王蒙文集》(第 19 卷)，人民文学出版社 2014 年版，第 297 页。

八句押的是 ou 韵；《春雨》第一句和第二句押 i 韵，二、四、六、八句押的是 i 韵；《送春》第一句和第二句押 an 韵，二、四、六、八句押的是 an 韵，诸如此类，不再一一列举。总之，王蒙的律诗和绝句创作严格遵循近体诗的押韵规则，避免重韵，注意语言平仄的运用，使诗歌读起来音韵和谐，富有节奏感，便于吟诵。在汉俳的创作中，王蒙严格遵守俳句五——七——五三行十七个字的构成形式，首句五个字，次句七个字，末句五个字，每首俳句的起语都有一个季语，季语就是指用以表示一年四季及新年的季节用语。俳句是中国的汉诗绝句在日语中的变形发展，逐步成为日本的代表诗体。王蒙的诗作《访日俳句十四首》就是访日期间有感而发的结果，在《为客》中，他写道"樱花已落去，犹有芳菲盈心曲，为客亦佳时"①。这首俳句总共十七个字，分三行，遵循五——七——五形式，其中樱花已落去，代表了春季的末期，是一个季语。俳句《话别》："樱花尽离枝，依依登机许来日，当不误花期。"②跟《为客》一样，有一个季语，十七个字，分三行。

无论是律诗、绝句，还是俳句，王蒙都力求把诗歌语言的音乐性凸显出来，让读者产生赏心悦目的感觉。音乐在诗歌中特有的美感存在于不同语素和不同词类的艺术组合中，形成了优雅动听的诗歌语言，这些语言追寻的是随着语音结构变动节奏的起伏，获得语言形式美的震颤，诗歌的音乐性能够激起读者的强烈情感。音乐性的语言在影响人的情绪上更直接、更快捷、更剧烈。富有音乐性的诗歌语言是激发读者情感共鸣的重要武器，使他们的神经系统处在一种病态的、激动的境况中，在某种程度上产生想象、联想和幻想；读者在节奏工整、明快的语言中，理解和体会诗歌所传达的意蕴以及对生命世界的思考，进入一种冥想的境界。音乐性是诗歌语言的一种规律和逻辑，有了它，语言不再是漫天飞舞的雪花，它变成了一串串结在屋檐下的冰凌，让作者能够捕捉和掌握，从而进一步发挥，使语言走向精致。对读者而言，音乐性是语言美的一种物化形式，是语言多样化的一部分。王蒙用富有音乐性的语言创作古诗，是一种有益的尝试。诗歌语言走向平民化、白话是历史的进步和发展的必然，过度音乐化和文人化的古诗已经不能适应现代世界中人们的精神追求，但当下许多诗歌语言粗野、碎片化、无节制的吼叫甚至卑劣下流，给诗歌造成了无尽的破坏，引起了人们对诗歌的失望。从古诗中寻找给养和源泉，表达对逝去精华的追忆和继承，这种自觉的行为是对当代诗歌发展的一份责任和义务，王蒙总是出其不意地努力延续着古诗血液中优秀的基因，用行动践行着对古诗的继承誓言。中国古诗的断裂性在当代有了弥补和衔接，传承的希望在人们的努力中敲响历史的遗忘之钟。

二、在创作中追求神韵的诗歌美学

神韵是中国诗画追求的高远境界之一，"在一些批评家的眼中'神韵'之美实际上可分析

---

① 王蒙：《访日俳句十四首·为客》，《王蒙文集》（第 19 卷），人民文学出版社 2014 年版，第 259 页。

② 王蒙：《访日俳句十四首·话别》，《王蒙文集》（第 19 卷），人民文学出版社 2014 年版，第 262 页。

为这样几个层次：(1) 呈示动机的偶然性；(2) 呈示方式的直观性；(3) 呈示对象的瞬间性；(4) 呈示特征的模糊性。其相对应的审美反应则是自发的而非被动的，直觉的而非理性的，富有特征的而非全面的，有距离感的而非清晰逼真的”①。蒋寅的神韵论强调神韵是一种印象主义，强调瞬间的感受和直觉，擅长抓住事物最富有代表性的一瞬间，在某种程度上是一种直觉主义，与中国国画中的白描有相似之处，追求动感、追求传神。王小舒“认为神韵诗由四个要素构成，第一，它是一种表现人与自然审美关系的诗体；第二，它是抒写个人性情的诗体；第三，它是含有审美距离的诗体；第四，它是一种追求审美超越的诗体，超越是对现实的一种扬弃”②。这是对超验性存在的理解和感悟。“只有‘超验性的存在’提供了一个绝对的空间，因此‘异在’是对‘此在’的虚无化，使‘此在’获得了深度性。”③神韵是一种直觉主义，追求瞬间的永恒，希望在刹那中感受事物的本质特征。因此，王渔洋说“薛西原论诗，独取谢康乐、王摩诘、孟浩然、韦应物，言‘白云抱幽石，绿篠媚清涟’，清也；‘表灵物莫赏，蕴真谁为传’，远也……清远兼之也。总其妙在神韵矣”④。由此看出，王渔洋的清远说描绘的是一种清真雅正的意蕴，这种意蕴就是寥寥数笔，勾勒出一个远看山有色近听水无声的优雅、虚静的境界。王蒙的古诗深谙神韵说的精髓，他追求神似而不重形似，表现人与自然的默契关系，他的动机是直观的、偶然的，在瞬间的永恒中留下所描述对象的惊鸿一瞥。虚静的美成为王蒙古典诗歌的本体美，他追求一种无我之境，他觉得“时间与空间，是世间万物存在的不可缺少的背景、条件与形式。什么东西才能打破时间与空间的具体性、规定性和不可混淆的性质呢？只有诗，诗心，诗人的精神活动以及常人的内心生活”⑤。这种精神活动反映在王蒙的田园山水诗中，也反映了他的神韵诗学。

《山水》(一)写道：“河曲水益清，雾浓山渐深。水明鱼畏眼，山密草藏风。”⑥这首诗描述了河水的清澈，雾随着游人进山的脚步逐渐浓厚，水的清明、鱼儿的活泼可爱、山的层峦叠嶂、茂密的青草挡住了风儿轻快的脚步。“渐”字、“藏”字犹如“红杏枝头春意闹”的“闹”字一样，让整首诗充满了情趣和韵味。这首诗没有艳丽的辞藻、铺张的描写，淡淡的语汇中蕴含着游人进山游玩的疏影和清雅的山景。《山水》(二)写道：“袅袅寻山来，匆匆戏水去。扬扬去复来，可解桂林趣？”⑦“袅袅”写了人的心态和山的秀丽，“匆匆”道出了行人的不解风情，来去空迥，桂林山水的险、秀、奇。在这里能找到知己吗？作者内心世界的怅惘流露于笔端。《山

① 蒋寅：《王渔洋“神韵”的审美内涵及艺术精神》，《中国社会科学》2012年第3期，第135页。

② 王小舒：《神韵诗学研究百年回顾》，《文史哲》2000年第6期，第17—18页。

③ 陈晓明：《审美的激变》，作家出版社2009年版，第32页。

④ 张少康：《中国文学理论批评史教程》，北京大学出版社1999年版，第391页。

⑤ 王蒙：《通境与通情——也谈李商隐的〈无题〉七律》，《王蒙文集》(第19卷)，人民文学出版社2014年版，第423页。

⑥ 王蒙：《阳朔行十八首》，《王蒙文集》(第19卷)，人民文学出版社2014年版，第266页。

⑦ 王蒙：《阳朔行十八首》，《王蒙文集》(第19卷)，人民文学出版社2014年版，第266页。

水》(三)说:“登山不见山,划水安知水?嗟尔观光客,失之交臂处。”[①]游人如织,只见人不见山水,使作者失去了那份欣赏山水的心境,观光客的嘈杂破坏了山水的原始美感,本来心向往之的作者不再拥有那份游弋于山水之间的惬意和安宁。《山水》(四)写道:“山后重重山,川头漫漫川。山川俱进处:一片晴明天。”[②]重重的山、漫漫的川,山和川融为一体,在晴朗的天空中显示了它们的奇伟瑰丽。这四首关于山的诗歌,不追求华丽的辞藻和细腻、夸张的描写,而是抓住描述对象的典型瞬间,让读者在看似平淡的语句中感受到一种质朴的真纯和永恒的空间建构。大音希声、大象无形的道家美学思想融汇在诗歌的想象和歌咏中,虚静的美是人们在现实生活中难以企及的境界,在大自然中找寻,又因到处是观光客,搅乱了那份宁静的心和幽静的景,嘈杂和混乱充溢了许多自然景观,原初的美景在世人的打扰中变得憔悴不堪。王蒙在诗歌中追寻道家的虚静与王渔洋的神韵说有不谋而合之处。

神韵追求若隐若现的朦胧美,追求事物的神似,追求自然美,诗歌《张家界》“群山有径腾云意,万景无心走笔痴。造化应怜秋日晚,寻仙远客未移时”[③]进一步凸显了清远的意境和瞬间的模糊性。作者在偶然的动机下书写了真性情,寻仙未果、造化弄人,时间在不知不觉中飞逝,诗歌弥漫着生命的无常和淡淡的伤感。张家界的自然美景和一个痴迷于写诗并流连于山水间的诗人形象跃然纸上。人是大自然的生命和灵魂,更是在自然中穿梭的精灵,失去了人的自然,虽然古树参天,总是寂寥了些。但人的贪婪也会摧毁他与自然建立起来的和谐,对自然肆无忌惮的破坏和索取甚至毁灭都大规模地出现,自然对人类的惩罚越来越明显。王蒙的山水诗通过歌咏自然、书写心境来突出环境的重要性。自然环境是人类存在的家,梭罗的《瓦尔登湖》描写了远离尘世的喧嚣,寻找田园牧歌生活的瓦尔登湖试验,把古典主义的情致发展到了极致。世界范围内对田园牧歌生活的追寻和歌咏,反映了现代科技社会带来了人们精神生活的“空心”状况,失去了信仰和梦想,自然和人的关系变成了美女和野兽的关系,这是一件摧毁人类的慢性自杀。人类在发展的道路上该驻足后看了,反思自然和发展之间的辩证关系,寻找一个能共生的方法。

自然在与人类的博弈中绝对不是弱者,王蒙在《山居杂咏十一首》中通过描写人与自然的关系突出了田园牧歌生活不是人们想象中的那样,它是一种自然、艰辛的生活方式,鸡尾酒和冷荤餐都是“寻章学士闲”[④],百姓的生活是“危崖先辟路,曲涧好观光。度假施新计,郊游赁旧房。扬名须鹊噪,揽客赖包装”[⑤]。这首诗描述了只有在悬崖上开辟新路,才能发展旅游业,深山里的老百姓才能得到实惠,他们的旧房也能作为出租的对象,周末的大巴一到,

---

① 王蒙:《阳朔行十八首》,《王蒙文集》(第19卷),人民文学出版社2014年版,第266页。

② 王蒙:《阳朔行十八首》,《王蒙文集》(第19卷),人民文学出版社2014年版,第266页。

③ 王蒙:《张家界》,《王蒙文集》(第19卷),人民文学出版社2014年版,第270页。

④ 王蒙:《山居杂咏十一首·夜读之三》,《王蒙文集》(第19卷),人民文学出版社2014年版,第290页。

⑤ 王蒙:《山居杂咏十一首·新景点》,《王蒙文集》(第19卷),人民文学出版社2014年版,第290页。

村姑就开始叫卖，生意就红火起来。这首诗几乎没有修饰语，完全白描，追求描写景物的动感，令人真切地感受到新景点的别致和粗朴。危崖、曲涧、旧房、大巴、村姑这些形象构成了陡峭险峻的大山环境和淳朴的农人意象。

《五言古诗二题》用充满哲理的语言，把情、景、理有机地交融在一起，将对自然景物的描写和关于世界的哲思玄思结合起来，虚虚实实，如影随形，把清远的境界发扬光大。《咏天柱山》写道："云雾织锦缎，峰峦布阵列。气势颇逼人，形状更奇绝。糊涂入壳中，如何出云霾？幽幽洞若线，匍匐走蛇蝎。千曲百折后，豁然亮山野。遍坡草开花，朵朵展异彩。悠悠清风起，林木喜相接。此处影横斜，彼处日明灭。"[①]这首诗写了天柱山的奇形，顶天立地，就像不能驯服的、桀骜不驯的人。映入诗人眼帘的石头就像剑一般锋利，寒光闪闪，照耀着霜雪。诗人看着奇怪的石头，内心惊恐迷失了自己。大雾弥漫了整个天宇，分不清哪是天，哪是山，哪是柱子，更不知路在何方；峥嵘的山峰就像大刀，越想分辨雾的海洋，越分辨不出。雾潮间歇不断，云霞犹如锦缎，峰峦排着队形，气势咄咄逼人，形状千奇百怪。一旦摆脱雾霾，漫山遍野的野草和鲜花绽放异彩，徐徐的山风吹起，不同的树木欢快地相互接触，这里的美景在别处是不能复制的。光秃秃的山脊就像人的冷面，坚硬如铁，没有丝毫的温情。周围寂寂无人，满目凄然，诗人身临其境，所有的喧嚣都被忘却，如临深渊，没有结局，一切都随天意，心和道在自然面前都是微弱的，唯有自然掌控世间万物，一切遵循自然规律。整首诗体现了作者的道家理想，他把这种理想的大匠、大道、有心、无心化作自然天成的审美意蕴，这份浑然天成的诗韵"是一个有无相生、虚实相成的完美境界，它含有无穷妙趣，使人体会不尽"[②]，达到守静笃和致虚极的内心世界，完成物我两忘，内心虚静，排除一切外界事物的搅局，上升到涤除玄览的高远境界。"艺术家在变动不居的自然中只能抓住某一顷刻。尤其是画家，他只能从某一观点运用这一顷刻。"[③]天柱山的神韵和优美一览无余，所有的奇山和美景都渗透了诗人的情思，"一切景语皆情语"在《咏天柱山》中得到了良好的发挥和拓展。情景交织、天人合一不是梦，是妥妥的存在，人类在大自然赐予的美景中陶冶自己的灵魂，荡涤罪恶带来的丑恶，自然是魂。

三、真性情的流露

真实是文学的生命，新闻的真实要求客观的真实，而文学作品的真实要求艺术的真实。文以载道成为中国文人的使命，不能违背真实是文艺创作的原则，无论人们采用何种艺术手法，真实是绕不过去的存在。明朝著名的思想家李贽提出了童心说，对儒家思想提出了批判。他认为存天理、灭人欲是虚伪和欺世盗名，主张男女平等，要让合理的人欲得到自由的发展，反对禁欲主义。在文学创作上李贽主张童心之美。"亦即人性之美，自然本性之

---

① 王蒙：《五言古诗二题·咏天柱山》，《王蒙文集》（第19卷），人民文学出版社2014年版，第300页。

② 张少康：《中国文学理论批评史教程》，北京大学出版社1999年版，第41页。

③ 朱光潜：《诗与画——评莱辛的诗画异质说》，《诗论》，生活·读书·新知三联书店1998年版，第161页。

美。……出于童心，即出于真心，其所表达者即是‘真情’，而出于‘闻见道理’、丧失童心之文，即是假文，其所表达的则是‘假理’。”①李贽反对虚假的道德说教，主张抒发内心的真情实感，反对毫无生机的复古主义。真性情的倡导是李贽砸碎明朝虚假文风的一次有益尝试。李贽文学理想的继承者是公安派的三袁，即袁宗道、袁宏道、袁中道，他们主张性灵说，“真”、“变”、“趣”、“奇”构成了性灵说的主体。“真”就是“表现内心的真情实感，应该是自然天性的流露，反对任何的因袭模拟、剽窃仿作”②。“变”指历史的发展变化，“趣”指作家的审美感受和趣味，“奇”指不落俗套的真性情。清代的袁枚继续发展了性灵说。袁枚认为诗歌是作者真情实感的展示，真实是诗歌永恒的魅力，他主张将表现性情之真和吸取前人的创作经验结合起来。诗歌的自然天成和人工雕琢不矛盾，自然美景需要诗人用一定的创作技巧把它栩栩如生地描绘出来，假如没有诗人如花的妙笔，落在纸上的美景也会黯然失色，诗人的天赋要和后天学习结合起来。所谓“邪迷心、诳妄心、不善心、嫉妬心、恶毒心，如是等心尽是众生，各须自性自度”③，保持人性的真纯是人类的梦想之一。“五四”运动后，创造社主张表现自我、推崇天才和个性解放，特别强调文学创作要抒发内心的真实要求。纵观“五四”新文化运动，人的解放是“五四”的核心议题之一。1949 年后，红色叙事一度成为文坛的主流。新时期以来，人的文学再次被推到文坛的风口浪尖上，王蒙作为文学历史的参与者和见证人，他具有理想主义情结，真性情的流露成为他古诗创作的拿手好戏。

《山居》写道：“遍地核桃树，满山花椒田。春来山桃绽，春去楂花鲜。夏至黄杏熟，秋起白梨酸。采柿在深秋，柿子是主产。男子爬高桠，攀登似猴猿。妻儿展布接，柿落整而圆。……乡音未曾改，羊群咩声甜。人家四十余，果树或几千。……跳跃实堪怜。青蛙不甚闹，蚊虫亦悄然。壁虎陈酮体，飞蛾伴灯眠。蝈蝈秋深叫，蛐蛐猛奏弹。”④这首诗写了大山的深邃、水的清洁、核桃林、花椒田，春天鲜艳的山楂花，夏天甜蜜可口的黄杏，秋天的酸白梨、柿子。采柿人的敏捷和一家人的密切合作，活泼可爱的林间松鼠，青蛙、蚊虫、壁虎、飞蛾、蝈蝈、蛐蛐，作者用细腻的笔触，真实地描绘了大山生活的原始风貌，抒发了自然与人和睦相处的感受，在这里，作者的心是安宁的、充满了童趣。这首诗作于 2001 年，作者已接近古稀之年。他经历了人世的风风雨雨，少时成名，很快被打成右派，后流落到西域——新疆，度过了十多年，“文革”后复出，做了文化部部长，从平民到国家高干，最后离职，回归一个作家的本分。往事虽然并不如烟，但也得放下，寻求心灵的慰藉，王蒙在研究道家学说和李商隐的诗歌中看到了古人的处世智慧和文学艺术的精华，他深情地歌

① 张少康：《中国文学理论批评史教程》，北京大学出版社 1999 年版，第 297 页。
② 张少康：《中国文学理论批评史教程》，北京大学出版社 1999 年版，第 301 页。
③ 王孺童：《坛经释义》，中华书局 2013 年版，第 23 页。
④ 王蒙：《山居》，《王蒙文集》（第 19 卷），人民文学出版社 2014 年版，第 313—314 页。

吟“地面皆历历，代代又年年。……知大解渺小，知苦解甘甜”①。作者把生命的短暂和时间的永恒联系起来，多少体现了他的怅惘之情，他把大小、苦甜辩证地解读，觉得理想的世界就是大同世界，人与人都是乡亲，欢乐充满人间。作者在诗中将诗情画意和对人生哲理的体会和观察融合在一起，营造了一个玲珑透彻、景情融化的诗境。而在纯净的诗意中，又弥散着一层薄薄的忧伤。将真切的生命感悟融入优美的形象，将诗情和画意相结合，表明了王蒙创造意境的功力已经到了精准的境界。这是王蒙真性情的胜利，艺术的真让他获得了文学的真。

与其说《山居》表达了作者淡淡的忧伤，不如说《哀文友八首》、《以诗为别》体现了他的大悲大痛。张弦、茹志鹃、祖尔冬·沙比尔、汪曾祺、刘绍棠、张志民、陈登科、罗洛、周介人、胡万春等作家都是王蒙敬重的朋友，妻子崔瑞芳更是与他相伴五十多年的知心爱人，当他们陆续离世时，王蒙抑制不住内心的悲伤，作诗留念，哀悼故友和妻子。他说张弦是“大患文章罪，才思未尽驰”②，表明了他对张弦在“文革”时期悲剧命运的痛惜以及对他壮志未酬的叹惋。茹志鹃是王蒙喜欢的作家，她的小说给了“文革”时的王蒙无限的温暖。茹志鹃的离去让王蒙感到一个时代的温暖结束了，因此，王蒙写道“‘草原’寻‘小路’，‘产院’丽芜园。历历妻儿貌，哀哀家务篇”③。祖尔冬·沙比尔是王蒙流落新疆时期的患难之交和文友，他们曾经饮酒高歌，忘却苦难，他的逝世令王蒙深感悲痛。他深情地写道“歌哭肠欲断，醉笑魂应销？泼洒边关色，行吟塞上娇。忽然传噩讯，涕泪满衣袍”④。他回忆了两人相遇、相交、相知，最后是惺惺相惜，老朋友的去世让王蒙备感心碎。王蒙和汪曾祺是君子之交，他们情深意长，友谊如泉水般清澈。汪老清新雅致的生活和艺术生涯令王蒙心向往之，他深深地惜别汪老的离去“逍遥驾鹤去，何日采菊还？”⑤“神童永少年，意气焕新颜。豪饮卷东海，壮食平北山。痴心海内誉，巨笔儒林传。”⑥这首诗总结了刘绍棠的一生。刘绍棠和王蒙是同时出道的文学少年，王蒙与他多次华山论剑、高谈阔论、开怀畅饮、推心置腹地交流，所有的交往，随着他的离去变成了温馨的故事和美丽的传奇。诗人张志民的去世令王蒙深感悲伤，他写道“好人多祸患，血泪浸文心。厚道谦恭紧，诚直永作勤。秦城冤狱苦，热土情诗真”⑦。作者歌颂了张志民厚道谦虚的人品威望，“文革”中他在秦城监狱服刑，备受摧残，他笑容可掬、温良谦恭的形象永远留在了作者的记忆深处。上海朋友陈登科、罗洛、周介人、胡万春等人陆续仙逝，让王蒙的内心有连续锤打的伤感，他深感一连串故人旧友的离去对文坛造成的损失。

---

① 王蒙：《山居》，《王蒙文集》（第19卷），人民文学出版社2014年版，第318页。

② 王蒙：《哀文友八首》，《王蒙文集》（第19卷），人民文学出版社2014年版，第295页。

③ 王蒙：《哀文友八首》，《王蒙文集》（第19卷），人民文学出版社2014年版，第295页。

④ 王蒙：《哀文友八首》，《王蒙文集》（第19卷），人民文学出版社2014年版，第295页。

⑤ 王蒙：《哀文友八首》，《王蒙文集》（第19卷），人民文学出版社2014年版，第295页。

⑥ 王蒙：《哀文友八首》，《王蒙文集》（第19卷），人民文学出版社2014年版，第296页。

⑦ 王蒙：《哀文友八首》，《王蒙文集》（第19卷），人民文学出版社2014年版，第296页。

朋友们的逝去已经让王蒙痛苦不堪，妻子崔瑞芳的离去更像晴天霹雳。在生离死别的巨大伤痛中，王蒙深情地为妻子作诗送别，把无限的情思和悲伤化作诗句，献给了九泉之下的知心老伴。王蒙和崔瑞芳患难与共，相濡以沫。妻子去世后，王蒙万分痛苦和难过，他深切感受到“一旦离去，其悲何如？长歌当哭，以诗为祭”①。崔瑞芳与王蒙相亲相爱60年，她坚贞不屈、忠诚不贰，面对苦难，毫不畏惧，她是“此身此世此心中，瑞草芳菲煦煦风。淡对荒唐成一笑，长吟块垒亦含情”②。这几句诗赞美了崔瑞芳的乐观主义精神，面对荒唐的世界，她给王蒙的心灵带来莫大的慰藉。当王蒙落难时，她与王蒙同舟共济，相依为命，真是“何惊恶浪同舟度，有幸晴晖携手行”③。崔瑞芳就像俄国十二月党人的妻子们，她放弃了优越的京城生活，到新疆陪伴落难的丈夫，她当中学老师，跟丈夫在田地里劳作，一家人其乐融融。她和王蒙相濡以沫的爱情和亲情，王蒙以诗为证，“古路茫茫恁断肠，我愿随君经百世，君宜与我走八方”④。他们在伊犁巴彦岱的生活艰辛并快乐着，所有的痛苦和悲伤在妻子的宽慰中随风逝去。妻子的宽宏大量和忠贞不渝陪伴着他一路走来，随着她的离去，所有的悲痛都化作了深情的回忆，他们之间的故事就像一股股温泉，源源不断地流进王蒙的心田。他的泪水变成了诗歌的蒙太奇，定格在每一句诗的真情流露中，他用诗歌为爱好文学的她送别，这是真正的心碎和无奈，这份悲情犹如苏轼在《江城子》中写得那样寸断肝肠。

真性情的流露是王蒙诗歌美学的重要组成部分，追求真是王蒙的文学理想之一。“真挚的感情是进入创作的一个重要条件。你千万不要走那种按照‘需要’，按照风向和‘行情’进行编创的道路，靠小聪明、靠灵活和随机应变、善于迎合来编故事，这是文学创作的邪路”⑤，杜绝虚假的感情和空洞的形式主义描写、追求真诚的文学理念是王蒙创作的理想之一。没有真性情的书写，王蒙的古典诗歌就失去了重要的发力点和阐释的文学场域，花里胡哨的文学观念的更新以及创作技法魔术般的变换都是促进文学永葆青春的化妆品和面膜，但文学躯体的本真决定着文学真正的容颜和魅力，艺术的真是文学不能割舍的最重要的器官。自然的真情流露是文学带给世人的美好礼物，所以说“人类的一切美好、伟大和崇高的思想和情操，无一不是自然的赐予，无一不得到自然的哺育”⑥。

在弘扬国学的今天，王蒙改良古诗的努力弥足珍贵。继承先人的文学智慧，对民族文学的发展和创新是一个持久的文学理想。文学的力量虽然微弱，但恒久的梦想和希望仍然是

---

① 王蒙：《以诗为别》，《王蒙文集》（第19卷），人民文学出版社2014年版，第336页。

② 王蒙：《以诗为别》，《王蒙文集》（第19卷），人民文学出版社2014年版，第334页。

③ 王蒙：《以诗为别》，《王蒙文集》（第19卷），人民文学出版社2014年版，第334页。

④ 王蒙：《以诗为别》，《王蒙文集》（第19卷），人民文学出版社2014年版，第334页。

⑤ 王蒙：《当你拿起笔……》，载宋炳辉、张毅编《王蒙研究资料》，天津人民出版社2009年版，第47页。

⑥ 格非：《当代文化与环境的对立，博尔赫斯的面孔》，译林出版社2014年版，第91页。

文学给世人带来的福音。王蒙的古诗创作在当今纷纭芜杂的环境里显得孤独和寂寞。智者的灵魂在高远清幽的世界里忍受着非议和折磨，但历史会记住他们的眼泪和不甘，给予先驱者新的神坛。中国传统文学的力量随着探索者群体的努力正逐渐呈现出来，继承优秀的传统，是中国文学界的责任和历史使命。文学是文化传播的重要一环：美国的嬉皮士喜欢唐代和尚寒山，把他看成自由、颓废、忘我的代表；杜甫的诗出现在纽约的地铁站；白居易的诗歌对日本诗歌的影响是深远的；老舍的《猫城记》、《骆驼祥子》在美国引起了巨大的轰动；鲁迅的文学和思想影响了日本的一代学人，鲁迅学成为日本汉学研究的重要支柱；沈从文小说中的湘西世界吸引了无数的国内外文学爱好者前去探索。文学的力量就像涓涓细流，慢慢地滋润着人们的心田。由于语言的差异和文学的边缘化，中国文学在世界上的影响力还没有达到一定的效果，但新生的力量正逐步向世界扩展。所以，继承和发扬传统文学的美学力量是一份积极的民族规划，王蒙的古诗创作为中国文学的积累贡献了一份绵薄之力。

论“女扮男装”在网络穿越小说中的新发展

童　娣　张仁凤*

（南京晓庄学院 文学院，南京 211171）

内容摘要：“女扮男装”情节虽源自古代文学，却在网络穿越小说有了新的发展，焕发出新的生机与活力。“女扮男装”情节在穿越小说中的新发展主要体现在对“女扮男装”行为的出发点不同叙述、人物的最终结局的差异、相关情节的叙述比重的差异上；导致上述差异的原因来自创作主体的性别差异、创作意识与创作目的的差异等。穿越小说中“女扮男装”情节较之古代，在呈现女性主动追求自身价值实现的进步性的同时，也反映出存在的局限性——存在“去女性化”的趋势、缺乏对自我价值的正确认同及自信。

关键词：女扮男装；网络文学；穿越小说

一

2007年被称为“穿越年”，穿越小说在经过几年的积淀后遍地开花，成为网络文学中一个令人瞩目的题材类型。近几年，随着重生文的兴起，穿越小说的发展似乎进入了一个瓶颈期。但因为《十一处特工皇妃》、《醉玲珑》、《扶摇皇后》等经典穿越小说改编剧的热播，穿越小说又被重新推向一个小的高峰。穿越小说在与其他类型小说的碰撞与相互融合中，显示出许多新的态势。但是在其发展中，有一个情节一直广受网络穿越文写手的热爱，这就是“女扮男装”。

所谓“女扮男装”，指“女子穿上男装，打扮成男子的模样”。“女扮男装”情节在穿越小说中广泛应用：《木兰无长兄》中的贺木兰、《凤囚凰》中的楚玉、《凤倾天阑》中的罄冉、《十一处

---

* 作者简介：童娣，文学博士，南京晓庄学院文学院副教授；张仁凤，南京晓庄学院文学院本科生。

基金项目：江苏省社会科学基金项目“新世纪网络类型小说的伦理倾向研究”（17ZWC004）；江苏省大学生创新创业训练计划项目“网络穿越小说阅读心理调查与研究”（201711460058X）阶段性研究成果。

特工皇妃》中的楚乔、《扶摇皇后》中的孟扶摇、《木槿花西月锦绣》中的木槿等穿越后，纷纷不约而同地做出了“女扮男装”的行为。“由于女性在古代社会难以抛头露面，故这类小说的常见的情节设定就是‘女扮男装’，女主人公穿上男装后征服天下。”[①]“男扮女装”为女主提供了走出家门的机会，从而推动了行文的发展；另一方面“女扮男装”情节也丰富了小说的故事内容。

“女扮男装”情节并非网络穿越小说的首创，传统文学中的“女扮男装”运用由来已久。有文字记载的“女扮男装”最早可追溯到夏桀宠妃末喜喜穿男装，“末喜者，夏桀之妃也。美於色，薄於德，乱孽无道，女子行丈夫心，佩剑带冠”[②]。其后春秋时期的齐灵公，喜看女子穿男装，并由宫内传至宫外，掀起“女扮男装”热潮，“灵公好妇人而丈夫饰者，国人尽服之”[③]。此外西晋时祝英台女扮男装进书院读书，北朝乐府民歌《木兰诗》中的花木兰替父从军，五代时期才女黄崇嘏，作《辞蜀相妻女》表明女儿身以辞婚等更是见诸各类记载。“女扮男装”情节真正得到广泛应用当属明清之时，在其时的《四声猿》、《三言二拍》、《聊斋志异》、《再生缘》、《玉娇梨》等话本小说、戏曲弹词中比比皆是，后来“女扮男装”更成为戏曲舞台表演中必不可少的表演形式。

总的看来，传统文学中的“女扮男装”主要表达疆场立功，拯危救难；科场夺魁，治国安邦；自择佳婿，自主姻缘这三方面的主题。[④]“女扮男装”作为穿越小说中最为常见的桥段之一，前有“白莲花”文，女主女扮男装引各色优秀男子爱慕，扮无辜弱小；后有“大女主”文，女主女扮男装，纵横江湖朝堂，大气磅礴。在不同的穿越文中，“女扮男装”情节的运用是不能同类而论的。网络穿越小说继承并发展了我国古代文学中“女扮男装”的文学传统，并发展出新的形式，体现出新的意识。本文旨在分析“女扮男装”在网络穿越小说中的新发展，并对其进行价值评判。

二

作为新媒体语境下的新型文学样式，网络文学一方面继承了传统的文学模式，另一方面又能顺应时代特点有所创新。穿越小说中的“女扮男装”情节亦是如此。穿越小说写手在沿用这个情节的同时，顺应时代变化做了相应调整与发展。

就女主人公“女扮男装”行为的出发点来看，网络穿越小说与古代文学相比，存在显著差异。古代文学中的女性大多是迫于外在的形势与压力，迫不得已做出“女扮男装”的选择，这一选择是被动的，并非出于自主内在的需求。《木兰诗》中的花木兰因父老弟幼，替父从军；《刘小官雌雄兄弟》中的刘方听从父命，易装成男子，方便随父远行；《谢小娥传》中的谢小娥

---

① 黎杨全：《“女扮男装”：网络文学中的女权意识及其悖论》，《文艺争鸣》2013年第8期。

② 刘向：《古列女传》，商务印书馆1936年版，第189—190页。

③ 晏婴：《晏子春秋》，中华书局1985年版，第53页。

④ 卢振杰：《论文学中“女扮男装”母题的嬗变》，《重庆教育学院学报》2005年第1期。

为报杀父之仇，异装进入敌家为佣。概括来说，古代文学中“女扮男装”的出发点主要是“或因逃婚、或因求婚、或因复仇、或为家庭……”她们“女扮男装一开始就有着积极主动思想的较少，大多是被逼无奈，或直接逼迫，或间接逼迫”①。古代女子为履行为人妻、为人子的责任与义务，暂时性地僭越男权意识，却始终脱离不开“君君臣臣，父父子子”等封建礼教的束缚，女子的主体意识被伦理责任意识所掩盖，尚不能发现与实现自身内在的需要与价值。

穿越小说中的“女扮男装”则多源于主人公的自主选择，主观性与自由性较大。无论是《凤囚凰》中的楚玉为结交世家子弟，化名子楚，参加“曲水流觞”；还是《不笑浮图》中的墨非女扮男装，官至宰相；抑或《天涯行歌》中行歌女扮男装，行于天涯……她们女扮男装既不是为了顺应社会伦理道德的需要，也不是获得外界褒奖的需求，仅仅是满足改变自身境遇，过上理想生活的需要。“女扮男装”是她们摆脱男权社会既定命运，达到自主追求的目的的方式，体现出较强的生命主体意识。在今天这样一个追求个性解放，追求个人价值的社会，穿越小说“女扮男装”的出发点，无疑契合了时代特色。

“女扮男装”后的最终结局走向，在古代文学和现代穿越小说中呈现出泾渭分明之态。古代文学中的女子，目的达成之后，最终无非幸福和不幸两种结局。细分则有“以婚姻为最终幸福和价值实现目标，她们的复装是幸福的；换装前荣极一时，复装后却甚为不幸；与复装相对的，便是誓死不复装，也是不幸福的；另一部分女子坚决不复装，然他们的生活却驶入了另一个颇为不同寻常的轨道——同性恋；其他特殊的还有遁入空门和自尽”②。总的看来，她们大都最终回归性别本身、回归家庭。这些女子虽胆智过人，但无法真正左右自己的命运，“假扮男子的才干固然令人刮目相看，但易装女主角受到舆论赞誉的另一重要因素乃是其坚守女贞”③。由于古代社会还是以男性为主导，社会的中心权力仍在男性手中，女性“女扮男装”，只能短暂僭越男权领域，却难触根本，也无法改变女性群体的本质命运。

穿越小说中女主人公的最终结局，多是由主人公的主观行为决定的，或选择“一生一世一双人”，或选择继续成就功名，或继续保留“男性”身份……《凤囚凰》中楚玉和男主退出朝堂风波，感受岁月静好；《不笑浮图》中墨非官至宰相，却不愿恢复女子身份；《天涯行歌》中行歌停留任心等，对于穿越主人公而言，她们的结局和其“女扮男装”的出发点一样，都带有绝对的自主性。她们听于心，书写属于自己的结局。

从“女扮男装”情节的叙述比重来看，古代文学中的“女扮男装”情节，多一笔带过。《李秀卿义结黄贞女》中对于黄善聪女扮男装的原因及经过，文中仅以老爹黄老实“计较已定，与女儿说通了，制副道袍净袜，教女儿穿着；头上裹个包巾，妆扮起来，好一个清秀孩子”几句进行交代；《刘小官雌雄兄弟》则只在文末以刘方之口“……恐途中不便，故为男扮”，只区区“故

① 李良勇：《中国古典文学中女扮男装作品的叙事内容模式》，《泸州职业技术学院学报》2015 年第 2 期。

② 李良勇：《中国古典文学中女扮男装作品的叙事内容模式》，《泸州职业技术学院学报》2015 年第 2 期。

③ 黎藜：《易性乔装与话本小说的女性观》，《明清小说研究》2010 年第 2 期。

为男扮”四字用以描写刘方女扮男装，再无其他文字等，其他涉及“女扮男装”的文学作品中也大都简单记叙女主着男子衣衫发饰，多将叙述重点放在女子换装前后。对于作者来说，“女扮男装”只是一种写作策略，或者只是作者表达思想的一个载体，在作品中只能居于十分次要的地位。另外，即使作者对部分女子的才能与勇气等持肯定态度，他也不会大力推崇“女扮男装”的行为，毕竟这有悖于正统礼教。以上原因决定了在古代文学作品中，对“女扮男装”的形式不会多加言语描绘。

然而，由于男性与女性体貌的本质差异，“女扮男装”情节的真实性与合理性也因为这种一笔带过而显得大打折扣。因此穿越小说在沿用“女扮男装”情节时，往往有意识地做出使“女扮男装”情节更加合理化的改变。不但女扮男装的方式变得更加多样化，如通过饮药、易容、秘术等方式改变容貌；在故事的叙述中，也会对女子换装前后的容貌、身形、声音等变化，以及着男装行事过程中女子用聪明才智化解性别暴露的惊险情节等进行详尽描绘。《腹黑贤妻》中的明云裳以人皮面具女扮男装，进入官场，婉拒公主爱慕，巧绝皇帝疑心，智解政敌陷害；《江山美人谋》中的宋初一女扮男装闯荡，得遇张仪，仪送其药，可遮掩女子身份……每次女主都在千钧一发之际，凭借自己的智慧转危为安，身份暴露的相关情节，也让读者忍不住跟着胆战心惊。

随着网络文学的不断发展，“女扮男装”甚至由外表变化发展为真正意识上的性别转换，即“性转文”，可以说最大程度上实现了“女扮男装”的真实性。《太子妃升职记》中，张芃芃由男变女，女扮男装逛青楼，一眼便被老鸨识破，更遑论以往小说中简单变换衣着了。这是对传统意义上，换个装、粘个胡子“女扮男装”便能以假乱真的一个小讽刺。这些新的变化无疑增加了故事的趣味性与真实性，更能契合时代特点，满足读者口味。

从作品的受众层面来看，古代包含“女扮男装”情节的文学作品大多可归入通俗文学之中，“通俗文学最有价值的地方，体现在为市井细民‘写心’的文化精神上”①。“女扮男装”作品的受众主要以普通市民群体为主，因而作家在创作中十分重视为市民“写心”，不仅语言通俗晓畅，情节生动曲折，在人物形象的塑造方面更加注重人物性格的类型化，特别是善、恶性格，白黑分明。古代小说中的主角其最终结局总是符合普通民众“善有善报，恶有恶报”的美好期盼。《谢小娥传》中谢小娥几经曲折，最终杀死仇人，恶人也得到应有的惩罚。那些受到人们称赞的“女扮男装”的女子大都才貌双全，文如黄崇嘏，武如花木兰，擅商如黄善聪。这些优秀的女性身上更少不了贞洁妇德这些社会要求的外在美德，性格方面简直可以说十全十美，堪为典范。

穿越小说面对的读者主要以年轻人为主，大体遵循青年亚文化的特点。年轻读者主张个性张扬，喜欢新鲜刺激，所以穿越小说中的女主人公大都不拘世俗礼法，敢于与当时的社会习俗相抗衡。穿越的女主人公“女扮男装”的过程中，行事果敢干练，行为不拘一格。《江

① 朱全福：《“三言”“二拍”研究》，暨南大学出版社2012年版，第256页。

山美人谋》中的宋初一行为粗鲁，时常忘记自己是一个女人，经常忍不住爆粗口，她明知“天下无义战”，但为了社会最终的安宁，她宁愿发起战争，叱咤风云，在乱世里“天下为棋，我为棋手”。女主腹黑强大，坚强霸气，连女读者也会为女主的人格魅力所吸引。穿越小说一改传统小说对女性角色的束缚，赋予她们或心机、或冷漠、或粗俗等缺点，而文中的女配则是一些表面单纯善良、楚楚可怜，背地里心狠手辣、虚伪做作的“白莲花”。在这样一个喜欢解构崇高，不再相信英雄的时代，人们一边崇敬英雄，一边又不相信真的有十全十美的英雄存在。正如“白莲花”、“圣母”，由过去的褒义词，变成了现在的贬义词，古代文学中那些善良柔弱、完美无缺的女性楷模，反而成了穿越小说中的心机女配。有些小缺点、真性情、不做作的女主，更符合一个普通人的形象，显得更为真实，因而更加受到读者喜爱。

如果说上述区别稍显表层的话，“女扮男装”见之于古代文学和现代穿越小说的深层差异则体现在文化内涵层面。古代文学中的“女扮男装”，是当时社会女性意识的难能体现，表达了作家的创作理想，传达了相应社会阶层对平等观念的渴望。“文学作为一种社会意识形态，总是与社会政治、人们生活和道德伦理密切相关的，总是要包含社会内容、发挥社会功能的。从理论上说，要求文学必须渗透政治伦理、涵摄道德内容。”①“心怀天下”是古代文人对自我的普遍要求，他们的作品往往呈现出小我与大我二者共存之势，发展到后来，逐渐成为小我寓于大我之中，所以“女扮男装”在古代文学中，更多的是承担某种象征性的文化内涵，它把政治、道德、社会等方方面面对人的影响浓缩于一个看似离经叛道、实际合乎常理的易装行为。女性在古代的地位低于男性，正是由于女性本身的弱势力量，经过“女扮男装”后的女子，其反抗性行为才更有力量，其文化内涵才更为深刻。

相比于古代文学，穿越小说中的“女扮男装”的文化内涵则相对较弱。一方面由于社会经济的发展，男尊女卑在当下社会已经大为改观——虽然还未达到男女完全平等的地步；另一方面，由于网络穿越小说本身的娱乐性，“女扮男装”承担的多是一种满足读者猎奇求新的心理，而非古代沉重的教化功能。当然，这并不意味着“女扮男装”在穿越小说中只是一个形式，毫无文化意义可言。“女扮男装”经过漫长的发展，已经逐步由最初的创作者主导“女扮男装”的意义，到现在的读者主导写手对“女扮男装”的创作；同时现代思想的深入人心，使得“女扮男装”的文化内涵更多的是人们对于现实社会所缺失的客观反映，以及偏向于反映人的内心世界，更加关注“人”本身。所以，与其说穿越小说中“女扮男装”的文化内涵是进步、民主思想的象征，不如说它是最真实的“人”的本质体现。

三

网络穿越小说中的“女扮男装”的发展大体与创作主体的性别转换、创作意识的变化、创作目的的差异等有密切的关联。性别转换决定了“女扮男装”情节的创作诉求；创作意识决

---

① 聂付生：《冯梦龙研究》，学林出版社2002年版，第103页。

定了“女扮男装”情节的文化内涵;创作目的决定了“女扮男装”情节的设定。

首先,从创作主体的性别来看,古代话本小说的创作者多为男性,直至清代才出现一批写弹词的女性作家,而网络穿越小说的写手则多为女性。小说创作群体性别比例的变化,引发了作品情节与内涵的相应变化。作家的写作或多或少会受到自身际遇的影响,对同一情节的处理,反映出的往往是自身对现实的诉求。

古代文学中的男性作家大多言在此,意在彼,他们写女性问题,最主要的目的并非出于对女性问题的考量,而是委婉地借以表达自己的思想主张。《四声猿》中,徐渭借花木兰、黄崇嘏因缺乏男子身份而有志难酬、屈居闺阁,委婉表达自己由于缺乏科举功名而怀才不遇、沦为幕僚的愤懑。

相对而言,女性作家对女性问题往往有切身体会,她们写女扮男装与女性自身的诉求联系更加紧密,这是一个渐变过程。女子建功立业、保家卫国并非当今女性作家的首创,清代创作弹词的女作家们早已表达过相似的愿望,如《榴花梦》以唐贞观之后的乱世为背景,塑造了女中豪杰桂桓魁的形象。穿越小说中此类女子形象更为常见,《凤倾天阑》中的“女汉子”太史阑女扮男装,集合寒门子弟,组建军队,投身沙场;《狂帝》里莫倾狂女扮男装,在乱世之中,建立奇功;《铿锵红颜之风行天下》中尉迟如风女扮男装,征战沙场,立下赫赫战功;《云倾天阑》里罄冉女扮男装,驰骋疆场,拜官为相……这些形象相比男性作家笔下的女子,理想更加宏大,格局更加高远,更显大气磅礴。

网络穿越小说的女性写手不拘泥女性个体,显示出超越性别意识的家国情怀。随着穿越小说的不断发展,一种格局宏大、格调深远的穿越文逐渐进入人们的视野。一反以言情占据整个篇幅、女主柔弱不堪的滥觞,女主多独立自主,内心坚定,有自己的追求;通过女扮男装,或保家卫国、或扭转历史等,这类穿越文颇有清朝女作家创作的弹词风范,可以视为对它们的继承与发展。家国情怀并非男子独有,居其家,忧其国,这恰恰是任何人,包括女子都会有的情感。“一方面是一个女人将自己武装成男人,按照男权的逻辑获得成功的故事;另一方面也是一个女人按照正统价值观念的要求展现民族主义、集体主义或人道主义关怀……”① 女性写手塑造“女扮男装”驰骋疆场、保卫国家的女子形象,除了向读者展示女子独有的魄力;更为重要的是,也向人们宣称:真正的家国情怀是超越性别,超越个体的。潇湘冬儿《十一处特工皇妃》楚乔穿越为腐朽王朝小女奴,女扮男装游走在西蒙大地,致力于推翻奴隶制。她始终坚定不移,最终和诸葛玥共同建立了第一个封建制政权。楚乔形象出彩之处就在于,她想改变的不是个人命运,而是一个王朝、一个阶级的命运,因为身负使命,所以满怀信仰。这也是穿越小说中这类人物的魅力所在。

正视女性本身,塑造真正的女性意识与价值体系。虽然有大量言情类穿越小说的存在,但与此同时“架空历史”、“穿越重生”等也展现出新的面貌。“女扮男装”的穿越女主用她们

① 邵燕君:《网络文学经典解读》,北京大学出版社2016年版,第206页。

的方式，向读者传达“女性”及“女性主义”等词语真正的含义。《木兰无长兄》中贺木兰解甲归田、年已三十，被乡里人道长短，女扮男装，吓走说亲之人——功名累累的女英雄不愿如此被嫁出去。“娜拉出走后怎么办”是文学史提出的关于女性主义的著名论题；“木兰回乡后怎么办”则是穿越小说对“女性”提出的问题。小说中，贺木兰不在意别人的目光，她有自己的定位，番外中，木兰也算找到了自己的幸福。作者借现代人贺木兰穿越为花木兰的情节设置，以现代女性的视角观察与感受古代女性英雄的历史境遇。此外，《这日子没法过了》中谢殊女扮男装，成为丞相，高权在上，取爱而退，但不是全然放弃自我，仍然参与政治决策；《江山美人谋》的宋初一助嬴驷大定天下，便功成而退，选择平凡的爱情过平凡的生活。即使身处男权时代，这些女子却未成为男子的附属品，她们自身就是女性意识与价值观的代名词。

其次，从作家的创作意识来看，古代作家多把“女扮男装”作为其宣扬妇德、伦理等社会教化作用的思想武器，也有作家以“代言”形式，借“女扮男装”抒发自己怀才不遇的悲愤等。古代作家虽写女扮男装等叛逆行为，但大都在结尾处将这些触及封建礼教禁忌之处，以“一床锦被遮盖”，并在主旨方面做出符合封建伦理道德的价值导向。徐渭《四声猿》——《女状元辞凰得凤》、《雌木兰替父从军》中一文一武两位奇女子，在短暂僭越男权社会后，作者依然让她们回归家庭、相夫教子；甚至《三言二拍》——《李秀卿义结黄贞女》中男女主本已情投意合，成婚自是水到渠成，但作者还要安排黄善聪拒绝李秀卿求娶、县官巧设妙计促成佳偶的桥段，以证两人七年相处却秋毫无犯；《再生缘》中被皇帝亲自下旨纳为后妃的孟丽君，处于皇权与个人意愿的两难之中，作者则干脆搁笔不顾了。

网络小说写手在创作过程中，内心没有古代作家的伦理道德红线。封建伦理道德的存在只是作为作品中主人公成长的障碍，反而能增加故事的曲折性与趣味性，因而穿越小说“女扮男装”情节的处理，更加符合当代读者的阅读心理与“期待视野”。“接受美学的一条重要原则是‘视野融合’，只有读者的期待视野与文学文本相融合，才能谈得上接受和理解。”[①]《穿越之清冷公子》里林玉女扮男装成为江湖“拈花公子”，入朝为相，率兵出战，兜转于几国政权与爱恨，成为神话；《惑乱君心：倾世女丞相》中的柳岚女扮男装入朝为官，以女子之身，掀起风云诡谲；即使相爱，却宁死不入后宫，这些女子置于当时情境之中，也都是离经叛道、不为世俗理解的。但由于穿越小说的情节设定，女主身上带有超前的思想与价值观，面对种种束缚与限制，敢于反抗、蔑视权威，最终女主和读者一起成功冲破条条框框，实现真正的自我——主人公完成了自己的蜕变成长，而读者的期待视野和文本也达到了完美融合。

此外，由于时代环境的不同，创作主体的关注点也慢慢发生了转移。创作者能够跳出条条框框，思考社会问题，关注少数群体，这一思考显得更为“离经叛道”。穿越小说中，有许多女主女扮男装，混迹江湖朝堂的小说。即使身着男装，女主超越时代的特质，还是为她们赢

---

① ［德］H.R.姚斯、［美］R.C.霍拉勃：《接受美学与接受理论》，周宁、金元浦译，辽宁人民出版社1987年版，第8页。

得了一众优秀男子的爱慕。男主男配大都在发现自己对女扮男装的女主的心意后，陷入或多或少的自我怀疑与否定之中，恋上糖菓的《相公很难缠》中琅骁对女扮男装的“兰若”生情，情到浓处，二人的言语，恰是对“同性之爱”做出了很好的回答——“同性么?”“并无特别，只要两人相爱就可。”所以，男主最终会突破社会伦理教条的束缚，正视自己的内心，这往往也是最吸引读者的情节之一。读者之所以如此喜欢看男主为自己性向而纠结并最终看破的情节，除了出于猎奇心理，还有一部分是对同性恋等跨性别恋情的理解与支持。穿越小说站在人道主义角度，支持符合人类正常诉求却受到社会不公正待遇的同性恋现象，体现了思想意识的进步。

除却人道主义关怀外，对同性恋的关注还承载着个体对“主流”的反叛意识。异性恋是主流价值所认可的，占少数群体的“LGBT”①长期处于未被世俗接受的眼光里。所谓的主流价值只是大部分人约定俗成的标准，而大多数人所坚持的并非就是真理，并且也不存在任何明文规定主流价值与非主流价值的谁是谁非。穿越小说中“男扮女装”的情节设定衍生出对于“少数群体”的关怀。

最后，作家对“男扮女装”情节运用的差异性还与作家的创作目的密切关联。古代文人虽爱好创作，却极少靠写作糊口，所以文人写作的政治宣教色彩与个体抒情色彩较强，鲜有刻意迎合读者的商业目的。网络小说是“市场化”的产物。网络写手出于市场化考虑，为增加阅读量、点击量，增加“话题”热度，多以“女扮男装”作为噱头、剧情卖点，如男主在发现自己喜欢上“女扮男装”的女主时，各种纠结、对自己性取向的怀疑及引起读者对男女主爱情的讨论，等等。《帝王之友》中殷胥不知崔季明是女子，怀疑自己是断袖之癖，内心充满纠结；《督主，好巧》的女主替弟进宫当太监，男主对女主产生好感之后，对女主的身份一度很困扰等，这类“女扮男装”的穿越小说十分容易引起读者之间的讨论，甚至在贴吧、微博还会有读者专门建立相关群组表明自己对某一 CP 的支持。在“起点中文网”输入“女扮男装”关键字进行搜索，查找结果有超过 2000 部小说与此有关，其他网络文学网站，如“红袖添香”、“潇湘书院”中，书名中含“女扮男装”的都过百，且多为穿越小说。由此可见，“女扮男装”在网络小说，尤其穿越小说中盛行，“市场”起着举足轻重的作用。

四

文学中的“女扮男装”情节发展到今天，已走过悠久历史，这个被许多读者吐槽的“烂梗”依然生命力旺盛。读者一边吐槽“女扮男装”情节狗血，一边又看得津津有味。这恰恰是矛盾性的体现：网络小说可以为穿越女主提供各种金手指、塑造各种主角光环，为何女主行事还得换男装？几百年过去了，为何有着现代思想的女性想要有所作为还得顶着男性的身份？一个时代的文学是一个时代的社会缩影，穿越小说中的“女扮男装”亦是如此。

① “LGBT”是女同性恋者、男同性恋者、双性恋者与跨性别恋者的英文首字母缩略字。

“女扮男装”情节的经久不衰，一方面反映出了当代女性对自身能力价值的认同，主动追求自身才能与价值实现的诉求。“在父权制的社会里，支配群体通过控制言论来控制现实，他们剥夺了妇女的发言权，使他们长期处于沉默状态……一个沉默的群体必然成为被埋没的群体”[①]，穿越小说中的女主不再沉默。与普通的穿越小说不同，“女扮男装”使得女子能够冲破“大门不出二门不迈”的束缚，脱离宫斗宅斗的局限，让女子在礼教森严的古代走出家门，接触更广阔的世界。《女帝直播攻略》是一篇典型的穿越系统文，姜芃姬穿越后与“宫斗直播系统”绑定，系统让姜芃姬成为皇帝的女人（后妃），但女主另立独行，女扮男装，在诸侯争霸中脱颖而出；她不管什么“男人征服天下，女人征服男人”，姜芃姬凭借自己的能力征服天下，最终成为皇帝的女人（女帝）。反观穿越宫斗宅斗文，表面看似宣扬大女主，体现女子的果敢机智，但是一群女人为生存争夺一个男人的宠爱而相互斗争，这本身仍是对男权的依附。“女扮男装”是因为女性对自身能力价值自信，不甘困于后院，主动追求自身才能与价值的实现。

另一方面，在主张男女平等的今天，“女扮男装”这个梗依然方兴未艾，体现的是女子对于自己性别身份的不自信和轻视。“女性在潜意识里既有对身为女性的反感，也有对男性的倾慕，还有不能摆脱模仿男性价值标准的困窘。”[②]在社会大众的普遍认识中，甚至是女性内心深处依然默认：女性只有拥有男性身份这个外在条件，才能真正获得实现自身价值的机会。换句话说，社会的性别歧视依然存在，女子很难真正获得与男子同等的权力。所谓宣传女权的“大女主”文中，作者大多弱化女主身上多愁善感、善良寡断等性格方面的女性特征，描写一些腹黑机智、果断冷漠的女主。“女扮男装”小说中女主不仅在衣着打扮上模仿男子，在行为举止上也竭力向男性靠拢，经常会有一些女扮男装的穿越女主为掩饰自己的身份，流连青楼楚馆，引得各色花魁、小姐为自己争风吃醋、芳心暗许。“‘女扮男装’是双重意味的，既表达了男女平等的愿望甚至女尊男卑的激进诉求，也隐喻着这些女权诉求潜在地对男权社会文化逻辑的遵循”[③]，尽管女主只是为保全自身，但是她们自认可以掩饰身份、风流潇洒的行径，实际上变相肯定了男性花心滥情的行为。

实际上这并不是真正意义上的男女平等或女性独立，“两性和谐并非要泯灭两性间的不同，而是要尊重性别间的差异，尊重男女两性相异的人格气质，在两性的和谐发展中构建理想的人性”[④]。真正的男女平等应该建立在承认并尊重两性差异的基础上。“不是仅仅从生理层面而是从政治、话语、文化层面来理解男女不平等的根源，才能真正瓦解思想文化领域内人们对女性的性别歧视”[⑤]，真正实现“男女平等”还有很长的路要走。

---

① 康正果：《女权主义与文学》，中国社会科学出版社 1994 年版，第 12 页。

② 寿静心：《女性文学的革命：中国当代女性主义文学研究》，中国社会科学出版社 2007 年版，第 77 页。

③ 黎杨全：《“女扮男装”：网络文学中的女权意识及其悖论》，《文艺争鸣》2013 年第 8 期。

④ 周志雄：《新世纪网络文学的侧面》，山东人民出版社 2014 年版，第 190 页。

⑤ 黎杨全：《“女扮男装”：网络文学中的女权意识及其悖论》，《文艺争鸣》2013 年第 8 期。

“女扮男装”这一情节虽然从古代文学发展而来，但是它在网络穿越小说中重新焕发了生机，并表现出了新的生命活力。纵观来看，“女扮男装”在古代文学、穿越小说运用的不同主要体现在此行为的出发点、人物最终结局、相关情节的具体叙述上；导致差异的原因来自创作主体的性别差异、创作意识与创作目的的差异等。穿越小说中“女扮男装”情节较之古代，在呈现女性主动追求自身价值实现的进步性的同时，也反映出存在的局限性——存在“去女性化”的趋势、缺乏对自我价值的正确认同及自信。穿越小说以“女扮男装”为载体，带给读者轻松享受之余，为人们揭示了女性群体在当下社会的迷惘，以及一部分女性的觉醒。

关于“小长篇”文体的一种理解与思考

梁　贝　王春林*

（山西大学 文学院，太原 030006）

内容摘要：在当下时代真正可谓方兴未艾的长篇小说写作大潮中，出现了一种篇幅不大，与传统体量庞大的长篇小说形成了鲜明区别的“小长篇”创作现象。本文即是在充分考察相关代表性文本的基础上，对“小长篇”的文体特征做一种探索性思考。本文认为，深刻、轻逸与迅捷，乃是“小长篇”最突出的文体特征所在。

关键词：“小长篇”；文体特征；深刻；轻逸；迅捷

我们注意到，2015年第10期《中国作家》杂志，在发表两位70后女作家张好好的长篇小说《禾木》和李燕蓉的《出口》的时候，编者所特别标明的栏目名称竟然是“小长篇”。何谓“小长篇”？文学界什么时候出现了一种新的小说文体？这是我们首先必须面对的问题。对这一问题的回答，涉及文体的界定，更涉及文体那样一种简直就是“与时俱进”式的发展变迁。究竟何谓“小长篇”，肯定是由长篇小说而派生出来的一个问题。理解澄清这一问题的一个必要前提，就是弄明白究竟何谓长篇小说。我们首先要提到的，是美国理论批评家艾布拉姆斯的观点。“‘小说’现在用来表示种类繁多的作品，其唯一的共同特性是它们都是延伸了的，用散文体写成的虚构故事。作为延伸的叙事文，小说既不同于‘短篇小说’，也相异于篇幅适中的‘中篇小说’。它的庞大篇幅使它比那些短小精悍的文学形式要有更多的人物，更复杂的情节，更宽阔的环境和对人物性格的更持续、更细微的探究。作为散文体叙事文，小说不同于乔叟、斯宾塞和弥尔顿用韵文体写成的长篇叙事文。小说从十八世纪开始逐渐

* 作者简介：梁贝，山西大学文学院中国现当代文学专业硕士研究生；王春林，山西大学文学院教授，博士生导师。

基金项目：本文系2013年国家社科基金重大招标项目“世界性与本土性交汇：莫言文学道路与中国文学的变革研究”(13&ZD122)的阶段性成果。

取代了韵文体叙事文。”[1]虽然艾布拉姆斯在这里看起来似乎是在笼统地讨论小说这样一个大文体，但我们都知道，在英语中，小说一般都写作“Novel”，其义完全等同于现代汉语中的“长篇小说”。正因为如此，艾布拉姆斯才会在自己的定义中把“小说”与“短篇小说”和“中篇小说”这两种小说文体进行比较。在艾布拉姆斯看来，一部长篇小说，最核心的要素一是复杂的故事情节，二是要刻画人物形象，三是社会环境的描摹与展示。对于同一个问题，中国作家也有着相对深入的思考与认识。比如，莫言就特别强调长度、密度以及难度的重要：“长度、密度和难度，是长篇小说的标志，也是这伟大文体的尊严。”“所谓长度，自然是指小说的篇幅。没有二十万字以上的篇幅，长篇小说就缺少应有的威严。”“长篇小说的密度，是指密集的事件，密集的人物，密集的思想。思想之潮汹涌澎湃，裹挟着事件、人物，排山倒海而来，让人目不暇接，不是那种用几句话就能说清的小说。”“长篇小说的难度，是指艺术上的原创性，原创的总是陌生的，总是要求读者动点脑子的，总是要比阅读那些轻软滑溜的小说来得痛苦和艰难，难也是指结构上的难，语言上的难，思想上的难。”[2]而另一位更年轻的作家徐则臣，则特别强调，“我喜欢的长篇小说应该长成这样：宽阔、复杂、本色”。“大历史固然可能更宽阔，但我以为，更宽阔者，乃是作家注入世道人心之宽阔：宽阔的质疑，宽阔的理解，宽阔的爱恨与悲喜。”“复杂是人物处境和精神困境的硬指标，我从不相信一部优秀的大长篇会单纯、澄澈如水，因为我不能认同人物内心的片面与简单，我也不能认同人与人、人与世界之间的关系平白简约到了无须疑虑与深究的地步。”“小说是一个人面对世界的方式，它的意义就在于提供你作为个体独特地、真实地看待这个世界的眼光：你看到了什么，听到了什么，想到了什么，你的疑问、追究与希望和遥想——你的，单单你一个人的。”“本色，才更接近真相。让我在你的小说中重见一以贯之的‘你’，听见‘你’没被矫饰与曲解的声音。”[3]比较以上三种关于长篇小说的理解，首先可以明显感觉到理论批评家与作家之间的差异。作为理论批评家的艾布拉姆斯，很显然是依托于西方小说史提炼概括他对于长篇小说的看法，其立论与表述均十分严谨，学术色彩突出。作家莫言与徐则臣，虽然也在严肃地探讨着相关理论命题，但其认识与表述均带有自身鲜明的创作经验特质。然而，虽然他们三位观察思考的角度各异，具体的表述更是各有千秋，但细细想来，他们关于长篇小说这一文体特质的理解，其实还是有颇多交叉相同之处。比如，莫言所强调的“长度”与“密度”，徐则臣所强调的“宽阔”与“复杂”，到艾布拉姆斯这里，就很可能集中体现为“复杂的故事情节”与有深度的“人物形象”。而莫言的“难度”，则与徐则臣的“本色”，有更多相同处，且明显属于所谓小说家言。尽管肯定难求完全统一，但他们的言说全部针对传统意义上体量巨大卷帙浩繁的长篇小说，是毫无疑问的一件事情。

---

① [美]艾布拉姆斯：《欧美文学术语词典》，北京大学出版社1990年版，第214—215页。

② 莫言：《捍卫长篇小说的尊严》，《当代作家评论》2006年第1期。

③ 徐则臣：《长篇小说的宽阔、复杂与本色》，《文学报》2015年11月12日。

假若承认艾布拉姆斯“复杂的故事情节”与有深度的“人物形象”、莫言的“长度”与“密度”、徐则臣的“宽阔”与“复杂”均属于长篇小说这一小说文体的有效言说，那么，只要充分联系中国当代文学的实际，敏感的读者就不难发现，我们的写作实践中其实已经有很多被标明为长篇小说的作品，其思想艺术特征早已溢出了类同于以上三位关于传统长篇小说的界定与言说。当既有的理论无法有效地阐释创作现象的时候，自然也就意味着，最起码在长篇小说这一文体层面上，理论与写作实践之间已经出现了无法被忽略的脱节现象。具而言之，这里的所谓新现象，就是指一批可以被称为“小长篇”的小说作品浮出水面。这批作品之所以被称为“小长篇”，首要的原因是它们篇幅上的某种尴尬程度。茅盾文学奖明确规定，只有那些字数达到13万字以上的作品方才有资格申报该奖项。这就意味着，13万字成了长篇小说的字数底线。问题在于，虽然茅奖关于作品字数有着明确的规定，但看一看那些实际上的获奖作品，除极个别作品比如古华的《芙蓉镇》之外，其字数都在20万字以上。这样一种事实告诉我们，正如莫言所强调的那样，在文学界一种约定俗成的观念中，一部真正意义上名副其实的长篇小说，其字数怎么也应该在20万字以上。问题在于，最近一些年来，实际上已经出现了一些篇幅字数看起来都比较尴尬的小说。这些作品的字数大都在10—13万字之间上下浮动，其中的大多数，字数都不会达到13万字。如果13万字以上才可以被界定为长篇小说，那么，这些不足13万字的作品的文体归属自然也就成为需要解决的问题。继续把这些作品归之于中篇小说，肯定缺乏足够的说服力。一方面，体量明显小于约定俗成意义上的长篇小说，另一方面，又大大超过了中篇小说的体量要求。如此一种篇幅字数均比较尴尬的小说作品，就只能够被称为“小长篇”了。需要强调的一点是，“小长篇”的蜂拥而现，意味着写作实践对于既定小说理论规范的突破与溢出。一方面，我们固然承认理论对于写作实践的指导作用，但在另一方面，也不能不看到，对于那些真正有创造力的作家来说，所谓原创性的艺术贡献，往往意味着对既定理论规范的强势溢出。这时候，就需要有敏感的理论批评家能够及时地对于这种原创性的溢出进行理论的总结。这样，总结的结果，是新的理论的生成。而新的理论规范一旦形成，却又面临来自写作实践的突破与溢出。究其根本，我们所谓文学的发展云云，实际上也正体现在理论与实践二者之间如此一种循环往复的过程中。

面对成批量出现的“小长篇”，我们首先需要思考的一个问题，就是究竟什么原因导致了它们在当下时代的蜂拥而现。我想，或许有三个方面的原因不容忽视。其一，是文学期刊的发表需求。放眼当下的文学期刊界，大型文学期刊约略占据了半壁江山。曾经有一段时间，这些大型期刊需求的，是中篇小说。中篇小说作为一种小说文体在1980年代异军崛起，这些大型期刊的强劲助推作用可谓功不可没。然而，从目前的情况看，虽然不能说已经不再需要中篇小说，但相比较而言，大型期刊似乎更欢迎10万字左右的“小长篇”。其二，是文学市场的一种阅读要求。一方面，伴随着所谓市场经济的生成与发展，文学创作与市场经济之间的关系更加密切也更为复杂。正如同市场需求决定社会生产一样，进入市场经济的文化语境之后，作为一种精神生产的文学创作也无法摆脱市场这只魔掌的操控影响。另一方面，我们正处于一个以“快”为突出特征的文化快餐化时代。伴随着科学技术的突飞猛进，愈是到了晚近时期，人类文明的演进步骤、人类生活的基本节奏，就愈是加快了步伐。如此一种快节奏的生活，必然会对置身于其间的文学产生影响。从文学阅读的角度来看，在这样一个追“新”逐“快”的快餐化时代，大多数读者已经没有足够的耐心去捧读那些如砖头般沉甸甸的大部头长篇小说了。一方面，拒绝阅读大部头的长篇小说，另一方面中短篇小说却又无法满足其阅读要求，于是，一种介于传统长篇小说与中篇小说之间的“小长篇”自然也就应运而生了。其三，更重要的一点，从写作主体自身来说，其“小长篇”的写作理念，在很大程度上可以追溯到卡尔维诺关于“轻逸”的精辟论述。“写了四十年小说，探索过各种道路和作过多种实验之后，应该是我寻求自己毕生事业的总体定义的时候了。我想指出：我的写作方法一直涉及减少沉重。我一向致力于减少沉重感：人的沉重感，天体的沉重感，城市的沉重感。”“我希望我已经说明，的确存在着一种包含着深思熟虑的轻，正如我们都知道也存在着轻举妄动那种轻那样。实际上，经过严密思考的轻会使轻举妄动变得愚笨而沉重。”“对我来说，轻微感是精确的，确定的，不是模糊的、偶然性的。”对于这种“轻”，卡尔维诺从三个方面加以阐释：“首先是语言的轻松化，使意义通过看上去似乎毫无重量的语言肌质表达出来，致使意义本身也具有同样淡化的浓度。”“其次，是对有微妙而不易察觉因素在活动的思想脉络或者心理过程的叙述，或者涉及高度抽象活动的任何一种描写。”“第三，轻逸的视觉形象具有象征的价值，例如薄伽丘故事中卡瓦尔康蒂以轻便的腿脚翻跃过墓碑。”[①]卡尔维诺是当代西方有代表性的一位作家，以先锋性的文体探索实验而知名于文学界。就其在中国文坛的影响程度而言，卡尔维诺基本上可以与马尔克斯、博尔赫斯、卡夫卡等比肩，可以被看成深刻影响着中国当代文学创作的教父式作家。既然是教父式作家，那么其艺术理念对中国作家自觉或者不自觉的制约影响，就是顺理成章的一件事情。考虑到卡尔维诺在当下时代中国文坛的影响度，“小长篇”这样一种小说写作观念的成型，与卡尔维诺广为人知的对于“轻逸”艺术理念的提倡与阐释存在着不可或缺的内在关联。其实，如果把我们的观察视野由中国当代文学扩大至世界文学的范畴，尤其是着重关注一下最近若干年来翻译介绍进国内的长篇小说，就不难发现，其中固然也会有体量巨大卷帙浩繁的厚重作品，但大约只有 10 万字左右的作品也并不在少数。这一方面的例证，可谓比比皆是、不胜枚举。无论是昆德拉的系列长篇，抑或是被收入“蓝色东欧”丛书中阿尔巴尼亚作家卡达莱的诸种长篇，绝大多数都属于我们这里所特别讨论的“小长篇”。又或者，从某种程度上说，类同于卡尔维诺所谓“轻逸”品质的提出，正是着眼于其对现代以来的西方长篇小说写作状况充分观察分析的一种结果。就此而言，卡氏的“轻逸”也不妨被视为西方现代长篇小说的某种特质。更何况，卡氏的言说也带

---

① 分别见[意]卡尔维诺：《未来千年文学备忘录》，杨德友译，辽宁教育出版社 1997 年版，第 1、7、11—12、12 页。

有明显的夫子自道意味。细致端详卡氏自己的那些长篇小说，“轻逸”美学品格的具备，也是无法被否认的一种文本事实。

假若承认“小长篇”的确是一种迥然有别于传统厚重性大部头长篇小说的新型长篇小说文体，那么，自然也就需要进一步思考界定这一新型文体带有的鲜明独立性的美学品格。仿造莫言与徐则臣的做法，我在这里也尝试着给出与“小长篇”密切相关的三个关键词。它们分别是：深刻、轻逸与迅捷。

首先是深刻。与传统的长篇小说总是试图最大限度地涵盖某一阔大的时代与社会不同，“小长篇”的切入点一般都很小。唯其因为关注点集中，所以人物数量也不会多，故事情节也不可能有多么复杂丰富。打一个比方，如果说传统的长篇小说就像张择端的《清明上河图》，要全景式地把生活图景的方方面面都呈现出来，那么，“小长篇”就是在打一口深井，要抓住生活的某一个点不断地深入挖掘下去。如此一种写作方式，较之“散点透视”的更加全面透视表现社会现实的传统长篇小说来说，更可能导向一种深刻。

其次是轻逸。必须承认，不管是轻逸，还是稍后的迅捷，都是从卡尔维诺那里借用过来，而且其语意内涵也多受卡氏相关论述的启发。

关于轻逸，卡尔维诺写道：“只要人性受到沉重造成的奴役，我想我就应该像柏修斯那样飞入另外一个空间里去。我指的不是逃进梦景或者非理性中去。我指的是我必须改变我的方法，从一个不同的角度看待世界，用一种不同的逻辑，用一种面目一新的认知和检验方式。我所寻求的轻逸的形象，不应该被现在与未来的现实景象消溶，不应该像梦一样消失……”[①]因为“小长篇”关注的生活面相对较为狭小，活跃于其中的人和事也相对单纯，体量较之于庞然大物的传统长篇小说来说也有着明显的瘦身效果，自然就会产生一种身轻如燕的轻盈感觉。正如同卡尔维诺所指出的，导致具备轻逸品格的一个关键原因在于作家看取世界的角度发生了变化。当作家舍弃了一种总体性的艺术思维方式，转而使用一种个体性特色鲜明的艺术思维方式理解看待世界的时候，自然也就会对世界有所发现，发现世界简直就是令人耳目一新的别种存在样貌。轻盈的，轻快的，飞翔的，无论如何都应该是“小长篇”的题中应有之义。

关于迅捷。关于迅捷或者迅速，卡尔维诺的基本看法是：“摩托化时代把作为一种可测算数量的速度强加给了我们，速度的记录是人和机器进步史上的里程碑。但是心智的速度是不可测量的，无法比较也无所谓竞争的；也表现不出在历史上的结果。心智的速度本身就是珍贵的，因为它给对于这样的事物具有感受能力的人带来愉快，而不是可以利用的实际使用价值。一篇急速而锐不可当的推理言词不一定比经过深思熟虑的推理言词更好。远非如此。但是，前者所传递的是直截了当地来源于其急速性质的某种特殊品质。”这一段话的关键，显然落脚在最后某种由速度带来的“特殊品质”的强调上。在此基础上，卡氏进一步指

① ［意］卡尔维诺：《未来千年文学备忘录》，杨德友译，辽宁教育出版社1997年版，第5页。

出："紧凑只是我想要谈论的题目的一个方面，我只想说，我常常梦想那些篇幅浩繁的宇宙论式的著作、英雄叙事诗和史诗能够压缩到警句的篇幅。在我们面临的更为繁忙匆促的时代，文学应该力争达到诗歌和思维的最大限度的凝练。"①诗歌，当然是所有文学文体中最凝练简洁的一种文体。当卡氏认定文学应该力争达到诗歌那样的凝练的时候，他其实就是在提倡一种迅捷或迅速的文学品格。唯其凝练简洁，方才能够提升速度，企及所谓迅捷的美学要求。在长篇小说领域，能够与这种美学要求相匹配的，肯定不是那种厚重的传统长篇小说，而只能是体量大为缩微的现代"小长篇"。如果说传统的长篇小说类同于笨重的坦克，那么现代"小长篇"就是可以自由升降的直升机。人都说长篇小说需要海纳百川，需要有荡开去的闲话闲笔，可以旁逸斜出，更可以杂花生树。但所有的这一切，都只是在面对传统长篇小说的时候方才构成有效的言说。到了现代的"小长篇"中，为了提升速度，迅捷地抵达叙述的目的地，作家就只能够删繁就简，彻底拒绝生活中的繁文缛节，不再曲径通幽，不再流连忘返，而是如同猛张飞一样地"于百万军中"直"取上将之首"，一点也不拖泥带水。唯其如此，方才可能成就一部具有"迅捷"美学品格的"小长篇"。

我不知道《中国作家》的编者究竟是在何种意义上使用"小长篇"这个概念的，又或者，他只是因为这些作品的篇幅体量不够大，灵机一动便想出了这样一个说法。但作为研究者的我们，在面对"小长篇"这个概念的时候，却无论如何都不能够随意处之，必须从各方面对它的来历与品格做一番深入探讨。实际上，早在《中国作家》的编者提出"小长篇"这一概念之前的若干年里，类似于张好好《禾木》与李燕蓉《出口》这样的"小长篇"文本在中国文坛就已经是一种相当普遍的存在现象。我们之所以要在这里不惜篇幅首先探讨"小长篇"的界定及其文体特征问题，正是基于这样的一种文本基础。仅以最近几年的长篇小说创作情况而言，贾平凹的《极花》、弋舟的《我们的踟蹰》、秦巴子的《跟踪记》等，也都可以在文体的意义上被看作是"小长篇"。这里，我们权且对这些文本做一番粗疏的考察，看看它们究竟是怎样体现"小长篇"文体特征的。

首先是张好好的《禾木》。《禾木》的叙事话语的一个突出特点就是，在拥有日常生活气息的同时，增加了一种具有形而上思辨色彩的箴言式语句的穿插互嵌。这种箴言式语言在明显增加小说的诗意与文学性的同时，也避免了整体行文过程的拖沓和繁冗，所充分体现出的，正是"小长篇""迅捷"的美学特质。且看小说开头："艾蒿那么高，溪水那么清，木头房子是明黄色的，被亿万只草虫的呐喊包围，月亮在东山升起。那个充满魅惑力却纯洁的少妇的脸，和东山的月亮一样美，仓央嘉措如是说。"如此一个富有诗意色彩的小说开头，在写实性地单刀切入禾木这样一个北疆村落的同时，也象征性地寄寓着张好好对于理想生态世界的艺术性想象。其中，箴言式的段落与话语可谓随处可见。"伟大的事业只能是自己的良心和最终的爱情，还有纯洁这个单词，这个随时能把你掐死的单词。""他以着天意，向你伸出手，

① 分别见卡尔维诺：《未来千年文学备忘录》，杨德友译，辽宁教育出版社1997年版，第31—32、36页。

拽你从泥浆里起来。他说，你是怎样的，我就会把你当怎样的人看。”细细推想，这种箴言式语言其实携带有鲜明的神谕或者神启的性质。正因为有着类似箴言式话语的普遍使用，所以我们才断定“小长篇”《禾木》是一种比较典型的箴言式写作。究其根本，也正是这种箴言式的写作方式，才使得《禾木》成为一个典型的“小长篇”文本。

借助于箴言式写作，张好好提出了一个对当下中国非常重要的“罪与罚”问题。对这一命题的深入探讨，也充分体现了“小长篇”“深刻”“轻逸”的特质。尽管所探讨的命题相对宏大，但张好好很显然无意于绘制“清明上河图”，而是将视角聚焦在了一个普通的五口之家。具体言之，张好好在《禾木》中所强力诘问批判的，主要是人性与现实两个层面的罪。人性维度之罪，集中通过“你”所归属于其中的那个五口之家而表现出来。其中，最主要的冲突，体现在木匠父亲与裁缝母亲之间。不知道是否与父亲包工头事业的失败和母亲裁缝店生意的成功有关，在这个五口之家中，父亲一贯处于所谓“家有悍妻”的被压抑状态之中。如此一个父母关系特别紧张总是处于剑拔弩张状态的家庭，自然会对三个女儿形成极大的精神压力，促使她们打小就想着要以远走的方式彻底摆脱这种吵闹生活的困扰。女儿可以以远走的方式逃离，那么，那位被悍妻压抑太久的木匠父亲呢？到了生命的最后十年，一贯弱势的父亲终于从情感上背叛了强悍的母亲。离开布尔津到禾木做包工头期间，父亲出轨，不仅与一位被叫作娜仁花的图瓦女人发生关系，而且他们还生下了一个儿子。多少带有几分诡异色彩的是，父亲与娜仁花尽管情感深厚，但后来处于弥留之际的父亲拒绝承认自己就是那个孩子的父亲，导致这种情况最重要的一个原因，就是那个娜仁花竟然是“一种女人”。所谓“一种女人”，有着明显的人尽可夫的意味，意即娜仁花的生活作风不怎么检点，曾经与很多男人有染。这样一来，虽然可以说事出有因，但父亲这个柔弱的男人实际上先后以背叛的方式伤害了他生命中的两位女人。从婚姻中的出逃，伤害了母亲；拒绝承认儿子，伤害了图瓦女人娜仁花。也因此，面对着这两位女人，父亲就是一个有罪的灵魂。

很大程度上说，《禾木》中的叙述者是在借助于“你”的视野来观察世界与人生，假若把“你”置换为“我”，整个小说的叙述一样可以成立。我们之所以把第二人称的“你”看作第一人称“我”的某种变体，其根本原因显然在此。

借助于“你”的感知视野而呈现出来的社会现实维度之罪，与“文革”后一种发展主义思维的主导存在着紧密的内在关联。发展主义思维所导致的负面结果，一是对于生态环境的严重破坏，二是物质对于精神的强势挤压。首先，数十年经济高速运行发展的一个惨重代价，就是对于自然生态的极大破坏。相对于小说开篇处那个“艾蒿那么高，溪水那么清，木头房子是明黄色的，被亿万只草虫的呐喊包围，月亮在东山升起”的充满大自然本色的北疆村落禾木，内地早已经处于一种彻底沦陷的状态之中：“在中原大地待久，会被无数下水管道窒息。大家活在概念里。比如一句宣言，就糊住了所有的不洁净。于是大家坦然地说，瞧，我们多文明。然而你当然知道，这都是概念，大地已经腐烂，尤其是中原的大地。没有哪一座城市有西天山那座城那样的洁净而人心有古了。”其次，发展主义盛行的另一个恶果，是消费意识形态的横行无阻，即极度膨胀后的物欲对于精神世界的强势挤压。伴随着经济的强劲发展，一种曾经的慢条斯理不复重现："慢条斯理的一种生活，被彻夜不息的商业灯火，一棍子打散。再也捏合不到一起了，那种慢条斯理，对再说一遍，这么金贵的几千年的气息，就无从觅见了。"慢条斯理，过去曾经是一个带有贬义的语词，但到了张好好这里被用来与商业灯火相抗衡的时候，就成了一个正向度的褒义词。与慢条斯理构成对立面的，就是一种发展主义的市场逻辑，是所谓的金钱价值观。钱，钱是什么呢？"印第安人说，人啊，你最后吃钱吗？"真正是一句话惊醒梦中人，印第安人的一句话，实实在在地道出了金钱的某种虚无与腐朽本质。与虚无腐朽的金钱相比较，只有人的精神方才能够真正不朽。而精神世界最灿烂的花朵，就是爱："唯有爱，让那伤口弥合。——孩子长大，这是爱；遇见了呵护你懂你的人，这是爱；原谅一个人，把温暖公正的话语带给这个人，也是爱。"归根到底，唯有爱，唯其建立在忏悔基础上的爱，方才能够拯救这个日渐沉沦中的世界。所以，叙述者才会不无深情地写道："你满腔的悔罪，人类对大自然的，男人对女人的，女人对罪恶的，都说给他听。他都懂，叫你放心，安静是最后的抵达之所，即使今日依然心悸。"某种意义上说，这一段叙事话语可以看成是对于《禾木》这一"小长篇"思想艺术主旨的精准概括。尤其是其中的"你满腔的悔罪，人类对大自然的，男人对女人的，女人对罪恶的"这样几句。再度翻检、回顾通篇，一部《禾木》所诘问、批判、表现的不正是充分意识到"人类对大自然的，男人对女人的""罪"以及女人的"原罪"之后的一种发自内心深处的忏悔精神吗？也正是在这个意义层面上，我们方才坚决地认定，张好好的《禾木》这部具有深刻、轻逸、迅捷品质的"小长篇"是一种以"罪与罚"为中心的箴言式写作。从根本上说，正是借助于"小长篇"这样一种文学样式，张好好方才得以将视角聚焦于一个普通家庭，对"罪与罚"的宏大命题进行了堪称深入的挖掘和探讨。

然后是李燕蓉的《出口》。或许与意欲思考表现现代人精神疾患如此一种思想主旨有关，《出口》中的女主人公丁云凌的职业被李燕蓉特意设定为一位心理咨询师。这部"小长篇"的切入点很小，小说的中心事件，是丁云凌一个刻意设定的离家出走行为。借助于小长篇"轻逸"的特征，李燕蓉通过丁云凌的出走行为，完成了对现代人精神疾患的深入表现。究其根本，丁云凌所最终做出的那个出走决定，其实是多种力量共同作用的一种结果。一方面，是对现实情感状态的不满。另一方面，是父亲的过早缺位与母亲失败的情感追逐留下的潜在心理阴影。还有一方面，则显然来自与她互为镜像关系的吴红艳的三个变体"午后""小惠"以及"小奈"的那种病态的精神状况。尽管具体的人生路径不会相同，但那样一种对死亡的迷恋、对存在的厌倦、对生活的被迫无奈与妥协的精神状况，与丁云凌形成了某种心理同构。此外，丁云凌大学毕业时与那位体育系男生之间虽属突然爆发但戛然而止的情感故事所残留的心理阴影也不容忽略。以上四种力量共同发生作用的一种必然后果，就是丁云凌最终的悄然出走。也因此，尽管从表象看起来丁云凌的出走行为似乎是出自吴红艳的某种精心策划，但究其根本仍然是行为主体主动寻求的一种结果。

作为一部具备着“轻逸”与“迅捷”审美特征的“小长篇”，李燕蓉的《出口》本没有什么复杂而跌宕起伏的故事情节，正如同现代人的精神世界早已呈碎片化状况一样，小说的情节结构也完全可以说是碎片化的。与如此一种碎片化呈现方式相对应，作家所特别设定的，也是一个开放性的或者干脆没有终结的结尾方式。其中，不容忽视的，是丁云凌对于吴红艳所讲述的一段话：“你对现实生活感到乏力，只有沉浸在对往事不断的叙述里才能让你得到短暂的安宁，因此你的叙述从来比你的生活更真实。你迷恋叙述，为了可以让这种感觉一直持续下去。你甚至可以创造出好几个虚拟的自己，可是真的有用吗？你的叙述、你的故事真的能替你一辈子生活下去吗？”这段话语的存在，对于我们理解《出口》有着十分重要的作用。其一，可以被看成对此前吴红艳化身为三位女性的一种回应。其二，如果联系丁云凌与吴红艳二者之间的镜像关系，那么，我们完全可以相互置换这段话语的讲述主体。其三，倘若联系李燕蓉本人的小说家身份，那么，我们也不妨在某种意义上把这段话语理解为李燕蓉一种按捺不住的夫子自道。每一位小说家，都可以被看成是叙述的迷恋者，也都会在叙述中创造出好几个虚拟的自己。而且，小说家们似乎也真的会产生自己的叙述较之于自己的生活更加真实的一种艺术幻觉。在这个层面上，我甚至要断言，小说文本中的丁云凌、吴红艳，与她们俩的创造者李燕蓉之间，本就是三位一体的微妙关系。又或者，作为《出口》核心故事情节存在的丁云凌的出走行为，在很大程度上也不过是叙述出来的一个虚拟故事。现实生活中会有七七（七七既是一个小店的店主，也是吴红艳的朋友，更是出走之后的丁云凌的收留者。有了七七的存在，才有了丁云凌长达一年时间的出走隐匿生活）那样一个庇护者存在么？丁云凌长达一年之久的出走生活是可能的么？七七的那个世界是不是一个本就子虚乌有的乌托邦呢？或者说，丁云凌的出走，也只不过是迷恋叙述的女性的一种想象行为？所有这一连串的问题，实际上都关涉到了我们对于“小长篇”《出口》思想艺术题旨的理解与判断。关于“出口”，作者曾经借助于笔下的人物小舅舅之手写道：“我们一生寻觅的不过是一个出口，我们以为只要不断前行，终有一天会与它相遇，却从来没有想过，越走会离它越远，最后，它只是变成我们回忆里的一个路径，一个想象。”可以说，小说中所有的出场者都在出口的寻找过程中。丁云凌如此，吴红艳如此，宁远如此，张胜也同样如此。某种程度上，李燕蓉也在这部《出口》中寻找着作家自己的“出口”。但这出口能够找得到吗？这一问题最终的答案或许只能是：“最后，它只是变成我们回忆里的一个路径，一个想象。”

“小长篇”的特点，在贾平凹的《极花》中其实也表现得非常明显。作为一部以拐卖妇女事件为书写对象的长篇小说，贾平凹的特殊之处在于，在有限的篇幅内写出了女主人公胡蝶的一种心理反转。那么，受害者胡蝶到底为什么会重新返回到圪梁村呢？细细辨来，导致此种结果的原因主要有三：其一，是被解救后城市对于胡蝶的莫名戕害。由于有报纸电视对解救事件的大规模报道，胡蝶的故事在她所在的城市不胫而走流播极广。其二，是她的儿子兔子的揪心牵扯。这让我们联想到了此前老老爷曾经对胡蝶讲过的那句话：“这孩子或许也是你的药。”料想不到的是，老老爷的这一句谶语，居然应验到了胡蝶身处极度困境的这个时候。当一再被羞辱的胡蝶几近走投无路的时候，是她的亲生骨肉兔子向她发出了强有力的召唤：“我就想我的兔子，兔子哭起来谁哄呢，他是要睡在我的怀里、噙了我的奶头才能瞌睡的，黑亮能让他睡吗？……想着兔子在哭了，我也哭。我吸着鼻子哭，哽咽着哭，放开了嗓子号啕大哭。娘来劝我：胡蝶，不哭了胡蝶，不管怎样，咱这一家又回全了，你有娘了，娘也有你了。我可着嗓子给娘说：我有娘了，可兔子却没了娘，你有孩子了，我孩子却没了！”

当然，更关键的，恐怕还是第三点原因，那就是在圪梁村长达数年的生活过程中，曾经一度坚决拒斥圪梁村的胡蝶，已经对于圪梁村产生了情感和精神的认同感。作为被拐卖者，胡蝶一开始是坚决拒斥圪梁村的。她之所以每一天都会在窑壁上刻道儿计算天数，之所以不管不顾地想着要逃离圪梁村，就是此种拒斥心理的突出表现。但她的这种拒斥心理在孩子呱呱坠地之后，开始逐渐改变了：“养着娃，剪着纸，我竟然好久都没有在窑壁上刻道了。”“说过了，自己也吃惊，扒出来的粪肯定是臭的，我怎么就没闻到臭呢，或许是白皮松上乌鸦天天拉屎，已经习惯了臭味就不觉得驴粪的气味了。”不再刻道，不觉其臭，这些微妙的变化，就说明胡蝶开始认同圪梁村，认同黑亮家了。唯其如此，她的内心才会产生某种纠结：“这可能就是命运吗？咱们活该是这里的人吗？为什么就不能来这里呢？娘不是从村里到城市了吗，既然能从村到城，也就能来这里么，是吧兔子。”“兔子，我问你，娘怎么不能和你爹在一起？兔子，你听见娘的话吗？娘是不是心太大了，才这么多痛苦？娘是个啥人呢，到了城里娘不也是穷吗？谁把娘当人了？娘现在在圪梁村里，娘只知道这在中国，娘现在是黑家的媳妇。”然后，就是关于胡蝶学会了“伺弄鸡”“做搅团”“做荞麦饸饹”等一系列具有突出融入性质的描写。等到胡蝶学会了这一切之后，她对于圪梁村的认同感，自然也就顺理成章了。说到胡蝶的认同圪梁村，一个具有突出象征性的描写，就是老老爷启发她的“找星”过程。老老爷说：“那你就在没有明星的夜空处看，盯住一处看，如果看到了就是你的星。”于是，胡蝶的看星找星，便成了一种经常性的行为。一直到兔子快要出生前，胡蝶才在白皮松的树股子中间忽然看到了星：“可就在我看着的时候，透过两个树股子的中间，突然间我看到了星。白皮松上空可是从没有过星呀，今天偏就有了星……”而且还不止一颗：“一颗大的，一颗小的，相距很近，小的似乎就在大的后边，如果不仔细分辨，以为是一颗的。”这一大一小忽然被发现的星，在一种象征的层面上，显然象征着胡蝶和兔子本就应该是归属于圪梁村这块地方的人。借助于此种不无微妙的象征式书写，贾平凹所真切揭示出的，实际上正是胡蝶的精神世界深处对于圪梁村的认同感。至此，贾平凹《极花》中的艺术反转也就彻底宣告完成。在胡蝶的认同感背后，所真正起支撑作用的，毫无疑问还是贾平凹自己一种“我是农民”的坚定文化身份意识。

然而，一个不容忽视的问题是，《极花》中胡蝶的被解救，其实是女主人公自己恍惚中的一个梦境。关于这一点，文本中有明确的暗示。解救行为发生之前，胡蝶在炕上打着瞌睡：“我是闭上了眼的，一闭上眼我就又看见了那个洞，这一次洞没有旋转，也不是小青蛙的脖子那样不停地闪动，好像我在往洞里进，洞壁便快速地往后去，感觉到这样进去就穿越了整个下午，或者是通往晚上的一条捷道。真的就是一条截道，我走到洞的尽头后，一出洞，村口就出现了。”等到被解救后的胡蝶对城市与亲人彻底失望之后，坐上了返回圪梁村的火车。然后的一段描写是：“这一憋，把我憋得爬了起来，在睁开眼的瞬间，还觉得火车在呼地散去，又在那个洞里，洞也像风中的云扯开了就也没了。我一时糊涂，不知在哪里，等一会儿完全清醒，我是在窑里的炕上，刚才好像是做梦，又好像不是梦，便一下子紧紧抱住了兔子。”这就与小说的故事原型形成了明显的区别。作为故事原型的老乡的女儿，是明确地重新返回到了被拐卖的地方，但到了《极花》中，从解救到最后的重新返回，都变成了一种梦境。为什么会是这种情况？更进一步，作家如此处理的一种方式，又传达出了贾平凹自己怎样的精神价值立场？其实，借助于胡蝶的这一梦境，以及梦醒后娘和其他解救者并没有在圪梁村现身的描写，贾平凹给出的，事实上是一种具有突出开放性的小说结尾方式。如此一种开放性的结尾方式，传达出的就是胡蝶的一种矛盾心理。一方面，胡蝶当然是厌憎购买者，厌憎拐卖者，厌憎拐卖行为的。另一方面，在被拐卖与被解救的过程中，本就出身于乡村世界的胡蝶却又渐渐生成了一种对于圪梁村的认同感。但请注意，如此一种矛盾心理，实际上更是属于作家贾平凹的。对于拐卖妇女儿童这样一种犯罪行为，贾平凹自然是深恶痛绝的，绝对是一种零容忍的态度。然而，一旦进一步触及如此一种拐卖行为得以生成的深层社会原因，尤其是触及现代性对于本来自足完满的乡村世界的严重袭扰和冲击，贾平凹的农民文化本位意识，自然也就会强烈地凸显出来，会本能地为乡村辩护。究其根本，正是因为作家如此一种不无尖锐的自我矛盾心理作祟的缘故，贾平凹方才为《极花》设定了这样一个开放性的结尾方式。然而，如果从艺术的角度来衡量，这样一种结尾方式的采用，却又显示出了某种鲜明不过的现代意味。极端一些，也可以说贾平凹的这种小说结尾方式，带有非常突出的一种先锋实验色彩。其小说创作素以密不透风的“密实”著称的贾平凹，在这里确实为自己的创作做了“减法”。这部《极花》，是贾平凹目前为止篇幅最为短小的一部长篇小说。篇幅虽短，但通过对于“小长篇”“轻逸”与“迅捷”美学特质的充分发扬，贾平凹依然出色地完成了对农村与人性问题的深刻探讨和反思。

弋舟的《我们的踟蹰》，也很显然是一部颇具特色的“小长篇”。《我们的踟蹰》的故事情节并不复杂，其核心故事是一起突如其来的车祸。这起突如其来的车祸，具有突出的结构性意义，不仅使得小说中的几位主要人物李选、张立均、曾铖交集到一起，而且还把杨丽丽、项晓霞、戴瑶、黄雅莉等一些不怎么重要的人物也都牵连交织到了同一张命运之网中。其中，最为核心的人物，当然是身为女性的李选。之所以会是如此，是因为其对位人物《陌上桑》中的秦罗敷也是女性。因此，我们首先要讨论的，也就是李选的“踟蹰”。李选是一个带着儿子生活的单身女性，曾经与一位韩国人有过一段短暂的婚姻。这段短暂婚姻留给她的，就是与自己相依为命的儿子。离开韩国人之后，为了维持生计，李选还有过一段在朋友的旅行社上班销售机票的工作履历。她之所以会成为张立均的下属，完全是因为父亲一力强制要求的结果。因为曾经在张立均的事业起步之初对他有所帮助，所以她父亲便把李选介绍给了张立均。让她始料未及的是，虽然有着父亲的老关系，到最后她还是被张立均“潜规则”了：“半年多来，她只被他带到酒店去过三次。陪他在午后喝茶，经常也是无声无息的，不过偶尔说几句有关公司业务的事。”李选的这种遭际所充分说明的，正是资本已然日益成为当下时代的一种决定性力量。在这种新兴的社会力量面前，当年她父亲依仗手中权力对于张立均的帮助已经变得一文不值。就这样，仅只是通过一个看似不起眼的细节，弋舟就写出了不同社会力量之间地位的彼此更易。好在作为商人的张立均，也还恪守着对等交易的原则。在得到李选身体的同时，他也给予了她相应的回报：“公司是集团刚刚为新业务成立的，她被张立均任命为副总。”与此同时，张立均给予她的工资待遇也会比其他员工高一些。所有的这一切都说明，他们之间其实是一种对等的交易关系。这一点，在商品经济时代，的确已经成为一种约定俗成司空见惯的“潜规则”。他们之间对等交易关系的平衡，是伴随着李选当年的一位小学同学曾铖的出现而被打破的。那一天，“李选闲极无聊，在百度上敲下曾铖的名字。她想，叫这个名字的人不会太多，没准真的就被自己搜出来了。果然，搜索页面的第一页，就冒出来她这个阔别多年的小学同学”。这时候的曾铖，定居在成都，已经是一位小有名气的画家。李选在网络上搜寻曾铖，只是一时的闲极无聊之举，但她根本未能预料到，自己这看似无意的一“敲”，却给自己“敲”出了一段情感的纠结，一种精神上难以排解的“踟蹰”。归根到底，只面对着张立均一人时的李选，根本不可能陷入“踟蹰”的状态。正如同秦罗敷须得同时面对着“使君”以及那位没有出场的丈夫才会陷入“踟蹰”一样，李选的“踟蹰”，也与张立均与曾铖这两位男性的同时存在密切相关。对于李选心态的这种微妙变化，弋舟借助于曾铖之口进行过不无犀利的揭示：“女人只有无力面对男人诱惑的时候，才拿另一个男人给自己打气。也成，能被你用来抵抗魔鬼，也是我的荣幸。”“还有一种可能，女人在试图勾起男人兴趣的时候，也会故意说起其他男人。”“在这个意义上，我想，罗敷给太守吹嘘她的男人，没准是在反过来勾引太守呢。”就这样，表面上是曾铖的一种心理分析，实际上借此道出的却是李选一种“踟蹰”的精神状态。

正所谓一石激起千层浪，曾铖的中途出现，的确对李选的情感与精神状态产生了不小的影响，使她陷入一种难以自拔的“踟蹰”状态中。在曾铖出现并引发李选的内心波浪之后，才有了李选对张立均的拒绝。李选之所以要拒绝张立均，正是为了能够与途径西安中转的曾铖见面。一方面是阔别将近三十年之久的老同学，另一方面是自己的老板，李选顿时陷入抉择的困境之中。但在经过一番内心的痛苦挣扎后，李选感情的天平还是倾斜到了曾铖一边。然而，问题的复杂处在于，虽然李选已经做出了抉择，但她内心世界又为此而颇觉不安：“整个下午李选的情绪都很焦灼。她感到有些对不起张立均。这种情绪以前是不可想象的。李选从来不觉得自己欠张立均什么，两人之间，不过是经历着这个世界已经约定俗成的那部分规则。同时，‘对不起张立均’这种感觉，又让她有些高兴。”实际上，车祸发生前，李选与曾铖也只不过见过两次面。更多的时候，他们只是保持着短信联系：“往往是曾铖在夜里发短信和她说些比较煽情的话，第二天又懊悔地道歉，说他不记得了，一定是喝多了。”然后，就有了车祸前夕的那次见面。正是这次见面，让李选彻底从一种情感的迷局中清醒过来，让她明白自己与曾铖彼此相爱并生活在一起只是一个永远都不可能实现的奢望：“曾铖你得逞了，我对你动情了。可我知道，你从没想过和我实质性地去相爱。”接下来，就是那起突如其来的车祸了。酒驾后的车祸倒也罢了，关键是车祸发生后李选采取了与曾铖截然不同的应对姿态。在把曾铖断然驱离现场自己主动承担责任之后，李选竟然送给曾铖一次出人意料的长吻：“在这之前和在这之后，李选都不会想到自己的生命中居然会有如此镇静的时刻。她捧起了曾铖的脸，踮起脚尖，深深地吻他。她想让他永远记得，她的嘴唇竟那么柔软，让他在这一刻，再次感受女性的嘴唇会那么柔软，给他喻示出所有女性的嘴唇，再次对他启蒙，无以复加，让他其后亲吻着的女人的嘴唇，也就只是嘴唇了……”由此可见，小说中的这起车祸既是现实的，也是象征的。从象征的意义上说，这更是一起情感的车祸，精神的车祸。正是这起车祸，把一度沉迷的李选从一种情感与精神的迷局中震醒，让她清楚地看到了无爱的残酷真相，并以一个长吻的形式告别曾经的过去，彻底走出情感与精神的“踟蹰”状态。

从某种意义出发，与其说弋舟《我们的踟蹰》是一部爱情小说，倒不如说是一部深入勘探表现时代精神存在状况的小说。爱情其表，精神其里。大约也正因此，弋舟才会在后记中发出如此一种由衷的感慨：“同样结合着‘爱’的图景，正好比：一次次的挫败让男人女人成熟，也难免使得男人女人丧失爱的能力。这其中，究竟是出了什么问题？是什么，使我们不再有磊落的爱意？是什么，使得我们不再具备死生契阔的深情？”[①]依我愚见，这个被弋舟揪住不肯撒手的“什么”，很显然就是当下时代人们一种普遍的精神状况。究其根本，弋舟的艺术成功之处，正在于借助于“小长篇”这样一种文学文体，仅仅通过李选个人的情感纠葛，“轻逸”“迅捷”并“深刻”地揭示出整个时代的精神问题。

以上，通过对于张好好《禾木》、李燕蓉《出口》、贾平凹《极花》以及弋舟《我们的踟蹰》等小说文本的细读分析，我们不仅能够确证当下时代中国文坛已经生成了“小长篇”这样一种长篇小说亚文体，而且更能够确证深刻、轻逸与迅捷完全可以被理解为“小长篇”的基本特征所在。之所以不揣简陋地把个人关于“小长篇”的一点粗浅理解与思考写在这里，是希望能够得到有识者的不吝赐教。

---

① 弋舟：《后记：我们何以爱得踌躇》，参见《我们的踌躇》，北京十月文艺出版社2015年版，第187页。

从《野草》看鲁迅与尼采之间的共鸣

吴天天*

（湖北大学 文学院，湖北武汉 430062）

内容摘要：鲁迅创作于“五四”落潮期的《野草》让人们认识到，“五四”文学在浪漫主义面向之外还具有存在主义面向。与《野草》具有存在主义特征有关，该著作显示出鲁迅与尼采之间的强烈共鸣。这种共鸣在《野草》中包括思想主题方面的直面虚无、主体构建方面的寻求复调，以及整体风格方面对静穆的超越。以尼采为参照，有助于人们发掘《野草》之于“五四”启蒙思想以及当今思想文化的独特意义，即促使人们思考在“上帝已死”的时代，如何借助对虚无和痛苦的承担来实现肯定生命、超越自我以及重建真理和信仰。

关键词：《野草》；鲁迅；尼采；存在主义；“五四”文学

作为“五四”文学的重要代表者，鲁迅与“五四”之间其实存在某种时间以及心理上的错位。早在“五四”之前的1907、1908年，鲁迅就已经在《文化偏至论》、《摩罗诗力说》、《破恶声论》等文章中“预言”了“五四”启蒙思想。而正如他创作于“五四”落潮期的《〈呐喊〉自序》(1922)显示出的，从1908到1918年的十年沉默，似乎让他在“五四”之前就经验了“五四”落潮期的彷徨。带着彷徨走入“五四”却选择为“五四”呐喊，这体现出鲁迅思想中“人道主义与个人主义之间的消长起伏”。他在1925年5月30日写给许广平的书信中就这种消长起伏说道：“我为自己和为别人的设想，是两样的。所以者何，就因为我的思想太黑暗，但究竟是否真确，又不得而知，所以只能在自身试验，不敢邀请别人。”①在鲁迅的著作中，散文诗集《野草》(该著作中的散文诗除《题辞》创作于1927年4月之外，其他的创作于1924年9月至1926年4月)最有助于人们看到，在人道主义层面的呐喊之外，鲁迅在个人主义层面的

* 作者简介：吴天天，湖北大学文学院讲师。

基金项目：本文为国家社会科学基金重大项目“二十世纪域外文论的本土化研究”(12&ZD166)，以及湖北省社会科学基金一般项目“崇高美学：从现代到后现代”(2017071)的研究成果。

① 鲁迅：《鲁迅全集》(第11卷)，人民文学出版社2005年版，第81页。

彷徨。

《野草》更接近1980年以后才在国内学界引发重要关注的存在主义，而非国内学界在研究“五四”文学方面通常关注的浪漫主义。然而，《野草》正是以其对黑暗和彷徨的刻画，呼应了“五四”启蒙思想所标举的“人的觉醒”。与此有关，《野草》延续并推进了鲁迅在《文化偏至论》等前期作品中的“立人”主张。本文试图在与尼采的参照中，揭示《野草》所具有的存在主义特征，并借此发掘“五四”文学之于当下中国的意义。鲁迅在阐发“立人”主张的过程中曾将尼采思想联系于“掊物质而张灵明，任个人而排众数”[①]以及“主观之内面精神”[②]；而《野草》作为在思想内涵、艺术形式等方面与尼采的《查拉图斯特拉如是说》(鲁迅早在1920年就发表过该著作的部分译文)具有很多相似性的著作，尤为深刻地体现出鲁迅与尼采以存在主义为基础发生的共鸣。

一、直面虚无

山田敬三在《鲁迅：无意识的存在主义》一书中写道：“在丧失了绝对价值观的当今世界里，更有必要重新审视作为无意识的存在主义者的鲁迅的一生。”[③]而作为存在主义思想的重要源头，尼采对“丧失了绝对价值观的当今世界”的思考主要围绕虚无主义问题展开。

海德格尔在解读尼采对虚无主义的解释时指出：“尼采把对虚无主义的解释综括在一个短句中：‘上帝死了！’”[④]这里所说的“上帝”“乃是表示理念和理想的领域的名称。自柏拉图以来，更确切地说，自晚期希腊和基督教对柏拉图哲学的解释以来，这一超感性领域就被当作真实的和真正现实的世界了。与之相区别，感性世界只不过是尘世的、易变的，因而是完全表面的、非现实的世界”。[⑤] 根据尼采的理解，虚无主义产生的根源在于对超感性世界的设置，而“上帝之死”意味着超感性世界被贬黜。超感性世界造成了对生命的否定，但“上帝之死”并不一定导向对生命的肯定，或者说并不一定避免生命因否定自身而陷入颓废状态。事实上，尼采将虚无主义分为两种，即消极虚无主义(未完成的虚无主义)和积极虚无主义(完成的虚无主义)：前者意味着生命在失去超感性世界之后继续否定自身，后者意味着生命在失去超感性世界之后转向对自身的肯定。

“上帝之死”这一问题的提出之所以有重要意义，首先在于该问题促使人们意识到超感性世界对生命的否定。尼采在从肯定生命出发重估道德的过程中，借查拉图斯特拉之口呼吁：“不要让你们的爱与认识从地上飞去、用翅膀拍击永恒之墙！唉，总是有那么多的飞去的道德！像我一样，把飞去的道德带回大地吧——是的，带回给肉体和生命吧：让道德给大地

---

① 鲁迅：《鲁迅全集》(第1卷)，人民文学出版社2005年版，第21页。

② 鲁迅：《鲁迅全集》(第1卷)，人民文学出版社2005年版，第25页。

③ [日]山田敬三：《鲁迅：无意识的存在主义》，秦刚译，北京大学出版社2012年版，第6页。

④ [德]海德格尔：《林中路》，孙周兴译，上海译文出版社2004年版，第227页。

⑤ [德]海德格尔：《林中路》，孙周兴译，上海译文出版社2004年版，第230—231页。

赋予意义、人的意义！”[1]与尼采这种对肉体、大地以及现在的肯定相似，鲁迅在创作于1925年5月5日的《杂感》(收入《华盖集》)一文中说道：“仰慕往古的，回往古去罢！想出世的，快出世罢！想上天的，快上天罢！灵魂要离开肉体的，赶快离开罢！现在的地上，应该是执着现在，执着地上的人们居住的。”[2]此外，面对1929年左翼将《野草》指责为“虚无”，鲁迅指出：“这回是引了我的《影的告别》，说我是虚无派。因为‘有我所不乐意的在你们将来的黄金世界里，我不愿去’。就断定共产主义的黄金世界，我也不愿去了。……但我倒先要问：真的只看将来的黄金世界么？这么早，这么容易将黄金世界预约给人们，可仍旧有些不确实，在我看来，就不免有些空虚，还是不大可靠！”[3]鲁迅在小说《狂人日记》中对狂人的塑造以及在杂文中对“瞒和骗”的揭露等，亦可以被视为源于对现世生命的肯定。

对尼采和鲁迅而言，直面虚无往往与体验痛苦密切相关，这不仅因为虚无主义往往与黑暗、彷徨相伴，还因为对虚无主义的克服意味着完整地经历虚无主义(亦即经历从消极虚无主义到积极虚无主义的转换)，而这种克服在很大程度上有赖于自我克服。尼采承认自己具有颓废倾向，但他同时致力于与该倾向做斗争，“在自己身上克服他的时代，做到‘不受时代的限制’”[4]。与鲁迅在《野草·墓碣文》中塑造的“抉心自食，欲知本味”的死尸形象类似，尼采在《查拉图斯特拉如是说》中将查拉图斯特拉对虚无主义的克服凝结为“最孤独者所见的幻影”：一条粗大的黑蛇趁一位年轻的牧人(查拉图斯特拉的化身)熟睡爬到了他的喉咙里，牧人在经历了痛苦和挣扎之后用力咬断了蛇头。[5]

《野草》之所以曾遭到误解甚至否定，主要原因在于人们未能认识到虚无主义问题的提出具有重要意义，此外还在于未能认识到虚无主义问题包含自我克服。就后一方面而言，1928年钱杏邨在发表于《太阳月刊》上的文章《死去了的阿Q时代》中指出，鲁迅创作《墓碣文》是为了“说明人生的自戕”。[6] 与钱杏邨不同，竹内好在《近代的超克》一书中注意到了《墓碣文》体现出的自我克服，并针对该文中因“自啮其身”而亡的遗骸指出：“很显然，这是没被创造出来的‘超人’的遗骸，如果说得夸张一些，那么便是鲁迅的自画像。”[7]此外，张钊贻在《鲁迅：中国“温和”的尼采》一书中阐发《野草·秋夜》所体现出的自我克服时指出：“枣树坚韧不拔的性格令人想起褪掉浪漫主义色彩(落叶)的鲁迅的‘精神界之战士’形象，而鲁迅也显然把自己的形象投射到枣树身上。枣树的坚韧不屈并不仅仅是与‘天空’对抗，也是跟自己对抗，是要克服自己在知道‘春后还是秋’的冷酷现实后的悲观冷漠，也就是尼采的‘自我克服’的体现。《野草》跟《查拉图斯特拉如是说》相似的原因之一，也许就是因为《野草》表

---

① [德]尼采：《查拉图斯特拉如是说》，钱春绮译，三联书店2012年版，第83页。
② 鲁迅：《鲁迅全集》(第3卷)，人民文学出版社2005年版，第52页。
③ 转引自李欧梵：《铁屋中的呐喊》，尹慧珉译，岳麓书社1999年版，第123页。
④ [德]尼采：《瓦格纳事件/尼采反瓦格纳》，卫茂平译，华东师范大学出版社2007年版，第13页。
⑤ [德]尼采：《查拉图斯特拉如是说》，钱春绮译，三联书店2012年版，第181页。
⑥ 李宗英、张梦阳编：《六十年来鲁迅研究论文选》(上)，知识产权出版社2010年版，第61页。
⑦ [日]竹内好：《近代的超克》，李冬木译，三联书店2005年版，第100页。

现了希望与绝望这种激烈的内在矛盾斗争，以及鲁迅‘自我克服’的心路历程。”①

与鲁迅相比，尼采对痛苦之于人生的意义的思考更为自觉。尼采自前期著作《悲剧的诞生》开始，便主张即使在极端痛苦的情况下也要对生命加以肯定。他把对痛苦的肯定视为强大生命力的标志，并把能否肯定痛苦视为能否肯定生命的试金石。与此相关，尼采在《查拉图斯特拉如是说》中写道：“你们可曾对一种快乐肯定地说‘行’吗？哦，我的朋友们，那么，你们就对所有的痛苦也肯定地说‘行’吧。一切事物都是用链子连接起来，用线穿在一起，相亲相爱，——”②正如尼采在面对生命中的痛苦时选择舞蹈和欢笑，鲁迅在《野草》的题辞中说道：“野草，根本不深，花叶不美，然而吸取露，吸取水，吸取陈死人的血和肉，各各夺取它的生存。当生存时，还是将遭践踏，将遭删刈，直至于死亡而朽腐。但我坦然，欣然。我将大笑，我将歌唱。”③

直面虚无不仅关涉对生命及其痛苦的肯定，还关涉到对真理和信仰的重建。伯纳德·威廉斯(Bernard Williams)在《真理与真诚》(*Truth and Truthfulness*)一书中指出，尼采“坚持了真诚的理想，那个理想不允许我们歪曲或遗忘世上的恐怖之事以及这一事实：那些恐怖之事对于我们所珍视的一切都是必须的，那个理想同样不允许我们歪曲或遗忘在‘上帝已死’这一口号中得以总结的那个更深层的事实：传统的形而上学概念曾帮助我们理解世界，尤其是帮助我们承受其中的恐怖，但那些概念最终已经崩溃了。尼采经常呼吁正直和智性良知，赞扬那些不得不与自己内心深处的那个怀疑论者发生争辩的人——‘对自己永不满足的伟人’”④。正如尼采并非否定真理而是试图重建真理，鲁迅在《破恶声论》一文中指出，尼采在信仰问题方面的主张是“易信仰，而非灭信仰”⑤。

鲁迅对真理以及信仰的执着同样反映在他对虚无主义的理解方面。他在 1926 年的《马上支日记》中写道：“中国人先前听到俄国的‘虚无党’三个字，便吓得屁滚尿流，不下于现在之所谓‘赤化’。其实是何尝有这么一个‘党’；只是‘虚无主义者’或‘虚无思想者’却是有的，是都介涅夫(I. Turgeniev)给创造出来的名目，指不信神，不信宗教，否定一切传统和权威，要复归那出于自由意志的生活的人物而言。但是，这样的人物，从中国人看来也就已经可恶了。然而看看中国的一些人，至少是上等人，他们的对于神，宗教，传统的权威，是‘信’和‘从’呢，还是‘怕’和‘利用’？只要看他们的善于变化，毫无特操，是什么也不信从的，但总要摆出和内心两样的架子来。要寻虚无党，在中国实在很不少；和俄国的不同的处所，只在他们这么想，便这么说，这么做，我们的却虽然这么想，却是那么说，在后台这么做，到前台又那么做……将这种特别人物，另称为‘做戏的虚无党’或‘体面的虚无党’以示区别罢，虽然这个

---

① 张钊贻：《鲁迅：中国“温和”的尼采》，北京大学出版社 2011 年版，第 377—379 页。

② ［德］尼采：《查拉图斯特拉如是说》，钱春绮译，三联书店 2012 年版，第 395 页。

③ 鲁迅：《鲁迅全集》(第 2 卷)，人民文学出版社 2005 年版，第 163 页。

④ ［英］伯纳德·威廉斯：《真理与真诚：谱系论》，徐向东译，上海译文出版社 2013 年版，第 17 页。

⑤ 鲁迅：《鲁迅全集》(第 8 卷)，人民文学出版社 2005 年版，第 31 页。

形容词和下面的名词万万联不起来。”[①]以《野草》中的《聪明人和傻子和奴才》一文为例来说，文中的聪明人类似于“做戏的虚无党”，而敢说真话、锄强扶弱的傻子则类似于真正的“虚无主义者”。

二、寻求复调

与直面虚无往往涉及痛苦彷徨以及自我克服等有关，《野草》在构建主体方面体现出对复调的寻求。《野草》的复调特征首先体现在，该著作所构建出的主体处于两极之间的张力和摇摆之中。鲁迅在《题辞》中说：“我以这一丛野草，在明与暗，生与死，过去与未来之际，献于友与仇，人与兽，爱者与不爱者之前作证。”[②]正如李欧梵在《铁屋中的呐喊——鲁迅研究》一书中指出的，《野草》的“多种冲突着的两极建立起一个不可能逻辑地解决的悖论的旋涡”[③]，“这一系列相悖的两极正是鲁迅探测他内部紧张的方法”[④]。

《希望》将《野草》中两极之间的张力和摇摆演绎得淋漓尽致。在《希望》中，“我”心中曾充满了“血腥的歌声：血和铁，火焰和毒，恢复和复仇”，当这些变得空虚之后，“我”就用“希望的盾”“抗拒那空虚中的暗夜的袭来，虽然盾后面也依然是空虚中的暗夜”。在如此这般“陆续地耗尽了我的青春”之后，我开始寻找“身外的青春：星，月光，僵坠的胡蝶，暗中的花，猫头鹰的不祥之言，杜鹃的啼血，笑的渺茫，爱的翔舞……。虽然是悲凉漂渺的青春罢，然而究竟是青春”。[⑤] 在怀疑“连身外的青春也都逝去”之后，“我只得由我来肉搏这空虚中的暗夜了，纵使寻不到身外的青春，也总得自己来一掷我身中的迟暮”。《希望》并未止于此，而是紧接着指出甚至连暗夜也不存在，并喊出“绝望之为虚妄，正与希望相同！”[⑥]与这种希望与绝望之间的摇摆相似，《影的告别》为我们展现了影（“我”）在告别人（“你”）之后，不愿意但又不得不彷徨在明暗之间，最终选择“独自远行，不但没有你，并且再没有别的影在黑暗里。只有我被黑暗沉没，那世界全属于我自己”。[⑦]

鲁迅 1925 年 3 月 18 日在写给许广平的信中说：“我常觉得惟‘黑暗与虚无’乃是‘实有’，却偏要向这些作绝望的抗战，所以很多着偏激的声音。”[⑧]他还在同年 4 月 11 日写给赵其文的信中说：“我以为绝望而反抗者难，比因希望而战斗者更勇猛，更悲壮。”[⑨]《野草》中两极之间的张力和摇摆不仅让我们想到鲁迅的反抗绝望，还让我们想到尼采对人生中的升起

---

① 鲁迅：《鲁迅全集》（第 3 卷），人民文学出版社 2005 年版，第 345—346 页。
② 鲁迅：《鲁迅全集》（第 2 卷），人民文学出版社 2005 年版，第 163 页。
③ 李欧梵：《铁屋中的呐喊》，尹慧珉译，岳麓书社 1999 年版，第 111 页。
④ 李欧梵：《铁屋中的呐喊》，尹慧珉译，岳麓书社 1999 年版，第 114 页。
⑤ 鲁迅：《鲁迅全集》（第 2 卷），人民文学出版社 2005 年版，第 181 页。
⑥ 鲁迅：《鲁迅全集》（第 2 卷），人民文学出版社 2005 年版，第 181—182 页。
⑦ 鲁迅：《鲁迅全集》（第 2 卷），人民文学出版社 2005 年版，第 170 页。
⑧ 鲁迅：《鲁迅全集》（第 11 卷），人民文学出版社 2005 年版，第 21 页。
⑨ 鲁迅：《鲁迅全集》（第 11 卷），人民文学出版社 2005 年版，第 477—478 页。

与没落的理解。尼采在自传《瞧，这个人》中写道："我的此在生命的幸福及其独一无二性，也许就在于它的厄运：用谜语形式来表达，作为我的父亲，我已经死了，而作为我的母亲，我还活着，并且将衰老。这种双重的来源，仿佛来自生命阶梯的最高一级和最低一级，既是颓废者又是开端……"①对尼采而言，升起与没落(生与死，健康与颓废，痊愈与复发)方面的经验使他能够"从病人的透镜出发去看比较健康的概念和价值，又反过来根据丰富生命的充盈和自信来探视颓废本能的隐秘工作"，并借助这种转换视角的能力来对一切价值进行重估。②

除了两极之间的张力和摇摆，《野草》所构建出的复调式主体还体现为冲突的、痛苦的自我对话。认识到《野草》包含的这种自我对话，是《野草》研究走向深入的重要体现。在这方面，孙玉石在2001年初版的《现实的与哲学的：鲁迅〈野草〉重释》一书中解读《影的告别》时指出："鲁迅所设拟的'影'与它的依附的'你'的'告别'，不过是鲁迅内心的一种对话的表现形式。"③此外，针对《死火》的解读，孙玉石曾在初版于1980年代初的《〈野草〉研究》一书中同意李何林的著作《鲁迅〈野草〉注解》(初版于1970年代初)中的观点，即死火象征曾经革命过的革命者，冰谷象征冷酷的社会，处于冰谷中的"我"，想带着死火设法走出冰谷，这是"我"对于革命者的爱护；而在后来的《现实的与哲学的：鲁迅〈野草〉重释》一书中，孙玉石认为《〈野草〉研究》对《死火》的解读未能突显"鲁迅内心自身的矛盾和痛苦"，"没有在外在的现实生活的层面之外作更深一步的思考"。④

在《野草》中，将主体的自我对话演绎得最令人触目惊心的是《墓碣文》。《墓碣文》讲的是我梦见自己正和墓碣对立，墓中的死尸因"自啮其身"而亡。李何林在解释墓碣文阳面的刻辞"……于浩歌狂热之际/中寒；于天上/看见深渊。于一切眼中/看见无所有；于无所希望中/得救……"时认为，每个短句中斜线前面的部分说的是"别人"，斜线后面的部分说的是"我"。针对李何林的这种解释，孙玉石在《现实的与哲学的：鲁迅〈野草〉重释》中指出，"这样，原文中每一个非常具有矛盾性和张力的句子，就都变成了'别人'和'我'的情绪与见解之间的对立。我以为，这样将主述者的思想分别开来的思路所作的阐释，似乎不太符合鲁迅解剖自我矛盾与阴暗心理的原意"⑤。我们认为，为引文所加的斜线不仅标识出了主体的自我对话(而非你/我之间或现实/我之间的对立)，还标识出这种自我对话往往涉及两极之间的张力和摇摆。正因如此，我们认同张洁宇在《独醒者与他的灯：鲁迅〈野草〉细读与研究》(2013)一书中对"于无所希望中得救"的解读："'得救'一词，很多前辈先生认为应作'超脱'理解，即李何林先生所说的'对于现实绝望才能得救'；孙玉石先生所说的'由死亡而得到了超脱人间尘世的痛苦。死的解脱，在或一种意义上，也是一种彻底的"得救"。'但是，在我看

① ［德］尼采：《瞧，这个人》，孙周兴译，商务印书馆2016年版，第10页。
② ［德］尼采：《瞧，这个人》，孙周兴译，商务印书馆2016年版，第12页。
③ 孙玉石：《现实的与哲学的：鲁迅〈野草〉重释》，上海书店出版社2001年版，第36页。
④ 孙玉石：《现实的与哲学的：鲁迅〈野草〉重释》，上海书店出版社2001年版，第154页。
⑤ 孙玉石：《现实的与哲学的：鲁迅〈野草〉重释》，上海书店出版社2001年版，第189页。

来，把‘无所希望’和‘得救’理解为绝望与对绝望的克服，可能更加准确。因为，鲁迅虽然时时绝望，但却从不厌世，更未曾寄希望于某种不切实际的‘超脱’或超然。”①

进一步来看，孙玉石的《〈野草〉研究》在结合虚无主义问题解读《墓碣文》结尾“我疾走，不敢反顾，生怕看见他的追随”时认为，死尸代表着虚无主义思想，而鲁迅“为这虚无主义思想情绪筑起了一座小小的坟墓，决心把这种思想埋葬掉”，而“我”的“疾走”“既是人们惧怕心情的合乎情理的描写，又表露了鲁迅同死尸代表的旧思想毅然决裂的心境”。对于这种解读，孙玉石在《现实的与哲学的：鲁迅〈野草〉重释》中反思说：“看来，我可能对于鲁迅埋葬自己的虚无悲观的消极思想，时间估计得过早了一点，而看轻了这一时期，特别是他这篇散文诗中的思想矛盾的深刻性与激烈性。”②在我们看来，《墓碣文》中主体的自我对话不仅体现在由刻辞所塑造的死尸形象方面（孙玉石对这方面有所觉察），还体现在我与死尸之间的对话方面。我们可以参照查拉图斯特拉与影子的对话来解读《墓碣文》中我与死尸的对话。在《查拉图斯特拉如是说》中，影子在长久的、徒劳的寻找之后失去了目标，被虚无主义击垮的他只剩下“一颗疲惫而狂妄的心；一个不安定的意志；扑扑的翅膀；一根折断的脊梁骨”。查拉图斯特拉忧伤地承认这个影子是他本人的影子，并邀请影子到自己的山洞，但又向影子道别并对影子说：“我想独自前往，好让我的周围再明亮起来。”③无论是《查拉图斯特拉如是说》还是《墓碣文》，都引发我们思考虚无主义以及对虚无主义的克服。不过，与《墓碣文》中“疾走”的“我”相比，“抉心自食，欲知本味”的死尸似乎更接近能够以巨大勇气直面虚无的查拉图斯特拉。

三、超越静穆

尼采中后期所标举的查拉图斯特拉和超人可以上溯至《悲剧的诞生》中的酒神。在《悲剧的诞生》中，尼采认为希腊悲剧是酒神（狄俄尼索斯）显现为日神（阿波罗）式的优美形象：日神以梦和造型艺术为代表，囿于个体化原理（时空关系）并遵循适度原则；酒神以醉和音乐艺术为代表，体现出个体化原理破碎之时与痛苦相伴的狂喜。尼采对希腊悲剧的阐发驳斥了新古典主义者温克尔曼依据造型艺术对希腊做出的阐释，即希腊艺术在整体上以静穆为特征。鲁迅并未明确借鉴尼采对酒神和日神的区分，但他对朱光潜的静穆说的质疑能让我们想到这种区分。朱光潜 1935 年在《说“曲终人不见，江上数峰青”》一文中认为，钱起《省试湘灵鼓瑟》一诗中“曲终人不见，江上数峰青”所具有的静穆特征表明：“艺术的最高境界都不在热烈。……屈原、阮籍、李白、杜甫都不免有些像金刚怒目，愤愤不平的样子。陶潜浑身是‘静穆’，所以他伟大。”④而强调陶潜有“金刚怒目”的一面的鲁迅则在 1936 年的文章《题未定草·七》中指出，朱光潜的“摘句”未能顾及全篇以及作者的全人：“陶潜正因为并非‘浑身

① 张洁宇：《独醒者与他的灯：鲁迅〈野草〉细读与研究》，北京大学出版社 2013 年版，第 222 页。
② 鲁迅：《鲁迅全集》（第 3 卷），人民文学出版社 2005 年版，第 197 页。
③ ［德］尼采：《查拉图斯特拉如是说》，钱春绮译，三联书店 2012 年版，第 329 页。
④ 陈国球、王德威编：《抒情之现代性：“抒情传统”论述与中国文学研究》，三联书店 2014 年版，第 233 页。

是‘静穆’,所以他伟大’。现在之所以往往被尊为‘静穆’,是因为他被选文家所缩小,凌迟了。”①

《野草》在整体风格方面是“非静穆”的。王德威在以古今对话、中西对话为视野阐发中国文学的“抒情传统”时,注意到了《野草·题辞》所说的不能安于“天地有如此静穆”。他在与陈国球合编的《抒情之现代性:“抒情传统”论述与中国文学研究》(2014)一书中认为,朱光潜和鲁迅就静穆说产生的分歧反映出两种不同的“抒情传统”②。在我们看来,朱光潜和鲁迅就静穆说产生的分歧同样反映出20世纪以来国内学界对酒神/日神的两种不同阐释方式,并进一步反映出国内学界对尼采的不同阐释路径。

朱光潜1950年代在《我的文艺思想的反动性》一文中自我反思时指出“我把《述酒》、《咏荆轲》等诗所代表的陶潜完全阉割了,只爱他那闲逸冲淡的一面”③,“现实世界固然丑恶,可是文艺世界是多么美妙!我读到尼采的《悲剧的诞生》,特别加强了这种荒谬的信念。于是我就在文艺世界里找到‘避风息凉’的地方,逍遥自在地以阿波罗自居,‘观照’人生世相的优美画面……”④朱光潜这里的观点其实延续了他以往对日神的理解。早在1943年初版的著作《诗论》(初稿于1931年前后写成)中,朱光潜就强调“静穆是阿波罗的基本精神”;正如在王国维看来“尼采之学说全本于叔氏”⑤,朱光潜认为尼采在叔本华的悲观哲学影响下标举日神对于痛苦的解脱。⑥ 然而,与朱光潜对酒神和日神的理解形成鲜明反差的是,李石岑在发表于1926年的文章《美神与酒神》(美神即日神)中指出“中国人永是观念里面希望幸福和安逸,换句话说,中国人永是藉着美神的荫庇以求内心的慰安”,“所以我们目前第一步工作,就在于打破中国人的固定观念,这便是改变中国人的因袭性而代以创造性。……所谓现实性、革命性、创造性,固完全是酒神的思想,完全属于意志的世界”。⑦ 鲁迅对尼采的理解与李石岑所代表的这种尼采阐释路径是相近的。21世纪以来国内有学者在阐发朱光潜与鲁迅就静穆说产生的分歧时指出:“解脱的诗学进路,是朱氏诗学的根本,也与‘五四’诗学进路不同。这是沿着王国维的路线走的。”⑧或许朱光潜和鲁迅就静穆说产生的分歧还启发我们认识道:“五四”诗学不仅关涉到反传统还关涉到如何对传统进行再阐释,不仅关涉到借鉴西方思想还关涉到如何对西方思想进行再阐释。

---

① 陈国球、王德威编:《抒情之现代性:“抒情传统”论述与中国文学研究》,三联书店2014年版,第239页。

② 陈国球、王德威编:《抒情之现代性:“抒情传统”论述与中国文学研究》,三联书店2014年版,第222—224页。

③ 朱光潜:《朱光潜全集》(第5卷),安徽教育出版社1989年版,第13页。

④ 朱光潜:《朱光潜全集》(第5卷),安徽教育出版社1989年版,第16页。

⑤ 郜元宝编:《尼采在中国》,上海三联书店2001年版,第14页。

⑥ 朱光潜:《诗论》,中华书局2012年版,第59页。

⑦ 转引自金惠敏、薛晓源:《尼采与中国现代性》,《文艺研究》2000年第6期,第48页。

⑧ 胡晓明:《真诗的现代性——七十年前朱光潜与鲁迅关于“曲终人不见”的争论及其余响》,《江海学刊》2006年第3期,第187页。

朱光潜在《诗论》中指出，日神“怡然泰然地像做甜蜜梦似地在那里静观自得”[1]。虽然《野草》多次出现梦境，但这些梦境绝大多数远离日神式的静穆美梦，而是更接近梦魇。《野草》并不包含通篇写美梦的散文诗，但确实包含对美梦的描述，只不过这种描述由于被置于与美梦形成反差的语境中而具有了别样意味。《好的故事》是这方面的代表。在《好的故事》里，“我”于昏沉的夜梦到河中倒影织成的美丽云锦：“我仿佛记得曾坐小船经过山阴道，两岸边的乌桕，新禾，鸡，狗，野花，丛树和枯树，茅屋，塔，伽蓝，农夫和村妇，村女，晒着的衣裳，和尚，蓑笠，天，云，竹，……都倒影在澄碧的小河中，随着每一打桨，各各夹带了闪烁的日光，并水里的萍藻游鱼，一同荡漾。”而“我”正要凝视这篇好的故事时，“骤然一惊，睁开眼，云锦也已皱蹙，凌乱，仿佛有谁掷一块大石下河水中，水波陡然起立，将整篇的影子撕成片片了”[2]。

关于《好的故事》，国内学界形成了两种迥然有别的理解方式。在孙玉石看来，鲁迅“用《好的故事》中的美丽梦境，与‘昏沉的夜’所象征的社会现实的对立，写出自己当时存在于意识深处的‘作绝望的抗战’的心境”[3]。而彭小燕认为，鲁迅在《好的故事》中“表达着自己不乏决绝的否定意向：身处黑暗、暴虐的昏沉之夜中，‘好故事’的沉迷者们在编织着种种自欺欺人、骗人蒙世的美丽谎言”[4]。作为参照，彭小燕谈到了《野草》最后一篇散文诗《一觉》中所说的“魂灵被风沙打击得粗暴，因为这是人的魂灵，我爱这样的魂灵；我愿意在无形无色的鲜血淋漓的粗暴上接吻。漂渺的名园中，奇花盛开着，红颜的静女正在超然无事地逍遥，鹤唳一声，白云郁然而起……这自然使人神往的罢，然而我总记得我活在人间”[5]。在对《好的故事》的解读方面，我们认为鲁迅对梦醒和梦碎的描述确实流露出对好的故事的质疑，但与彭小燕有所不同，我们认为这种质疑并不意味着彻底的否定。毕竟，鲁迅说自己真爱这一篇在昏沉的夜梦到的好的故事，[6]而这好的故事并不完全相似于《一觉》中与“被风沙打击得粗暴”的魂灵形成鲜明对照的“漂缈的名园”。

正如尼采对日神并非一味肯定也非一味否定，鲁迅在《野草》中对待美梦的态度也往往如此。值得注意的是，《野草》中的美梦往往可以被解读为青春之梦。与此有关，《野草》对美梦的超越往往涉及对青春之梦的超越。除了好的故事之外，《野草》中代表青春之梦的还包括《秋夜》中相信“秋后要有春”的小粉红花（与之形成对照的是相信“春后还是秋”的落叶）以及为了追寻光亮而在灯罩上乱撞的小飞虫，《雪》中“滋润美艳之至”、隐含“青春的消息”的江南的雪（与之形成对照的是如粉如沙、在酷寒中奋飞的朔方的雪）。鲁迅在《〈呐喊〉自序》中谈到自己为“五四”的呐喊时说：“至于自己，却也并不愿将自以为苦的寂寞，再来传染给也如

---

① 朱光潜：《诗论》，中华书局 2012 年版，第 59 页。

② 鲁迅：《鲁迅全集》（第 2 卷），人民文学出版社 2005 年版，第 190—191 页。

③ 孙玉石：《现实的与哲学的：鲁迅〈野草〉重释》，上海书店出版社 2001 年版，第 128 页。

④ 彭小燕：《存在主义视野下的〈野草〉：鲁迅超越生存虚无，回归“战士真我”的“正面决战”》（下），《中国现代文学研究丛刊》2006 年第 6 期。

⑤ 鲁迅：《鲁迅全集》（第 2 卷），人民文学出版社 2005 年版，第 228—229 页。

⑥ 鲁迅：《鲁迅全集》（第 2 卷），人民文学出版社 2005 年版，第 191 页。

我那年青时候似的正做着好梦的青年。”[①]鲁迅有过青春之梦，但随着对虚无和痛苦的切身体验，他告别并远离了青春之梦。与此有关，木山英雄在解读《野草》中的《这样的战士》时指出，这里的战士已不同于鲁迅在《摩罗诗力说》中呼吁的“精神界之战士”，而是与《过客》中那个以不停行走来反抗绝望的过客具有相似性。[②] 鲁迅对待青春之梦的态度，或许可以凝结为他对待小飞虫的态度，即“对着灯默默地敬奠这些苍翠精致的英雄们”[③]。这正如查拉图斯特拉在历经磨难之后超越了自己的青春之梦，将自己的青春之梦称为“我最易受伤的东西”，并把生命的常青花圈献给自己的青春之墓。[④]

结语：与《野草》研究方法论有关的思考

为了围绕《野草》来揭示鲁迅与尼采之间的共鸣，我们有必要参照木山英雄在《〈野草〉主体构建的逻辑及其方法——鲁迅的诗与哲学的时代》(1963)一文中指出的《野草》“特有的运动方式”，即“往复运动”：“反复地从一方的极端走向另一方的极端而使认识深化。”[⑤]丸尾常喜在结合《影的告别》诠释木山英雄所说的往复运动时指出：“‘形’与‘影’并非截然有别、固定不变的，而是在相互对峙、相互排斥的同时，相互浸透、同时抓住对方、相互建构的复杂的运动体，它支撑着鲁迅的‘彷徨’，使‘诀别剧’不断上演。”[⑥]《野草》的往复运动不仅体现在各篇的思想内涵方面，还体现在各篇之间的关系方面。木山英雄就后一方面指出：“在《野草》里各篇的完成，不是作为体系的基础而胶着在一处，而只是作为连续不断的往复运动之一极而留下来的痕迹。”[⑦]

与《野草》具有往复运动特征有关，辩证法式的解读方式往往对该著作的思想内涵造成遮蔽。这里所说的辩证法式的解读方式主要是指，区分出主要方面和次要方面并制造二者之间的对立，进而用主要方面扬弃(否定)次要方面。《野草》自 1927 年出版以后，五十年内国内学界对该著作的认可与这种辩证法式的解读方式有较大关联。辩证法式的解读方式在《野草》研究中具体体现为，将悲观虚无视为次要方面并将积极战斗视为主要方面，将个人主义视为次要方面并将集体主义视为主要方面，以及将面向内心视为次要方面并将面向现实视为主要方面。19 世纪 80 年代以来特别是 21 世纪以来，辩证法式的解读方式在《野草》研究中逐渐退场，但该解读方式依然在发挥重要作用，只是变得更为隐蔽。在这方面，《存在主义视野下的鲁迅》(2007)一书的作者彭小燕对鲁迅与虚无主义之间的关系的论述较具代表

---

① 鲁迅：《鲁迅全集》(第 1 卷)，人民文学出版社 2005 年版，第 441—442 页。

② [日] 木山英雄：《文学复古与文学革命》，赵京华编译，北京大学出版社 2004 年版，第 65—66 页。

③ 鲁迅：《鲁迅全集》(第 2 卷)，人民文学出版社 2005 年版，第 167—168 页。

④ [德] 尼采：《查拉图斯特拉如是说》，钱春绮译，三联书店 2012 年版，第 122—123 页。

⑤ [日] 木山英雄：《文学复古与文学革命》，赵京华编译，北京大学出版社 2004 年版，第 338 页。

⑥ [日] 丸尾常喜：《耻辱与恢复——〈呐喊〉与〈野草〉》，秦弓、孙丽华编译，北京大学出版社 2009 年版，第 279 页。

⑦ [日] 木山英雄：《文学复古与文学革命》，赵京华编译，北京大学出版社 2004 年版，第 57 页。

性。与邵荃麟1945年的文章《鲁迅的〈野草〉》相似，彭小燕将《这样的战士》的“积极面”予以放大，并认为“《这样的战士》不仅是《墓碣文》之生存主体最终抵达的硕果之地，也正是整个起于《秋夜》的《野草》一开始就期待抵达的生命‘真我’之地”。① 这种线性的、目的论式的解读方式是辩证法式的解读方式的变体。

辩证法式的解读方式在塑造鲁迅的崇高形象方面起到了重要作用，但19世纪90年代以来，随着“躲避崇高”呼声的响起，鲁迅也成了很多人躲避的对象。指出这一点并非为了质疑鲁迅之于当今社会的意义，而是为了重新发掘鲁迅之于当今社会的意义。既然“上帝之死”是当下中国所面对的重要思想文化事实，那么鲁迅以“立人”为核心的启蒙思想就依然有其价值。若通过强调《野草》的往复运动来对辩证法式的解读方式加以纠偏，并在此基础上深入揭示鲁迅与尼采之间的共鸣，我们会发现：《野草》探索的是在经历了“人的觉醒”以及“觉醒后的彷徨”之后，如何再次探寻“人的觉醒”。如果说第一次觉醒是浪漫主义式的，那么第二次觉醒则是存在主义式的；如果说第一次觉醒涉及“五四”文学的第一次思想启蒙，那么第二次觉醒则涉及“五四”文学的第二次思想启蒙。《野草》之于当今社会的重要意义或许在于，让人们在浪漫主义之外看到了“五四”文学的另一面向，从而让人们意识到“五四”思想启蒙时至今日仍是一项未竟的事业。

---

① 彭小燕：《“虚无”的意味——一份具有特定倾向的〈野草〉解读报告》，《天津师范大学学报》2015年第1期。

“没有一条道路是重复的”
——论余华小说的叙事时空

李　桢*

（南京大学 中国新文学研究中心，南京 210023）

内容摘要：余华小说冷漠、暴力与苦难、温情并存，晦涩、凝重与现实、明朗共生，这种多维性和复杂性不仅缘于其作品内涵的多元，同时也依托于文本叙事形式的精心建构。余华在小说中建构了一张复杂的时空网络，不局囿于某一种叙事模式或者叙事策略，而是将高蹈幻化的叙事时间和灵动虚化的叙事空间融合，有承继，亦有裂变，在时间空间化、空间时间化的错综复杂的变化中完成着自己的“中国故事”的讲述。因而，“没有一条道路是重复的”隐喻着余华通过在小说创作叙事时空体系上的不断尝试与突围，践行着自己所秉持的“写者无疆”的“先锋精神”。

关键词：余华小说；叙事时间；叙事空间

引　言

《没有一条道路是重复的》是余华的一篇随笔，谈及文学阅读“打开了我们个人的空间，让我们意识到天空的宽广和大地的辽阔，让我们的人生道路由单数变成了复数”①。事实上，这也正是余华小说所深具的阅读体验。进入他的文本，冷漠、暴力与苦难、温情并存，晦涩、凝重与现实、明朗共生，单纯而又繁复的想象在膨胀，素朴而又幽深的情感在漫漶。

余华小说文本的这种多维性和复杂性，首先缘于其作品内涵的多元，既有对“恶”之人性的荒诞、冷静地穿透，亦有对亲情、爱情、友情的深情凝望；在追溯历史和记忆的同时，始终坚持对现实的逼近和批判的立场。但是，作品深邃的精神内核的呈现必须依托于文本叙事形

* 作者简介：李桢，南京大学中国新文学研究中心博士研究生，广西大学文学院讲师。

基金项目：本文为教育部人文社会科学重点研究基地重大项目“社会启蒙与文学思潮的双向互动”（16JJD750019）中期成果。

① 余华：《没有一条道路是重复的》，《余华作品·没有一条道路是重复的》，作家出版社 2012 版，第 133 页。

式的精心建构。余华在小说中建构了一张复杂的时空网络，不局囿于某一种叙事模式或者叙事策略，而是将高蹈幻化的叙事时间和灵动虚化的叙事空间融合，在时间空间化、空间时间化的错综复杂的变化中展现着自身审美旨趣的转变。因而，“没有一条道路是重复的”于此还有更重要的一层所指和意蕴：余华通过在小说创作叙事时空体系上的不断尝试与突围，践行着自己所秉持的“写者无疆”的“先锋精神”。

本文拟就余华小说中的叙事时间与叙事空间进行研究、分析，希冀穿越文本中以时间的延伸、断裂、交错所弥漫的层层迷雾，打开情节里用空间的转换、错位、叠加所构筑的重重门窗，最终破解出余华小说叙事时空体系的密码。

一、高蹈幻化的叙事时间

时间是人类经验得以彰显的最基本的一种存在范域，人类生命意识是从意识到时间的“存在”而萌发的。《吠陀经》里有一首偈颂是如此赞颂“时间”的伟大的，“时间征服了整个世界，它上升着，成了至尊之神”，因为“生命来自时间，时间的流逝使生命体衰老、消亡”。① 正是基于对时间的这种认识，人类确立起了自身的种种生存法则、行为规范和价值理念。所有这些投射、反映在文学文本中，首先显影的就是作者对时间的有效掌控。在现代小说中，时间“是一种以价值时间为核心的艺术时间”②。余华也正是意识到了“时间”在故事叙述中的重要作用和价值，力求“故事时间”的立体化，将其幻化成“物理时间”、“心理时间”、“价值时间”三体合一的“艺术时间”，从而产生独特迷人的叙事魅力。

在余华小说中，有一些是依照“自然时序”来展开叙述的，也就是故事情节发生的时序与它们在文本中呈现的时序具有一致性。以《古典爱情》例，故事情节基本上是依照主人公柳生赴京赶考偶遇惠小姐之后的经历展开叙述。小说分为六个部分，每一部分的开始都有一个明确的时间指示“柳生赴京赶考……此刻正是阳春时节”——“数月后，柳生落榜归来”——“三年后，柳生再度赴京赶考”——“次日午后，柳生来到一村子”——“数年后，柳生再次踏上黄色大道”——“柳生出城以后，又行走了数日”，叙述者大致依照故事的物理时间进行描述，使得小说在总体上呈现出线性特征。曾有论者质疑，“怀旧”的《古典爱情》何以成为“先锋”：“在特定的文学场域，‘怀旧式’先锋书写显然与金庸式侠情、琼瑶式缠绵、福尔摩斯式惊险有一种反向对应关系。”③事实上，文本的“故事时序”与“叙事时序”之所以相一致，主要缘于作者的叙事意图：对传统的才子佳人小说进行解构。中国古典小说主要采用线性时间进行叙事，并往往以才子金榜题名、有情人终成眷属作为大团圆结局。余华在这篇小说中，一方面选择“自然时序”进行线性叙事，并配以读者早已熟识的“书生落难，佳人搭救”之

---

① ［法］路易·加迪等：《文化与时间》，郑乐平、胡建平译，浙江人民出版社1988年版，第65—94页。
② 徐岱：《小说叙事学》，商务印书馆2014年版，第277页。
③ 李建周：《“怀旧”何以成为“先锋”——以余华〈古典爱情〉考证为例》，《文艺争鸣》2014年第8期。

情节，营造出“古典爱情”的氛围；另一方面故事的结尾却打破了读者习惯性的阅读期待，柳生没有金榜题名，惠小姐没有还魂，有情人未能终成眷属，而造成这一遗憾的恰恰是柳生本人。故事前半段对中国传统才子佳人小说的叙事结构、人物、情节极度模仿，故事后半段则以现代意识去击碎这种已成为集体无意识的追求皆大欢喜的阅读期待，此般逆转性的叙述策略对读者的接受心理产生了异质化的撞击，达成了对“古典爱情”以及此类题材小说双重解构的叙事效应。

需要指出的是，即使文本选择“自然时序”进行叙事，话语时间与故事时间所谓的完全重合也只是阅读接受的一种假象。因为文本的叙事时间绝不是对故事时间的模仿和重复，而应该是一种背离和再创造。故事时间是一种多维时间，话语时间是一种线性时间，不存在两者完全重合的可能，这是其一；更为重要的是，尽管作者运用“自然时序”，追求两者的一致性，但是文本中的话语时间在本质上是已经由叙述者主观提纯、改造后的“伪时间”，这是作者为了追求并实现“诗的真实”而对时间进行重新切割组合。“死板地按照年代的顺序铺展故事，严禁回忆过去，会带来使人瞠目的结果。”[①]米歇尔·布托尔的这句话虽然对“自然时序”叙事有点过于否定，但是也以“深刻的片面”的方式指出了在小说中将时间变形的重要性。余华自然是深谙其中之奥秘，时常熟稔地借助于“预叙”、“倒叙”以及两者“交错”等“逆时序”的方式对故事时间进行切割、叠加、跳跃、迂回、追溯、回环等多样化的处理与呈现，让过去的景、人、事得以在文本中复现，使历史影像获得了新的尊重，被赋予了新的生命。

《兄弟》自2005年出版以来，由于争议颇多，余华在文本形式上所进行的许多尝试和努力被淹没或忽略了。事实上，余华在这部长篇小说中借助对故事叙述时间的巧妙组合，将现实场景与历史记忆时常互相交错与转换，让叙事人所处的时间和空间都赢获了新的内涵与意蕴。因而，笔者将对《兄弟》进行文本细读，揭示出其叙事价值和艺术魅力，并以之佐证余华对小说叙事时间体系建构之独具匠心。

> 我们刘镇的超级巨富李光头异想天开，打算花上两千万美元的买路钱，搭乘俄罗斯联盟号飞船上太空去游览一番。李光头坐在他远近闻名的镀金马桶上，闭上眼睛开始想象自己在太空轨道上的漂泊生涯，四周的冷清深不可测，李光头俯瞰壮丽的地球如何徐徐展开，不由心酸落泪，这时候他才意识到自己在地球上已经举目无亲了。他曾经有个相依为命的兄弟叫宋钢，这个比他大一岁、比他高出一头、忠厚倔强的宋钢三年前死了，变成了一堆骨灰，装在一个小小的木盒子里。李光头想到装着宋钢的小小骨灰盒就会感慨万千，心想一个小树烧出来的灰也比宋钢的骨灰多。[②]

---

① 柳鸣九：《新小说派研究》，中国社会科学出版社1986年版，第140页。

② 余华：《兄弟》，作家出版社2012年版，第3页。

这是《兄弟》的开篇。在这段两百多字的描述中，余华已经透露了故事主角的命运：李光头和宋钢是相依为命的异姓兄弟，最后李光头成了刘镇的超级巨富，而宋钢则死了。故事结局也的确如此。当读者看完小说掩卷唏嘘之时，蓦然发现，不管兄弟命运如何波澜起伏，他们最终的结局作者在一开始就已经预设好了，并且堂而皇之地告诉了读者。既然谜底在故事肇始之时就已全盘托出，那么读者为何还是义无反顾地扎进故事情节当中？事实上，尽管因为预叙提前昭示了故事结局、人物命运，似乎打破了读者追随情节进展直至发现结尾的阅读期待，但是它造成了读者的另一种追问期待——“李光头和宋钢是怎样成为相依为命的异姓兄弟的?”“李光头是如何成为超级巨富的?”“宋钢为什么会死?”……小说开篇预叙故事结局和人物命运并未减少读者的兴趣，反而引发了一连串未解之谜，催促着读者只有进入文本才能找到答案。

《兄弟》开头对人物命运的预告具有刺激读者连环追问求索的效果，而且预叙的事件都发生在叙述故事结束之前，所以属于“内预叙”。同时，《兄弟》的开篇部分还运用了“外预叙”。“外预叙”指的是“叙述故事结束后的事情，也就是说提前叙述的事件不会在故事中出现”，它“常用来表现人物对未来生活的憧憬、担忧，以及对主人公后来的生涯和他的后代的交代等”。[①] 通过开头预叙，读者得知李光头将会上太空，但是直到故事结束也没有对这一情节展开具体描述，仅仅停留在李光头的想象中——要把宋钢的骨灰盒放在太空的轨道上，“宋钢就会永远地遨游在月亮和星星之间了”[②]。所以，小说开篇的这一部分预叙属于“外预叙”，展现了李光头对宋钢的深深愧疚以及深沉怀念。选用“内预叙”和“外预叙”共存的策略，深刻地体现着余华高蹈的叙事技巧：一切皆起于“兄弟”之名，因而预叙了异姓兄弟的命运，文本也详细描述了他们的相依为命、李光头的发家致富、宋钢的落魄自尽；一切皆尽于“兄弟”的分崩离析，李光头与林红偷情，导致宋钢自尽。李光头带着宋钢骨灰盒上太空的念想是最后一丝与“兄弟”之情义相关的情节，如若再往下细述，那已经无关“兄弟”二字，因此余华在文本开篇对李光头上太空一笔带过，是否成行、过程如何则已经没有讲述的必要。

《兄弟》的开篇第一段、第二段以“外预叙”与“内预叙”两种手法来向读者预告情节走向、人物命运，而紧接着的第三段又悄无声息地变换成了“混合倒叙”[③]。故事回到了李光头十四岁那一年，他“在一个公共厕所里偷看五个女人的屁股时被人当场抓获”[④]，随后讲述了宋凡平和李兰的故事，李光头、宋钢和林红三人的纠葛，李光头的暴富，宋钢的落魄，时间跨度差不多四十年，一直延续到李光头决定带宋钢的骨灰盒上太空。小说第二叙事[⑤]时间的起

---

① 胡亚敏：《叙事学》（第2版），华中师范大学出版社2004年版，第69页。

② 余华：《兄弟》，作家出版社2012年版，第630页。

③ “混合倒叙”：倒叙的事件发生在第一叙事开端之前，却延续并结束在这一起点之后。参见罗钢：《叙事学导论》，云南人民出版社1994年版，第138页。

④ 余华：《兄弟》，作家出版社2012年版，第4页。

⑤ 无论是“倒叙”还是“预叙”，相对于它跻身期间的叙事而言，在时间上都构成一种第二叙事。参见罗钢：《叙事学导论》，云南人民出版社1994年版，第135页。

点在小说第一叙事时间之前——“李光头已经成为刘镇巨富”，而一直延伸到第一叙事时间之后——“李光头想游览太空”，这就是“混合倒叙”对叙事时间的巧妙镶嵌。在“混合倒叙”的同时，还穿插着“内倒叙”①与“外倒叙”。宋钢在自杀之前，分别给林红和李光头写了信，在第一叙事时间的文本中，并没有提及信的具体内容，却极力展示宋钢写得如何认真，也如何痛苦，在确定把这两封信寄出去之后，宋钢卧轨自尽。两封信的内容，读者是和林红、李光头一起看的信，这时才知道宋钢“不恨李光头，更不恨林红”，知道宋钢信里的最后一句话：“李光头，你以前对我说过：就是天翻地覆慨而慷了，我们还是兄弟；现在我要对你说：就是生离死别了，我们还是兄弟。”②这个章节采用的就是“内倒叙”形式，文本讲述着宋钢自尽前后的林林总总，两封信的内容并没有依照自然时序出现在宋钢写信时，而是在宋钢自尽后，才放置在读者的面前。况且在宋钢悲凉地卧轨自尽的同时，李光头和林红正在疯狂地进行最后一场欢爱，所以当李光头和林红看到宋钢遗书的时候，他们才更加愧疚难堪。对读者而言，话语时间的线性特征迫使读者在目睹了宋钢的死之后马上看到李光头和林红的狂欢，转而又读到了宋钢的遗书，读者的情绪受到了故事情节的猛烈撕扯，更是为这段“兄弟情”唏嘘不已，故事虽行将落幕，思绪仍沉溺其中。至于“外倒叙”，此处举一例。小说在讲述十四岁的李光头因为在公共厕所偷看女人屁股被抓时，提及了他的生父“就是在厕所里偷看女人屁股时，不慎掉进粪池里淹死了”③，一笔带过，接着仍然详细描述李光头的偷看事件。读者也以为只是闲笔，不过是为了证明有其父必有其子而已。然而下文再次提及李光头生父因偷看女人屁股掉进粪池被淹死的情节，并且详细地讲述了李光头生父被淹死之后的点点滴滴，原来是在为宋钢的父亲宋凡平的粉墨登场铺垫，从此宋凡平和李兰开始有了交集，宋钢和李光头的异姓兄弟缘自此拉开帷幕。这段往事从李光头还在他母亲肚子里开始追溯，到李光头偷看屁股被抓结束，它的起止点都在“混合倒叙”的叙事时间起点之前，可谓是“倒叙中的倒叙”。而且这里的“外倒叙”还非常巧妙地传承了中国古典小说里的“倒卷帘”手法。“倒卷帘”法“是指一件曾经发生的事在前文没有交代，却在后文叙述中相类似的事件时顺便带出”，“它依然只是一种倒叙，只不过在表现上力求自然无痕，于是利用叙述类似事件的机会轻轻带出。因此准确地说，它是中国古典小说的一种特殊的倒叙技巧”。④ 余华采用“倒卷帘”手法借李光头偷看事件引出十几年前他生父的偷看事件，为重要人物宋凡平的华丽登场留下伏笔，可谓是“项庄舞剑，意在沛公”。

余华在《兄弟》中对倒叙的青睐，一方面源于对中国传统小说艺术手法的借鉴。金圣叹所云的“横云断山”法、张竹坡所云的“夹叙他事”法等都是一种倒叙，而且往往指的是内倒

① “内倒叙”的时间起点发生在第一叙事的时间起点之内，它的整个事件幅度也包含在第一叙事时间之内。参见罗钢：《叙事学导论》，云南人民出版社1994年版，第138页。

② 余华：《兄弟》，作家出版社2012年版，第606页。

③ 余华：《兄弟》，作家出版社2012年版，第4页。

④ 罗钢：《叙事学导论》，云南人民出版社1994年版，第136—137页。

叙。余华尽管以倒叙之倒叙的形式引出并讲述宋凡平的故事，但“叙述线性并不受破坏”①，自宋凡平出场，就将其故事完整叙述，直到他死去，重新接续上李光头十四岁那年偷看女人屁股被抓的情境，这样既保持了故事情节的相对完整性，同时亦增强了文本叙述的艺术性。另一方面，余华小说中的倒叙也彰显着现代小说对倒叙的结构性作用的再认识。陈平原在谈及“五四”小说的叙事模式时曾论及：“‘五四’作家的真正贡献在于，倒装叙述不再着眼于故事，而是着眼于情绪。过去的故事之所以进入现在的故事，不在于故事自身的因果联系，而在于人物的情绪与作家所要创造的氛围——借助于过去的故事与现在的故事之间的张力获得某种特殊的美学效果。”②《兄弟》的叙事时间呈现出现在、未来、过去交错的状态，即使进入了过去的时空隧道，往事也是承接着人物的回忆、叙述者的情绪、作者的意图的，时间叙事也被赋予了不断的生命力和创造力。

“交错”，即预叙与倒叙的混合运用，“在叙事作品中，叙述时间的轨迹有时并不是清晰可见的，过去、现在、未来常常错综复杂地交织在一起，我们把这种现象称为交错”③。《兄弟》是一部彰显着对时间征服的欲望的小说，余华在这部作品中煞费苦心地对话语时间进行了各种处理：以“现在”为第一叙事时间开始进入故事，却又迫不及待地提前告知了人物的终极命运，转瞬间又回到李光头十四岁那年，猝不及防地追溯到了李光头还在娘胎的时候，再到宋凡平和李兰相继去世，李光头和宋钢异姓兄弟相依为命，表面上依循着自然时序讲述故事，可是却依然被包裹在更大时间幅度的倒叙之中，现在——未来（预叙）——过去（倒叙）——过去之过去（倒叙中再倒叙）——过去（回到第一层的倒叙）——现在——未来（接续着预叙），时间交错的繁复如影随形，第一叙事时间与第二叙事时间悄然变换。余华以高蹈的叙事技巧变幻着时间的形态，使文本尽管跨越近四十年，书写了“精神至上”的“文化大革命”和“金钱至上”的市场经济时期两个时代，但是人物和故事并未淹没在历史洪流中，读者看见了“兄弟”，体味着情感，触碰到历史。

此外，作为叙事策略之一，余华会充分利用叙事频率的特征，以达到营造不同凡响的叙事节奏、塑造千姿百态的人物形象、触发幽深隐秘的阅读期待的目的。长篇小说《活着》历来为人所关注和令人刻骨铭心的是在一个个亲人都被死神以这样或那样的方式残酷地剥夺了生命之后，福贵依然活着，为了活着而活着。福贵对儿子有庆、女儿凤霞、妻子家珍、女婿二喜、外孙苦根的死亡的讲述是一种叙述话语重复，表达着对命运中不断“死别”的无可奈何的接受。通过乡间收集民间歌谣的“我”的视角，福贵和牛相处情境在故事的开篇、中间、结尾总共出现了三次，这是另一种重复，展现了福贵对命运的忍受和宽容。《活着》在叙事结构上非常单纯，设置了一个故事的倾听者、记录者和目击者，故事始终是一个人和一个家庭以不

---

① 赵毅衡：《苦恼的叙述者》，北京十月文艺出版社 1994 年版，第 163 页。

② 陈平原：《中国小说叙事模式的转变》，北京大学出版社 2003 年版，第 54 页。

③ 胡亚敏：《叙事学》（第 2 版），华中师范大学出版社 2004 年版，第 71 页。

断重复的情节方式在流逝岁月中向前延伸。这两种重复的故事情节和叙述节奏的交织，有效地遏制了叙事向其他方向蔓延，保证了故事的单纯和完整，它们就像音乐中的主旋律和副歌。福贵一家的故事以自身完整的结构单元一次次地再现，从而形成了对叙述主题的一次次强化；“我”眼中福贵和牛相互依靠的画面以碎片化之方式一次次闪现，既舒缓了故事的“死亡”节奏，也最终合成了宁静的景致，故事内涵也在两重叙事频率的变幻交织中一次次地得以升华。

二、灵动虚化的叙事空间

文学既属于时间艺术，“文学作品因其语言属性决定了它存在于时间中”①，同时也属于空间艺术，因为“时间仿佛是以一种潜在的形态存在于一切空间展开的结构之中”②。普鲁斯特在《驳圣伯夫》一文中谈到盖尔芒特城堡时有一句名言“时间在其中采用了空间的形式”，“这事实上可以作为对小说特点的一种概括：叙事艺术的时间性不在于像音乐那样直接采取时间的形式，恰恰相反它只能通过突出空间来表达时间”。③ 故而，在对余华小说的时间机制进行了考察之后，笔者拟对它的空间机制展开探究。

小说的时间分为“故事时间”和“叙事时间”（也称“话语时间”），相对应的，空间分为“故事空间”与“话语空间”两个层面。“故事空间”“指事件发生的场所或地点”，“话语空间”“则是叙述行为发生的场所环境”。④ 一般来说，在第一人称回顾叙述中，我们比较容易从叙述者的话语中发现“话语空间”，它可以是叙述者讲述故事的地点，也可能是聆听他人叙述的场地，例如《活着》里面“我”是在一棵茂盛的树下倾听了福贵讲述的故事；同时，我们也比较容易区分“话语空间”与“故事空间”，福贵一家的故事发生在村子、城里、当兵打仗的地方。而在更多的余华第一人称叙事的小说中，“话语空间”叙述者没有通报，读者也无从知晓，例如《十八岁出门远行》、《死亡叙述》、《祖先》等。“话语空间”隐匿这一特征也鲜明地体现在余华第三人称叙事、全知叙事的小说里，例如全知叙事的《兄弟》，故事的主要发生地在刘镇，第三人称叙事的《蹦蹦跳跳的故事》，故事主要发生地在一家医院的大门口，读者能够知晓的就是“故事空间”。在这些文本中，叙述者均不提及自己叙述行为的话语空间，而是直接把读者引入故事空间，这样可以使读者迅速进入身临其境的阅读状态中“聆听”故事。值得注意的是，在许多小说中，作者会通过对事件发生地的细致描述来营造出一个真实的环境，引导读者进入虚构的故事世界，但是余华往往将小说的故事空间“虚化”，表面上都似乎存在着一个或数个确指的故事空间，但是拨开叙述情节的层层迷雾，不管是南门、孙荡（《在细雨中呼喊》）、刘镇（《兄弟》），还是老邮政弄（《河边的错误》）、松篁（《一个地主的死》）、小城烟、曲尺胡同26

---

① 申丹、王丽亚：《西方叙事学：经典与后经典》，北京大学出版社2010年版，第127页。

② ［苏］格·巴·查希里扬：《银幕的造型世界》，伍菡卿译，中国电影出版社1983年版，第27页。

③ 徐岱：《小说叙事学》，商务印书馆2014年版，第289页。

④ 申丹、王丽亚：《西方叙事学：经典与后经典》，北京大学出版社2010年版，第127页。

号(《此文献给少女杨柳》),这些故事发生地更多的只是停留在清晰的地名上,少有具体环境的描摹。这是"虚化"的其中一种方式。更多的小说里面,故事一开篇便直接切入具体情节,故事发生地是虚拟的,仅仅指出它是城市、乡镇、村庄或是人物的主要活动场地。例如《现实一种》,故事发生在山岗、山峰兄弟俩的家里,但是这个家的方位、具体布置,文本都几乎悬搁;《活着》通过叙述者"我"之口直接告知读者,"我到处游荡,已经弄不清楚哪些村庄我曾经去过,哪些我没有去过"①。再如,《许三观卖血记》的开头是这样的,"许三观是城里丝厂的送茧工,这一天他回到村里看望他的爷爷"②。《第七天》的开头是这样的,"浓雾弥漫之时,我走出了出租屋,在空虚混沌的城市里孑孓而行。我要去的地方名叫殡仪馆,这是它现在的名字,它过去的名字叫火葬场"③,至于哪一座城、哪一个村,没有名字,也不需要名字。这种反其道而行的叙事策略在很大程度上与余华在"文学的真实"方面的独特理念息息相关。"现在我似乎比以往任何时候都明白自己为何写作,我的所有努力都是为了更加接近真实。……所谓的虚伪,是针对人们被日常生活围困的经验而言。这种经验使人们沦陷在缺乏想象的环境里,使人们对事物的判断总是实事求是地进行着……当我发现以往那种就事论事的写作态度只能导致表面的真实以后,我就必须去寻找新的表达方式。寻找的结果使我不再忠诚所描绘事物的形态,我开始使用一种虚伪的形式。这种形式背离了现状世界提供给我的秩序和逻辑,然而却使我自由地接近了真实。"④对故事空间的细致描摹往往意图创造出一个近似于"真实"的客观空间,以求引导读者进入虚构的故事世界。然而在一定程度上来说,不管作者怎样费尽心思地去极力摹写,当代读者始终知晓自己只是在阅读一个虚构的文本而已。所以,余华放弃了对故事空间的忠诚描摹,而虚拟出一个空间,进而将其虚化,人物在其中书写着自己的故事、演绎着自己的情感,通过凸显的人物去赋予这个虚化的故事空间以充盈的象征意蕴,以"自由的叙述"获取"思想和情感表达得更充分"⑤。

热奈特曾经指出:"自马拉美以来,我们学会了识别(重新认识)书写法和拼版的那些所谓视觉的手段,并把书的存在看成一个整体。看问题角度的这种变化使我们更加注意文学的空间性,更加注意同时存在于人们所说的作品中的符号、词句、话语的与时间无关且有可逆性的布局。"⑥正是这种空间性在一定程度上导致了小说的语言文体在功能上的视觉化,而这也成为小说叙事价值得以实现的接受基础。通过人物视角,由叙述者讲述,余华小说中的时间文本转换成了空间文本,并且在灵动虚化的故事空间中,隐喻与象征也由此闪烁着迷人的光彩。

---

① 余华:《活着》,作家出版社2012年版,第3页。

② 余华:《许三观卖血记》,作家出版社2012年版,第2页。

③ 余华:《第七天》,新星出版社2013年版,第3页。

④ 余华:《虚伪的作品》,《余华作品·没有一条道路是重复的》,作家出版社2012年版,第163—165页。

⑤ 余华:《我的写作经历》,《余华作品·没有一条道路是重复的》,作家出版社2012年版,第106页。

⑥ [法]热拉尔·热奈特:《叙事的界线》,《外国文学报道》1985年第5期。

《兄弟》临近结尾时，描绘了宋钢卧轨自杀的场景，充分地展现出时间空间化、空间主观化的特征。小说将“刘镇”这个故事的主要发生地虚化，却对宋钢选择的远离刘镇的自杀地点进行了细致描摹，如此隐匿性的对比设置自然有着不寻常的象征意味：刘镇是狂欢的、疯狂的、痛苦的，只是一个具有字面意义的所指，却并没有实质的能指填充于其中，它可以幻化成中国大地上任何一个地方，那样疯狂的故事在那些年月里无时不在发生着、重演着；而自杀地点是平静的、安详的、美好的，虽然没有名字，然而是独一无二的，确定的能指使其充满了丰富的意蕴，因为这是宋钢看到的地方，这个空间既是人物所处的真实空间，同时又是人物心理活动的投射，“环境与心境相互映照”①。于是这个宋钢眼中的空间充满了更为丰富的意蕴，天空、晚霞、小河、稻田、海鸟，一切都是那么美，特别是“红玫瑰似的稻田”这样独特的修辞更是令读者仿佛触碰到了宋钢的心跳：这应该是一个幸福美好的空间。按照热奈特的理解，“人们所说的修辞格恰恰不是别的，而正是这个空间：修辞格既是空间采用的形式，又是语言所采取的形式，它是文学语言相对其涵义的空间性的象征”②。但是如此美好的空间竟是透过宋钢，一个马上要卧轨自尽的人的眼睛向读者描述的，他一次又一次地看了看美丽的天空，一次又一次地看了看铺满红玫瑰似的稻田，他甚至还为眼镜寻求了一个满意的安放地——恋恋不舍却又义无反顾地安详赴死的情绪充斥着、撕裂着这个美好的空间。故事时间并未因此静止，始终来到了宋钢卧轨自尽的时刻，最后景象“一只孤零零的海鸟飞翔在万花齐放里”依然很美，是一种凝固了的凄美，因为生命已经结束。由于采用宋钢的视角展示故事空间，叙事视角和叙事声音分离，这种叙事策略带给读者以更大的戏剧张力冲击：人物视角中空间的温暖、叙述者讲述的平静、卧轨自尽的绝望，三种情绪与力量纠缠并螺旋式上升，最终将这个充满了极致美的残忍场景推到了读者的眼前，逼迫读者去构筑一帧帧弥漫着悲情的画面。诚如龙迪勇所言，“文学空间并不是一种外在的景观或场景，也不是见证时间在场的固化场所，而是生存体验的深度空间，它的生成源自作家对生存的内在体验。因此，文学空间是一种内在的、深度的、孤寂的体验空间，而写作正是要‘投身到时间不在场的诱惑中去’”③。余华小说以时间的自由、空间的虚化，赢取了叙事文本巨大的戏剧张力和长久的艺术价值。

故事情节的发生与推进不可能脱离对空间立体性的寄居和依托，而仅仅以时间线性结构去呈现。在不同的故事空间中，人物多层面、多角度的社会生活图景得以展现，人物形象也在故事情节的纵深发展中逐渐清晰饱满。“虚构世界中的地理世界并非‘无生命的一个容器’，而是一种‘富有能动作用的力量，存在于文学作品中，并且塑造着作品的形态’。这里的‘形态’主要指情节结构。”④余华正是巧妙地利用了故事空间在情节的设计与安排等方面的

① 申丹、王丽亚：《西方叙事学：经典与后经典》，北京大学出版社 2010 年版，第 132 页。

② ［波兰］英加登：《对文学的艺术作品的认识》，陈燕谷译，中国文联出版公司 1988 年版，第 47 页。

③ 龙迪勇：《寻找失去的时间——试论叙事的本质》，《江西社会科学》2000 年第 9 期。

④ 申丹、王丽亚：《西方叙事学：经典与后经典》，北京大学出版社 2010 年版，第 132 页。

多元功能，使得小说的叙事格局灵动多变、摇曳生姿，达到了文本结构和戏剧张力齐飞的叙事效果。

长篇小说《在细雨中呼喊》不仅是余华第一部长篇小说，也是他迄今发表的五部长篇中唯一一部或许能从章节名字知晓故事内容一二的作品。《活着》、《许三观卖血记》、《兄弟》皆无章节名字，《第七天》以杨飞死后的七天将小说分为七个部分，但是读者根本无法从名字上获取丝毫故事情节。而以章节名字为线索进入《在细雨中呼喊》的故事，首先无法回避的就是“南门”这个地方，章节标题以“南门”始，以“回到南门”终：

	每一章分为四个部分
第一章	南门　婚礼　死去　出生
第二章	友情　战栗　苏宇之死　年幼的朋友
第三章	遥远　风烛残年　消失　祖父打败了父亲
第四章	威胁　抛弃　诬陷　回到南门

在第一章“南门”的部分里，以“我”孙光林的回忆为纽带，闪现了从1965年“我”六岁到成年后重返故乡的这段岁月中“我”与南门的人、事的纷繁纠葛：“我”对黑暗的惧怕，“我”被父母送给了孙荡的王立强，“我”十二岁那年王立强死后回到南门，祖父的死去，苏家兄弟在南门出现，我考上大学离开南门，直到我重返故乡，独自来到南门。文本以孙光林的成长经历为叙述对象，运用第一人称叙事，在情节构建上注重人物行动、情感与故事空间的密切联系，所以“南门”成了故事的主要发生地，即使是小说最后一章的最后一部分，事实上主要讲述的是“我”在孙荡的那五年生活，但是这部分的标题“固执”地采用了“回到南门”，从章节标题就已经强调对“南门”的特殊情感。因为“南门”是“我”的故乡，不仅是故事的地理空间，也是精神空间。而“池塘”更是情节发展的核心助推器，自“我”十八岁离开南门，“我”就已经不愿再回望过去，正是“池塘的突然出现”击碎了“我”的冰冷与坚硬，提醒着“我”——“南门”永远是“我”的铠甲，也是“我”的软肋。“孙光林一次次地重返往事，重返死亡、孤独、屈辱的现场，尽管在很多时候都是显得那样的悲苦和疼痛，但是它依然散发着某种温情的力量，散发着一种忧伤而不绝望、悲苦而不冷漠的力量。”①

依照美国文学批评家依布尔的观点，“叙事作品中的空间从来不是‘价值中立’，很多时候，由于描述空间的话语方式不同，作品中的空间也表现为不同的意义。换言之，作品关于故事空间的描写代表了叙述者对于环境和空间的特殊理解”②。余华小说中的故事空间不仅以灵动虚化的形式获得了复合型的存在价值，而且寄寓着作者的创作意图，扩大了作品主题的阐释空间。例如《第七天》里面的“死无葬身之地”：

---

① 洪治纲：《悲悯的力量——论余华的三部长篇小说及其精神走向》，《当代作家评论》2004年第6期。

② 申丹、王丽亚：《西方叙事学：经典与后经典》，北京大学出版社2010年版，第141—142页。

我惊讶地看见一个世界——水在流淌，青草遍地，树木茂盛，树枝上结满有核的果子，树叶都是心脏模样，它们抖动时也是心脏跳动的节奏。我看见很多的人，很多只剩下骨骼的人，还有一些有肉体的人，在那里走来走去。我问她："这是什么地方？"她说："这里叫死无葬身之地。"①

我对他说，走过去吧，那里会向你招手，石头会向你微笑，河水会向你问候。那里没有贫贱也没有富贵，没有悲伤也没有疼痛，没有仇也没有恨……那里人人死而平等。他问："那是什么地方？"我说："死无葬身之地。"②

第一个片段通过杨飞的视角将"死无葬身之地"具象化了，描绘出那是一个怎样的具体空间；第二个片段通过杨飞的认知将"死无葬身之地"主观化了，那是杨飞把死后七天的见闻融汇思索得出的结论。无论是具象化抑或主观化，"死无葬身之地"仅仅是余华虚拟出来的一个故事空间，而且是一个没有现实依托的虚化空间，这在余华小说中是极为少有的，他之前的作品即使故事空间是虚化的，然而仍是以客观存在为描摹或依托的。但就是这样一个完全虚化的空间，却掣肘着文本的叙事格局，承载着作者的创作意图："我写《第七天》的时候，有一种很强烈的感觉，把现实世界作为倒影来写的，其实我的重点不在现实世界，是在死亡的世界。我前面已经说过了，现实世界里的事件只是小说的背景，死无葬身之地才是小说的叙述支撑。"③张刚和李姓男子的"仇恨没有越过生与死的边境线，仇恨被阻挡在了那个离去的世界里"④；因大型商场火灾而被市政府"删除"的三十八个死者在这里永远围在一起；李月珍和二十七个婴儿在这里哼出夜莺般的歌声；给鼠妹净身去殡仪馆的场景更是充满了诗意，"那边的人知亲知疏，这里没有亲疏之分"⑤。余华以"死无葬身之地"这个特殊空间写出了现实的撕裂与疼痛，以萦绕在字里行间的"人人死而平等"之曲调刺疼着读者的心灵，撞击着已被生活钝化了的沉默的灵魂。

结 语

对自己是否仍属于"先锋作家"，余华曾经给出这样的回答："我认为我现在还是先锋作家的一个重要原因是，我们还是在中国的最前面，这个最前面是指，我们这些作家始终能够发现我们的问题在哪里，我们需要前进的方向又在什么地方，这个意义上，我觉得我还是一

① 余华：《第七天》，新星出版社2013年版，第126页。

② 余华：《第七天》，新星出版社2013年版，第225页。

③ 余华在《余华长篇小说〈第七天〉学术研讨会纪要》上的发言，张清华、张新颖等：《余华长篇小说〈第七天〉学术研讨会纪要》，《当代作家评论》2013年第6期。

④ 余华：《第七天》，新星出版社2013年版，第143页。

⑤ 余华：《第七天》，新星出版社2013年版，第197页。

个先锋派作家。”[①]的确如此。从19世纪80年代的“先锋叙事”到90年代的向“民间”和“传统”转型，再到新世纪的直逼现实，余华从未在已驾轻就熟并让自己声名显赫的写作领域内安于现状，而是一直在尝试与突围，其在时空叙事形式上的多重探索亦印证了这一点。余华通过构筑丰富多维的叙事时空体系，不走一条“重复”之途，有承继，亦有裂变，在回忆与想象的交融里、在现实与历史的叠印中完成了自己的“中国故事”的讲述。

① 余华：《我永远是一个先锋派》，出自许晓煜《谈话即道路——对二十一位中国艺术家的采访》，湖南美术出版社1999年版，第248页。

汤因比“文明形态史观”视阈下的金庸小说

华珉朗*

（南京大学 中国新文学研究中心，南京 210023）

内容摘要：金庸的小说涉及大量的民族斗争书写，既往的学者往往从“民族—国家”的角度对此进行研究。本文则将汤因比的“挑战—应战”模式嵌入“文明发展形态四阶段说”，借此重述金庸小说中的民族关系。金庸所肯定的理想的文明形态是：无论处于哪一个生长阶段，无论哪一种文明，都应该积极应对来自内部和外部的多方挑战，这样才能获得发展与新生。金庸的文明史观明显受到汤因比的影响，这种合理、进步的历史观对于当代中国依然具有重要的启示意义。

关键词：金庸；武侠小说；汤因比；文明史观

金庸的小说都是以前现代的王朝历史作为舞台背景的，其中尤其集中于朝代鼎革、群雄逐鹿之际，如北宋末年、南宋末年和明末清初等时段，这就势必涉及各民族之间的激烈斗争与冲突过程，如有学者所说：“迄今为止，金庸小说共有长、中、短篇十五部，塑造了数以千计的人物形象，其中至少有十二部作品涉及两个以上民族的人物和关系。”①研究者早就发现金庸对民族战争主题的偏爱，他们对金庸的历史观和民族观进行了深入的探索与分析，如宋伟杰就认为金庸小说中常出现的汉族为弱势群体、遭异族欺凌的状态是对香港殖民地情境的一种隐喻，此外，孔庆东、陈夫龙等学者对此话题也各有高见。无一例外，他们都是以“民族—国家”的角度切入金庸小说中所展现的民族关系问题与其历史观念。但是，至今还没有学者提到英国历史学家汤因比对金庸小说的民族关系书写以及他的文明史观的影响，也就是说，尚未有学者超出“民族—国家”的视野，从更为广泛深刻的“文明”视角，分析金庸的文明史观，而这正是汤因比在《历史研究》中提出的最为关键的新型历史研究方法。而金庸屡

* 作者简介：华珉朗，南京大学中国新文学研究中心博士研究生。

① 孔庆东：《论金庸小说的民族意识》，《西南师范大学学报》（哲学社会科学版），2004年第5期。

次强调他对汤因比著作的喜爱以及汤因比对他的影响，我们又确实可以从金庸的小说中发现汤因比的“文明史观”的诸多烙印，因此，从“文明”的角度重新解读金庸小说的民族关系问题和他的历史观，或许可以打开一个崭新的研究面向。

一、金庸与汤因比的“相遇”

金庸与汤因比的“相遇”，早在他还未开始建构自己武侠江湖的1947年。金庸写到“抗战胜利后从西南回到故乡，在上海西书店里买到一本汤因比《历史研究》的节本，废寝忘食地诵读了四分之一后，顿时犹如进入了一个从来没有听见过、见到过的瑰丽世界，料想刘姥姥初入大观园，所见所闻亦不过如是。想不到世界上竟有这样的学问，这样的见解。汤恩比根据丰富的史实而得出结论：世界上各个文明所以能存在，进而兴旺发达，都是由于遇上了重大的挑战而能成功应付。我非常信服这项规律。这本书越是读下去，心中一个念头越是强烈：我如能受汤恩比博士之教，做他的学生，此后一生即使贫困潦倒、颠沛困苦，最后在街头倒毙，无人收尸，那也是幸福满足的一生”①。尽管此说有夸张之嫌，但仍可见金庸对汤因比非同一般的喜爱。后来金庸到香港《大公报》工作，还试图翻译《历史研究》，因有其他公务才未竣工。此后，“凡是汤恩比的著作，只要能买得到借得到的，一定拿来细读，包括《文明受考验》、《战争与文明》、《从东到西——环游世界记》、《对死亡的关怀》等书，以及他与池田大作先生《对话录》的英文本”②。总之，金庸在创作小说之前（他的第一部武侠小说《书剑恩仇录》写于1955年），就已经仔细阅读过汤因比的著作，并对他的文明史观深表认同，从某种程度上说，汤因比的历史理论也是金庸小说创作的重要话语资源和思想背景之一。由此，我们从文明史观的角度分析金庸小说中体现的民族观与历史观，绝非捕风捉影。金庸对汤因比的推崇，还体现于他1994年在北大所做的演讲中，作为在大陆第一次的公开演讲，一开场金庸就提到了汤因比，他说：“大家都知道，英国对二十世纪影响最大的一位历史学家名叫汤因比，他写了一部很长很长的《历史研究》。他在这部书中分析了很多世界上的文明，说明世界上的很多文明都在历史进程中衰退或消亡了，直到现在仍真正兴旺发达的文明只有两个，一个是西方的欧美文明，一个是东方的中国文明。而中国文明历史悠久且连续不断，则又是世界唯一的。”③这次演讲同样彰显了金庸对汤因比的高度认同。

那么，汤因比的历史研究理论究竟有何创新之处？他的核心观点又是什么？一言以蔽之，汤因比最关键的学术论断就是以文明视点取代国家视点来考察世界历史。他说：“所谓文明，我指历史研究的最小单位，当一个人尝试去理解自己国家——比如说美国或大不列颠联合王国——的历史时，他就会抵达这里。”④汤因比认为，文明是比国家更为持久的一个文

---

① 金庸、池田大作：《探求一个灿烂的世纪：金庸/池田大作对话录》，北京大学出版社1998年版，第8页。

② 金庸、池田大作：《探求一个灿烂的世纪：金庸/池田大作对话录》，北京大学出版社1998年版，第9页。

③ 金庸：《金庸的中国历史观——在北京大学的讲演》，焦小云记录，《明报月刊》1994年12月号。

④ [英]阿诺德·汤因比：《文明经受的考验》，王毅译，上海人民出版社2016年版，第185页。

化单位，国家消亡并不一定代表文明的死灭，一种文明完全有可能在国家覆亡之后重获生机，当然也可能彻底丧失生命。具体而言，汤因比的文明形态史观主要包含以下三点内容。第一是文明发展形态四阶段说：人类各文明的存在和发展具有基本的规律。犹如一个有机体，每个文明都会经历起源、成长、衰落和解体四个阶段。实际上这一观点与斯宾格勒十分相似。第二是“挑战—应战模式”，即文明兴衰的基本原因是挑战和应战。一个文明，如果能够成功地应对挑战，那么它就会诞生和成长起来；反之，如果不能成功地应对挑战，那么它就会走向衰落和解体。第三是文明接触论：汤因比认为，各个文明并不是孤立存在的，它们恰恰是相互接触的。汤因比“更强调的是文明的动态碰撞，尤其是碰撞产生的效应，他根本上的一种期待和乐观正基于此”①。

实际上，被汤因比所归结出来的中华文明又由许多次级文明所组成，其中包括汉族文明、契丹文明、女真文明、满族文明、蒙古文明、西夏文明、回族文明、波斯文明，等等。金庸小说中所描写的民族战争实际上也就是上述文明之间相遇的过程，一般而言，是外族文明对汉族文明进行挑战，金庸小说的很多故事就在汉族文明的应战过程中发生。下文就试图将“挑战—应战”模式嵌入“文明发展四阶段说”，重新阐释金庸小说中的民族斗争主题。

二、文明的生长与成熟时期的“挑战与应战”

汤因比认为，文明的起源和发展既不是由于种族的优越也不是由于环境的优良，而是在少数精英带领下，整个族群克服恶劣的环境，并且积极应对来自其他部落的挑战与攻击，才逐渐发展起来的——“如果我们转而考察人类社会已经受过的各种刺激，那我们便会毫不迟疑地否定流行的观点，即文明趋向于在易于人类生活的各种有利的环境中产生。”②这在金庸小说中对几个少数民族文明的发展过程描写中得到了体现。如《射雕英雄传》的附录《成吉思汗家族》写到成吉思汗家族的发家史——“在中国北方很寒冷的地方，山野、草原、沙漠、树林里的人以打猎、捕鱼和游牧为生。他们分为许多不同的部族，后来都称为蒙古人。”③成吉思汗一方面在寒冷荒凉的自然环境中奋发图强，一方面与多个部族互相斡旋，以过人的智慧统一了蒙古，金庸使用了大量篇幅描写这一艰辛过程，称赞了成吉思汗在各种挑战中积极应对的态度。《碧血剑》中则写了努尔哈赤统一辽东女真族，并致力于发展经济的英明举动，“努尔哈赤以祖宗遗下的十三副甲胄起家，带领了数百名族人东征西讨，建立了中国历史上疆域最大的大帝国”④。他与继承者皇太极在各种地域和种族的冲突之中以深远的谋略和强大的意志不断发展、壮大自身的势力，最终给了明朝致命一击，获得了宰制中华帝国的政治权力。此外，《天龙八部》也写到了完颜阿骨打统一女真各部，并创立女真文字的艰辛过

① ［英］阿诺德·汤因比：《文明经受的考验·译者后记》，王毅译，上海人民出版社2016年版，第221页。

② ［英］汤因比：《历史研究》，刘北成、郭小凌译，上海人民出版社2000年版，第91页。

③ 金庸：《射雕英雄传》，广州出版社2002年版，第1139页。

④ 金庸：《碧血剑》，生活·读书·新知三联书店，第740页。

程。还有，当萧峰面临生死抉择时，他说了这样一段话："'我在此地之时，常听族人唱一首歌。'当即高声而唱：'亡我祁连山，使我六畜不蕃息。亡我焉支山，使我妇女无颜色。'他中气充沛，歌声远远传了出去，但歌中充满了哀伤凄凉之意。段誉点头道：'这是匈奴人的歌，当年汉武帝大伐匈奴，抢夺了大片地方，匈奴人惨伤困苦，想不到这歌直传到今日。'萧峰道：'我契丹祖先，和当时匈奴人一般苦楚。'"①可见，契丹文明在起源时期，不仅要克服环境之恶劣，还要遭到汉族的侵略与骚扰，但最终在耶律阿保机的卓绝努力之下，建立了辽国，获得了更大的发展。总之，金庸小说中所写的少数民族文明发展史，基本都充满着一种蓬勃向上的阳刚之气。这是必然的，只有在起源与生长阶段积极应对各方挑战，这些文明才能在恶劣环境与种族争斗的多重压力之下，不断发展，直至建立起自己的文明国家。

文明继续往前发展，就到达了其成熟时期。成熟时期文明的标志一般是形成了汤因比所说的"大一统帝国"。这个帝国拥有绝对的政治、经济、文化主权，有辽阔的疆域、驯顺的子民和暂时稳定的周边部落。美国历史学家沃格林提出了"天下时代"的概念——"在这个历史时代，精神秩序的普遍性契合了缺乏实质的权力外壳所进行的不确定扩张。一方面，精神秩序的普遍性似乎要将整个人类天下，而非某个具体社会作为其实现领域：另一方面，那些新帝国倾向于扩张至整个天下，并提供一种制度层面的已准备好接受那种精神实质的秩序。"②"天下时代"正是大一统帝国如日中天的时代，此时，"天下"并非秩序的主体，而是被征服的对象。也就是说，"大一统帝国"具有侵略弱国、让天下归服、用主体文明统治他者文明的非正义的扩张倾向。如汤因比所说："罗马人和中国人都认为他们各自的帝国包容了世界上所有重要的民族；东罗马帝国也和其他许多帝国一样声称自己对整个世界有统治权。这种天下一统的主观信念从来是一种幻觉。"③当"大一统文明"对他者文明进行侵略从而造成致命性的挑战时，他者文明该如何应对？"大一统文明"本身又该如何应对来自它内部与外部的多重挑战，从而使主体文明保持持续发展的活力，避免覆亡的悲剧？这两个问题是"天下时代"文明危机的核心问题，我们可以从此入手考察金庸小说中两类文明的应对策略。

首先是他者文明，或者说弱者文明的应对姿态，这正是金庸小说《白马啸西风》的核心意旨。这部短篇小说潜在的历史背景是唐朝前期西域高昌文明的毁灭，其叙事主线则是汉人试图抢夺高昌古国的宝藏从而发生的武林争斗，直至结尾，大家才知道所谓的宝藏其实是唐政权赐给高昌国的物品遗存。当时，"唐太宗说，高昌国不服汉化，不知中华上国文物衣冠的好处，于是赐了大批汉人的书籍、衣服、用具、乐器等等给高昌"④。然而，"高昌人将唐太宗所赐的书籍文物、诸般用具，以及佛像、孔子像、道教的老君像等都放在迷宫之中，谁也不去

① 金庸：《天龙八部》，广州出版社 2002 年版，第 1764 页。

② ［美］埃里克·沃格林：《天下时代》，《秩序与历史》（第 4 卷），叶颖译，译林出版社 2018 年版，第 186 页。

③ ［英］汤因比：《历史研究》，刘北成、郭小凌译，上海人民出版社 2000 年版，第 235 页。

④ 金庸：《雪山飞狐》，广州出版社 2002 年版，第 357 页。

多瞧上一眼。千余年来，沙漠变迁，树木丛生，这本来已是十分隐秘的古宫，更加隐秘”①。《白马啸西风》看起来只是一个关于夺宝、复仇、帮派厮杀的陈腐武侠故事，但这只是它的外壳，其底子里却充满着宏大的文明悲感，高昌文明的消逝才是这篇小说的关节所在。唐太宗具备了大一统帝国君主的典型特质，他试图归服所有的少数种族文明，成为名副其实的天可汗。就当时来说，唐文明无疑要比高昌文明先进得多，唐太宗将佛像、孔子像、道教老君像都赐予高昌国，这三者恰好象征着以儒、释、道三家思想为肌体骨骼的汉族文明。高昌国人在面对唐文明的侵入时，非但没有认真研究、仔细辨析这种文明的优与劣，甚至将之弃如敝屣，最终被侯君集率领的唐军一举歼灭。在这篇小说中，一方面，隐含作者对唐太宗的扩张和侵略是持批判态度的，一方面又对高昌国人的消极应战表示惋惜。也就是说，高昌文明在面对来自更先进的汉族文明的挑战时，没有积极应战，最终自取灭亡，这正如汤因比所分析的："如若接连而来的每次挑战的结局不是胜利而是一连串的失败，那么我们就能看到，没有遇到回应的挑战由于始终没有得到处理，便一而再、再而三地表现自己，直至得到某种迟缓的、残缺不全的回应为止，要么就是把这个已证明积习难改、不能做出有效反应的社会推向毁灭。"②

其次是主体文明的应对策略。这里所说是主体文明，是指在社会结构中居于主导位置的文明，这个主体性是流动的，简单地说，哪一种文明掌握了政权和最高话语权，它就是主体文明。由是观之，唐代的主体文明是汉族文明，元代和清代则分别是蒙古文明和满族文明。前文已分析过，蒙、满文明在它们的起源时期都能够积极应对各方面挑战，从而为入主中原奠定了基础。但在进入他们各自的"天下时代"以后，二者对来自汉族文明以及其他重大事件的挑战时所采取的应战策略完全不同，这也导致了二者不同的结局。金庸小说对这两个文明的态度也是不一样的。如《射雕英雄传》中写蒙军在临安城的行径："蒙古兵为了立威，比在他处更是残暴，因此城中十室九空，居民泰半迁移到了别处。百年前临安城中户户垂杨、处处笙歌的盛况，早已不可复睹。"③又说"但忽必烈歧视汉人，征服中国后虐杀甚众，横征暴敛，元朝的规模制度远不及清朝"④。后记评价道："蒙古人统治全中国八十九年，统治中国北部则超过百年，但因文化低落，对中国人的生活没有遗留重大影响。"⑤可见，金庸对蒙古文明总体上是持否定态度，相反，金庸对满族文明总体上是肯定的，如《碧血剑》写汉人范文程告诫皇太极说不能像元朝蒙古人那样，强分天下百姓为四等，皇太极点头称是，并照做了。《鹿鼎记》中写康熙对韦小宝说："父皇谆谆叮嘱，要我遵行'永不加赋'的训谕，我细细想来，只要遵守这四个字，我们的江山就是铁打的。甚么洋人的大炮，吴三桂的兵马，全都不

---

① 金庸：《雪山飞狐》，广州出版社2002年版，第357页。

② [英]汤因比：《历史研究》，刘北成、郭小凌译，上海人民出版社2000年版，第196页。

③ 金庸：《射雕英雄传》，广州出版社2002年版，第1198页

④ 金庸：《射雕英雄传》，广州出版社2002年版，第1366页。

⑤ 金庸：《射雕英雄传》，广州出版社2002年版，第1381页。

用担心。”[①]在金庸的小说中，皇太极和康熙都可以算是明君的形象，他们善于学习汉族文明的优点，如学者韩云波所指出的：“擒奸臣、灭邪教、平动乱、固边防、扬国威种种，小玄子和小桂子联合出演的这些节目，却无疑是‘为国’的，有效地避免了社会动乱，缓解了民族矛盾。更重要的是，两人联手的这些行为，消除了‘康乾盛世’到来之前的种种障碍，‘从物质的角度去构想其目标，着眼于现在或将来，而不是过去’，使老百姓大受其益，此为‘为民’。”[②]康熙与韦小宝精诚合作，积极应对来自中华文明内部的挑战，使各个重大问题都得到了妥善解决。当然，《鹿鼎记》中同样揭发了清廷大兴文字狱、对“明史案”参与人员赶尽杀绝以及“扬州十日”、“嘉定三屠”的罪恶。不过，总体上说，就应对文明挑战这一点而言，金庸笔下的清朝挑战者是远远优于蒙古统治者的。费正清在《美国与中国》一书中也比较了蒙古人与满族人不同的民族政策及治国方略——“妨碍蒙古人按中国方式统治中国的诸因素中，最直接的因素可能是他们未能吸收中国文化，使之成为他们自己的东西：他们是纯游牧民族，不习惯于农耕和定居生活。他们过去是文盲，语言不同，日常饮食和衣着都是番式的，他们的道德准则和法制都异于中国传统。”[③]“从1644年至1911年统治中国的满族，在发源地、语言和文化上都不同于汉人。可是他们能用传统的儒家方法，把政权保持到像任何汉族朝代那样长久。这一成就的奥秘可能在于这样的事实：虽然他们按中国方式施政，他们的是异族渊源和背景却有助于他们在统治集团内保持政治上的青春活力。”[④]金庸小说中对蒙、满政权的不同书写与费正清的比较不谋而合。

在大一统帝国时期，没有正视主体文明挑战的高昌文明被历史潮流彻底淘汰了，此外，蒙古文明没有汲取起源时代的应战经验，在统治期间施行了很多不合理的政策，亡国之运也接踵而至。满族文明能够吸取汉文明的长处并为其所用，在应对“天下时代”的初期挑战时，采取了比较积极、合理的策略，于是国运亨通，甚至有康乾盛世的落日余晖。但是，在面对更为先进的工业文明的挑战之时，满族统治者未能积极应战，依然闭关锁国，最终导致了中华文明被殖民者侵略、破坏的巨大灾难。

三、文明的衰落与解体过程中的“挑战与应战”

当一个文明衰落及至解体之时，情况会更为复杂。汤因比将社会解体时的三大势力分为当权的少数人、内部的无产者、由处于边缘地带的蛮族人构成的外部无产者。“少数统治者是具有创造性的少数人的角色转换，他们继承了前人的领导地位，着手实行社会压迫政策，以便用武力树立不再与其功业相一致的权威。内部的无产者构成一个社会的多数人，先前他们曾经自愿遵从少数创造者的领导权，但现在由于领导的腐败和专制，他们日益同自己

① 金庸：《鹿鼎记》，广州出版社2002年版，第1202页。

② 韩云波：《论金庸小说的新法家文化形态》，《西南大学学报》（社会科学版）2013年第2期。

③ 费正清：《美国与中国》，张理京译，北京：世界知识出版社1999年版，第83页。

④ 费正清：《美国与中国》，张理京译，北京：世界知识出版社1999年版，第87页。

的社会形同陌路。外部的无产者由处于一个文明的边界之外的蛮族社会所组成，他们已被吸引到文明的范围以内，但他们发现自己同样与这个社会格格不入。”①借用这一集团分布理论，我们可以分析金庸小说中涉及的文明衰落解体过程中的纠葛情状。

	身份与态度	《射雕英雄传》、《神雕侠侣》	《天龙八部》	《碧血剑》
当权的少数人（汉族政权统治阶层）	应战者/消极应战或策略失误	南宋政权统治者	北宋政权统治者	明末政权统治者（崇祯）
内部的无产者（武林侠客与大多数百姓）	应战者/积极应战	郭靖、黄蓉、杨过与众侠士	虚竹与丐帮、少林等帮派	李自成、袁承志与各派豪杰
外部无产者（入侵的少数民族势力）	挑战者/发起暴力攻击	蒙古族势力	女真族势力（金） 契丹族势力（辽）	满族势力

如图所示，《射雕英雄传》、《神雕侠侣》、《天龙八部》、《碧血剑》分别涉及了南宋、北宋和明朝政权的解体过程。需要强调的是，一个文明的解体并不意味着它的灭亡，在历史上有些文明的确如此，如克洛维斯文明、高棉王国、纳巴泰文明、迈锡尼文明等。但汉族文明是世界上最具生命力的文明之一，一个汉族政权被少数民族政权取代，只是汉族文明的暂时解体，它不死的因子仍然顽强地存活着，等到某一个恰当的时机，它又会重新被发扬光大。在金庸的小说中，宋朝和明朝的灭亡过程，实际上就是汉族统治者、正义侠客及百姓，以及入侵的少数民族势力这三方集团的斡旋与斗争过程。我们发现，金庸对这三方势力的态度是截然不同的。对汉族文明的外部挑战者，金庸并不支持侵略行为，对肆意挑战、蹂躏异族文明的行径进行了毫不留情的批判，因此，《射雕英雄传》的结尾成吉思汗向郭靖夸耀自己的战功，郭靖却不以为然，说：“大汗武功之盛，古来无人能及。只是大汗一人威风赫赫，天下却不知积了多少白骨，流了多少孤儿寡妇之泪。”②金庸对文明内部积极应战者的态度，则是热烈肯定与赞扬的。无论是抵御异族文明入侵的郭靖、黄蓉，还是消弭文明争端的萧峰，或是跟随在他们身后的大批江湖侠士，都是金庸小说中的正面形象。郭靖所喊出的那句“侠之大者，为国为民”，代表着一种努力应对外族文明挑战、为本族文明的存续呕心沥血的承担精神。毋庸置疑，中华文明之所以能够源远流长，经数千年风霜而屹立不倒，正有赖于像郭靖这样的积极应战者的不懈努力。萧峰则是一个更为特殊的形象，他夹在多种文明之间，汉族对他有恩，契丹族对他有义，为了让宋辽之间的战火平息，他不惜贡献自己的生命，其形象与郭靖一样光辉。同时，他又超越了郭靖，他不止希望汉族文明稳定繁荣，也期盼契丹文明国运昌盛，因此，他具有更加包容的大文明视野，突破了单一文明的局限性，这当然也体现了金庸文明观的自我超越与不断进步。对待文明内部消极应战者，金庸是很不认可的。在他的

① ［英］汤因比：《历史研究》，刘北成、郭小凌译，上海人民出版社 2000 年版，第 197 页。

② 金庸：《射雕英雄传》，广州出版社 2002 年版，第 1335—1336 页，

小说中，明末与宋末的统治者都是极度昏庸的，当萧峰用性命换来宋辽之间的和平时，北宋皇帝听到消息依然歌舞升平，全无振作之气象，“宋帝赵煦得表大喜，传旨关边，犒赏三军，指挥使以下，各各加官晋爵。赵煦自觉英明武勇，远迈太祖太宗，连日赐宴朝臣，宫中与后妃欢庆。歌功颂德之声，洋洋盈耳，庆祝大捷之表，源源而来”①。北宋末年的皇帝宋徽宗更加奢侈无度、治国无方、软弱无能，终致靖康之耻。南宋的宋高宗打压名将岳飞，朝廷不思北进，只把杭州作汴州，郭靖一家费十余年之力苦守襄阳，终究城破人亡，无力回天。明末崇祯皇帝刚愎自用、是非不分，致使忠臣袁崇焕冤死，其子袁承志发愿对抗清朝“鞑子”，但也功败垂成。

金庸小说里，在异族文明挑战汉族文明的过程中，胜利者都是异族文明。异族文明以其游牧种性的强大耐力和攻击力，使王朝末年的汉族军队难以抵挡。也因此，金庸小说中的侠客英雄往往是失败的，例如文明的积极应战者袁承志、郭靖、萧峰等莫不如此，他们改变不了历史的大局。为什么金庸如此执着地一再给文明内部的失败者做传呢？因为他们的失败只是暂时的，而他们的伟岸精神是永恒的。学者卢敦基指出：“金庸小说对中国文学的根本意义，似仍有待于多层面、多角度的阐释和澄清。”②事实上也是如此。从某种意义上说，金庸小说的精髓，也是它大大超越此前武侠小说的高明之处，就在于对这种精神的高度推崇，这使得他的武侠小说脱离了痴男怨女的爱恨纠葛抑或你来我往的江湖厮杀，从而具备了更为阔大的家国境界和对文明发展的终极关怀。所谓暂时的失败，就是指汉族文明并没有被异族文明彻底征服，正如金庸在演讲中所说的“在外族入侵的时候，我们民族有个很特殊的现象，就是外族的入侵常常是我们民族的转机……历史上常常是外族人来了之后，我们华夏民族就跟它同化、融合，一旦同化、融合了，我们华夏民族就壮大起来，统一起来。之后可能又腐化了，衰退了，或者分裂了，外族人又来了，我们民族再融合，又壮大，如此循环往复。其他国家民族遇到外族入侵，要么打赢，要是打不赢，这个国家或民族就会垮台。我们中华民族遇到外族入侵时，常常能把外族打退，打不退的情况也很多，但却很难被征服。这是因为一方面我们有一股韧力，一股很顽强的抵抗力量；一方面我们又很开放，在文化上同它们融合在一起，经过一段时间，大家变成一个民族，我们民族从此又壮大起来”③。这不禁让我们想起海明威的《老人与海》中那句著名的话“你尽可以毁灭他，可就是打不败他”，这句话套在中华文明的身上也是十分适合的。金庸的小说中的历史年代最晚只到清朝，所以我们能看到的只是汉族文明与少数民族文明之间的斗争，而无幸见到晚近中华文明对被坚船利炮裹挟而来的西方文明的应战过程，那是一场更宏大、更根本、更命悬一线的挑战，但是，金庸小说中所书写的汉民族对异族的坚决斗争，已经昭示了中国后来的结局与命运，那就是中华文明

① 金庸：《天龙八部》，广州出版社 2002 年版，第 1776 页。

② 卢敦基：《论金庸对中国文学的独特贡献》，《浙江学刊》1996 第 6 期。

③ 金庸：《金庸散文集》，作家出版社 2006 年版，第 317 页。

势必在这场落后/先进、传统/现代、农业文明/工业文明、正义/非正义的挑战中存活下来，并且化危险为机遇，实现更大的发展。

四、结语

金庸之所以偏爱民族斗争主题的小说创作，并不仅仅因为宋伟杰所说的香港殖民地隐喻，汤因比的“文明形态史观”，尤其是文明之间不断接触、碰撞的历史理论也对他起到了重要影响。将汤因比的“挑战—应战模式”嵌入文明四阶段说，以此重述金庸小说中的民族关系与国家斗争，我们发现，金庸所推崇的文明，都是能够积极应对来自文明内部和外部的各种挑战，并且善于吸收他者文明优点的。无论是汉族文明，还是满族、蒙古文明，无论处于文明的哪一个生长阶段，只要它能够积极应对挑战，就能够兴盛发展，防止消亡衰落的悲剧。相反，凡是在文明应对挑战时，其内部成员消极怠工乃至无视挑战者的行为在金庸小说里都是被批判的。有学者指出：“能否站在时代高度，诊断历史痼疾，推动历史进步，是文学的历史判断的基本要求。”①金庸的小说以它自身较为合理正确的文明史观（这个史观是随着创作与认识的发展而不断进步的），为我们提供了一种历史判断和文明发展的启示。如今，人类步入全球化和信息化的新时代，应对更多元、更复杂的挑战，是摆在中华文明面前的难题，按照金庸的文明史观，我们必须积极应对来自文明文明内部和外部的多种挑战，才能使中华文明屹立不倒，正如金庸所说：“当我们遇到困难的时候，内部要积极进行改革，努力克服困难，改革成功了，我们的民族就会中兴。同时我们还要对外开放，这点更为重要，因为我们中国人有自信心，我们自信自己的民族很强大，外来的武力或外来的文化我们都不害怕。”②

① 汪正龙：《重审文学的历史维度》，《文学评论》2018年第6期。

② 金庸：《金庸的中国历史观——在北京大学的讲演》，《明报月刊》1994年12月号。

“月照方玉，因情立体”
——新月诗派作家群现代诗剧创作论

董卉川*

（南京大学 中国新文学研究中心，南京 210023）

内容摘要：新月诗派的新诗特别是现代诗剧创作产生过深远影响。对于现代诗剧这种崭新的文体形式，新月诗派的作家进行了开拓性的实验，尝试了“戏剧化的诗”与“诗的戏剧化”两类体裁。同时还擅于借助不同类型的意象表现自我情感，即以“理性节制情感”的创作理念指导艺术实践。此外，在具体创作过程之中，新月诗派的作品呈现出两种不同的艺术风格，或表现为理性沉思，或表现为感性抒唱，既带有鲜明的现代主义色彩，又植根于现实土壤之中。新月诗派的艺术创作承继了中国传统诗歌的优良传统，又借鉴了西方现代诗歌与诗剧的艺术技巧，实现了西方化与本土化的融合，为中国新诗和现代诗剧的发展做出了重要贡献。

关键词：新月诗派；现代诗剧；体裁；意象；风格。

引 言

新月社得名于泰戈尔的诗集《新月》，“北平原有一个‘新月社’，‘新月’二字是套自印度泰戈尔的一本诗《新月集》，泰戈尔访华时，梁启超出面招待，由志摩任翻译，所以他对‘新月’二字特感兴趣，后来就在北平成立了一个‘新月社’，像是俱乐部的性质……不过我们还是接受了这个名称”①。与之有着千丝万缕关系的新月诗派则得名于《新月》月刊。“我们这月刊题名《新月》，不是因为曾经有过什么新月社，那早已散消，也不是因为有新月书店，那是单独一种营业，它和本刊的关系只是担任印刷与发行，《新月》月刊是独立的。”②1931 年新月书店出版发行了陈梦家主编的《新月诗选》，新月诗派的名称由此尘埃落定。《新月诗选》共辑录

* 作者简介：董卉川，文学博士，南京大学中国新文学研究中心博士后，青岛大学国际教育学院讲师。

① 梁实秋：《忆“新月”》，《梁实秋文集》（第 3 卷），鹭江出版社 2002 年版，第 57 页。

② 徐志摩：《新月的态度》，《徐志摩全集》（第 6 卷），中央编译出版社 2014 年版，第 139 页。

了18位作家的诗作，有徐志摩、闻一多、饶孟侃、孙大雨、朱湘、邵洵美、方令孺、林徽音、陈梦家、方玮德、梁镇、卞之琳、俞大纲、沈祖牟、沈从文、杨子惠、朱大枬、刘梦苇，基本涵盖了新月诗派的代表作家，但也有遗漏。陈梦家选编作家进入此书的标准为“仅仅根据自己的直观，选择那些气息相似的”①。由于各种因素的影响，还有诸多本属于新月诗派以及一些“气息相似”的作家作品未被收录，如梁实秋、蹇先艾、于庚虞、胡也频、臧克家等人。

新月诗派对中国现代文学的发展做出了重要贡献，除了对新诗格律化的倡导、新诗形式美的探索、写作自由抒唱自我性灵的诗歌之外，其最值得瞩目的建树之一即为通过大量的创作实绩确立了中国现代诗剧的审美规范，推动了新生的现代诗剧的发展与成熟。诗剧在西方被誉为“艺术的冠冕”②，中国现代诗剧体系是在西方诗剧影响下建立、发展起来的，“现在所谓诗剧实在是从西洋学来的剧体的诗或则诗体的剧，要既是诗又是剧。因为中国的新诗和新剧都还在草创时期，这种两者兼备的体裁便极难建立起来”③。对于此种文体，新月诗派的作家们给予了极大的关注，表现出浓厚的兴趣。具体来说，在体裁方面，选取了“戏剧化的诗”与“诗的戏剧化”两种类别。在表现技艺方面，注重意象艺术的应用，以新颖、独特的不同类型意象，如客观性意象、自然意象、超现实意象等，或抒发情感，或寄托意志，或表达情思，从而达到隐藏自我情感、节制自我情感的目的。在艺术风格方面，不囿于单一的艺术气派、格调，既有情绪的直线释放，又有情感的曲线表露；既有世俗化的对现实、对社会的写实性关照，又有形而上的对人生、对命运的哲理性深思，从而呈现出一种感性与理性碰撞、交融的复杂艺术风格。

一、“戏剧化的诗”与“诗的戏剧化”交相辉映的体裁范式

在19世纪前的西方，“戏剧化的诗”与戏剧的意义指向完全一致，有多种称谓，如戏剧诗、戏剧体诗、剧诗等。“西欧的古典戏剧也是一种戏剧与诗相结合的产物，也叫‘戏剧体诗’”④，黑格尔称其为戏剧体诗，别林斯基则称其为戏剧诗。到19世纪末20世纪初，用散文写作戏剧的风潮兴起，“易卜生在《培尔·金特》一剧之后放弃诗体，为的是用散文写出当代的社会问题，这在现代戏剧史上是一桩最为重大的事件”⑤。以易卜生、契诃夫等诸多作家为代表的散文剧写作阵营的兴起直接导致了诗剧创作的衰微，这一时期诗剧与戏剧成为两个完全不同的概念，戏剧开始专指散文剧。20世纪上半叶，西方掀起一股诗剧复兴浪潮，在体裁上采用全新的形式——“诗的戏剧化”，以艾略特、理查兹、退特、布赖迪、奥

---

① 陈梦家：《序言》，《新月诗选》，新月书店1931年版，第20页。

② ［苏］维萨里昂·格里戈里耶维奇·别林斯基：《戏剧诗》，李邦媛译；杨周翰编选：《莎士比亚评论汇编（上）》，曹葆华校，中国社会科学出版社1979年版，第447页。

③ 柯可：《论中国新诗的新途径》，《新诗》1937年第1卷第4期。

④ 张庚、郭汉城：《中国戏曲通论》，上海文艺出版社1989年版，第237页。

⑤ 汪义群：《客观世界的关照——论现实主义戏剧》，《外国戏剧》（京）1987年第1期。

登等为代表的英美新批评派贡献最大。“戏剧化的诗”与“诗的戏剧化”这两种体裁形式的现代诗剧在新月诗派作家的笔下均有涉猎。中国现代诗剧是一种既不同于诗歌与戏剧，又与诗歌和戏剧有着密切关系的特殊体裁，独具特色。中国现代诗剧体裁的生成、发展实际上是诗歌与戏剧由对立走向统一的复杂过程，突出问题即是在体裁上应该偏向剧，还是偏向诗。

“戏剧化的诗”是以诗体对话形式谱就的戏剧，从体裁上看明显偏向于剧，诗性因子的注入使作品由“剧”升华为“诗剧”。在“戏剧化的诗”中，戏剧对话的语言必须由韵文(诗体)谱就，而戏剧提示语与旁白则可用散文写作。以闻一多的《〈九歌〉古歌舞剧悬解》①为例：

迎神曲

黄昏时分。从四面八方辐辏而来的鼓声，近了，更近了，十分近了。“神光”照得天边通亮。满坛香烟缭绕。男女群巫，和他们所役使的飞禽走兽以及各种水族，侍立在两旁……

男音独唱：

吉日兮辰良，穆将愉兮上皇，

抚长剑兮玉珥，璆锵鸣兮琳琅。

楚王上前三步，依次举行着祭祀的仪式。

女音独唱：

瑶席兮玉镇，盍将把兮琼芳，

(献玉有司奉上一张草席，王接过来，铺在坛上。有司又奉上一块宝石，王接过来压在席上。)

蕙肴蒸兮兰藉，(荐牲)奠桂酒兮椒浆。(奠酒)

……

女音合唱：

成礼兮会鼓，传芭兮代舞，

姱女唱兮，姱女唱兮容兴。

春兰兮秋菊，长无绝兮终古！

(金鼓大作，全场乱舞。)

全体合唱：

春兰兮秋菊，长无绝兮终古！

---

① 闻一多：《〈九歌〉古歌舞剧悬解》，《闻一多全集》(第1卷)，生活·读书·新知三联书店1982年版，第305—334页。

春兰兮秋菊，长无绝兮终古！

楚王领着百官，打台前走过，全场高呼万岁。（幕急下）

《〈九歌〉古歌舞剧悬解》的文体形式为典型的戏剧体裁，作品中诗剧角色“男”、“女”等的戏剧对话方式为“唱”，“唱”的语言形式为韵文（诗体），而旁白（戏剧提示语）则为散文。正是由于戏剧对话的语言形式为诗体，作品由戏剧升华为诗剧（“戏剧化的诗”）。“九歌”与我国的传统神话、民族风俗有着密切关系。闻一多在创作之时，为角色设置了文言诗体形式的唱词，比散文化台词更能彰显作品的恢宏气势，也更能突出《九歌》深厚的历史文化底蕴。假若“唱”采用通俗易懂的散文白话，则会使《九歌》失去神秘性、自然性与宗教性的色彩。对于这样一部古老的大型乐舞作品，用白话散文作为戏剧旁白则能使读者和观众更好地理解整个作品的表演流程。用文言诗体朗诵、吟唱这种具有诗、乐、舞、剧等多种因素相互交汇、相互融合的大型作品，则更能展现其深厚的历史底蕴。尤其是对远古时期思想的表达和传递，更需要与之相契合的文字表述。因此闻一多对它的“悬解”选取了“戏剧化的诗”的体裁形式，比纯戏剧式的体裁形式更能彰显作品的内蕴。

此外，值得瞩目的“戏剧化的诗”还有朱湘的《阴差阳错》。作品以典型的戏剧式结构布局全文，以戏剧冲突和戏剧剧情展现作者对人生、对爱情的深沉思索。戏剧对话的语言形式以诗体写成，从而使作品升华为“戏剧化的诗”，朱湘本人也称其为“诗剧”。《阴差阳错》的结构布局和体裁形式十分巧妙，戏剧剧情与题目密切相关，讲述一个男性在死后第三天复活，但复活后的肉体虽是男性本人，灵魂却换成了一位女性，剧情的安排与题目实现了呼应。作品的第一个戏剧矛盾是“要是勾魂的鬼差，错了，在阳间摄去了寿限还没有到的魂魄，他们必得要放回；有时，再一错，男魂便会复活在女子的尸身，女魂复活在男子的”①。此外，女子灵魂的前世是因抗拒包办婚姻而自杀，人物命运融入了社会性冲突，与当时的社会生活、时代主题密切相关。“女魂”生前爱读《红楼梦》，崇拜林黛玉，为爱情自杀，是一位柔情似水的女性。画家则是一位对艺术、对人生充满激情的执着男性。“男性和女性的结合到底象征什么呢……他是以作品来思考，在文学创作中思考文学创作……他逐步把自己的想法凝聚起来，认为比较理想的艺术作品和比较理想的艺术家，都应兼有男女两种素质，这就是诗剧的象征意义。”②戏剧文体所特有的戏剧情节、戏剧冲突等要素与“诗缘情”、“诗言志”的结合为作者的人生思考提供了一种再合适不过的载体。

与“戏剧化的诗”相对，中国现代诗剧的另一种体裁形式为“诗的戏剧化”，也是新月诗派作家的主攻方向。“戏剧化论”是英美新批评派十分关注的理论，20 世纪 40 年代之后，九叶

---

① 朱湘：《阴差阳错》，《朱湘全集·诗歌卷》，安徽文艺出版社 2017 年版，第 342 页。

② 蓝棣之：《论朱湘的诗歌创作》，中国现代文学研究会编《中国现代文学研究丛刊》1984 年第 2 辑，北京出版社 1984 年版，第 172 页。

派的学者积极响应并正式引入此理论，袁可嘉曾指出：“诗底必须戏剧化因此便成为现代诗人的课题。”[①]具体来说，作品以诗的文体形式呈现，在诗歌写作过程中注入戏剧因子，戏剧性因素（如戏剧角色、戏剧冲突、戏剧情节）的融入，使之形成戏剧对话，作品由“诗”升华为“诗剧”。在20世纪40年代“诗的戏剧化”理论传入和倡导之前，一些学者和作家已然开始探讨如何在诗歌中注入戏剧因子，新月诗派的作家群即为此中翘楚。以沈从文的《春》[②]为例：

男——你这天上工匠打就的青年女人，
　　你端端正正呆在我面前是一桩功课，
　　我将你正面的瞧，侧面的看，——
　　看清了你脸上身上雕凿的痕迹。
　　……
女——这不是你可以唱歌的地方，远方的人哪。
　　乡长的女儿是不能受人欺侮的。
　　我的长工可以把你吊起来打你的背，
　　使你得一些在生地方缄口的教训。
　　……

从文体上看，《春》是典型的诗歌，在写作过程中，沈从文融入了戏剧因子，由于“男——”、“女——”这些汉字与标点符号的注入，作品具有了明显的戏剧特质：戏剧角色与戏剧对话。借助戏剧提示语设置了戏剧角色“男”、“女”。戏剧与其他文体最大的区别就是借助戏剧提示语进行戏剧角色的设置并实现角色间的对话。有了“男——”、“女——”这些汉字和标点符号（舞台提示），之后的文字就成为戏剧角色“男”与“女”的戏剧台词。“男”、“女”之间形成戏剧对话，使“诗”升华为“诗剧”。还有一类“诗的戏剧化”作品，其戏剧角色的设置方式为自然注入式，即未凭借戏剧提示语去设置戏剧角色，而是在抒情或叙述过程中自然穿插戏剧角色，如徐志摩的《海韵》[③]：

一

“女郎，单身的女郎：
你为什么留恋

① 袁可嘉：《诗与民主——五论新诗现代化》，《论新诗现代化》，生活·读书·新知三联书店1988年版，第47页。

② 沈从文：《春》，见《沈从文全集》第十五卷，北岳文艺出版社2002年版，第41—42页。

③ 徐志摩：《海韵》，《徐志摩全集》第二卷，中央编译出版社2014年版，第135页。

这黄昏的海边？——
女郎，回家吧，女郎！”
“啊不！回家我不回，
我爱这晚风吹”——
在沙滩上，在暮霭里，
有一个散发的女郎——
徘徊，徘徊。

二

“女郎，散发的女郎，
你为什么彷徨
在这冷清的海上？
女郎，回家吧，女郎！”
“啊不！你听我唱歌，
大海，我唱，你来和”——
在星光下，在凉风里，
轻荡着少女的清音——
高吟，低哦。
……

徐志摩将戏剧角色自然布局在叙述过程之中，通过阅读可以发现作品中出现了戏剧角色“女郎”和“我”。“女郎”、“我”之后的语言均在引号之内，所以并不是作者以第三人称进行叙述，而是“女郎”、“我”这两个戏剧角色以第一人称进行诉说，从而构成戏剧对话，展开戏剧剧情，这就是戏剧角色自然注入式作品的特质所在。

由此可见，九月诗派的作家们早在20世纪二三十年代已然开始了“戏剧化的诗”与“诗的戏剧化”两种不同体裁形式的现代诗剧创作尝试，为中国现代诗剧的发展创立了明确的体裁范式。

二、不同类型意象掩映生姿的表现技艺

意象一词最早可追溯至《周易》之中，“圣人立象以尽意”①。意象是“意”和“象”的共同

① ［魏］王弼、［晋］韩康伯注；［唐］孔颖达疏；［唐］陆德明音义：《周易注疏》，《周易·卷十一·系辞上》，中央编译出版社2013年版，第372页。

体,“意”是抽象的意志、思想、情感,“指作者主观”[①];“象”指现实中具体可感的物象,“指客观外界”[②]。意象批评则是典型的西方话语,是20世纪西方文学批评的重要一支,开意象批评滥觞的是英国学者卡洛琳·斯泊津女士,她一生致力于研究莎士比亚诗剧中出现的意象,意象批评是以诗剧为切入点而得到发展的。新月诗派的作家在创作过程中也十分注重应用丰富多彩的意象。新月诗派的一个重要艺术主张就是理性节制情感,“爱是不能没有的,但不能太热了。情感不能不受理性的相当节制与调剂”[③]。在现代诗剧、新诗、话剧的草创期,作家过度追求主观情绪的展现,“作者个人主观色彩太浓……在他们的创作中理性和情感无法协调起来,情感压倒了理性”[④]。早期的诸多诗剧,由于理性缺失导致艺术水准的降低,同时也没有形成系统的诗学建设。作为新月诗派领军人物的徐志摩、闻一多也发现了这一问题,通过诗学主张、创作实践来努力弥补此种缺陷。“我们相信感情不经理性的清滤是一注恶浊的乱泉……我们当然不反对解放情感,但在这头骏悍的野马的身背上我们不能不谨慎的安上理性的鞍索。”[⑤]如何用理性抑制情绪的泛滥,突破口即是“通过意象来检束,从而达到‘美的抒情’”[⑥]。如闻一多所提倡的好的写作应具有浓丽繁密而又具体的意象,“都有一种极沈痼的通病,那就是弱于或竟完全缺乏想象力,因此他们诗中很少浓丽繁密而具体的意象”[⑦]。因此,新月诗派的作家们在创作诗剧之时也在努力实践这一主张。

由于意象所对应的物象、事象的基本性质不同,从不同角度进行划分后,意象的类型必然是多种多样的。如从特质角度划分出的客观性意象,从心理学角度划分出的超现实意象等等。由此可见,思维逻辑起点的不同导致了划分类型的不同。在新月诗派的现代诗剧作品中,我们可以发现各式各样不同类型的意象。如擅长应用客观性意象的卞之琳,他是理性节制情感的最坚定实践者,“人非石木,写诗的更不妨说是‘感情动物’。我写诗,而且一直是写的抒情诗,也总在不能自已的时候,却总倾向于克制,仿佛故意要做‘冷血动物’”[⑧]。他把自己的感情隐藏于景物、事件之后。如在《海愁》中,作者想要展现一种离愁别绪,但情绪不是直线式的倾泻,而是由一系列客观性意象展现。在作品中,作者先将客观性意象“大海”、“白云”拟人化,让“物”化身诗剧角色,与“我”构成诗剧角色,彼此对话中又包含大量客观性意象,以客体展现主体的情思。如“游大陆”,暗示着“我”与“大海”的暂时别离,如“蓝天”、“一小叶银帆”和“窗前”象征“大海”对“我”的关怀以及二者之间的深厚情谊。再如“秋天”暗示“我”在思念“大海”的同时,“大海”同样也在思念着“我”。

---

① 陈植锷:《诗歌意象论》,中国社会科学出版社1990年版,第32页。

② 陈植锷:《诗歌意象论》,中国社会科学出版社1990年版,第32页。

③ 徐志摩:《白郎宁夫人的情诗》,《徐志摩全集》(第6卷),中央编译出版社2014年版,第164页。

④ 张时民:《中国现代诗剧:“坠落的欧福里翁”》,《中国现代文学研究丛刊》1988年第4期。

⑤ 徐志摩:《新月的态度》,《徐志摩全集》(第6卷),中央编译出版社2014年版,第141页。

⑥ 程国君:《新月诗派研究》,长江文艺出版社2003年版,第151页。

⑦ 闻一多:《〈冬夜〉评论》,《闻一多全集》(第2卷),湖北人民出版社1993年版,第69页。

⑧ 卞之琳:《〈雕虫纪历〉自序》,《卞之琳文集》(中卷),安徽教育出版社2002年版,第444页。

客观性意象的出现、物象的拟人化应用，使作品中的主观情绪被作者消解了。梁实秋的诗剧《海鸟》同卞之琳的《海愁》类似，同样以客观性意象“海鸟”作为作品的题目。同时，“海鸟”也化身为诗剧角色，与另一个诗剧角色“我”发生了对话。梁实秋的个人情绪借助客观性意象、借助戏剧对话展现在读者、观众面前，而不是通过直线的情绪倾泻直接传递。正如梁实秋所说：“人们的情感，不是全可以入诗的，要经过一番滤清的手续。这滤清的标准是以艺术的美为极则。”[①]这种艺术的美的极则即是选定一个贯穿全文的客观性意象和角色——“海鸟”，象征、隐喻、暗示自我的情感。“海鸟”是一位漂泊的游子，它不愿意进入“我”沸热的怀抱，而是甘愿在生命的最后时刻葬身寒冷的海水之中。通过“海鸟”的台词可以探寻出答案，“海是我的情人，海是我的母亲……海是我的故乡，我向我的故乡飞走。将似一片雪花投入了烘炉”[②]，“海鸟”象征、隐喻和暗示了此种情感。在作品中，梁实秋同卞之琳一样，变为一个“冷眼旁观者”，客观叙述剧情，作品的情节、作品蕴含的情绪似乎与作者毫无关系，由此展现出作者“非个人化”的艺术创作思路。在《海鸟》、《海愁》等现代诗剧中难以发觉作者本人的身影，他们的现代诗剧借助客观性意象，借助戏剧角色与对话，以“非个人化”的创作态度或借物抒情，或借景抒情，以曲折、幽婉的艺术思维去展现人生并思考人生。“要领在于找到合适的‘客观联系物’来表现主观的情思，如卞之琳自己所说的‘借景抒情，借物抒情，借人抒情，借事抒情’。”[③]

再如超现实意象的应用，如陈梦家的《相信》[④]：

那一夜我走过她的墓园，
一株冬青下我仿佛听见
她的叹息：“我不曾忘掉你
相信我永远爱你在心里。”

我推开那座坟墓的石门，
掉下了眼泪我低低的问：
“爱，请你再向我说一句话，”
——一条鸡冠蛇在骷髅里爬。

作品的题目已暗示出诗剧角色“我”的所见、所闻和所感均为一种幻觉，但“我”选择的是

---

① 梁实秋：《〈草儿〉评论》，《梁实秋文集》（第1卷），鹭江出版社2002年版，第11页。

② 梁实秋：《海鸟》，《梁实秋文集》（第6卷），鹭江出版社2002年版，第59页。

③ 袁可嘉：《略论卞之琳对新诗艺术的贡献》，《半个世纪的脚印·袁可嘉诗文选·文选》（第2辑），人民文学出版社1994年版，第176页。

④ 陈梦家：《相信》，《诗刊》，1931年第4期。

"相信"。剧作中的诗剧角色"我"最深爱的另一个诗剧角色"她"早已死亡,"我"内心充满悲痛,深深思念"她"。因此潜意识里相信"她"仍然陪伴我左右,与"我"进行对话,这种强力的意念导致"我"产生了一种非实在的印象。首先是听觉上的幻象,听见"她"的叹息以及对"我"的思念之语。当"我"打开石门进入墓室时,产生了视觉上的幻象,此时陈梦家引入了超现实意象——"鸡冠蛇"。"鸡冠蛇"是一种并不存在的生物,为民间传说,是陈梦家设置的一种典型的超现实意象,这种未被证明存在于世的生物,是"我"内心因极度想念恋人产生的一种想象。创造人类的女神——女娲是人首蛇身,而诗剧角色"她"也是"我"心目中的女神,以爬动的"鸡冠蛇"暗示"她"在死后化身为蛇,由此证实超现实意象"鸡冠蛇"并不是丑陋的,反而是美丽的和神圣的。"骷髅"则明显是"她"死后的尸骸,是一种真实存在的现实意象,证明了诗剧角色"她"早已死去多时,变为骷髅。美丽的超现实意象"鸡冠蛇"与丑陋的现实意象"骷髅"形成了鲜明的对立,是幻想与现实的碰撞,造就了强烈的视觉冲突。超现实意象"鸡冠蛇"生成的背后揭示出的是创作主体的理性思维,以深沉与幽婉的方式表达自我情绪,从而拒绝肤浅的抒情。

此外,新月诗派的作家在创作现代诗剧之时还使用了自然意象、原型意象等去寄托自我的情思和意志,以实现"理性节制情感"的艺术理念。这就在一定程度上改变了早期现代诗剧情绪不加节制的创作倾向,为之后诗坛理性因子的注入奠定了坚实的基础。

三、感性抒唱与理性沉思珠辉玉映的艺术风格

文学流派是在某一特定历史时期内,思想见解、创作方法、审美趣味基本相近或相同的作家聚集在一起进行创作所产生的一种文学潮流,其艺术风格具有相似性甚至趋同性的特质,这种情况在欧美文学流派中较为常见。在我国,新文学的发生与发展始终处于内忧外患的现实环境、时代背景之中,特殊的历史、政治、社会因素导致了诸多文学流派艺术风格的不确定性,新月诗派的艺术风格亦是如此。既有以徐志摩为代表的同一作家前、后期思想倾向与艺术风格的嬗变,也有不同作家不同风格的呈现,后者也是一种十分值得关注与研究的文学现象。众所周知,新月诗派虽然力主"理性节制情感"的艺术理念,却不是将自己锁闭于艺术的象牙塔之内,一味埋头探索、钻研新诗格律化、新诗形式美,单单追求艺术的唯美。"我们不敢附和唯美与颓废,因为我们不甘愿牺牲人的阔大"①,这源于对家国民族、人生现实的社会责任感。新月诗派历来不缺乏这份自觉性,"互助的精神一定超过互害与互杀的动机,我们不愿意套上着色眼镜来武断宇宙的光景。我们希望看一个真,看一个正"②。表现在创作实践中则是他们将自我感性情绪毫不保留地展示于文章之中,从而关注、再现人生与现实,履行现代学人的使命和责任,为家国百姓呐喊。"我们对我们光明的过去负有创造一个

① 徐志摩:《新月的态度》,《徐志摩全集》(第6卷),中央编译出版社2014年版,第141页。

② 徐志摩:《新月的态度》,《徐志摩全集》(第6卷),中央编译出版社2014年版,第142页。

伟大的将来的使命，对光明的未来又负有结束这黑暗的现在的责任。我们第一要提醒这个使命与责任。”①新月诗派的艺术风格呈现出两种不同倾向，一是以节制情感的方式思考人生、思索命运、思量人性所表现出的理性沉思风格；一是对现实人生、家国社会极度关注下奔走呼号的感性抒唱风格。

卞之琳是新月诗派理性沉思的代表，一贯忠于自己的艺术理念，他的现代诗剧《海愁》、《苦雨》、《奈何》、《彗星》、《水成岩》等，难以见到一点感性情绪的抒唱，以《彗星》②为例：

昨夜，我看见了一朵彗星，
我仿佛还在童年。
母亲说，“怕又有什么劫运
将要降下到人间。”

我望望蓝天，又望望彗星，
投到母亲的怀里，
含泪说，“哪一天末日来临，
我们总要在一起！”

“好在是梦，哪有什么彗星！”
我告诉一位朋友。
他笑了，“假如有，我真高兴，
假如撞破了地球！”

诗剧角色“我”看见彗星后，与“母亲”、“朋友”发生了三段对话，第一部分讲述了“母亲”担忧人间的厄运；第二部分展现了母子情深；第三部分描述了“朋友”的奇思妙想。“我”、“母亲”和“朋友”是具有不同思想、处于不同阶层的人群代表，作者借助“彗星”揭示出不同人在面对相同客观事物或事件时所具有的迥异人生态度。又如在《水成岩》中，对话只有寥寥两句，却是全文的核心之所在，展现的仍是作者深刻的理性情感。诗剧角色“大孩子”问“母亲”“我从前也是这样吗？”③，“母亲”感叹：“悲哀的种子。”④作品中揭示出生命与时间不断逝去的悲哀情感与无奈心境，但是这种情感与心境的展现不是作者自我的感性情绪的无节制呐喊，而是通过客观性与间接性的戏剧动作（语言）揭示出来，“尽量避免直截了当的正面陈述……戏剧

① 徐志摩：《新月的态度》，《徐志摩全集》（第6卷），中央编译出版社2014年版，第142—143页。

② 卞之琳：《彗星》，《汉园集·数行集》（第2辑），商务印书馆1936年版，第134—135页。

③ 卞之琳：《水成岩》，《汉园集·数行集》（第5辑），商务印书馆1936年版，第204页。

④ 卞之琳：《水成岩》，《汉园集·数行集》（第5辑），商务印书馆1936年版，第205页。

效果的第一个大原则即是表现上的客观性与间接性”[1]。卞之琳的现代诗剧表现出的是一种典型的、贯穿始终的理性沉思的艺术风格。

与之相对应的，是徐志摩、闻一多等新月诗派作家虽然力推理性节制情感的唯美艺术主张，但是在他们笔下同样不乏大量倾注了自我感性情绪的现实主义力作，揭露社会黑暗、同情社会弱者、讽刺社会顽疾、为民族呼号。如闻一多的《大鼓师》、《七子之歌》、《一个小囚犯》，徐志摩的《太平景象》、《大帅》(战歌之一)、《先生！先生！》、《叫化活该》，饶孟侃的《“三月十八”——纪念铁狮子胡同大流血》，沈从文的《叛兵》，胡也频的《我的“弟兄们”》等。在上述作品中，作者将自我的主观情绪借戏剧角色之口呼喊而出，以强有力的情绪抒唱去呐喊、去批判、去揭露、去控诉，表现出了与卞之琳、陈梦家、朱湘等作家完全不同的艺术风格。以闻一多的《七子之歌》[2]为例：

邶有七子之母不安其室。七子自怨自艾，冀以回其母心。诗人作《凯风》以愍之……

澳门

你可知“妈港”不是我的真名姓？……
我离开你的襁褓太久了，母亲！
但是他们掳去的是我的肉体，
你依然保管着我内心的灵魂。
三百年来梦寐不忘的生母啊！
请叫儿的乳名，叫我一声“澳门”！
母亲！我要回来，母亲！

香港

我好比凤阙阶前守夜的黄豹，
母亲呀，我身分虽微，地位险要。
如今狞恶的海狮扑在我身上，
啖着我的骨肉，咽着我的脂膏；
母亲呀，我哭泣号啕，呼你不应。
母亲呀，快让我躲入你的怀抱！
母亲！我要回来，母亲！
……

① 袁可嘉：《新诗戏剧化》，《论新诗现代化》，生活·读书·新知三联书店1988年版，第25页。
② 闻一多：《七子之歌》，《闻一多全集》(第2卷)，武汉：湖北人民出版社1993年版，第221—222页。

在作品中，闻一多借助戏剧提示语将现实中我国被帝国主义列强侵占的领土拟人化，变为诗剧角色“澳门”、“香港”、“台湾”、“威海卫”、“广州湾”、“九龙”、“旅顺，大连”，即远离祖国母亲的“七子”。“七子”的戏剧台词均是直抒胸臆的外向型“唱诗”，闻一多将自我强烈的个人爱国情绪注入外向型的抒情“唱诗”之中，并借“七子”之口呐喊而出。此时的闻一多在身份与情感上与上述地区的人民实现了从外延到内涵的一致，将那里的人民对祖国母亲的思念之情在作品中尽情抒唱。唱词气势雄浑、个人情绪外露、感情真挚充沛，此种题材的作品更加适合以感性抒唱的艺术风格进行呈现。在闻一多的笔下，现代诗剧成为一种弘扬民族情感、国家意识和抗争精神的载体，更多地承载起了一种社会家国使命，为之后革命、抗战诗剧的发展开辟了一条新路，影响到一批作家的现代诗剧创作。

综上所述，新月诗派的现代诗剧，其艺术风格并非一成不变，既有感性抒唱，又有理性沉思，二者交相辉映，这也是20世纪上半叶中国现代诗剧创作风格的缩影呈现。感性与理性的碰撞、融合，使新月诗派的现代诗剧富有了强烈的艺术张力和艺术感染力。

结　语

诗剧历史悠久，在西方与史诗、抒情诗并列为三大文体。在我国，现代诗剧同样成为学人所青睐的文本。为了突破中国新诗、话剧发展初期遇到的种种问题与瓶颈，新月诗派的作家们以现代诗剧为突破口，进行了开拓性的艺术实验：在体裁形式上选取了“戏剧化的诗”与“诗的戏剧化”两种类型；在艺术思维上主动向理性靠拢，同时没有放弃真情实感，也没有脱离社会现实，而是借助戏剧化因子和各类意象传递情感、意念，展现自我对人性、人生、国家、民族等问题的深刻思考；促使新诗绽放出新的艺术活力和艺术张力，同时又以大量的创作实绩为新生的现代诗剧提供了审美范式，推动了现代诗剧的发展和成熟。在以往的研究中，极少论及新月诗派的现代诗剧创作，实际上新月诗派的作家们是中国现代诗剧写作的中坚力量。现代诗剧是一个新兴事物，其发展是一个不断探索、不断实验和不断创新的艰难历程，而新月诗派的创作则是一种典型的承前启后，为中国现代诗剧的丰富与发展发挥了重要的“过渡”作用，也使新诗和现代诗剧得到了良性的发展与成长。

中国现代文学中的优伶艺人形象研究综述

周丽娜　宋为为*

（烟台大学 人文学院，烟台 264005）

内容摘要：优伶艺人形象虽然是在很多中国现代文学作品中出现的一类人物形象，但长期以来的文学史研究极少关注这类形象。近年来，尤其2000年以来，优伶艺人形象开始逐渐引起研究者的兴趣，并产生了不少相关研究成果。目前对中国现代文学中优伶艺人形象的研究主要从如下三个方面展开：创作主体、形象本体、思想内涵。这三个方面的研究都取得了一定的成果，中国现代文学中优伶艺人形象的研究也在逐渐走向深入，但仍存在巨大的探讨空间。

关键词：中国现代文学；优伶艺人；研究综述

优伶艺人①是中国传统文化背景下富含鲜明民族特色的一类群体。优伶艺人形象也是中国文学中具有多重文化意蕴的独特文学形象。自清末第一部以优伶艺人为主人公的小说《品花宝鉴》面世以来，此类着重描写优伶、以其生活为表现对象的作品屡见不鲜。"五四"文学革命后，无论是在新文学中还是在通俗小说中，优伶艺人形象都曾多次出现，例如，新文学作品郁达夫的《迷羊》，田汉的《名优之死》，老舍的《鼓书艺人》，吴祖光的《风雪夜归人》，等等；通俗小说张恨水的《啼笑因缘》、《夜深沉》、《秦淮世家》，秦瘦鸥的《秋海棠》，等等。但长期以来的文学史研究极少关注这类形象，直至20世纪80年代之后，尤其是2000年之后，相关研究才逐渐增多。到目前为止，已有六十余篇学术研究成果，遗憾的是，尚无人对这些研究成果进行系统整理和归纳总结。

目前已有的相关研究成果主要从创作主体、形象本体与思想内涵等三个方面展开。

---

* 作者简介：周丽娜，文学博士，艺术学博士后，烟台大学人文学院副教授，硕士研究生导师；宋为为，烟台大学人文学院硕士研究生。

① 优伶艺人指的是戏曲戏剧演员、话剧演员、歌舞演员、鼓书艺人等表演性职业的社会群体。

一、创作主体研究

优伶艺人在古代文学作品中也有出现，但并不多见，一直是处于“边缘”的角色。自清末以后，逐渐走出文学的“边缘”，在众多现代文学作家的笔下反复出现，成为中国现代文学史上一类独特的文学形象，因而引起了众多研究者的关注和兴趣。在窥探中国现代作家钟情于艺人形象塑造的原因时，研究者主要探讨了两个问题：一是通过文本分析研究创作主体的思想倾向；二是联系创作主体的人生经历探微其优伶情结。

文学形象作为创作主体在文学创作过程最为直接的言说对象，往往是其在特定时代里思想认知和情感表达的形象体现。因此针对文学形象的文本分析可以有效地推演出创作主体的思想轨迹。目前的研究者主要通过文本分析探究了田汉、老舍、张恨水、吴祖光等著名作家的思想倾向和思想轨迹。

现代著名剧作家田汉以艺人为主角创作了五部作品，即《梵峨璘与蔷薇》(1920)、《名优之死》(1929)、《梨园英烈》(1946)、《琵琶行》(1948)及《关汉卿》(1958)。这五部同类题材的作品时间跨越近四十年，分别代表了田汉创作的几个阶段，深入剖析它们，对于我们研究田汉创作思想和艺术创作的发展轨迹有很大的益处。例如温英姿在《凄凉之境 欢乐之都——田汉笔下艺人的内婚研究》[①]中提出田汉在描写艺人的作品中关于“艺人配艺人”的婚恋模式是其在日本留学期间受当时日本文坛“灵肉和谐统一”的艺术创作观念的影响，意在表现作者当年“灵肉结合”的审美意识。林叶青在《从〈梵峨璘与蔷薇〉到〈关汉卿〉——论田汉描写戏曲曲艺艺人的四部剧作》[②]一文中提出田汉对于同一题材的不同展现，是受到时代主流文艺思潮的熏陶，体现出其创作思想逐渐向左翼文学转移，也表现了田汉文艺思想从浪漫主义到现实主义的过渡与转变。研究者普遍认为，田汉关于艺人的不同书写，正是其创作从个人叙事转向宏大叙事，从个人问题向社会问题倾斜的具象呈现，这与其人生选择、生活阅历、文艺审美追求等诸多方面有很大的联系，体现了田汉对社会人生的思考。

学界对于老舍笔下的优伶艺人研究，主要聚焦于《鼓书艺人》。这部长篇小说是老舍于1948—1949年期间在美国创作出来的现实主义著作，由于各种原因，直至20世纪80年代才被国内翻译，掀起一股研究热潮。评论家樊骏在他的《从〈鼓书艺人〉看老舍创作的发展》一文中盛赞“这是老舍对于中国现代文学的又一个突出贡献”，并提出“《鼓书艺人》是老舍作品中第一次如此真实地、成功地写出了受压迫者的觉醒和抗争，写出了人民群众的民主主义

---

① 温英姿：《凄凉之境 欢乐之都——田汉笔下艺人的内婚研究》，《云南艺术学院学报》2007年第2期。

② 林叶青：《从〈梵峨璘与蔷薇〉到〈关汉卿〉——论田汉描写戏曲曲艺艺人的四部剧作》，《艺术百家》1994年第3期。

觉悟”。[①] 他认为这是老舍现实主义创作理念发展到一个历史高度的显现，而这部作品在更为宽广的历史背景上，深刻地反映了旧中国艺人的生活和命运。周国良在《从〈鼓书艺人〉到〈方珍珠〉——兼谈老舍思想的发展》[②]一文中也提出，在老舍的思想观念中，民间通俗文艺不仅是最贴近人民大众的，也是“最中国”的，即最具中国传统文化特色。《鼓书艺人》这部作品延续了老舍创作对于普通底层群众的书写，深刻透露出作者的“艺术为人生”的现实主义文艺创作思想，更是老舍的思想内容与创作方法转变之后的代表作，显现老舍人生观、艺术观的时代嬗变。遗憾的是，文学史对这部作品少有介绍，现有的研究资料并不充分，值得我们继续挖掘其深度价值。

作为现代通俗大家，张恨水在很多作品中都塑造了优伶艺人形象。孙宝娜在其硕士论文《粉墨殇：浅论张恨水的优伶情结》中根植于作家自身的生活历练，结合具体作品进行细分，同时加以作家的剧评、杂论等辅助，得出“张恨水的优伶情结，在时代新思潮的撞击下，试图疏离古代优伶文化的娱乐性和悲剧性的特征，改变倡优并称的古老习俗。但是作为一个长期接受传统文化的文人，他又不自觉地对伶人存在着偏见，流露出一种复杂和矛盾的情绪状态”[③]，这也体现出在新旧交替的时代背景下文人知识分子在社会转型期间的复杂矛盾心态。谢家顺在《论张恨水小说的戏剧人物形象》[④]一文中，详细列举了张恨水小说中的各色戏剧人物，并提出张恨水以戏剧人物的喜怒哀乐、悲欢离合来勾连当时社会各色人等，是对20世纪中国市民社会人情的全景式观照，表达作者对封建社会现实的鞭挞以及对底层艺人悲剧命运的深刻同情。总之，张恨水笔下的人物塑造体现出其对戏剧艺术、对社会人生的深刻思考。

此外，还有从作者的优伶情结来研究作家与人物形象的关系。文艺来源于生活，人物形象的刻画不仅能反映出作者特定的思想意识，也与其现实生活阅历息息相关。许多中国现代作家自幼爱好戏曲戏剧，而且具有一些演艺经历，非常熟悉艺人群体，比如田汉、张恨水等，因此在刻画这类人物形象时游刃有余。作为现代话剧大家，田汉在中国现代戏剧史上有着举足轻重的地位，像林叶青《从〈梵峨璘与蔷薇〉到〈关汉卿〉》[⑤]、温英姿在《凄凉之境 欢乐之都——田汉笔下艺人的内婚研究》[⑥]等多篇文章都有提及田汉自幼酷爱戏曲艺术，而且田汉作为中国现代戏剧革命运动的领袖人物，一直都与戏曲戏剧界人物有密切的联系，而且十分熟悉他们的生活。张恨水在其多部小说里融入戏曲戏剧因素，也成功塑造了众多鲜活的

---

① 樊骏：《从〈鼓书艺人〉看老舍创作的发展》，《中国现代文学研究丛刊》1982年第3期。

② 周国良：《从〈鼓书艺人〉到〈方珍珠〉——兼谈老舍思想的发展》，《中国文学研究》1992年第4期。

③ 孙宝娜：《粉墨殇：浅论张恨水的优伶情结》，河南大学硕士学位论文2012年。

④ 谢家顺：《论张恨水小说的戏剧人物形象》，《中国戏剧》2005年第3期。

⑤ 林叶青：《从〈梵峨璘与蔷薇〉到〈关汉卿〉——论田汉描写戏曲曲艺艺人的四部剧作》，《艺术百家》1994年第3期。

⑥ 温英姿：《凄凉之境 欢乐之都——田汉笔下艺人的内婚研究》，《云南艺术学院学报》2007年第2期。

艺人形象。孙宝娜在《粉墨殇:浅论张恨水的优伶情结》[①]中一开始就直接点明张恨水的优伶情结来源于其生活经历,张恨水出生于戏剧之乡,还有一段粉墨登场的剧团生活,他的报人职业也与艺人有很多的联系。除此之外,我们还能在他的众多杂文散文中看到他对民国时期的艺人群像及其感情心态、思想人格、艺术水准等诸多方面的许多个人见解,这都与他的生活经历有关。

研究者还发现有些作家虽然没有演艺经历,但因工作、生活等因素经常与艺人群体打交道,因此对这类群体也比较熟悉,如老舍、吴祖光。周群《老舍笔下的艺人形象》[②]、周国良《从〈鼓书艺人〉到〈方珍珠〉——兼谈老舍思想的发展》[③]等文章中也提到,作为底层旗人子弟,老舍从小接触传统的曲艺戏剧,熟悉旧式艺人的生活,也同情他们的不幸遭遇,这为他以后的文学生涯打下了坚实深厚的基础,给他的创作提供了丰富的题材。因此,秉承文艺与现实相结合的态度,老舍的笔下出现了个性鲜明的各色艺人形象。王雪在《传神、苦戏与中和之美——读吴祖光〈闯江湖〉》[④]一文中提起剧作家吴祖光对于《闯江湖》的创作就是结合自己的妻子——评剧艺人新凤霞当年江湖卖艺的身世遭际以及身边一些评剧艺人的演艺经历。作家笔下的艺术人物和他们的艺术世界从某种程度上说是对现实生活的艺术刻画和真实反映。

综上所述,目前的创作主体研究揭示了中国现代作家关注和表现优伶艺人形象的原因,以及这些创作在作家整体创作中的地位、价值和意义。这些研究为中国现代文学中的优伶艺人形象的探讨奠定了良好的基础,但显然研究者关注的对象和探讨的问题还需要进一步拓展和深入。例如同样作为创作主体,新文学作家与通俗文学作家在塑造优伶艺人形象时是否有所不同?有哪些不同?传统的士优关系在民国时期是如何传承与转变的?传统文化中的文人与艺人的隐喻性指代关系是否在中国现代文化中得到延续,等等。这些问题有待学界的关注和进一步的探究。

二、形象本体研究

形象本体研究是优伶艺人形象研究的主体内容,目前的研究主要从传统职业观念的禁锢、性别观念的压迫与错位以及现代人性的创作立场等层面展开分析和论述,以此深入挖掘和展现优伶艺人群体的多形态存在。

中国古代封建社会等级森严,被称为“戏子”的优伶艺人属于倡优贱隶类,身份低微,任人践踏侮辱。统治者把优伶艺人与娼妓、罪犯之流定为一类,使他们在婚嫁、考取功名等方

---

① 孙宝娜:《粉墨殇:浅论张恨水的优伶情结》,河南大学硕士学位论文2012年。

② 周群:《老舍笔下的艺人形象》,《徐州师范学院学报》(哲学社会科学版)1983年第2期。

③ 周国良:《从〈鼓书艺人〉到〈方珍珠〉——兼谈老舍思想的发展》,《中国文学研究》1992年第4期。

④ 王雪:《传神、苦戏与中和之美——读吴祖光〈闯江湖〉》,《名作欣赏》2009年第12期。

面备受压制，一直处在社会的最底层。优伶艺人的职业特点决定了其现实处境和人生道路。研究者从优伶艺人的职业特点分析中国现代文学中的优伶艺人形象。例如，沈湘一在其硕士论文《新文学中的戏曲优伶形象论》[①]中把新文学中的戏曲优伶定义为：被束缚的一群人。他提出传统艺人虽然看似行动自如，可以东南西北各处走动，但是无论走到哪里总有一道隐形的枷锁捆绑着他们，这道隐形的枷锁正是几千年来封建社会对艺人群体的观念束缚，使他们"像奴隶一样失去人身自由"。刘秉山的《旧中国底层艺人的畸变与抗争——评老舍的〈鼓书艺人〉》中提到"以卖艺为生的艺人，他们在社会的最底层。似乎在整个社会的印象里，他们是富商巨贾、达官贵人们肆意凌辱、戏弄的玩物。这已渗透于社会的各个阶层中"[②]，这些沉重、强大的社会压力给艺人身上烙下抹不去的印痕，给他们的心理造成了巨大的伤害，从而造成了他们的精神、心理畸变。此外，在唐霞《一曲鼓书艺人的悲歌》、徐恒进《一首深沉悲愤的叙事诗——〈闯江湖〉》、姚思彧《自知的迷思——重读吴祖光〈风雪夜归人〉》等文章中都提到了一点，即底层艺人们悲剧性的根源在于他们低等的社会身份和社会各类群体的歧视态度。对于艺人来说，他们被视为"下九流"，处于社会的边缘且没有话语权，既无力抗拒这种价值定位，也无力打破这种现状。我们可以看出，经过几千年来封建社会的思想高压与束缚，"被动"已经成为这类群体的一种自然而然的心理认同积淀，是一种集体无意识的表现。

另有研究者从性别观念的压迫与错位层面来分析优伶艺人形象。在中国传统社会，艺人处于社会末流，女性艺人尤其地位低下，李渔曾以一句话概括世人对女性艺人的看法——"天下最贱的人，是娼优隶卒四种，作女旦的，为娼不足，又且为优，是以一身兼二贱了"[③]，女性艺人一直在职业、性别、阶级的压迫下举步维艰。张玉的《张恨水笔下的女性形象分析》[④]主要分析了张恨水关于女艺人的创作由类型化向特殊化的转变，陈述了这些苦命艺人光鲜形象背后的辛酸苦楚，以及为了生活，她们在爱情、亲情、婚姻与职业之间的痛苦挣扎。黄大军在《〈斯人记〉：张恨水笔下妍媸纷呈的民国女伶群像》[⑤]中理性分析了《斯人记》中塑造的众多女伶形象，他认为在民国时期金钱扭曲人性、异化亲情的社会大环境下，女性艺人在整个优伶制度以及封建家长制的打压下，难以突破社会、传统文化的桎梏。张恨水以写实的笔法，道出她们在生存困境下的无能为力和无可奈何。又如张丽军在《盲目的欲望之流：〈鼓书艺人〉秀莲的"身体叙事"研究》[⑥]中从身体叙事和心理分析两个角度，分析旧社会传统、传统

① 沈湘一：《新文学中的戏曲优伶形象论》，天津师范大学 2011 年硕士学位论文。

② 刘秉山：《旧中国底层艺人的畸变与抗争——评老舍的〈鼓书艺人〉》，《辽宁大学学报》1990 年第 2 期。

③ 李渔：《李渔全集》（第 4 卷），浙江古籍出版社 1992 年版。

④ 张玉：《张恨水笔下的女性形象分析》，青岛大学 2011 年硕士学位论文。

⑤ 黄大军：《〈斯人记〉：张恨水笔下妍媸纷呈的民国女伶群像》，《名作欣赏》2012 年第 2 期。

⑥ 张丽军：《盲目的欲望之流：〈鼓书艺人〉秀莲的"身体叙事"研究》，《山东师范大学学报》（哲学社会版）2010 年第 2 期。

旧文艺文化、旧家庭、盲目的欲望之流等多重物质与精神的压迫，造成了女艺人方秀莲成为旧时代的牺牲品。崔应会在其文章《〈啼笑因缘〉中沈凤喜悲剧命运的成因探析》[①]中也提出鼓书艺人沈凤喜的人生悲剧更多来自传统男权社会的压迫，尽管也有个人性格因素使然，但她更多的是男性占主动权之下的被动者。研究者认为处于弱势地位的女性在强大的男权社会里本身就是一个悲剧。对于女性艺人来说，来自男权制的文化弥漫在舞台与现实的周围，无孔不入地侵蚀着她们的身心。此外，除了女性艺人之外，还存在一类特殊的“女艺人”——男旦。在历史上有很长一段时间内女性艺人被禁止演出，男旦的出现正是弥补了女旦的缺席，这是一种在阶层权力的压迫下，男人变成“女人”的过程。吴祖光的《风雪夜归人》、秦瘦鸥的《秋海棠》以及老舍《兔》等作品塑造了男旦人物。目前，这方面的研究成果极为罕见。笔者能够查阅到的仅有段晓琳的学术论文《终究是假凤虚凰——由名字变迁看秋海棠“男性”身份回归的失败》[②]。该文将秦瘦鸥《秋海棠》中的男旦秋海棠的畸形心理定义为创伤症候的“不可修复性”，装扮、饰演女性的经历给他的心理造成无可挽回的精神阉割，在雌雄间摇摆不定的性别遗失是造成秋海棠悲剧的关键。“男旦”这类艺术身份有着复杂的性别内涵，具有进一步深入探讨的价值，但目前的研究并不充分。

与中国传统文化对优伶艺人的贬低不同，中国现代作家更能从人性的立场给予这个群体以尊重和理解，因此更能从现代的人性的立场去塑造和表现这一类人物。目前，很多研究者都注意到了中国现代作家的这种现代立场。例如崔应会在《〈啼笑因缘〉中沈凤喜悲剧命运的成因探析》[③]中提出唱大鼓书的艺人沈凤喜的悲剧命运的形成有多方面原因，其中个人性格原因是不可忽视的。他认为受生存环境影响的沈凤喜虚荣贪利、意志薄弱，缺乏独立意识，不懂得反思和反抗。李佳的《〈鼓书艺人〉中秀莲的人格结构分析》[④]认为造成女艺人秀莲悲剧的原因并不仅限于社会的偏见与秀莲自身艺人身份的矛盾，更在于秀莲自身的思想经常受到其悲惨的生命体验和来自其内心深处的精神需求的晃动而摇摆不定。生活的不稳定性造就了艺人的无助感和自卑感。除此之外，研究者还发现中国现代作家对优伶艺人这个群体的赞扬和肯定。例如谷宇在《娜拉话语：40 年代如何说——杂议〈风雪夜归人〉》[⑤]中认为作家吴祖光在《风雪夜归人》中高度赞扬了“魏莲生”——这一具有自我意识的伶人形象，他认为这部作品适时承继了“五四”时期人的发现、人的解放、女性的发现的时代主题，表现出底层人物对自身价值的重新审视、对人生意义的追求、对人格尊严的捍卫。周群的《老舍笔下的艺人形象》[⑥]肯定了老舍在《四世同堂》中对尤桐芳、小文夫妇等艺人的正面形象塑

---

① 崔应会：《〈啼笑因缘〉中沈凤喜悲剧命运的成因探析》，《河南广播电视大学学报》2011 年第 1 期。

② 段晓琳：《终究是假凤虚凰——由名字变迁看秋海棠“男性”身份回归的失败》，《名作欣赏》2015 年第 4 期。

③ 崔应会：《〈啼笑因缘〉中沈凤喜悲剧命运的成因探析》，《河南广播电视大学学报》2011 年第 1 期。

④ 李佳：《〈鼓书艺人〉中秀莲的人格结构分析》，《名作欣赏》2016 年第 2 期。

⑤ 谷宇：《娜拉话语：40 年代如何说——杂议〈风雪夜归人〉》，《湛江师范学院学报》2011 年第 1 期。

⑥ 周群：《老舍笔下的艺人形象》，《徐州师范学院学报》（哲学社会科学版）1983 年第 2 期。

造，认为老舍是将这些具有强烈的爱国思想和不屈服的民族气节的艺人形象作为中国传统文化精华的代表和象征。

综上所述，目前的研究已从职业特点、性别角度和现代立场等层面对中国现代文学中的优伶艺人形象进行了探讨和分析，可以帮助我们比较好地理解和认识这类形象的价值和意义。但是，上述三个方面的研究都不够深入，而且很多与之相关的重要问题尚未进入研究者的研究视野，例如中国现代作家塑造的优伶艺人形象与中国传统文学中的此类形象有何不同？或者说中国现代作家所塑造的这类形象的整体特征和独特价值何在？因此，从整体上看，关于优伶艺人形象的本体研究目前尚不够全面和充分。

三、思想内涵研究

优伶艺人这一群体的职业特点和社会地位使其很容易成为社会和时代的“代言人”。吴祖光曾经说过艺人“在大红大紫的背后，是世人所看不见的艰难，在轻颦浅笑的底面，是常人体会不出的辛酸，艺术变成了谋生的工具，这本身该是个悲剧罢”①。艺人在舞台上演绎着帝王将相、才子佳人的美好愿景，然而现实生活却异常辛悲，职业的巨大落差以及世人的误解加剧了其命运的不幸。

优伶艺人的命运和处境可以成为观照中国现代社会现实的一个窗口。优伶艺人群体因其职业、社会地位等因素而具有表演性和隐喻性，因此众多现代作家都发现了艺人群体本身的独特价值。研究者在对中国现代文学中的优伶艺人形象进行研究时，尤为重视对这一群体所揭示的时代内涵和社会意义的分析。

近年来，很多研究者分析了中国现代作家借由优伶艺人的生活处境所揭示的社会现实。例如，董卉川的《现代话剧中的传统艺人形象研究》②提出作家在表达对传统艺人的同情之时，也揭示半殖民地半封建社会存在的封建思想、身份等级观念、金钱崇拜等是造成传统艺人悲剧命运的根本原因。他认为作家通过塑造艺人的形象和命运来展现封建社会的腐朽，以抨击封建统治阶级虚伪的社会制度。从杨在《迷失与重构：对〈名优之死〉中人性价值的社会思辨》中提道：“在艺术价值观整体崩塌的时代浪潮中，艺术家们不可能获得真正的独立，刘振声的这份恪守便犹如白昼中摇曳的烛火，显得那么的微不足道。如果说对刘振声的人物形象刻画从正面反映出腐朽社会下的艺术价值畸变，那么从女性视角分析，刘凤仙在剧中的种种行为，实则是在当时的社会环境下失去了艺术价值选择的自由。”③从杨认为名优刘振声的死亡悲剧，既是其个人对事业及爱情持保守态度而懦弱不前，深层原因更在于当时社会“容不了好东西”的时代氛围。刘秉山在《旧中国底层艺人的畸变与抗争——评老舍的〈鼓

① 陈公仲、吴有生编：《吴祖光研究专集》，江西人民出版社1985年版。

② 董卉川：《现代话剧中的传统艺人形象研究》，《菏泽学院学报》2011年第6期。

③ 从杨、蔡颂：《迷失与重构：对〈名优之死〉中人性价值的社会思辨》，《艺海》2017年第5期。

书艺人〉》①一文揭示旧的传统观念和黑暗社会现实对艺人人性的压抑和摧残，是造成他们悲剧命运的重要原因。薛东琛在《时代的悲曲——论秦瘦鸥小说〈秋海棠〉》②中提出《秋海棠》应该属于一部“社会小说”而非“言情小说”的观点，她认为作者秦瘦鸥的目的在于深化时代主题，表达对军阀制度的鞭挞和对底层群众的同情，体现其独特的美学思想。综合学界的这些观点，这些研究既是对优伶艺人悲剧命运的探究，也是对这类创作的社会学价值和意义的揭示与肯定。

与之形成对比的是，研究者也注意到优伶艺人在中华人民共和国成立后社会地位的变迁。中华人民共和国成立初期的“戏改”运动，从政治层面提高了传统艺人的社会身份，政府对旧戏提出了服务于生产、服务于劳动、服务于政治的要求。刘素林在《从旧艺人到新演员：建国初期“戏改”中戏曲表演者的角色转换》中提出：“政府对艺人的合作形式、技艺传承、文化素养关注的背后是对其社会角色的重新塑造，体现了国家将这些曾经处于社会底层的自由职业者纳入国家体制内的尝试。”③从过去的“戏子”、“倡优”到新社会的“文艺工作者”、“艺术家”、“人民演员”，改变的并不只是一种称谓，更寄托着对新文艺语境中的艺人的一种认可。龚元在《从“女戏子”到“女剧人”——现代话剧史“女演员”问题研究》④一文中指出，真正促使“女戏子”向“女剧人”身份转变的因素是戏剧话剧艺术进入现代教育体系，以及话剧体系在中国的建立和逐步完善，发生转变的中介是女性艺人的来源是接受过现代教育的学生。表演活动从供人观赏的娱乐性技艺转变成新式教育体系下的“知识劳动”，职业性质有了质的飞跃。周群的《老舍笔下的艺人形象》⑤提出中华人民共和国成立前艺人生活在水深火热中，为填饱肚子饱受压榨；中华人民共和国成立后，艺人们“由唱玩艺的变成了民间艺术家”，成了新社会受人尊重的人物。他认为《方珍珠》展示出作者对中华人民共和国的热爱与赞美，体现作家的社会责任感以及对中华人民共和国文艺政策的认同。文学中艺人形象的变化折射的是现实中这一群体的社会地位和生活处境的时代变迁。

研究者还发现，优伶艺人形象不仅仅是透视社会现实的窗口，同时也是中国现代作家借以揭示和批判中国传统文化和国民劣根性的一个载体。研究者注意到有些中国现代作家更为侧重对这类人物形象所象征的落后文化思想观念的批判。例如，以鲁迅、巴金为代表的中国现代作家致力于对封建社会、文化、制度等的揭露和批判，对作为传统文化象征的中国传统戏曲和戏子深恶痛绝。曾令霞的《看客与戏子的双重批判——论鲁迅启蒙观、文艺大众化

---

① 刘秉山：《旧中国底层艺人的畸变与抗争——评老舍的〈鼓书艺人〉》，《辽宁大学学报》1990 年第 2 期。

② 薛东琛：《时代的悲曲——论秦瘦鸥小说〈秋海棠〉》，《焦作大学学报》2010 年第 2 期。

③ 刘素林、韩晓莉：《从旧艺人到新演员：建国初期“戏改”中戏曲表演者的角色转换》，《福建论坛》（人文社会科学版）2016 年第 5 期。

④ 龚元：《从“女戏子”到“女剧人”——现代话剧史“女演员”问题研究》，《文学评论》2012 年第 6 期。

⑤ 周群：《老舍笔下的艺人形象》，《徐州师范学院学报》（哲学社会科学版）1983 年第 2 期。

理念与戏台文化之关系》[1]提出了以梅兰芳为主的“戏子”是鲁迅集中批判的对象，这离不开鲁迅终生探讨的话题——“启蒙”。赵静在《人生如戏——论巴金小说中的“戏子”》一文中提出对于巴金来说“那些看戏的看客们所沉溺的只不过是内心的鬼影。人们记住的不过是旧时代的忠臣、孝子、英雄，伶人表演和观众看戏的过程不过是旧时代文化的变相复活”[2]。她认为对于受过“五四”文学革命洗礼的巴金来说，戏剧戏曲承担着教育大众的义务，应该向群众传递新思想、先进文化，但是这些旧戏曲艺人所表演出来的是阴暗的落后文化。周群在《老舍笔下的艺人形象》[3]一文中也批判了以靠女儿卖淫为生的鼓书艺人唐四爷一家，认为这类人自甘堕落，他们的思想已经麻木不堪，丧失了自尊心和羞耻心，认为他们是国民劣根性的形象代表。这些研究者认为在鲁迅、巴金等中国现代作家笔下，优伶艺人形象也是中国传统文化劣根性的体现和象征，它隐喻着中国人的奴性和愚昧无知，而其舞台的程式表演则代表着“欺”和“骗”，以此来愚弄世人。而且，这些“戏子”所体现的落后传统文化内涵与当时社会迫切需要的“自由”、“民主”等现代思想观念完全背道而驰，因此在他们的笔下，这类人物形象大多是负面的。

随着研究的推进，近年来的研究者对优伶艺人形象内涵的复杂性有了更为充分的认识，更多聚焦于优伶艺人在现代启蒙话语下的人性觉醒。在这一层面上，研究者更多探讨了中国现代作家赋予优伶艺人形象上的现代思想和现代意义。吴武洲在其《优伶悲歌的启蒙亮色——〈风雪夜归人〉主题蠡测》[4]一文中提出在“五四”时期想要改造国民，首先就是要在精神层面上激起他们的觉醒，出于知识分子的历史责任感和使命感，吴祖光从启蒙的角度切入，对国民冷漠、麻木的劣根性进行深刻的审视与挖掘，从而提出“为自己而活”的口号，因此方莲生的出走也具有个人觉醒与个人反抗的象征涵义。武茜的《中国现代文化语境下话剧作品中的艺人形象》[5]分别对现代话剧中出现的艺人以单独形象和群像介绍，她认为在这些作品中作者们关注社会地位低下的艺人，意图把人的主体性提高到一个空前的高度，以强调人的价值、权利、尊严及个人的创造性。曾令霞在《论现代文化语境下知识分子与“戏子”的身份转换——以〈迷羊〉为契入口》[6]一文中运用思想史批评的研究方法，结合中国现代文化语境下文人知识分子的精神境遇来思索中国现代知识分子与“戏子”的身份转换及隐喻性涵义，以此总结出以郁达夫为代表的一类中国现代知识分子在灵与肉、戏与真之间的矛盾与选

---

① 曾令霞：《看客与戏子的双重批判——论鲁迅启蒙观、文艺大众化理念与戏台文化之关系》，《天府新论》2013 年第 1 期。

② 赵静：《人生如戏——论巴金小说中的“戏子”》，《郭沫若学刊》2017 年第 1 期。

③ 周群：《老舍笔下的艺人形象》，《徐州师范学院学报》（哲学社会科学版）1983 年第 2 期。

④ 吴武洲：《优伶悲歌的启蒙亮色——〈风雪夜归人〉主题蠡测》，《桂林市教育学院学报》2000 年第 3 期。

⑤ 武茜：《中国现代语境下话剧作品中的艺人形象》，《戏剧丛刊》2010 年第 15 期。

⑥ 曾令霞：《论现代文化语境下知识分子与“戏子”的身份转换——以〈迷羊〉为契入口》，《天府新论》2009 年第 6 期。

择。董卉川的《现代话剧中的传统艺人形象研究》[①]以《秋海棠》、《名优之死》、《风雪夜归人》三部作品为例，认为这几部作品中塑造的艺人形象代表着“五四”的现代性精神。这都体现了在当时的启蒙话语语境中，中国现代作家对于优伶艺人这一群体的人性关怀和现代思想价值的肯定。

从思想内涵层面论析中国现代文学中的优伶艺人形象是一个很好的切入点。无论是对这些形象的社会意义、传统文化内涵还是现代思想意义的探讨，都在很大程度上深化了中国现代文学中的优伶艺人形象研究，为此后的研究奠定了坚实的基础。但显然，中国现代文学中的优伶艺人形象还有更为丰富的内涵有待进一步挖掘和探究，而将这类形象置于中西古今坐标系中的考察更是一个值得深究的重要问题。

创作主体、艺术形象本体与思想内涵研究是目前中国现代文学中的优伶艺人形象研究的三个主要方面。虽然这三个方面研究的程度各有不同，但都取得了一定的成果，为这一形象的深入研究奠定了良好的基础。但是，从现有的研究资料来看，这方面的研究在研究方法、研究思路和研究内容等方面的创新性仍很欠缺，存在着巨大的研究空间。

---

① 董卉川：《现代话剧中的传统艺人形象研究》，《菏泽学院学报》2011年第6期。

新时期小说文化叙事的三种形态及其文学意义

刘学明*

（重庆文理学院 文化与传媒学院，重庆　永川 402160）

内容摘要：本文主要讨论20世纪80年代文化叙事小说的生成、主要形态及文学意义。笔者认为，1980年代新时期文学从政治叙事向文化叙事的转型，形成了乡村田园型、市井风俗型、文化反思型等文学形态，拓展了中国文学文化记忆空间，开创了文学审美的多元形式，推进了20世纪后期中国文学的繁荣发展。

关键词：新时期小说；文化叙事；文化记忆；文学审美

新时期文学发轫于20世纪70年代末期。为配合政治改革，文学充当了先锋角色，并由此获得了前所未有的发展机遇，作家通过文学活动表达了参与现实变革的强烈意愿，伤痕文学应运而生，反思文学也紧随其后，许多曾经遭遇过政治冲击的中老年作家迎来了重返文坛的曙光，而一批中青年作家则满腔热忱投身新时期的合唱，共同建构了新时期文学的繁荣与喧哗。从文学史进程看，新时期文学始于1977年底刘心武发表《班主任》，①止于1989年，时间跨度大约10余年，对1990年代文学乃至新世纪文学有着独特的文学史意义。这一概念隐含的意蕴耐人寻味，它一方面延续了之前社会主义文学本质，另一方面与之前社会主义文学相比有所改变，其转型过程与社会变革同步发生，也与文学活动内在力量的推进息息相关。本文将从小说叙事的文本演变，讨论新时期文学转型的内在轨迹及其文学史意义。

一、新时期小说叙事转型：从政治叙事到文化叙事

新时期初期的文学写作有着鲜明的时代色彩，一方面洋溢着社会变革带来的喜悦，一方面又遵循长期以来形成的文学模式，积极参与思想解放的政治浪潮，以文学写作开创新时期

---

* 作者简介：刘学明，重庆文理学院文化与传媒学院教授。

① 丁帆、朱栋霖主编：《中国现代文学史》（下），高等教育出版社1999年版，第83页。

时代氛围。重返文坛的中老年作家开始大量创作反映“文革”政治动荡的伤痕文学、反思文学，追溯“文革”和1950年代以来“大跃进”、极“左”路线造成的民族苦难，另一部分中青年作家则选择与时俱进的主旋律模式，歌唱改革带来的社会繁荣和思想解放，刘心武、古华、王蒙、张贤亮、高晓声等作家成为这一时期的文学大家。文学界的思想解放必然给作家带来文学观念的自觉和自省，他们在参与政治思潮主导下的文学活动中，也意识到文学自身的本质属性，意识到文学作为精神活动的价值和意义，一场关于文学本质问题的讨论随即展开。文学与人道主义的话题引起文学界热烈讨论，文学写作的方法问题也因朦胧诗的出现而引发广泛关注，理论与创作的相互促动酝酿着新文学最为重要的一场变革，那就是从政治叙事向文化叙事转型。

美国思想家丹尼尔·贝尔在《资本主义文化矛盾》一书中将人类文明分为政治、经济、文化三个范畴，并指出三者之间的矛盾冲突与互动关联。贝尔认为，在资本主义文明(工业文明)中，政治与经济关系密切，但经济是第一位的，经济决定政治的本质属性，同时，经济发展离不开文化的繁荣，没有开放的文化，便没有自由的思想，人类便不可能有创造性的发展。① 作为文化属性的文艺活动，显然与政治经济不可分割，这是文学写作的社会属性。贝尔从社会学层面阐释了人类社会的基本特征，让人们真正理解了社会关系的内在构成，凸显了文化才是社会文明发展的内在动力。

从20世纪50年代开始，中国大陆文学全面转入政治革命浪潮中，受苏联社会主义文学思潮影响，文学的政治属性被强化，文化、经济属性被弱化和遮蔽，社会主义文学所建构的文化记忆着重讲述国家政权建设的历史经验，这种经验有着鲜明的意识形态特征，因突出的政治需求而承担了宣传教化功能，忽略了经济发展的复杂性和文化审美的丰富性，这是20世纪后半期较长时间里中国文学最重要的特征，同时也是政治叙事作品的问题所在。1970年代末期的政治变革给文学创作带来了生机，许多作家不但获得了身体的解放，也重新获得写作的权利，他们满腔悲愤地控诉“文革”的罪恶，严肃思考造成民族历史灾难的政治原因：刘心武的《班主任》描写了内地中学生宋宝绮的无知与谢惠敏的愚昧，让我们看到了那场“文化革命”的可怕后果；卢新华的《伤痕》与从维熙《大墙下的红玉兰》则控诉了阶级斗争理论对人性的扭曲；古华的《芙蓉镇》通过内地小人物的命运变迁，写出了极“左”思潮对普通民众造成的巨大灾难；张贤亮的《绿化树》以知识分子受难为题材，讲述了诗人章永璘被打成右派接受劳动改造的曲折历程，生动地呈现了主人公唯物主义思想成长的全过程。伤痕文学和反思文学直接以政治历史为切入点，完成了新时期政治变革需要的历史书写。与此同时，改革文学迅猛崛起，蒋子龙《乔厂长上任记》给众多遭遇批评的伤痕创作者指明了方向，描写政治改革的宏大叙事应运而生，张洁《沉重的翅膀》、李国文《花园街5号》、柯云路的《新星》、张贤亮《男人的风格》等中长篇小说相继出版，描写经济改革的作品如泉喷涌，高晓声陈奂生系列作

① ［美］丹尼尔·贝尔：《资本主义文化矛盾》“导论”，严蓓雯译，江苏人民出版社2007年版，第9页。

品描写乡村农民改革之后生活上精神上的变化，路遥《人生》关注城乡文化差异，贾平凹《鸡窝洼人家》描写农村青年观念的变革。改革文学创作取得了令人瞩目的成就，作家们大多展现了自己的个人才华，也有独立思考的思想内涵，但不可否认的是，在文学写作中，作家们受制于多年来的政治思维，将笔下人物的个性特点与历史环境尤其是政治变革密切联系在一起，以正剧和喜剧的方式展现出历史变革的合理性，这表明他们与1950年代以来的文学形态保持着本质上的一致性，即接受政治话语指导下的文学书写，区别在于1950—1970年代作家更多为被动地介入政治叙事，新时期作家则更多主动地参与这一叙事模式中。

稍后出现的一股文学思潮与之前的政治叙事文学有所不同，作家突破主流的写作模式，主动转向民间生活，将地域文化和民俗生活作为写作的主题，表现民族审美经验的多元色彩。这些作家放弃了多年来以阶级斗争为主旋律的政治叙述，不再描写硝烟弥漫的战争历史，而是将视线转向日常普通的人生场景，将人生故事融入特定的民俗文化场域中，重现特定文化历史环境下真实真切的人情人性，让读者感受到了文化记忆带来的独特魅力。这些文化叙事作品大致分为三种类型，第一类是以汪曾祺为代表的乡村田园型，第二类是以陆文夫为代表的市井风俗型，第三类是以韩少功为代表的文化反思型。它们的出现是中国文学繁荣发展的重要标志，也是民族文化记忆的重要文本。

二、新时期小说文化叙事的三种形态

（一）乡村田园型：审美记忆的复苏

1980年10月，《人民文学》发表汪曾祺的《受戒》，引发文学界的极大关注。小说描写苏北乡村一对少年情侣青梅竹马、两小无猜的初恋人生。明海很小被父母送到乡村寺庙当和尚，认识了乡村女孩小英子，他们一起玩耍，一起成长，沐浴在乡村平静的生活里。当小明子到了受戒的年龄，小英子自告奋勇摇船送他去当和尚，并勇敢地向心上人告白，愿意成为他人生的伴侣。《受戒》因笔下平静优美的乡村风景，和乡村文明滋润下淳朴自然的人性之美吸引了读者的目光，成为新时期文学开启文化叙事的先行者。随后的《大淖记事》继续讲述苏北乡村的故事，将小锡匠和巧云生死不渝的爱情故事置于未受太多礼教约束的乡村文明中，乡村文化的魅力跃然纸上。

汪曾祺师承1930年代京派大师沈从文，从西方古典人文主义传统中汲取了丰富的营养，更多地关注人们的情感世界和自然淳朴的人性之美。在作者描写的乡村世界里，没有太多的物质困扰，孩子们过着无忧无虑的生活，情感的生长源自自然的赐予，他们的爱情天真无邪，自由无拘，小锡匠与巧云相爱，即使遭遇重重困难也终成眷属，其社会问题总被轻轻带过。汪曾祺与沈从文一样，怀着对人生理想的浪漫情怀，在文学写作中创建了一个远离尘俗、平和宁静的乡村世界，表达着对真率自由的人性的赞美。

汪曾祺的探索突破了多年来文学写作的题材拘囿，使文学从严肃沉重的战争记忆回到平静祥和的乡村田园生活中，在和平年代唤醒了人们对自然美的认知、对人性美的渴求与期许，在抒情写意中完成了乡村文明的审美重建，也承续了1930年代京派作家开拓的、洋溢着古典浪漫情怀的文学审美范式，对新时期文学审美观念的复苏产生了极大的影响。

（二）市井风俗型：社会历史的反思

新时期小说文化叙事的第二种形态来自1980年代中前期陆文夫、冯骥才、邓友梅等人的探索。他们受文学观念转型的影响，以写作视点切入城市文化，将市井生活与社会历史变迁相联系，形成新时期独特的市井风俗文化小说，这一类型的小说以陆文夫的《美食家》为代表。

《美食家》描写一位资本家朱自冶变态扭曲的人生经历。他早年继承了大笔房产，因酷爱苏州地方美食而成为吃遍当地美味佳肴的好吃狗。1950年代后虽然政治运动不断，他依然我行我素，食性不改，直到社会主义运动高潮到来，传统餐饮被全面改造，他才失去了享用美食的幸福时光。1960年代中期"文革"爆发，朱自冶成为批斗对象，但1980年代改革，让他命运陡转，曾经的美食经验成了助推地方经济发展的一笔财富，原本好吃懒做的寄生虫，一跃成为光鲜亮丽的美食家。

《美食家》突破了政治叙事的主流模式，以民间文化为切入点，一方面细致描写苏州民间饮食的独特风貌，如食材的特点、味道的调制、制作的技法、精美的形态等都有精细的描绘，展现苏州民间美食的魅力，使文学作品洋溢着鲜活生动的传统文化气息，让作品承载了民间饮食文化的独特记忆；另一方面，作品以朱自冶、高小庭两人的命运纠葛和坎坷人生，展现了苏州民间饮食文化的历史变迁，表现了政治思潮对个体生命和社会文化的巨大冲击，反映了20世纪后半期中国社会的动荡历程。通过文化历史变迁的观察和思考，反思极"左"思潮的巨大危害，使《美食家》成为新时期最为经典的政治反思小说。

不仅如此，陆文夫在描写极"左"思潮给传统文化和个体生命造成灾难的同时，还从社会伦理与个体价值层面，发现了生命形态的哲学悖谬：朱自冶的财富让他饱食终日，尽享美味，这原本是社会伦理所否定的生命形态，但他对美食的癖好，又让他意外成为有用的建设人才，其无用之用不仅是历史的喜剧，也是现实的反讽。对社会历史经验的深刻反思、对人生命运的哲学思辨，是《美食家》文化叙事的力量所在。

除陆文夫的《美食家》外，冯骥才的《三寸金莲》、邓友梅的《那五》等作品也对京津地区的民间文化有生动的描写，共同构成新时期小说市井风俗文化的系列作品。作家们对社会生活的关注不再从重大的社会事件入手，而是从市井文化切入历史进程，努力以民间文化的表象还原社会历史的真相，在文学作品中建构了一个个鲜活而生动的历史场景，完成了作家对民族历史的审美重建，表达了作家对社会文化与政治历史的个人反思。

（三）文化反思型：民族意识的觉醒

1982年，拉美作家马尔克斯（哥伦比亚）获得诺贝尔文学奖，其魔幻现实主义作品《百年孤独》随后在国内出版，直接促成了中国作家文学观念的更新。1985年，一批年轻作家发起了一场文学寻根运动，主张回到民族历史的长河中，挖掘那些被遮蔽和遗忘的文化瑰宝。他们认为“文学之根，深藏于民族文化的土壤”，并“生长在民间文化的沃土中”，[①]文学寻根“是一种对民族的重新认识，一种审美意识潜在历史因素的苏醒”[②]，这股以文化反思为主题的文学浪潮，被命名为寻根文学。

在寻根文学创作中，贾平凹以商洛山区悠久的历史文化为依托，表达着自己对民间文化的独特认识，商州系列小说中的《商州初录》就大量描写了当地古老的文化风俗，看风水、敬河神、祭白蛇、算吉凶，古风尚存，《商州三录》讲述山区传说的民间故事，连山水岩石都充满古老而神秘的气息。郑义的《远村》、《老井》，李杭育的葛川江系列小说，郑万隆的《异乡见闻》和钟阿城的《棋王》、《遍地风流》等小说一面展现了地方民俗文化的独特魅力，描绘了社会变革中的文化冲突，一面思考着传统文化和哲学的精神要义，表现出对真率无拘、重义轻利的古风的推崇。

弘扬中华传统、讴歌坚强不屈的民族气节和豪放率真的民族性格在莫言小说中得到了突出的体现，他的红高粱家族系列小说《红高粱》、《高粱酒》、《狗道》等作品以魔幻现实主义的创作方法把寻根文学的探索推向一个新的高度。在《红高粱》中，“我爷爷”、“我奶奶”率真豪放，为了爱情的自由和幸福，勇敢地在火红的高粱地里结合。为抗击日寇，无论是村民还是土匪、流寇，都将生死置之度外，义无反顾地走上了战斗的第一线。莫言借山东高密家乡人民的抗日故事，生动地刻画了有着悠久历史文化传统的中华民族正直坚毅、豪放率真的民族性格。

在文化寻根小说创作中，韩少功的《爸爸爸》以文化启蒙的视角描写了一群山民的悲剧。小说中的鸡头寨地处山林深处，土地贫瘠，生活极端贫困，村寨的人们长期过着封闭的生活。他们保持着先祖留下的生活方式和文化习俗，拒绝与外界交流接触，甚至将贫困的原因归咎于山下的鸡尾寨，最后挑起纷争而走向毁灭。小说描写鸡头寨的侏儒丙崽长期遭受村民的欺侮，却在战争爆发的紧要关头被视为神仙，由他来指挥战争，其结果不言而喻。《爸爸爸》具有突出的象征主义色彩，丙崽形象隐喻了中国传统文化的痼疾与毒瘤，韩少功期望通过对民族文化劣根性的描写，让中华民族走出封闭狭隘的蒙昧天地，走进现代文明的新世界。

寻根文学作家受到开放的文学观念的影响，以现代文化视点切入历史场域，期望以独特的审美意象重现民族历史的复杂内蕴，审视被淹没或扭曲的文化经验，唤醒被遗忘和遮蔽的民族意识，因此，寻根文学作家通过文化叙事建构了民族文化记忆的经典文本。

三、新时期小说文化叙事的文学意义

（一）文化记忆的丰富与深化

新时期小说转向文化叙事，是中国文学在20世纪后期审美经验的一次重要转型，从文

---

① 韩少功：《文学的根》，《作家》1985年第6期。

② 郑万隆：《我的根》，《上海文学》1985年第5期。

化记忆理论考察，正是记忆空间的扩展改变了曾经的记忆场景，完成了一次民族记忆的审美经验再创造。文化记忆理论认为，文学以特殊的形式将人们曾经的生活留存给未来，成为民族记忆极为重要的文化资源。扬·阿斯曼曾说“文化记忆不是有据可查的历史，而只是被回忆的历史”①，“是对历史经验的重构”。从文化记忆理论可以知道，文学艺术不仅是人类的审美需要，同时也是一个民族文化和精神的载体。由于人类历史充满了无数个体生命感受的记忆碎片，文学书写便不再是历史事件的客观记录，而是充满情感色彩和主观臆想的精神图像，作家们通过特殊的文本形式，一方面留存了历史，另一方面也创造了历史。

20 世纪的中华民族在追求现代化的道路上经历了巨大的坎坷曲折，从政体革命到民族解放，再到共产主义运动，革命成为最高频率的历史语汇。中国新文学从发生之初 20 世纪末期，自觉参与这一历史进程，涌现了众多优秀的文学作品，文学以独特的方式建构了民族历史的文化记忆。到 20 世纪后半期，这一文学书写全面进入政治革命的历史语境中，完成了从意识形态的观念重构到写作技巧的规范统一，社会主义文学建设成功地将文学纳入政治范畴，同时也压缩了文学的思想空间，阶级斗争成为唯物主义历史观的中心话语，文学成为意识形态的工具，其思想与色彩都变得较为单一。新时期政治变革为文学复苏与繁荣提供了历史机遇，思想解放运动给作家带来了启蒙的力量，他们重新思考文学的本体性问题，探讨人道主义的思想内涵，并大胆探索实践，向文化视域拓展写作空间，逐步摆脱政治范畴的钳制，完成自我修复和自我重建，回归文化的母体。

新时期小说文化叙事转型意义重大，它不仅是文学本体的自我确认，更是民族文化繁荣发展的重要标志。汪曾祺对苏北乡村生活的描写有着鲜明的乡村文化色彩，那里自然风光恬静优美，乡村生活平和自足，人伦道德重情重义，人伦天性与自然本真融为一体，这是一幅田园牧歌般的生活风情画，也是作家心目中的乡村生活图景。这种理想的乡村文明与真实的社会现实之间形成强烈的反差，却获得大多数读者的审美认同，表明文学的审美经验并非以真实性为前提，文学所创造的文化记忆可以是一种虚构的记忆，它以心理感受为前提，以审美体验为目的，当文学书写充满了人性的温暖，文化记忆也变得多彩明亮。

陆文夫小说选择了写实的方式进入历史。他从饮食生活入手，描写朱自冶好吃懒做的人生故事，在市井生活的表象中展现了政治思潮的湍急洪流，在小人物的坎坷命运中展现大时代的历史进程。陆文夫的文化抒写一方面隐含着政治思辨的主观动因，同时他又清楚地知道文学与政治的边界。他把重心始终放在市井生活的文化场域中，以人物的精神感受为线索，细致描写主人公在政治大潮冲击下的心理流变，以主体介入的方式描述社会变革的细节，从而完成了一段民族历史的别样抒写：汹涌澎湃的政治思潮阻止了自然经济的流向，规范了文化生活的个体经验，政治的强力、经济的动力、文化的魅力在作品中互为作用，交替显

① ［德］扬·阿斯曼：《文化记忆·早期高级文化中的文字、回忆和政治身份》，金寿福、黄晓晨译，北京大学出版社 2015 年版，第 46 页。

现，给当代文学留下了一段极为精彩的文化图景。冯骥才、邓友梅等人的作品同样从市井生活入手，以相同的方式呈现了社会文化的多元性特征，使新时期文学内涵发生根本性改变，洋溢着生活气息的市井文学由此成了鲜活而生动的文化宝库。

寻根文学作家对文学的本体性认识更加自觉，他们认为文化历史是文学的源泉，文化之根生长在民间，因此作家应该从民间文化的枝叶入手，探究民族精神的本原。贾平凹对民间野史的捡拾，试图重现被主流文明遮蔽的山野文明；莫言描述的山东高密人民的历史，充满了人性的激情与真率；韩少功对湘西南山寨生活的描写，呈现着对原始文明的理性反思。寻根文学作家站在文化的高地上，想象和建构着一个与庙堂文明截然不同的民间世界，这个世界充满野性与蒙昧，也充满生机与活力，既有礼教道德的浸染，又弥漫着渴盼自由的心灵震颤，这一虚构的历史经验共同创造了寻根文学的文化记忆，让读者感受到中华民族文化的多元与丰富，拓展了现实主义文学的表现空间。

新时期文化叙事小说给世纪末的中国文学带来了可喜的变化，当代文坛随后出现了多部以文化叙事为主题的长篇小说，作家们将社会变革融入文化变迁的历史长河，以文学书写重建民族历史的心理记忆，陈忠实的《白鹿原》(1992)、贾平凹的《废都》(1993)、韩少功的《马桥词典》(1996)、王安忆的《长恨歌》(1996)、阿来的《尘埃落定》(1998)等便是其优秀之作。从文化记忆的角度，这些作品让我们看到了中国百年历史转型的艰难，看到了作家们在民族意识觉醒后逃离文化阴霾的启蒙与呐喊。由此可见，新时期作家以开放的文化胸怀和对民族历史的深沉思考，创作了数量众多的文化叙事的作品，带来了民族文化记忆的饕餮盛宴。

（二）文学审美的回归与升华

新时期文学回归文化叙事，也意味着文学本体的回归。中国新文学从20世纪初期发生以来，便在乡土审美经验与现代审美经验间寻找着自我重建的可能，乡土文学曾经作为主流叙事一度开拓了民族文学的审美空间。然而政治动荡与社会变迁，也让文学审美中的乡土情感与审美经验遭遇了疾风暴雨的冲击，蕴含强烈意识形态的现代性审美形式不仅未能重建民族文学的辉煌，反而给文学多元审美经验造成桎梏。新时期到来开启了新一轮自我反思与本位重归，文学界无论是伤痕文学、反思文学，还是改革文学，都极为重视文学自身的精神内核，强调文学情感的真实与作品的思想力量，理论界为此大张旗鼓地展开关于现实主义的讨论，清除了虚浮与虚假的伪浪漫主义，为乡土审美经验的回归提供了心理预期；同时，朦胧诗人的创作探索，李陀、冯骥才、刘心武三人关于现代派问题的通信，高行健出版《现代小说技巧初探》，对多年来自我封闭形成的单一审美方法无疑产生了正面冲击。在创作实践与理论探讨的相互促动中，作家们接受开放的文学观念，重树人道主义文学思想，形成文学文本为主体的审美共识，作家们将乡土审美经验与现代审美形式融为一体，不断探寻新的创作方法和写作技巧，使新时期文学在审美形式上发生了质的变化，多元的审美经验、创新的审美形式成为作家融文化叙事转型的重要标志。

在乡村田园小说写作中，汪曾祺承袭1930年代京派作家的文学思想，将人情人性之美融入自然天成的乡村文明，从容不迫地讲述未受都市文明污染的生命故事，将自然美与人伦美交融一体，表达了以自然为本体自由无拘的生命观。汪曾祺像前辈沈从文一样，不以讲故事为目的，将故事内容分散成并无逻辑联系的若干片段，随心所欲地连缀在一起，形成写实写意相交织的散文化抒情模式。同时，跟沈从文一样，汪曾祺对传统小说的白描技法推崇备至，写人写景，文字简朴凝练，善于铺叙烘托，传神达意，这分明又是传统文学精神的复活。汪曾祺以自由自在的散文体结构和平静优美的抒情意境创造，使消失已久的乡村审美经验重回新时期文坛，引发无数读者的审美愉悦。

市井风俗作家更多传承了现实主义文学理念，但在人道主义思想复苏的新时期，对现实主义有了更为深刻的理解，他们在都市生活的历史变迁中发现了社会历史与人文历史的复杂关系，选择从人的历史展现文化历史图景，揭示政治历史变迁的内在逻辑。陆文夫的苏州饮食文化、冯骥才的天津民间故事、邓友梅的北京没落贵族生活，成为中国都市（市井）文化的观察视角，他们都喜欢讲述传奇的民间故事，但在描写方法上呈现出完全不同的叙事风格。邓友梅的《那五》在不断变化的时代环境中呈现人物的精神特质，场景描写细致；冯骥才的《神鞭》则注重刻画傻二的传奇功夫，地域文化色彩十分浓厚；陆文夫《美食家》则关注主人公命运变化的内在力量，理性意识更为突出。在结构上《美食家》更具创新性，作者构思了内外两个叙述视角，通过第三人称（外视角）讲述朱自冶的传奇人生，让读者看见了一段民族历史的动荡历程，同时又以高小庭第一人称（内视角），探寻和思考着社会变革的历史真相，这让文化叙事小说具有了更为丰富复杂的审美结构，成为新时期现实主义文学的力作。

寻根文学作家直接接受开放的文学思想影响，有着强烈的文学审美意识，在文学寻根口号背后，是作家对地方性情感结构的不断探寻。贾平凹推崇沈从文的写作风格，认为文学传统的精髓便是民族文学之根，他在讲述民间故事时运笔简练，多以白描似的文字传神达意；钟阿城对此亦有同感，他的《棋王》以朴实无华的文字从容讲述王一生的传奇故事，让读者又一次品尝了中国文学的语言魅力。与此不同的是，莫言、韩少功更注重文学的开放品格。莫言直接受到魔幻现实主义文学的启发，以时空交错的文体结构、独特神奇的心理感受、热情奔放的文学语言，讲述着高密人民的辉煌历史，成为走出中国传统文学模式的先锋性作家。韩少功在《爸爸爸》中，将西方象征主义方法融入创作实践，以丙崽形象隐喻民族文化的痼疾，极大地提升了文学作品审美意象的空间张力。

由此可见，新时期文化空间的多元拓展、地方性审美经验推动了 1980 年代新时期文学从政治叙事向文化叙事的转型，弥合了现代性和本土性审美经验分裂状态所导致的审美认同危机，改变了多年来社会主义文学相对单一的审美观念。从文学主题到文体形式都引发了一场前所未有的革新浪潮，通过地方性情感结构在当代文化空间的再表达和意义的重组，不仅使中国作家在传统文化中找到了文学的写作资源，也在对外学习中走上一条中国诗学的发展之路。尤其是寻根文学的出现，在对西方现代主义文学理论与写作方法的借鉴和模仿中，地方性情感结构与象征主义小说、荒诞主义小说、魔幻现实主义小说，乃至受结构主义理论影响的先锋小说发生对撞，令人目不暇接，“处于世界性文学交流时代的任何作家，惟有在与其他民族文学的交流中，才可能成为独创性的民族作家，才可能成为世界性的文学天才”①。可以说新时期作家大胆开放的审美追求，使文化叙事小说充满了丰富多元的文学色彩，让中国文学再次进入到世界文学的大潮。

① 曾逸：《走向世界文学·导言》，湖南文艺出版社1986年版，第53页。

“为思想而生活”抑或“为生活而思想”

——新世纪初期知识分子题材都市小说论

杨新刚[*]

（曲阜师范大学 文学院，曲阜 273165）

内容摘要：21世纪之初，都市知识分子题材小说创作呈现活跃状态。此类小说集中表现了知识分子的生存状态——“为思想而生活”抑或“为生活而思想”，也表现了基于物质主义与消费主义的世俗化大潮对知识分子的深刻影响及其自我抉择。在拜金主义与物质主义普泛化、货币哲学世俗化、经济理性正在蚕食袭占启蒙理性领地导致民众的思想精神面临全面异化的峻急时刻，都市知识分子题材的小说创作具有不容忽视的深刻的警世意义。

关键词：新世纪初期；都市；知识分子；小说

引 言

自进入20世纪末，中国知识分子的社会影响力虽然日渐式微，但有些小说创作主体基于内心深处的知识分子情结或知识精英情怀，创作了数量众多的揭示各类知识分子在盛大而持久的世俗化浪潮中的言动抱负事功与情感心路历程的都市小说。为了避免出现不必要的争议，对于此处所言知识分子的范围做出说明，即既包括所谓的传统知识分子，也包括“有机知识分子”。按照意大利思想者葛兰西的观点，知识分子大致可以分为“传统知识分子”与“有机知识分子”，“同样也必须区分什么是脱离群众的知识分子杰出人物，什么是自觉地同民族—人民的群众保持着有机联系的知识分子”。① 前者葛兰西将其称为“典型的知识分子（或典型的书呆子）”，他们主要担负文化传承之职；后者更重视外在的事功，尤其是对现实问题的解决与处置，经世致用主义是其重要的价值追求之一。在葛兰西看来，后者随着现代社

---

* 作者简介：杨新刚，文学博士，曲阜师范大学文学院副教授。

① ［意］葛兰西：《葛兰西文选》（1916—1935），中共中央马恩列斯著作编译局、国际共运史研究所编译，人民出版社1992年版，第394页。

会分工的明晰化而出现并逐渐壮大，现代社会官僚体系中的一部分人也属于这一类。因此他说："官员问题在一定程度上就是知识分子问题。"[①]而有机知识分子在其言行方面具备突出的特质，即"要求理论与实践的有机统一，知识分子与人民群众的有机统一，统治者与被统治者的有机统一"[②]。在21世纪之初的中国社会中，就客观现实而言，确实存在着这两种知识分子，即使二者有时分野与界线已不那么清晰。但无论哪类知识分子，其实都要面对文化价值的守护及价值观的建构传承问题。"知识分子是为理念而生的人，不是靠理念吃饭的人。"[③]因此，亦可说，知识分子是"为思想而生活的人"。20世纪90年代以来，随着都市社会世俗化浪潮的冲击与席卷，中国知识分子不得不面对艰难的抉择：继续保持孤傲的精英姿态，还是展露平易的大众情怀？

一、跃入生活的激流：时代弄潮抑或和光同尘

知识分子题材的都市小说，揭示了知识分子如何安身与怎样立命的生存现状及其选择："为思想而生活"抑或"为生活而思想"。这些长篇小说中的知识分子形象，既包括颇具传统知识分子特质的人，如身处高等学府中的师生，也包括进入社会的政界、法律界、新闻界的公务员、律师与新闻记者。在急遽的社会转型期，他们中的大部分人被时代的潮流所裹挟，在思想方面被经济理性与货币哲学所统摄，被实用主义与庸人主义所辖治，成为物质主义与消费主义的俘虏；在相对主义与解构主义等后现代主义思潮的侵蚀下，对反知识主义运动采取了无抵抗主义策略，甚至起到了推波助澜的作用，成为反智主义肆虐的推手或帮凶，逐渐失却了辨别"真正的需要"与"虚假的需要"[④]的区分能力；知识分子在慢慢失却慎思明辨审视评判的能力的同时，亦渐渐忘却了其应有的责任担当。《深喉》中的戴晓明与洪泽，《回声》中的普春元，《桃夭》中的喻言与邓冰及赖武，《段子手》中的"段子手"、"胡同一刀"与"樱桃老丸子"，《活着之上》中的蒙天舒，《教授之死》中的中增长与南功及东学潮等人，本应为"为思想而生活"的知识分子，但他们将"为思想而生活"的学术信念大多置换"为生活而思想"的生存哲学。

进入21世纪，中国都市社会经过近30年的现代化发展，由于高等教育的普及与提高，知识分子群体也在不断扩容，不论是传统类型的知识分子还是有机知识分子。尤其是有机知识分子，这个群体除了原来行政体系中的各级各类公务员、公检法系统及律师队伍中、传统平面媒体从业人员之外，还包括新兴网络媒体从业人员，等等。随着知识分子队伍规模的

---

① ［意］葛兰西：《葛兰西文选》(1916—1935)，中共中央马恩列斯著作编译局、国际共运史研究所编译，人民出版社1992年版，第378页。

② ［意］葛兰西：《葛兰西文选》(1916—1935)，中共中央马恩列斯著作编译局、国际共运史研究所编译，人民出版社1992年版，第380页。

③ ［美］刘易斯·科塞：《理念人：一项社会学的考察》，郭方等译，中央编译出版社2001年版，第2页。

④ ［美］赫伯特·马尔库塞：《单向度的人——发达工业意识形态研究》，刘继译，上海译文出版社1989年版，第6页。

膨胀，新的问题接踵而至——在新的文化语境之下，自身存在的合理性及终极意义等原本不成问题的问题，令传统类型的知识分子感到如芒刺在背。同时，在规模体量及社会影响力方面，有机知识分子要较传统知识分子大得多，甚至有人断言传统知识分子从其构成及影响力来说都在呈现逐渐式微之势。该论断有一定的道理，因为从90年代以来，就社会影响力而言，有机知识分子的确在发挥着巨大的能量；而传统知识分子则由于大多蛰居高等院校及研究机构，而逐渐成为"隐身人"。当然，大部分传统知识分子并非不欲发声，但面对大众文化的兴起，其话语空间及话语权受到了严重的挤压与削弱，而不得不选择沉默与"噤声"，因为他们感觉自身的存在价值似乎在逐渐丧失。他们振臂一呼，应者云集响应的场景已不可能复现，纵使在其传统阵地——高等学府，亦遭到了学生抑或某些同行的漠视与鄙夷，"高头讲章"抵不过世风浩荡。当然更主要的原因还在于其自身的问题，"他们没有任何强大的信仰，因此在什么应受重视、什么应被拒绝的问题上，愿意协商通融。……他们远离了使命感，缺乏对首字母大写的真理的清晰认识，这鼓励了对待价值和真理的一种易变的态度"[①]。世俗化的大浪拍击、冲蚀着他们本不十分坚固的知识信仰的"大堤"，而他们当中的某些人也极其不愿"严防死守"，毕竟"端着"远较"倒着"辛苦。精神的"管涌"由零星而四处喷涌之后，精神大堤的崩溃已是为期不远与不可避免的可怕现实。当然，也有极少数如同凤毛麟角的传统类型知识分子依然在他人"不识时务"的嘲讽眼神的注视下走着自己的路，并且义无反顾。

知识分子内心已然开始动摇与涣散，如果此时再有强大的外力冲击，其精神思想方面的全面溃退已指日可待。依然存身高等学府的部分知识分子，虽然身处象牙塔，但在世俗化的时代大潮的裹挟与推动下，内心早已七荤八素满眼的功名利禄金银财宝，有人可能会羞羞答答犹抱琵琶半遮面，但也有人直接"华丽转身"为波德莱尔所谓的在市场上东游西逛找寻买主的"为钱而干的缪斯"。[②] 知识分子的世俗化趋势，成为不可阻挡的社会潮流。同样也有披着传统知识分子的外衣而行市侩之举的人，他们在学问方面并非毫无建树，但言动方面存在诸多瑕疵，欺世盗名、嫉贤妒能、一切以功利主义原则为决定自己取舍的先决条件，如《活着之上》中的蒙天舒是一个见风使舵极为势利务实的功利主义者。他深谙当代中国所谓的"学术活动"之道：先有"活动"，后有"学术"；只有会"活动"，才能有"学术"。他是"空中飞人"与参会"专业户"，热衷于参加全国各地的学术会议，不仅织就了一张人脉极广的关系网，而且强化自己在业界的"曝光度"与"能见度"。他更深知在当代学术圈子中如果能够扬名立万，除了关系网的织造之外，还要努力向自己的脸上贴金。为了使自己的论文能够获得高等级奖励，他各地跑动，拜谒评委，疏通关节。他是一个充分利用人性弱点——虚荣与贪欲，而又洞晓交换原则的人。在当下的学术环境之中，他"如鱼得水"，更是一个从"成功"不断走向

---

① ［英］弗兰克·富里迪：《知识分子都到哪里去了——对抗21世纪的庸人主义》，戴从容译，江苏人民出版社2012年版，第118页。

② ［德］本雅明：《发达资本主义时代的抒情诗人》，张旭东、魏文生译，生活·读书·新知三联书店1989年版，第51页。

“辉煌”的无耻之徒。《教授之死》中呼风唤雨长袖善舞不劳而获独享盛誉恬不知耻的中增长校长、有真才实学但贪求权力最终出师未捷身先死的南功、出卖自我人格卖身投靠权力的东学潮等人，也是世俗化大潮中难以免俗之辈。农家子弟出身的东学潮原本淳朴了无机心，遭遇人生的滑铁卢之后，他开始反思人生失败的原因，意识到不想继续屈辱地过日子就只能认同游戏规则或者与现实妥协。因此，想“明白”之后，他选择了正直知识分子所不屑为不敢为的谄媚与投靠，成为识时务的“俊杰”。东学潮的转变意味着在他身上的知识分子精神已死，虽然他时时反思或提醒自己，但是从他决定投靠校长的那一刻开始，他已经滑出了真正的知识分子的行列。后来，其所作所为充分说明了他已蜕化为一个市侩之流。他亦开始行欺世盗名之举，无赖式地将别人的科研成果据为己有，名利双收；也曾潇洒地游龙戏凤享受所谓的“齐人之福”，但未料到陷入尴尬境地，最终倒毙在医院之中。

《桃夭》中的喻言、邓冰、张健与赖武均曾是高唱“八十年代新一辈”的天之骄子，进入社会后，逐渐熟悉社会的游戏规则并被其同化，被流行的经济理性与货币哲学、实用主义与庸人主义所俘虏。身为法官的赖武贪赃枉法而且机关算尽，身为律师的邓冰、张健行贿法官。邓冰当年曾将维护法律的尊严、维护人间的正义作为攻读法律专业研究生的初衷，后来却成了玩弄与践踏法律尊严和人间正义的无德之人，这种转变颇具讽刺意味。《回声》中的普春元作为媒体人，无意之中卷入了官商的斗法之中。他本欲游走于官与商之间，但市场经济时代，任何人稍不留神就会成为利益交换者或被动地成为利益攸关方，不论情愿与否。他权衡再三，最终选择倒向权力一边。虽然做任何事“值当得”与否，已经成为他言动的一把标尺；但良知尚存的他对大学好友和自己的妥协主义与“鸵鸟”心态，进行了毫不容情的剖析与批判。《段子手》中的“樱桃老丸子”等是新兴的网络“段子手”，依靠写“段子”并进而赢得可观的广告费而生存。面对大学同学对其忘却道义担当的指责，她却振振有词，认为自己仅仅是“段子手”，不会更多地关注“段子”之外的事情，炒作也好，虚假广告也好，均与己无关。换言之，她只对段子的数量及点击率感兴趣，因为这关系着她的货币收益；至于段子的社会效益如何，不在其考虑的范围之内。《道德颂》中的谢不周由曾经的诗人蜕变为功成名就手中握有大量金钱的房地产文案策划人，逼人的富贵之气将诗人的寒酸之气，似乎扫荡殆尽。

从《活着之上》、《教授之死》、《回声》、《段子手》以及《道德颂》等长篇小说中，可以看出当代中国都市社会中的某些知识分子在世俗化浪潮的拍打之下，倒在了物质主义的沙滩上，短时间之内很难爬起来。他们自觉自愿地接受并进入都市社会世俗化的进程，简直是同流合污。用“知识分子之死”来形容其精神的溃败，应不过分。英国学者弗兰克·富里迪质问世纪之交的知识分子：“知识分子都到哪里去了？”他希望知识分子重新振作起来，摆脱物质主义、工具主义、实用主义、包容主义与自甘沉落的意识，来“对抗 21 世纪的庸人主义”。他看到了知识分子阶层令人极其不安的表现，“文化精英们不是去捍卫自己的权威，反而似乎更愿意显得联系现实、容易接近，以及与流行观念保持联系”①。

可见，当代某些知识分子下坠的“地心引力”源自盛大而持久的世俗化浪潮所产生的强大动能。同时，还应该注意到知识分子的世俗化意识的强化与其内在的精英意识的退化，互为前提，互为条件，互为因果。精英意识是知识分子区别于普通民众的重要思想特征，它包括审视意识与评判意识。前者令其保持一种宝贵的警醒意识，后者则是使其尽量远离精神堕落的重要保障。真正的知识分子是人类社会中具有精英意识的人，精英意识不仅仅表现为知识分子刻意保持、维护与普通大众之间的距离及差异，更重要的是要表现出看待问题独有的高度与深度，评判社会问题保有的热度与力度，绝非“好好先生”，更绝非“乡愿之人”。他们不仅守护人类社会的共同价值，而且还要身体力行作实践的楷模。“铁肩担道义，妙手著文章”，曾是现代社会知识分子精英意识的重要体现。但随着时代的演进，知识分子的精英意识严重蜕化，有的知识分子身上“为天地立志，为生民立道，为去圣继绝学，为万世开太平”②的责任担当意识消失殆尽。其最直接的后果就是彻底世俗化：“你我皆凡人，生在人世间，道义放两旁，利字摆中间。”而世俗化则又推进强化了知识分子精英意识的退化。有的知识分子精英意识彻底退化，甚至在怨恨心理的支配下变成了一只“贪吃蛇”。“当知识分子看到如果自己创作一部在他自己看来没有多大价值的作品却能有机会挣更多钱的时候，就难免对市场怨气冲天。由于自己也难免会降低自己的标准以迎合大众喝彩、博取成功的诱惑——或者自己竟然这么做了——他就会怨恨这套体制，诱惑他形成了这种庸俗的动机和情绪。(好莱坞作家就是最典型的例子。)”③ “知识分子总是觉得很难接受下面的事实：那些获得财富或权力的人不是按照精神或智力上的优异表现被挑选出来的，他们觉得那些财富和权力本来应该属于他们自己。”④《教授之死》中的东学潮其实就是基于怨恨而不得不蜕变的知识分子，最终“修炼”成了为一己私利而蝇营狗苟寡廉鲜耻之徒。

中国知识分子在物质主义、消费主义与享乐主义盛行的时代，面临的诱惑与选择比任何一个时代都要多。当代都市中的知识分子群体，无论是传统知识分子还是有机知识分子，其实均面临着同样的考验。在物质主义、消费主义与享乐主义大潮波翻浪涌的时刻，有的知识分子其思想的堡垒与精神的城垣全线失守，败退得一片狼藉一塌糊涂，甚至连思想的碎屑粉末与精神的吉光片羽都难觅其踪，利欲熏心、纸醉金迷、耽于安逸、放纵欲望是其真实的生存写照。思想的盛宴与精神的辩难，于其已经成为迢遥的梦境。他们虽然继续保有知识分子的名号，但从实质上来说，他们是假冒的知识分子，瞻前顾后权衡再三精打细算，反复换算成

---

① [英]弗兰克·富里迪：《知识分子都到哪里去了——对抗21世纪的庸人主义》，戴从容译，江苏人民出版社2012年版，第5页。

② [宋]张载：《张载集·张子语录·语录中》，中华书局1978年版，第320页。

③ [美]罗伯特·诺齐克：《知识分子为何拒斥资本主义》，[英]F.A.哈耶克、[美]罗伯特·诺齐克等：《知识分子为什么反对市场》，秋风编，吉林人民出版社2011年版，第58页。

④ [美]恩斯特·范·登·哈格：《知识分子对资本主义的敌意》，[英]F.A.哈耶克、[美]罗伯特·诺齐克等：《知识分子为什么反对市场》，秋风编，吉林人民出版社2011年版，第121页。

本与收益的比例，以确保自我利益的最大化。他们被世人称为“精致的利己主义者”，其实这还是比较客气的说法，实际上某些知识分子已经蜕变为“商人化”的个体。只不过他们与一般的逐利者不同，他们不会直奔主题而是遮遮掩掩犹抱琵琶半遮面，更懂得如何伪装，是社会生活中典型的“变色龙”；同时，他们又善于谋划与算计，编织利益关系网，互为利益的输送者。他们心中考虑的永远是利益，只不过他们厕身于知识分子群体之中，有时不得不装模作样，也会做些跟学问或学术沾点儿边的工作或事情。他们不但难以坚守本应该坚持的立场，而且还为其放弃价值追求而随波逐流找寻借口及其合理性。要生存、要温饱也要所谓的发展，进而彻底实现世俗化——“我是俗人”。随波逐流拜金逐利“闻利起舞”见钱眼开见利忘义，真的是“和光同尘”将知识分子洁身自好的操守与自律意识完全抛诸脑后。他们的境界一路向下，仿佛从“仙鹤”般的高蹈派，变成了爱因斯坦所谓的拥有“猪栏理想”的人。

虽然弗里德里希·冯·哈耶克将现代知识分子称为“职业的‘贩卖观念的二手商人’”（secondhand dealers in ideas），但他依然不敢轻忽知识分子的作用，认为即使其决定性力量尚未被整个现代社会所认识到，但“他们透过塑造公众舆论而发挥着自己的影响力”。① 知识分子最应该是引领民众走出物质主义的泥淖、消费主义的迷障与享乐主义的温柔乡的人，但在名利场上争名逐利“争金夺银”，在情天欲海中浮浮沉沉起起落落，由刺激牛儿使其摆脱昏昏欲睡的“牛虻”变作逐铜臭而飞的“苍蝇”。知识分子对经济理性的信奉与服膺，越来越蜕变为类“经济人”的社会群体。同时，知识分子的世俗化趋势也越来越凸显，在某些方面已经彻底俗化而且俗到骨子里。尼采曾发出“上帝已死”的锐叫，当下社会中知识分子林林总总的表现，有时也会令人顿生“知识分子已死”之感。其实，这里“知识分子已死”更多是指其批判精神已死，原本真正的知识分子精神被拜金主义、消费主义、物质主义与享乐主义所异化。简言之，当下知识分子有其名无其实，这无疑是一个令人不安的现实。“知识分子在向利益集团转化。抽象地看，这并非坏事，而且，有无恒产也并非判断知识分子高下的标准。但是，在特定时代的转化过程中，‘恒心’很可能是妨碍追求恒产的，而不断地改变自己的立场、观念则有利于财产的获得。我们目睹了许多所谓知识分子，一只红包就可以叫他们胡说八道。投机，出卖良好（心）者更能在利益场合如鱼得水。从‘无恒产，有恒心’转向‘有恒产，无恒心’，这意味着他们不再是知识分子，不可能成为社会的良心、信仰的追求者和价值的创造者。但是，又是他们，在市民面前扮演着知识分子的角色。”②众所周知，知识分子原本是价值理性的守护者与践行者，可惜如今他们成了娴熟的工具理性的运用者。究其因，在于知识分子对自身岗位与责任的弃守，而这放弃有多种多样的原因，有物质的，也有精神的；有现

---

① ［英］弗里德里希·冯·哈耶克：《知识分子与社会至上主义》，《知识分子为什么反对市场》，［英］F. A. 哈耶克、［美］罗伯特·诺齐克等著，秋风编，吉林人民出版社 2011 年版，第 3 页。

② 薛毅等：《知识分子与市民意识形态》，《上海文学》1995 年第 11 期。

实的，也有思想的。“随着传统知识分子的衰落而发生的那些结构性变化，是市场对学术生活的影响越来越大、学术生活的制度化和职业化、媒体力量日益增强，以及行使意志自由的公共空间遭到侵蚀。”[①]但最主要的还是知识分子主动对理性主义的放逐与贬谪。砍倒理性主义的旗帜，实用主义与工具主义挂帅，自觉放弃理性思辨，知识分子的自我非智化倾向严重，也是其中重要的原因。换句话说，知识分子完全将自我等同于普通民众，“泯然众人矣”。“市场所具有的力量无疑能够对文化生产的内容产生重要的影响。但并不是市场造成了知识分子的溃退。以前，知识分子通过反市场之道而行得以繁荣——如今，他们更可能尝试借助市场来实现他们的抱负。认为知识分子在不知不觉间成了无法控制的环境的牺牲品，忽视了这样一个事实，即他们往往乐于利用学术工作制度化中所包含的机会。知识分子在推进专业化和制定学院规章制度方面扮演着关键角色。知识分子的理性主义让位给了实用主义和一种明显的对待生活的工具主义。”[②]

由于客观情势的变化，中国现代知识分子已经不能像其传统社会中的先辈那样，可以游走于出世入世之间，相对自由地进行生存模式的切换。就中国传统的知识分子而言，他们既可发扬积极入世的文化传统，也不得不继承消极避世的文化基因。“达则兼济天下，穷则独善其身”，入则儒法墨，出则道释玄。换言之，可以根据时势的不同，选择不同的思想“信仰”。如宋代大文豪苏轼，出入于儒道间，并且转换自如，做官为文都能够做到游刃有余。中国近现代社会中的知识分子则大多没有苏东坡那么潇洒，因为大部分知识分子坐而论道的同时还要忧贫谋食。随着皇权崩溃、王纲解纽，士这个传统的知识分子阶层已经不能将自己的知识与能力再“货与帝王家”了。仕途对他们大多数人而言，几乎已无可能。失去了“学而优则仕”之途，只好另觅他径。同时，随着现代社会分工的细化、现代职业种类的多样化，知识分子的职业选择也呈现多元化态势。与之相伴的，是现代社会生存竞争压力的增大，近现代的知识分子的生存问题也日益凸显。虽然现代作家郁达夫曾发出“出卖文章为买书”的豪言，但大部分知识分子还是不得不面对现实生存的威胁与危机。鲁迅曾发出过呐喊与锐叫，“我们目下的当务之急，是：一要生存，二要温饱，三要发展”[③]。可见，生存作为第一位与最基本的考虑，皮之不存毛将焉附。知识分子首先得存身续命，然后才能从事并完成“就道”与“弘道”的宏业；但这不应该是知识分子放弃自己价值追求的理由与借口。担心有人曲解己意，嗣后鲁迅又补充道：“可是还得附加几句话以免误解，就是：我之所谓生存，并不是苟活；所谓温饱，并不是奢侈；所谓发展，也不是放纵。”[④]问题恰恰在于，新世纪有些知识分子往往斤斤

---

① ［英］弗兰克·富里迪：《知识分子都到哪里去了——对抗21世纪的庸人主义》，戴从容译，江苏人民出版社2012年版，第30页。

② ［英］弗兰克·富里迪：《知识分子都到哪里去了——对抗21世纪的庸人主义》，戴从容译，江苏人民出版社2012年版，第33页。

③ 鲁迅：《鲁迅全集》（第3卷），人民文学出版社2005年版，第47页。

④ 鲁迅：《鲁迅全集》（第3卷），人民文学出版社2005年版，第54—55页。

于现实利益的考量，忘记了自己的身份及责任担当，从“为思想而生活”的直道滑向“为生活而思想”的弯道。

二、倚靠道义的大树：坚守底线抑或高蹈超越

有的知识分子选择跃入世俗化的滚滚洪流，成为货真价实的物质主义者与消费主义的拥趸；有的知识分子面对都市社会的世俗化浪潮能够做到“咬定青山不放松，任尔东西南北风”，坚持作为知识分子应有的良知与批判精神。他们虽然并不完全清心寡欲清高得视金钱如粪土，但也能够笃定守静，见利思义，义不容辞，甘愿为民请命，即使面临着重大的利益抉择也不动摇内心的坚守，彰显了其独有的对抗世风超越流俗的姿态与风采。这无疑是在知识分子总体潮水般退却队伍中宝贵的逆行者。知识分子作为社会中各自特定领域内的执业者，有太多不得不面对的现实考量，但他们同时又是殊异于芸芸众生的社会成员，故而意义追问与良知坚守的冲动也会在其内心不断闪现跃动，即使稍纵即逝。他们渴望飞越时空之困，努力抵达当代知识分子现实存续与精神展拓的高度。《深喉》中报纸法制版记者呼延鹏与摄影记者槐凝就是此类知识分子。毕业于人民大学新闻专业的呼延鹏，渴望为法治中国的尽早建成尽一份绵薄之力。因此，当他得知清清白白奉公守法的公民被无端关押了6年之后，决定要为其鸣冤叫屈；当得知法院院长及其家人有可能关涉司法腐败之时，决定深入调查，揭露事实真相。当得知法学院院长竟然剽窃他人科研成果之时，他觉得必须要让既得利益者的丑行大白于天下，哪怕是被人陷害身陷险境，哪怕是冒着失去爱人与收入丰厚的工作的危险也绝不退让与低头。即使被现实的石墙撞得头破血流，无家可归，他毅然决然地选择抗争到底。与“识时务”的妥协者不同，他就是要坚持大道直行绝不退缩。不难看出，呼延鹏希望自己能够成为爱德华·W·萨义德所期许的“作为代表性的人物”的知识分子，“在公开场合代表某种立场，不畏各种艰难险阻向他的公众作清楚有力的表述”。[①] 在义利之间，他最终选择了舍利而取义。正如他对曾经坚持正义而在现实利益面前放弃对法律精神坚守的律师所说的那样，“我当然不是什么正义的化身，但也绝不像你说的那样只为报道一些离奇的故事。我觉得我必须坚持一种社会良知，不要以为年轻人都是行尸走肉，我们也有灵魂，而且我们也崇尚高尚的灵魂”。如果说呼延鹏是当代都市社会中不可多得的为社会法治与人间正义而顽强抗争的斗士，那么槐凝则是当代都市社会中更为鲜见的具有侠肝义胆的奇女子，她是呼延鹏战胜彷徨与犹豫而不断前行的鼓励者与同道。她坚守着一个新闻人应该坚守的道德底线，即使背负着巨大而沉重的压力，她用柔弱的肩膀坚强地扛起了新闻人的责任、道义与担当。

《回声》中的陈炼是为新闻理想的实现而不懈奋斗的人。虽然英年早逝，但他在其有限的人生岁月中能够一直坚持自己无比珍视的新闻理想。“陈炼向来是个极富正义感的人，他当记者十多年来一直坚持做批评性报道，这让他名声大振，成为同行中的名人。”小说中富有

---

① [美]爱德华·W·萨义德：《知识分子论》，单德兴译，生活·读书·新知 三联书店2002年版，第17页。

朝气与锐气的赵小歌，其言行着实令普春元感到自惭形秽。“赵小歌的认真、较劲和她身上那种干净又有点桀骜不驯的气质让他想起刚参加工作时的年轻的自己。那时候他单纯、明净、热情，对世界满怀好感，而且眼睛里不揉沙子，看到不合理的事情就忍不住要直言不讳地说出来。不过那个时间很短，在几次碰壁之后他收敛了自己，隐藏了锋芒。……他觉得自己就像一块水底下的鹅卵石，天长日久被冲刷得又圆又滑。”他为自己“身不由己”的蜕变找到了可以开脱的种种借口，但诸多借口只能说明他在逐渐后撤，离其在激情燃烧的时代所确立的新闻理想越来越远。阎真的《活着之上》中聂致远身处培养未来教师的师范大学之中，体验感受着知行难以合一的现实窘境。知行悖离，对他而言是莫大的痛苦。即使不得不面对巨大的无力感、无边无际的忧郁苦闷乃至绝望，他却不愿与世逶迤随波逐流，更不愿同卑鄙者市侩之徒沆瀣一气。他坚守自己的道德底线，无论这底线在他人看来多么可笑至极，无论其行为在世人眼中显得多么迂执顽固。他只想以前贤为榜样做一个“好人”，尤其是他能够自己做主的时候。他也想功成名就，但不想以令人不齿的方式取得。可见，“聂致远游走在世俗的与超越的中间地带，世俗的欲望具有超强的诱惑力，超越的冲动也具有迷人的魅力。完全倒向世俗，彻底放弃崇高，他闷闷不乐；远离世俗，坚守书斋，他又心有不甘。因此，他只能生活在一种上不着天，下不着地的‘悬空’状态”。他坚定地认为，“毕竟，在自我的活着之上，还有着先行者用自己的血泪人生昭示的价值和意义。这是真实而强大的存在，无论有什么理由，我都不能说他是他，我是我，更不能把他们指为虚幻”。“他不会做一个彻头彻尾的凡夫俗子，至少他在心灵方面要保持应有的精神高度。”[①]《桃夭》中的邓冰经历了一番人生风雨的鼓荡洗涤之后，内心的良知终于重新复苏，在模拟法庭上，他重申世界法学家的名言，指出漠视法律的危害，呼吁整个社会尊重法律。

从普遍意义上而言，与普通社会民众相比，知识分子对安身立命的问题更加敏感。对此，他们也更加愿意追根究底。因为只有该问题获得圆满解决，才有可能心安理得；反之，则有可能闷闷不乐，甚至徘徊失措。因此，在现代社会中，知识分子要想安身立命，首先要处理好自我定位的问题，其次要处理自我与社会之间的关系。第一个问题关涉到知识分子自身的使命责任与担当问题，第二个问题是知识分子的社会定位问题。在世纪之交的知识分子题材的都市小说中，绝大部分的人物形象都有可能遭遇这两个问题，而且他们大多未能解决好这两个问题。无论是公务员还是法官律师，无论是新闻记者还是教师，在急遽而迅猛的世俗化大潮中，有的选择坚守知识分子的责任担当，有的则在担当与弃守之间徘徊，也有的则迷失了方向干脆放弃对道义的信守。

在中国古代，知识分子被视为创建思想体系——即所谓的“道”或守护践行“道”的人，“创道”、“立道”或“就道”、“弘道”。孔子有言：“志于道，据于德，依于仁，游于艺。”[②]孟子更

---

① 杨新刚：《当代准知识分子坚守与升华的高度及限度》，《百家评论》2016年第5期。

② 杨伯峻译注：《论语译注》，中华书局1980年版，第67页。

是认为知识分子乃是“尚志”之人，是“为思想而生活的人”。现代社会中，思想者又是如何来界定知识分子的呢？“那些主要以提出和处理观念为业的人，被称为知识分子。他们可以分为两类：一类是奉献思想的知识分子(intellectuals by dedication)，他们发明创造出新观念；另一类则是表态的知识分子(intellectuals by position)，他们传播二手观念。”[①]“在现代一般的用法中，‘知识分子’(英文 intellectual)是指一切有知识、有思想的人，也就是所谓‘脑力工作者’(中国古代称之为‘劳心者’，而西方称之为 mental worker)。”[②]罗伯特·诺齐克认为，知识分子包括“所有受过某种程度教育或具有某种智力水准的人”，其中理所当然包括所谓的“人文知识分子(wordsmiths)”，“他们的职业是处理用词语表达的观念、塑造词语留给其他人接受，这包括诗人、小说家、文学批评者、报刊记者编辑及很多教授。……这类人文知识分子主要集中在某些行业：人文学术界、媒体及政府官僚机构”。[③] 但在余英时看来，当代社会中有些被目为知识分子的人，其实还不是真正意义上的知识分子，只能算是准知识分子。要成为传统意义上的知识分子，在此基础之上必须具备追求真理的勇气与力量及境界。“一个科学家、工程师、律师或报刊编辑在执行他的专业任务时，他只能算是一个‘脑力工作者’。换句话说，他是以他的专业知识来换取生活的资料，而他所做的也都是他的职业本分以内的工作。如果他同时还要扮演‘知识分子’的角色，那么他便必须在职业本分以外有更上一层楼的表现。这种更高的表现有两个方面：一方面是他对自己的专业知识和思想有一种庄严的敬意。他的目的不复限于用专业知识来谋生，而是要在他所选择的专业的范围内严肃地追求真理。一切知识和思想——无论是自然科学的、社会科学的，或是人文科学的——都有客观的准则和内在的理路，不是由任何外在的权威所能够横加干涉的。一个敬业的知识分子必须谨守自己的求真精神和节操。他一定要‘造次必于是，颠沛必于是’，尤其要‘富贵不能淫，贫贱不能移，威武不能屈’。这是一种近乎宗教奉持的精神。苏格拉底说：一个不经反省或检讨的人生是不值得过的人生。这句名言是对知识分子的生活的一种最真切的写照。对知识和思想持这样庄严态度的人也必然是具有崇高的道德情操的人。这一类型的知识分子决不会是仅仅关怀一己利害的‘自了汉’。相反地，从求真的精神上所发展出来的道德情操自然会引导他们去关怀文化的基本价值，如理性和公平。知识分子之所以能够代表‘社会的良心’，其最重要的根据便在这里。”[④]由此可见，知识分子不仅仅应该具有丰富的知识，还得有相应的求真精神、深邃思想与高尚的道德情操。只有具备了上述特征，那么知识分子的自身定位问题，才会随之解决，即知识分子表征着社会的良心。《深喉》中的呼延鹏、《同声》

---

① [美]恩斯特·范·登·哈格：《知识分子对资本主义的敌意》，[英]F. A. 哈耶克、[美]罗伯特·诺齐克等：《知识分子为什么反对市场》，秋风编，吉林人民出版社 2011 年版，第 121 页。

② 余英时：《中国知识分子论》，河南人民出版社 1997 年版，第 116 页。

③ [美]罗伯特·诺齐克：《知识分子为何拒斥资本主义》，[英]F. A. 哈耶克、[美]罗伯特·诺齐克等：《知识分子为什么反对市场》，秋风编，吉林人民出版社 2011 年版，第 53 页。

④ 余英时：《中国知识分子论》，河南人民出版社 1997 年版，第 117—118 页。

中的陈炼、《桃夭》中再次觉醒之后的邓冰等人，均为富有超越与批判精神之人。他们的言行，表征着社会的底线与人类的良知。

其实面对具有强大改塑力量的世俗化进程，知识分子有可能不得不最终放弃天职的状况，从20世纪开始就有思想者对此表示过极大的忧虑，“从历史上看，(20世纪)八十年代知识分子构建一个新的理想国的神圣使命是以拒绝日常的世俗经验为特色的。他们所制造出的诸如个性、自由、爱情等等词语往往充满了理想光环而没有明确的所指，其意义非常模糊，世俗经验因为缺少神圣性而不能合法地进入到这些词语之中。如果坚持一种精神立场的前提是拒绝世俗，是为了与世俗为敌，则精神处于凌空蹈虚的状态。但是，抛弃精神立场而认同这种历史的总体力量可能更叫人担忧，它不但中止了知识分子对当下现实的批判能力，而且可能斩断知识分子与精神、价值、正义之间的联系……这种两难选择的起因是知识分子对历史总体力量的想象”①。在弗兰克·富里迪看来，“像其他任何人一样，知识分子常常在压力下妥协、退缩，顺从盛行的文化风气。有时他们会出卖他们的意志自由，以换取舒适的生活，有时他们的理想主义仅仅是掩盖对个人利益的坚决追求”②。但他同时认为，“无论单个知识分子的发展轨迹和特性如何，作为一个群体，他们在质疑传统、使社会对那些有助于推进人类进步的理想和价值更加敏感方面，扮演着重要角色”③。《深喉》、《回声》、《活着之上》等作品中正直的知识分子虽然可能也会犹豫彷徨，但最终还是选择了勇于担当或最起码守住了知识分子应该坚守的底线。“在这样一个物欲横流、世风日下的时代里，作为一个纯洁的清醒者，生活是颇不易的，也是痛苦不安的，但总有一些品行高洁者仍然努力地抵抗着这种颓败的风气。他们也许在扭转世风方面感到一种痛苦的无力，但至少力图使自己守身如玉。他们试图在一个众人如蝇逐臭般追逐名利的时代做一个淡泊清心者；在一个争强好胜的社会里做一个与世无争之士，在一个邪恶得势的社会里不与邪恶为伍。”④因此，呼延鹏、陈炼与邓冰等知识分子形象的塑造，颇具正面与积极的意义。

余　论

刘易斯·科塞曾指出知识分子在现代社会中的作用：“知识分子不但让一般公民感到迷惑不解，还使他们心神不安。但是缺了他们，现代文化几乎是不可想像的。如果让他们的远亲，脑力技术人员和专家，抢占了知识分子现有的职位，现代文化很可能会因僵化而消亡。没有知识分子对永恒的往昔形成的陈规陋习和传统发起挑战——甚至当他们维护标准和表

① 薛毅等：《知识分子与市民意识形态》，《上海文学》1995年第11期。

② ［英］弗兰克·富里迪：《知识分子都到哪里去了——对抗21世纪的庸人主义》，戴从容译，江苏人民出版社2012年版，第29页。

③ ［英］弗兰克·富里迪：《知识分子都到哪里去了——对抗21世纪的庸人主义》，戴从容译，江苏人民出版社2012年版，第29页。

④ 何怀宏：《生命与自由——法国存在主义哲学引论》，北京师范大学出版社2014年版，第68页。

达新要求时——我们的文化不久就会成为一种死文化。”①葛兰西认为，“知识分子的使命在于明确提出和组织道德和精神生活的改革”②。萨义德也认为：“真正的知识分子在受形而上的热情及正义、真理的超然无私的原则的感召时，叱责腐败、保卫弱者，反抗不完美的或压迫的权威，这才是他们的本色。”③而且在他看来，“知识分子是具有能力‘向(to)’公众及‘为(for)’公众来代表、具现、表明讯息、观点、态度、哲学或意见的个人。而且这个角色也有尖锐的一面，在扮演这个角色时必须意识到其处境就是公开提出令人尴尬的问题，对抗(而不是制造)正统与教条……其存在的理由就是代表所有那些惯常被遗忘或被弃置不顾的人们和议题”④。余英时将知识分子界定为文化价值守护者的同时，还尤为看重其所谓现实社会评判者的批判功能，“知识分子自始便是文化价值的卫护者。他们有了超越的精神权威为根据，才能反过来批判现实世界中种种不合理的现象”⑤。弗兰克·富里迪比较认同鲍曼(Bauman)的观点，“鲍曼指出，‘成为知识分子’这句话所意味的，是要超越对自己的职业或艺术流派的偏爱和专注，关注真理、正义和时代趣味这些全球性问题”⑥。总之，“知识分子在其活动中表现出对社会核心价值的强烈关切，他们是希望提供道德标准和维护有意义的通用符号的人，他们‘在一个社会内诱发、引导和塑造表达的倾向’。……知识分子是从不满足于事物的现状，从不满足于求诸陈规陋习的人。他们以更高层次的普遍真理，对当前的真理提出质问，针对注重实际的要求，他们以‘不实际的应然’相抗衡。他们自命为理性、正义和真理这些抽象观念的专门卫士，是往往不被生意场和权力庙堂放在眼里的道德标准的忠实捍卫者”。⑦

可见，知识分子是拥有并运用知识的“砖瓦”锻造思想的“高塔”的个体主体或群体主体，他们首先要拥有知识并使其得以薪火相传，最好使得知识之树常青而且根硕干粗枝繁叶茂，思想的高塔宏伟坚固；其次，他们还应该运用所拥有的知识或以实干家的姿态正面推动或以批判者自任为社会的发展文明的进步而奉献自我。知识分子自身定位与社会地位问题主要涉及的是知识分子生存的终极意义。虽然时代在演进，社会在变迁，世俗社会的价值观也处在持续嬗变的过程之中，但从整个人类文明与文化的高度看，知识分子守护文化价值并使之正向增值的使命不仅不应该削弱，相反应该强化。尤其是当拜金主义与物质主义普泛化、货币哲学世俗化、经济理性正在蚕食袭占启蒙理性领地导致民众的思想精神面临全面异化的

---

① [美]刘易斯·科塞:《理念人:一项社会学的考察》,郭方等译,中央编译出版社2001年版,第2页,第5页。

② [意]葛兰西:《葛兰西文选》(1916—1935),中共中央马恩列斯著作编译局、国际共运史研究所编译,人民出版社1992年版,第527页。

③ [美]爱德华·W·萨义德:《知识分子论》,单德兴译,生活·读书·新知三联书店2002年版,第13页。

④ [美]爱德华·W·萨义德:《知识分子论》,单德兴译,生活·读书·新知三联书店2002年版,第16—17页。

⑤ 余英时:《中国知识分子论》,河南人民出版社1997年版,第123页。

⑥ [英]弗兰克·富里迪:《知识分子都到哪里去了——对抗21世纪的庸人主义》,戴从容译,江苏人民出版社2012年版,第26页。

⑦ [美]刘易斯·科塞:《理念人:一项社会学的考察》,郭方等译,中央编译出版社2001年版,第3页。

峻急时刻。因为正直耿介的知识分子能够区分“真正的需要”与“虚假的需要”，能够为被物质至上主义所严重毒化的民众提供宝贵的建议。因此，知识分子题材的小说在21世纪之初，有其存在的合理性，亦更具现实与文化的双重价值与意义。

当然，也不得不遗憾地指出，作为文化与价值的守护者与传承者的形象，在新世纪知识分子题材的都市小说中的数量还是寥若晨星。即使帕累托曾言，“精英阶层常常会变得衰弱无力。他们维持着某种消极的勇气，而缺乏积极的勇气”[①]，但还是希望在未来的知识分子题材的都市小说中，精神健旺、思想澄明、行动有力与可堪重负之形象能够持续涌现。

① ［意］维尔弗雷多·帕累托：《精英的兴衰》，刘北成译，上海人民出版社2003年版，第43页。

社会发展与文学语言的演变

——以先锋小说语言、超语言美学的话语汰变为例

姬志海*

（山东科技大学 文法学院，青岛 266590）

内容摘要：使用什么样的语言形式，是由这种形式所要表达的内容的性质和特点决定的。而语言形式所表达的内容又是随着社会发展而发展的。“五四”新文学的先驱和继起者们在创造现代白话文学筚路蓝缕的道路上，在这种语言自身的美学规范建设方面进行过积极有益的探索和实践，这些探索在现代白话小说方面也结出过不少值得嘉许的硕果。80年代初，小说作家又开始重启小说语言的美学拯救之路。先锋小说语言的发展顺应了这一现代白话小说史的发展余绪，相对于传统小说的语言美学建设而言，先锋作家无疑是从对“新时期”二次启蒙的社会文化思潮中涌入中国大陆的西方现代主义、后现代主义小说语言观的借镜与回应这一更为先锋和前卫的崭新向度切入的。到了20世纪90年代中后期，大多数先锋作家的语言创造都不约而同地显示出从形式化的语言美学探索向巴赫金对话性双声型叙事话语转变的鲜明特色。

关键词：社会发展；文学语言；“五四”文学语言革命；白话小说语言；先锋小说语言；现代语言学；超语言美学

“五四”白话文运动以后，现代白话迅速成了精英小说和通俗小说的正宗语言载体，一直至今。在白话取代文言成为现代小说乃至整个现代文学语言载体的这一历史转型中，带来的一个不容讳言的恶果就是，几千年以来凝聚于文言这种语言载体内部的“气势”、“神韵”、“骨力”、“姿态”、“声律”等美学价值受到了极大的损耗。正是看到了这一点，“五四”新文学的先驱和继起者们在创造现代白话文学筚路蓝缕的道路上，无不在这种语言自身的美学规范建设方面进行过积极有益的探索和实践。虽然这些探索在现代白话小说方面取得一些不容忽视的实绩，结出过不少值得嘉许的硕果，但到了中华人民共和国成立以后的前三十年，

* 作者简介：姬志海，文学博士，山东科技大学文法学院讲师。

现代白话小说也和其他文学体裁一样，遭际了一个相当长的“语言法西斯”（语出罗兰·巴尔特）的话语规训和统治的时期，现代小说在语言的美学形式化建设方面所仅存的硕果在“风刀霜剑严相逼”的文学生态下大都未能逃脱飘零萎缩的命运。如果说在“十七年文学”期间，已经沦为附庸地位的当代小说在语言方面尚可以有部分自由表达的话语空间的话，那么到了“文革”期间，这种稀薄的话语空间显然被铺天盖地的政治标签、标语口号为标识的“文革体”的强势小说语言全面覆盖了。80 年代初，以汪曾祺等为代表的小说作家开始重启小说语言的美学拯救之路，先锋小说作家对现代白话语言的形式化美学的探索和发掘正是顺应了这一现代白话小说史的发展余绪而来，是其来有自的。只是相对于传统小说的语言美学建设而言，他们是从对西方现代主义、后现代主义小说语言观的借镜与回应这另一更为先锋和前卫的崭新向度切入而已。

一、先锋小说前期语言形式化探索的得失考量

从很大程度上来说，现代主义小说本身就是“由于语言的普遍观念受到怀疑，一切现实变为虚构时引起语言混乱而产生的艺术”①。不错，无论是对传统小说还是现代、后现代主义小说作家而言，文学都是语言的艺术，但是，他们对于语言的理解存在着很大的差别。传统的现实主义小说观念认为，语言可以真实地反映现实。现实主义的写实艺术手法得以建立的基石是亚里士多德的模仿论。这种模仿论认为，外部世界是文学描摹的对象，作家通过语言就能够反映客观世界存在的外在真实和内在本质。这种观念可以表述为如下的公式：

第一自然的客观世界——语言——第二自然的客观世界

这里第一自然的客观世界是写作模仿的对象和本体，第二自然的客观世界则是小说文本中的，作为所要模仿的对象和本体的客观对应物的载体。在第一自然的客观世界转化为语言的过程中，实质上就是用语言替代客观世界、为客观世界进行语言命名的过程。在从语言符号到第二自然的客观世界的转化过程中，出现在小说文本中的“第二自然的客观世界”是对第一自然的那个客观世界的“意识性显现”，是前者的替代品而已。

这种传统语言观受到现代语言观的质疑和解构。现代语言观认为，语言如果说能够代替第一自然的客观世界须得是建立在自身的概括性基础之上的。因为语言是概括的，它只给第一自然的客观世界里的“类”（如“柳树”、“梨花”）命名，而不给具体特殊的某一个事物命名。这样一来，经过两次转化以后的第二自然的客观世界显然已不是第一自然的客观世界了，这一过程的出发点和归宿并不同一。不但是反映论、模仿论，在文艺思想中同样源远流长的表现说也在现代主义小说作家的质疑下陷入了类似的处境。既然语言的这种不透明性

---

① ［英］马·布雷德伯里、［英］詹·麦克法兰编：《现代主义》，胡家峦等译，上海外语教育出版社 1992 年版，第 12 页。

质决定了它不能胜任现实主义的反映功能，同样，现代主义小说作家也不承认语言作为工具介质能胜任浪漫主义文学宣称的表现内心世界的功能。对于语言的这种作为交流中介的优缺点，伽达默尔曾感慨说它“既是桥，又是墙”，之所以说它是桥，是因为只有通过它人们才能沟通，之所以说它是墙，是因为它阻碍着人们充分地传达信息。

事实上，现代主义文学和小说作家的语言观念除了受非理性写作向“内”转的题材主题的制约以外，亦深受其背后全新的现代语言学理论的深刻影响。

以索绪尔的《普通语言学教程》的出现为标志，传统语言学由一个非独立性学科发展成为一个独立性学科，在索绪尔提出的“语言系统自主观”中，索绪尔将语言现象划分为“内部要素”（指的是语言系统的语音、语法、词义等方面及其相互关系）和“外部要素”（指的是与语言有关的政治、经济、文化等社会因素）两个部分。和传统语言学注重外部语言研究不同，索绪尔认为应该将语言研究的重心转移到内部要素上来。语言学研究领域将索绪尔的这种强调语言研究的“自主性”和“形式化”的语言学研究方法称为结构主义语言学。① 这种现代语言学说是俄国的形式主义、陌生化理论，英美新批评，结构主义思潮和经典主义叙事学的直接理论源头。它们共同的研究方法就是将研究对象由“外”转向“内”，宣称“文学语言不只是第一要素，还是文学的‘文学性’本身，研究文学就是研究文学语言”。② 现代语言学重新认识了世界、语言、思维三者的关系，将语言提升到和世界、思维相互平等的地位，不再将其仅仅视为后两者的透明的载体或者工具。注重发掘语言自身的美学质素。文学和语言是密不可分的，语言观的这种变化必然带来现代主义小说语言观念的变化，在许多现代主义小说作家的作品中，语言虽然仍然具有某种指涉性和意义，但在传统现实主义小说中的那些有机和谐、意义明晰的“明白晓畅的文本”消匿了，取而代之的往往是必须依靠读者在阅读时根据自己的经验时刻准备去填补“空白”的隐晦难解的文本语言。譬如乔伊斯的《尤利西斯》就在叙述中运用了大量陌生化的语言手段，文本中语言的陌生化具体表现为“艺术语言的运用、科学语言的模仿、奇特的修辞技巧和外来语以及文字游戏等方法。这些陌生化的语言技巧通过语言风格的变化，多角度展现人物扭曲异化的意识活动，勾勒出其鲜明的个性特征，进而折射出现代社会荒诞的精神世界。陌生化语言技巧成为乔伊斯刻画人物和揭示主题的重要技巧”③。

随着现代语言学在20世纪后半期的重大发展，一些后现代语言哲学家将语言上升到了本体论的高度，一些不无偏激的研究者如德里达、拉康开始从解构主义哲学的观点去研究和阐释语言，德里达以延异、播散、书写文字、踪迹、补替等概念为工具，消解了索绪尔能指和所指的二元对立；拉康则强调：“能指相对于所指所具有的优先性，没有一个能指会只固定在一个所指之上，能指链不断地在所指链上滑动。”④德里达和拉康二人青睐语言能指观的语言

① 宋宣：《结构主义语言学思想发微》，四川出版集团巴蜀书社2004年版，第2页。

② 王汝成：《文学语言中介论》，山东大学出版社2002年版，第13页。

③ 吴庆军：《论〈尤利西斯〉语言的陌生化》，《外国文学研究》2005年第6期。

④ 岳凤梅：《拉康的语言观》，《外国文学》2005年第3期。

理论深深地影响了一些后现代主义小说家，相对于传统文学的“所指文学”，在他们的小说里，语言的“真实性意义”付之阙如。譬如“60年代在美国兴起的所谓‘变形小说’就是这样做的。这些‘变形小说家’不再承认他们的任务就是反映世界，他们已经清楚地知道，他们的任务就是制造一个世界，即用他们自己掌握的语言这一惟一的工具制造一个世界。他们用‘词汇存在’（word being）来取代人物的社会和心理特征，将小说创作当成了现实本身，用语言构筑了一个混乱的世界”[①]。解构主义文学观对后现代文学、小说观念的冲击是颠覆性的：传统文学关于形式和内容的二元结构被消解，各种元小说、戏仿、互文性等彰显着鲜明后现代主义表征的小说类型由此产生。

对于西方现代、后现代主义小说所秉承的不尽相同的小说语言的探索和创新，中国的先锋小说创作文本均做了不同程度的回应与模仿。整体看来，先锋作家们以其实验性的写作践行了新的语言表达形式的各种可能性，他们大都立足求变求新的创作原则，尝试各种语言美学上的创新途径，大大促进了现代白话小说在语言美学规范上的整体提升。

先锋小说作家在20世纪80年代中后期和90年代初的文本创作中践行的语言形式化实验丰赡多元，想要在一篇文章中将之全部穷尽是不可能的，在参照学界既有的综述性研究资料的基础上，笔者现撮其要，只能挂一漏万地从以下三个方面对之进行粗略的归纳：

（一）经过通感、拟人等主观化的处理将日常语言陌生化

如“高粱凄惋动人，高粱爱情激荡”（莫言《红高粱》）；“在白昼下沉睡的高原山脉，永恒与无极般宁静”（扎西达娃《系在皮绳扣上的魂》）；“小铜锣的光面映出他的枯槁的倦容，他的眼神中有一片浑浑浊浊的雾气弥满了水泥月台，使围观的人们感到了陌生的凉意”（苏童《徽州女人》）；“在我和医生之间的桌上，有一盆塑料花，在塑料花的阴影下，诊所里的一切仿佛都感染了塑料花的性质：桌子，墙壁，吊灯，人……”（格非《蚌壳》）；“4的声音像一股风一样吹在了他的脸上，他从声音里闻到了一股芳草的清香”，“他似乎感到了这迎面而来的声音如一场阵雨的雨点，扑打在他的脸上，使他的脸隐隐作痛。声音在他走去的时候越来越响亮，于是他感到这声音并不仅仅只是阵雨的雨点，他感到它似乎十分尖利，正刺入他的身体，随后他又感到一幢房屋开始倒塌了”（余华《世事如烟》）……上述几例中的小说语言要么通过作家在内在感官上沟通听觉、视觉、嗅觉、味觉、触觉等的通感处理，要么通过作家其他主观上的想象化处理，使它们挣脱了生活逻辑的枷锁而使得小说语言自身从作品中凸显了出来，呈现出其耐人咀嚼的陌生化审美趣味。

（二）受西方后期象征主义诗歌的启发，将具象可感的句法成分（如主语、谓语、宾语、定语、状语、补语等）与抽象一般的句法成分相互嵌合

如“她的皮肤里深藏着一丝不易为人察觉的忧虑，血液里跳荡着微妙的警觉”（格非《没

① 刘象愚：《从现代主义到后现代主义》，高等教育出版社2002年版，第353页。

有人看见草生长》);“奶奶的哭声婉转,感情饱满,水份充足,屋里盛不下,溢到屋外边……”(莫言《高粱酒》);“男孩的眼睛热爱着街道……”“男孩的声音清脆欲滴,在医院门口人群的杂声里,在街道上车辆的喧嚣里脱颖而出……”(余华《蹦蹦跳跳的游戏》);“谁也不能走近我静止的躯体,不能走近暮色中飞翔的思绪”(孙甘露《访问梦境》);“世界艺术地远去,我和我的诗句独自伫立”(孙甘露《我是少年酒坛子》);“东方的鱼肚白刚好勾勒出联绵起伏的山的剪影。”(马原《地雷》)

这种语言实验使得叙述语言在感性与智性上交融杂糅,使读者在感受到新奇的同时,还能体会到诗性和哲思的趣味。

(三)将小说语言所指的真实播撒在潜意识深处由能指的意象群、幻象群交相缠绕的互为指涉中

这主要表现在孙甘露、残雪、吕新和北村等人此一时期大量的小说创作文本中。如孙甘露的《信使之函》全篇都是由能指的意象群前后叠加而成:“信是淳朴情怀的伤感的流亡。”“信是私下里对典籍的公开模仿。”“信是自我扮演陌生人的一次陌生的外化旅行。”“信是一次遥远而飘逸的触动。”“信是一种状态。”“信是一种犹犹豫豫的自我追逐,一种卑微而体面的自恋方式,是个人隐私的谨慎的变形和无意间的揭示”……[①]残雪在《突围表演》发表前许多的寓言化小说中,更是通过把小说叙述语言的虚幻性、缥缈性和抽象性推向极点,她在《公牛》、《山上的小屋》、《旷野里》、《天堂里的对话》(之一、之二、之三、之四、之五)、《雾》、《天窗》、《在纯净的气流中蜕化》等系列小说中,无不把语言的触角伸到人的潜意识领域的深层心理结构。在残雪营造的这个充满幻觉的世界,充斥其间的是未经理性整理的紊乱幻像、梦魔般的情景……所有这些充满寓意的意象群和人物群,都被作者编排进她独有的夸张变形的谵语式的非理性语言中;吕新的长篇小说《抚摸》,也是基本上在很多篇幅中都运用了意象联结的方式,诸如“大风”、“炊烟”、“门”、“马车”、“蜜罐”、“狗”、“花园”,等等,这些意象的“能指”和“所指”已经很难再找出联系;在“者说”系列中,北村将完整的小说意象分别置于每一个语言片段之上,让阅读变成了一种拼图游戏。

总体看来,先锋小说作家在现代白话小说语言的形式化实践方面所斩获的实绩不容小觑,意义非凡。但同样毋庸讳言的是,在这种探索的路途中,也出现了以孙甘露和北村为代表的个别作家在语言实验上剑走偏锋的过于激进的倾向,在他们的一些“极端性”语言实验的小说中,完全将作品的故事内容、主旨内蕴等意义能指放逐出文本,通篇充斥着“泛滥、漂移的能指”,他们以这种语言方式写出的小说文本,不仅拒绝一般的读者,甚至连专业的批评家也望洋兴叹。

① 孙甘露:《信使之函》,见程永新编《中国新潮小说选》,上海社会科学院出版社1989年版,第291—321页。

二、巴赫金的超语言学理论和后期先锋小说的“双声型”小说话语

以借镜西方现代、后现代主义小说的语言经验，采用区别于传统语言学的现代语言学方法研究先锋小说作家。这种方法针对1989—1993年转型期及转型之前的前期小说文本创作，在语言探索方面所斩获的实绩及经历的挫折无疑取得了不菲的研究成果。但随着先锋小说作家在90年代初完成了转型以后其小说语言实验色彩的消解，这种研究方法就难以为继了。目前，以传统的语言风格论研究先锋小说作家的语言特色成为学界采用的主流研究方法之一，从这种语言学的“语言风格论”出发，一般研究者倾向于认为语言不仅是生活的化身，即所谓言为心声，而且往往是作家心路历程在整体语言风格中的文字再现。正基于此，他们将不同先锋小说作家的不同语言风格进行不同的指认。譬如残雪小说语言的逻辑混乱、充满思辨和梦呓般的奇妙鬼魅；格非前期小说语言的神秘玄思和后期语言的雅言诗语般的精美、文雅；苏童的小说语言是以轻盈细腻的诗意性语言为经，以诡谲怪异的梦魇式语言为纬；叶兆言小说既长于借鉴古典小说的神韵，又不乏现代小说象征性极强的比喻和反讽，超然、冷静而又时显幽默；吕新小说语言的纯净纯粹；潘军小说语言的空灵机智，等等，不一而足。

笔者以为，以传统的语言风格论这种方法针对不同先锋小说作家采用分研究的研究路径虽然也取得了一定的成果，但是研究者应该看到，这种泛泛的研究方法一是很难照鉴先锋作家在转型前后其语言表征的显著变化，二是当它一旦被继续用来研究在90年代转型以后先锋小说作家的整体长篇小说创作在语言方面的成就与不足就显得捉襟见肘和力不从心了。鉴于这种情况，笔者以为，想要进一步在先锋小说作家作品的语言研究方面继续开拓新的研究增长点，就必须在传统语言学和现代（后现代）语言学的理论工具之外，借助更加适合于小说文体语言专门研究的超语言学研究工具。这个研究工具就是巴赫金提出的“微型对话”理论。

从巴赫金小说语言“微型对话”理论的超语言学研究维度上看，当代先锋小说作家的小说语言无疑彰显着强烈的“双声性”语言特色。

巴赫金坚信，以前研究小说语言所使用的传统语言学（包括语言的修辞学）对于研究小说（尤其是长篇小说）的语言问题之所以捉襟见肘、力不从心，主要是它们把活生生的“言语整体”人为割裂，漏掉了其实对研究小说语言来说最为奏效的“双声语”类型。继而，在正文开始之初，巴赫金又从传统语言学、艺术语言、超语言学的历时谱系上梳理了几者之间的区别和联系。巴赫金认为，传统语言学不具备“超语言学”的整体言语观，尽管两者都是以“语言学”为研究客体，前者仅仅研究“语言”本身，研究语言普遍特有的逻辑，丝毫不以区分小说语言的独白型语言和复调式语言为务，因此无法解释不同的语言材料是“怎样按照一种对话的角度，并行或对立地组织在一部作品之中”[①]。总之，传统语言学研究的语言对象充其量

① ［苏］M·巴赫金：《陀思妥耶夫斯基诗学问题：复调小说理论》，白春仁、顾亚铃译，生活·读书·新知三联书店1988年版，第251页。

也就仅仅是为对话交际提供了不同的可能性而已。针对艺术语言中的小说语言研究，这种研究在某种意义上是买椟还珠的徒劳研究，因为对话交际才是语言的生命真正所在之处。有鉴于此，小说语言的研究就应该把传统语言学向来抛开不问的对话关系存在的话语领域纳入自己的研究视野，因为话语就其本质来说就具有对话的性质。所以，应该建立由超出语言学而另有自己独立对象和任务的超语言学，来研究对话关系。

在此基础上，巴赫金进一步经由他设想的“超语言学”的小说语言研究方法，区分了其中的对话关系发生时对话话语的创作者，并重点讲对话关系状态下不同话语方的作者和小说作品执笔者的实际创作者二者的不同。

在巴赫金看来，小说的话语是由彼此性质迥异的五种话语修辞统一体结合而成的完美的、最高的“杂语”艺术体系的修辞整体，这五种话语类型分别是：“(1) 作者直接的文学叙述(包括所有各种各样的类别)；(2) 对各种日常口语叙述的摹拟(故事体)；(3) 对各种半规范(笔语)性日常叙述(书信、日记等)的摹拟；(4) 各种规范的但非艺术性的作者话语(道德的和哲理的话语、科学论述、演讲申说、民俗描写、简要通知等等)；(5) 主人公带有修辞个性的话语。”[①]虽然从严格的意义上来讲，在这五种不同的杂语类型中，最为重要的，不是作者在其作品中组织进来的除作者直接的文学叙述而外的任何其他四种言语类型，这其中就包括他/她在小说故事中推出的各种叙事主人公思考、感受、言谈的个人典型格调，而是小说作家本人观察事物、描写事物的特点——“反映这个特点，对于取作者而代之的叙事人说来，正是他所承担的直接使命。”[②]但是，小说作者应该明白，他/她在作品中推出的各种叙事主人公代表的是作品中不可或缺的他人的讲述格调、他人的一种观点、他人的一种立场，他人的一种社会阶层，作者可以从他/她推出的各种叙事主人公言语的内部加以操作，使他们的言语最终体现为作者自己认识到的文意主旨，但是，与此同时，他/她得让我们读者明显地感觉出：“在作者和这另一人语言 (叙事人语言——译注)之间，存在有一定的距离。”可见，巴赫金将小说主人公(或其他人物)的话语(有时又称为“主人公的直接引语”)和作为小说作家本人的话语是做了明确的区分的。他不赞成完全取消作者和主人公二者言语的距离。在此基础上，巴赫金进一步指出，小说中作为主要研究对象的双声话语是指小说故事中的主人公(或其他人物)所说的话语，而非作为篇章组织和写作者的作者所说的话语。为了说明两种话语的区别，巴赫金将小说主人公(或其他人物)的双声语(有时又称为“主人公的直接引语”)的话语功能的二重性和作为小说作家话语的单纯指物述事功能做了明确的区分：“主人公的语言恰恰应该写成为他人的语言，是一个具备个性或典型性的确定的人所讲的话，也就是说应作为作者企图表现的对象来加工，决不可只着眼于这话如何表现事物(还有兼顾这种

① [苏]M·巴赫金：《巴赫金全集》(第3卷)，钱中文主编，晓河等译，河北教育出版社1998年版，第40页。

② [苏]M·巴赫金：《陀思妥耶夫斯基诗学问题：复调小说理论》，白春仁、顾亚铃译，生活·读书·新知三联书店1988年版，第262页。

双声话语针对的另一个语言，笔者注）。对作者的语言进行修辞加工则相反，目标是使它如何直接表现好事物。"[①]也就是说，小说作家的语言一般情况下并不具有双声性。

巴赫金把小说作者指物述事的言语谓之第一类言语，把小说中具有独立意识和典型他者立场的对话性言语称为第二类言语——即是"双声语"，除却上述两类言语而外，在上述理论前提的预设下，他还从文学史谱系中以下四种艺术文体中梳理出了另外四种即所谓"第三类言语的四种双声语类别"。这四种文体分别是：仿格体（模仿风格体）、讽拟体（讽刺性模拟体）、故事体/讲述体和"暗辩体"/对话体。巴赫金说，相互间似乎差别重大的这些范畴有一个共同的特点，一个运用一般在独白型一种语境中考察语言无法涵盖的共同特点："这里的语言具有双重的指向——既针对言语的内容而发（这一点同一般的语言是一致的），又针对另一个语言（即他人的话语）而发。"[②]

倘若我们以巴赫金的这种超语言性的"对话"研究工具来再次打量一下当代先锋小说作家作品中的各类"双声性"小说语言特色，就会发现新的文学景观。在这种研究理论的烛照下，我们将发现，90年代中后期以降中国当代先锋小说作家的小说文本中不仅大量存在着充满"微型对话"的"双声性"小说语言，而且这些双声语在上述的各个类别细部的种类上也异常得丰赡绚丽、纷繁多样。各类几乎消弭了自身客体性的双声性小说语言，通过当代先锋小说作家独具匠心的组织编排，被配置在其各类小说文本的各种基本布局铺排的因素之中，在当代先锋小说所开辟的天马行空的自由天地里穿梭跳跃、互相转换，形成一曲曲众声喧哗、多元共鸣的辉煌交响乐章。结合当代先锋小说作家小说文本中各类双声语和小说叙述人结合而成的结构统一体，笔者以下将分四种类型对其进行论述。

三、先锋小说创作中的四种主要话语类型

在本文的上一节笔者提到，在巴赫金看来，微型对话之所以发生，从深层根源看归因于人类生活的对话性和人的自我意识的多层次性，在小说中则直接归因于主人公话语的双声性。这种双声语有两个说话人说话，"一是说话的主人公的直接意向，二是折射出来的作者意向。在这类话语中有两个声音、两个意思、两个情态。而且这两个声音形成对话式的呼应关系，仿佛彼此是了解的，仿佛正相互谈话"[③]。微型对话的实质就是小说文本中存在的各种双声语形式。由于利用他人话语的方式及使用的目的不同，"对话体"的对话会派生出多种类型的双声语形式。作为对话性的外在显现，当代先锋小说作家的小说文本中出现了巴赫金所描述的微型对话的多种形式，如仿格体、讽拟体、对话体、暗辩体、讲述体、自白体等。下面，我们就分析在先锋小说创作中最为常见的"仿格体"、"讽拟体"、"讲述体"和"暗辩体"

---

① ［苏］M·巴赫金：《巴赫金全集》（第3卷），钱中文主编，晓河等译，河北教育出版社1998年版，第247页。

② ［苏］M·巴赫金：《巴赫金全集》（第3卷），钱中文主编，晓河等译，河北教育出版社1998年版，第245页。

③ ［苏］M·巴赫金：《巴赫金全集》（第3卷），白春仁、晓河译，河北教育出版社2009年版，第108页。

这四种“双声性”话语。

1. 仿格体

仿格体和一般的话语模拟的共同之处在于模仿一种话语时均不改变原话语的语气、语义和语调。但仿格体又不同于一般的话语模仿，在一般的模仿体中，作者以描写社会典型性语言和个性语言为旨归，把被模仿语言当作一个客体，不在被模仿语言自身而外加上另外一种述事指物的含义，是所谓“假戏真做”的客体语言。而在仿格体中，作者不仅效仿他人的语气、语义和语调等风格，同时朝里面注入了作者新的意向，“对于仿格者来说，重要的恰恰是让他人语言以其表现手法的总和，来代表某种独特的视点。仿格体是利用他人的视点做文章，所以这视点就染上了轻微的客体色彩，结果视点变成了一种借花献佛的虚拟的视点”①。当然，尽管在仿格体的双声话语中这两种意向的“声音”之间有距离，但因为作为仿格者的作家旨在利用他人的视点来铺陈自己的小说文意，因此这两种意向的“声音”必然走向融合趋同。在当代先锋小说作家的小说文本中，仿格体是最常见的“双声性”话语类型之一。譬如余华的《活着》、《许三观卖血记》、《兄弟》、《第七天》；北村的《玛卓的爱情》、《孙权的故事》、《消灭》、《愤怒》、《安慰书》；格非的《边缘》、《春尽江南》、《望春风》；莫言的《丰乳肥臀》、《蛙》、《檀香刑》、《生死疲劳》；马原的《荒唐》、《纠缠》；洪峰的《中年底线》、《东八时区》、《恍若情人》；叶兆言的《马文的战争》、《1937 年的爱情》、《很久以来》；苏童的《离婚指南》、《城北地带》，等等。他们在作品中通过对包括农村阶层，贩夫走卒、基层政府知识分子、城乡企业干部等各种社会阶层、不同性别、不同性格的故事人物各种独立声音的仿格模拟，通过对话，让文本中的各色主人公包括围绕主人公的卫星人物都能平等地、独立地传达自我的声音。即是说，在作者对文本艺术世界中的这任一社会阶层的声音进行仿格体的模拟时，不是将他们作为他者独立的声音加以强行框定；他们都和《望春风》中的新珍一样，在被作者借用发声的同时，能够独立地代表着自己的社会阶层身份、语调和特定的阶层世界价值观。他们的叙事语言、格调也都同样得到了在“保持自身作为他者的独立声音”的情况下仿格体式的双声性模仿。而绝不仅仅是作者声音的传声筒。

2. 讽拟体

讽拟体也同样是双声语的一种典型形式。所谓讽拟体，是这样一种双声语形式：“作者要赋予这个他人语言一种意向，并且同那人原来的意向完全相反。隐匿在他人语言中的第二个声音，在里面同原来的主人相抵牾，发生了冲突。”②相对于仿格体中叙事者和作者两种声音的和谐同一性，讽拟体体现为一种背离冲突的文体效果，作者必须有意识地否定叙述者才能产生讽拟体。当两种对立的声音寄寓于同一个叙事者的语言中时，这种语言就会变成两种声音争斗的舞台。叙事者的话语不代表作者的本真意思，作者表达的实际意义是对叙

---

① ［苏］M·巴赫金：《小说理论》，河北教育出版社 1998 年版，第 251 页。

② ［苏］M·巴赫金：《陀思妥耶夫斯基诗学问题》，河北教育出版社 1998 年版，第 266 页。

事者话语表面意义的强烈嘲讽。

比起仿格体，讽拟体形式的双声话语类型在先锋小说创作的文本中无疑更加丰富。由于其文体效果甚佳，许多先锋小说作家都对此种话语修辞表现出了由衷的青睐。譬如在潘军的《我的偶像崇拜年代》中，这样写道："毛主席太伟大了，我从来就没有见过街上有人留他一样的发型。大头的爸爸原先下巴上也有一颗肉痣，'文革'一开始他就去医院把它弄掉了。我想这是对的，中国有七亿人但毛主席永远只能是一个。"这就通过对故事主人公少年话语貌似严肃的戏拟达到一种事实上与这种全民愚昧狂热的伟人崇拜相互悖离的另一层意思；再譬如在北村早期的中篇小说《谐振》中，当主人公"他"对主任说守门的老头像盘问小偷一样盘问他时，作家就通过对主任的话语戏拟达到揭示制度生产荒诞的目的："主任的脸上立即布满乌云：'你怎么能够这样说一个老同志呢？啊？怎么能够这样呢？人家是精神病患者，你又不是精神病，怎么能这样呢？不好……'"①除了上述类例而外，讽拟体的小说话语还明显地存在于像叶兆言的《1937 年的爱情》、苏童的《黄雀记》、北村的《安慰书》等小说文本中。

3. 讲述体

同仿格体类似，所谓讲述体，即在小说中作者并不出面，通过其设置的若干叙述者，叙述者以自己的语言格调和语言风格去讲故事。巴赫金认为，作品结构中由叙事人代替作者进行叙事的讲述体也属于双声语的范畴，因为尽管这个叙事人代表的是作者叙述故事所不可缺少的他人的讲述格调、他人的一种观点、他人的一种立场，但归根结底他所阐述的这种视点和立场，是小说作者为了达到自己目的，从这个代自己叙述的叙述人言语内部加以操作的结果。对作者来说，作品中排在第一位的、最为重要的，不是叙事者思考、感受、言谈的个人典型格调，首先倒是小说作家本人观察事物、描写事物的特点——"反映这个特点，对于取作者而代之的叙事人说来. 正是他所承担的直接使命。"②当然，在讲述体乃至纯粹的故事体中，如果小说的作者在推出叙事人来讲述的时候，根本不去模仿他人的带个人特色或社会阶层特色的讲述格调，这时，小说中叙述人的言语就会丧失其全部的双声性，从而沦为径直表现作者意图的独白型语言工具——由此看来，作者在文本内部确立的作为独立声音的他人"讲述的话语"，须得和自己的话语平等并置而不是被作者的话语完全遮蔽，才能在文本中形成二者的对话和交流态势。唯其如此，讲述体的双声语性质才得以确立。这诚如巴赫金所坚称的那样，采用讲述体和故事体形式在多数情况下恰恰为的是出现他人的声音——"这是代表特定社会阶层的声音，它带来一系列的观点和评价，而这些观点和评价正是作者所需要的东西。"③

在先锋小说作家的笔下，被他们推出来叙事的"讲述体"的主人公类型可谓丰富多彩、摇

① 北村：《谐振》，《人民文学》1987 年 Z1 期。

② 北村：《谐振》，《人民文学》1987 年 Z1 期。

③ 余华：《兄弟》，作家出版社 2013 年版，第 254 页。

曳多姿。既有处于民间底层人物的乡下农民、乡村说书艺人、城市贫困教师、城市贫民（如莫言《天堂蒜薹之歌》中的金马、张扣，《十三步》中的方富贵、北村，《安慰书》中的刘大志等），又有处于权势地位的村长、县长、地委书记（如莫言《四十一炮》中的村霸老兰、《丰乳肥臀》中的鲁胜利、《红树林》中的副市长林岚、与林岚乱伦的地委书记公公等），不谙世事的孩童（如莫言《透明的红萝卜》中的黑孩、《四十一炮》中的罗小通、余华《在细雨中呐喊》中的“我”等），甚至还有各色历史故人（如北村《武则天》中的“我”、苏童《武则天》中的“我”等）、动物主人公讲述人（如莫言的《生死疲劳》驴、牛、猪、狗等）、类似鲁尔福《佩德罗·巴拉莫》那样的亡灵叙述人（如余华《第七天》中的杨飞、鼠妹、伍超等）。

4. 暗辩体

所谓暗辩体叙事语言是相对于明显的辩论体而言的，暗辩体言语并不直截了当反驳他人的语言，把他人的语言作为自己表现的对象，而是在针对一般的对象物进行称述、描绘和表现时，间接地抨击他人的语言，好像是在对象身上同他人语言交起锋来。正是在这种语境的压力下，他人语言得以从内部影响作者的语言，从而使得这种暗辩体的语言被赋予了“双声性”的色彩。正如巴赫金所言：“在暗辩体中，作者的语言用来表现自己要说的对象物，这一点同其他类型的语言是一样的。但在表述关于对象物的每一论点的同时，这种语言除了自己指物述事的意义之外，还要旁敲侧击他人就此题目的论说，他人对这一对象的论点。这个语言指向自己的对象，但在对象之中同他人的语言发生了冲突。他人语言本身并没有得到复现，只存在于人们的意识中。如果这个语言不对人们意识中的他人语言做出反应，那它的结构会完全是另一个样子。”①

比起前三种双声性小说话语，暗辩体形式相对零散。但其文体效果甚佳，读后让人释卷难忘。譬如在格非的《望春风》中，暗辩体小说话语的运用就相当成熟，可圈可点：在《望春风》中，这类话语首先表现为考虑到他人语言的一切察言观色的语言。因为这类语言的叙述者预先感受到了他人语言的存在，预感他人语言的反应，因此在其组织语言时，便考虑到了对他人语言的应答，这在文本的话语层面也是大量存在的，如德正被郝书记、高定国他们合谋陷害，在裸体游行示众时春琴因为拦路被打。这时发生在小武松、高定邦和朱虎平三人之间的对话就写得颇具神采——

“高定邦抖抖索索地点了火，猛吸了几口，这才对身边站着的小木匠道：‘奇怪呀，宝明。公社武装部直接到我们村来抓人，还设了这么大一个局，怎么一点风声都没透？要不是村里有人做内应，这事怎么办得成？’朱虎平插话道：‘这容易！除了日屌的老菩萨、妖精王曼卿，还有躺在床上等死的赵锡光，村里的男女老少都在塘边站着呢！你把人数点一点，谁不在场，谁他妈的就是内应！当年他抄我的家，搞突然袭击，用的是同样的手法！’听虎平这么一说，高定邦就抖得更厉害了。”（见格非《望春风》）

---

① ［苏］M·巴赫金：《巴赫金全集》（第5卷），钱中文、晓河等译，河北教育出版社1998年版，第259页。

这段话的语境背景是这样的:高定国勾结郝书记把德正搞下台,对此高定邦事先并不知悉,在小武松问他时他还拿不定主意,这时朱虎平的插嘴写得张力十足,按说,内应是谁可能不止朱虎平自己看了出来,但是因为朱虎平吃过高定国的亏,因此他才要“插嘴”,但是,毕竟高定邦的面子还要顾及,所以就采取曲道说禅的办法委婉地点出。高定邦由此确定了自家兄弟参与这个阴谋而脸上无光,所以才“抖得更厉害了”。确定了内应就是高定国以后,高定邦果然不再追问,为了在乡亲们面前表明“我和高定国不一样,我并没有参与其中”的身份洗白之意和对德正的愧疚之情,他才果断发话搭救德正夫妇。

当然,暗辩体的对话类型除了在格非的《望春风》而外,还是可以在其他先锋小说作家那里找出不少的。这种双声性体式也同样是一些优秀的先锋长篇小说叙事话语的共性所系。

要之,90 年代以来,随着时代主题的发展变迁,在先锋小说作家的小说创作中出现了越来越丰富多元的“双声性”叙事话语。这些具有超语言学意义层面的“双声性”叙事话语有力地打破了长期以来一直存在的各种“独白型”小说僵化封闭的“单声部”叙事话语的窠臼,以仿格体、讽拟体、叙述体和暗辩体等多种双声对话的姿态,以间接的、折射的、虚拟的变形程度,不同的语言表现方法,在吸收、包容、展示社会各阶层(尤其是社会底层)的他人声音、意向的基础上,获得了自身叙事话语的极大成功。

小说选刊与当代少数民族小说的发展

——以《小说月报》(1980—2018)为例的考察

王彦杰　罗宗宇*

(湖南大学 中国语言文学学院,长沙 410082)

内容摘要:在众多的文学选刊中,《小说月报》是我国创刊最早、发行量最大并具有广大读者群的文学选刊。自1980年创刊以来,《小说月报》选载了四百多篇少数民族作家的小说,通过传播小说新作、培养小说作家、筛选小说经典、引导创作潮流等选刊功能机制,在多方面促进了当代少数民族小说创作的发展。

关键词:小说选刊;少数民族小说;《小说月报》

《小说月报》创刊于1980年,由百花文艺出版社主办,是我国创刊最早、发行量最大并具有广大读者群的文学选刊。三十九年来,《小说月报》始终"以其精准的文学眼光和文学的博大胸怀,始终带着热切和期待的目光,关注着少数民族的文学创作,注重选发贴近现实生活、紧扣时代脉搏、反映少数民族喜怒哀乐和异彩生活的优秀中短篇小说"①。据笔者统计,自1980年第1期到2018年第12期,468期《小说月报》选载的少数民族小说共计406篇②,所选作者来自21个少数民族,其年度选载情况见下表:

* 作者简介:王彦杰,湖南大学中国语言文学学院博士研究生;罗宗宇,湖南大学中国语言文学学院教授、博士生导师、院长。

基金项目:国家社科基金"中国当代少数民族文学制度研究"(14BZW159);国家社科基金重大招标项目"中国当代少数民族文学制度研究"(18ZDA271)研究成果。

① 吉狄马加:《为当代文学史留下辉光缭绕的佐证》,《民族文学》2014年第6期。

② 本文数据皆由作者据杂志逐一统计,因涉及的内容较多,如有误差,请批评指正。

《小说月报》(1980—2018)当代少数民族小说选载情况

年度	数目	涉及少数民族
1980—1989	65	蒙古族、藏族、满族、回族、佤族、景颇族、土家族、苗族、达斡尔族、鄂温克族、白族、布依族、哈萨克族、侗族
1990—1999	63	藏族、满族、蒙古族、仡佬族、白族、纳西族、土家族、苗族、回族、朝鲜族
2000—2009	132	满族、蒙古族、朝鲜族、白族、藏族、苗族、回族、土家族、壮族、仡佬族、彝族、达斡尔族
2010—2018	146	回族、满族、达斡尔族、苗族、藏族、哈萨克族、仡佬族、蒙古族、朝鲜族、壮族、土家族、瑶族、维吾尔族、布依族

三十多年来,《小说月报》作为少数民族作家向往、原创文学期刊借重的权威文学媒体,它通过"传播"、"培养"、"筛选"、"引导"等文学选刊功能机制,在多方面促进了当代少数民族小说创作的发展。

一、传播小说新作

《小说月报》对当代少数民族小说创作发展的促进首先表现在对小说新作的快速传播上。作为一本选得快、准、精的文学选刊,《小说月报》紧跟当代少数民族作家的创作步伐,选载作家们的新作。超高的发行量使得它所选刊的作品能传播到更大的范围和空间,得到广大的读者的认可,进而鼓励了小说家的创作。

少数民族知名作家的新作一经发表,《小说月报》一般会快速选刊。蒙古族作家玛拉沁夫和敖德斯尔是成名于1950年代的新中国第一代少数民族作家,玛拉沁夫的《爱,在夏夜里燃烧》原载于1985年第8期《民族文学》,小说发表后立即被1985年第10期《小说月报》选载。敖德斯尔的《蓝色的阿尔善河》原载于1982年第3期《民族文学》,发表后也随即被1982年第5期《小说月报》选载。乌热尔图是鄂温克族历史上第一个有影响的作家,也是人口较少少数民族的著名作家,他曾连续三次获得全国优秀短篇小说奖,其作品《绿茵茵的河岸》原载于《民族文学》1983年第8期,发表后便被1983年第11期《小说月报》选载。回族作家张承志的代表作之一《北方的河》原载于《十月》1984年第1期,发表后被1984年第4期《小说月报》选载。不难发现,以上所列举的这些知名作家的新作在文学刊物上发表2—3个月后,便被《小说月报》立即转载。类似的情况还有不少,如蒙古族作家李准的《芒果》[①]、郭雪波的《沙狐》[②],土家族作家李传锋的《烟姐儿》[③],满族作家舒群的《少年chén女》[④],等等。

1990年代和新世纪的《小说月报》同样承接了1980年代的这一选刊传统。白族作家张长1979年获全国优秀短篇小说奖,1981年获第一届全国少数民族文学奖,其小说《求签》原

① 原载于《人民文学》1980年第10期,选载于《小说月报》1981年第1期。

② 原载于《北方文学》1985年第4期,选载于《小说月报》1985年第7期。

③ 原载于《长江文艺》1981年第4期,选载于《小说月报》1981年第7期。

④ 原载于《人民文学》1981年第4期,选载于《小说月报》1981年第7期。

载于《现代作家》1990年第10期，后被《小说月报》1991年第2期选载。1990年代初成名的满族作家关仁山，小说《太极地》原载于《人民文学》1995年第2期，后被《小说月报》1995年第4期选载。著名藏族作家阿来的《遥远的温泉》原载于《北京文学》2002年第8期，《小说月报》于同年第10期予以选载。

在快速传播名家新作的同时，《小说月报》还不遗余力地推介作家的处女作。苗族作家吴雪恼在1981年第8期《青年作家》上发表了处女作《猪郎公架鹊桥》，不久该作就被《小说月报》1981年第10期转载，此后他创作的作品《船家》[①]、《主人》[②]也接连入选，《船家》更是被收入《中国新文艺大系·少数民族文学集》(1976—1982)。满族作家赵玫的第一部短篇小说《无调性短歌》原载于《小说林》1991年第1、2期，发表后被《小说月报》1991年第2期迅速选载。土家族作家陈孝荣在1996年第3期《黄河》上发表了中篇小说处女作《农委主任》，随即被《小说月报》1996年第8期转载，而后他在1997年第1期《漓江》上发表的《劳动人事助理》也被《小说月报》1997年第2期选载。满族作家钟晶晶1996年开始从事创作，她的第一部短篇小说《战争童谣》原载于1997年第2期《解放军文艺》，《小说月报》于1997年第5期选载。此后，她的小说《祭酒岭》[③]、《往事》[④]、《夜行客车》[⑤]、《案情叙述》[⑥]也接连被《小说月报》选载。

二、培养小说作家

从当代少数民族文学发展史来看，当代少数民族作家的成长离不开文学制度因素的作用。文学传媒是重要的文学制度因素，文学选刊作为一种二次传播平台，具有“遴选精品”、“选优拔萃”的重责，对于当代少数民族作家的发现和培养有着重要的作用。

《小说月报》主编马津海曾表示，“《小说月报》从不拒绝新人。相反，对新人的关注程度是很高的”[⑦]，“我刊期待着更多七八十年代以后出生的作家为读者所喜爱”[⑧]。《小说月报》对于初登文坛的少数民族青年作家特别青睐，不少青年作家因为《小说月报》的发现而显露头角，有的还成为当代少数民族小说创作的中坚。徐岩、金仁顺、马金莲、李进祥、马笑泉、于晓威等一大批少数民族青年作家在初登文坛时，还没有丰富的写作经验，但《小说月报》紧密关注他们的创作步伐，不断地向广大读者推介他们的新作。例如新晋鲁迅文学奖获得者、回族作家马金莲的成功就离不开《小说月报》的大力支持，她在2005年第6期《回族文学》上发

① 原载于《广州文艺》1982年第4期，选载于《小说月报》1982年第6期。
② 原载于《鸭绿江》1985年第1期，选载于《小说月报》1985年第4期。
③ 原载于《延河》1998年第2期，选载于《小说月报》1998年第5期。
④ 原载于《山东文学》1999年第6期，选载于《小说月报》1999年第8期。
⑤ 原载于《上海文学》2008年第7期，选载于《小说月报》2008年第9期。
⑥ 原载于《广州文艺》2008年第8期，选载于《小说月报》2008年第10期。
⑦ 郝振省、汤潮编：《期刊主编访谈》，中国书籍出版社2009年版，第402页。
⑧ 郝振省、汤潮编：《期刊主编访谈》，中国书籍出版社2009年版，第402页。

表了短篇小说《掌灯猴》,紧接着就被2006年第1期《小说月报》选载,这对她的成长有着非凡的意义。马金莲表示,"很难说,没有这篇文字和它带来的鼓励,我今天是不是已经早就放弃了文学写作"①。

《小说月报》还通过多次选刊同一作家的作品来对其进行鼓励和扶植,借此培养了一批当代少数民族小说创作名家。据笔者统计,从《小说月报》创刊到2018年12期,选载作品数量居于前列的少数民族作家如下:叶广芩30篇②、孙春平24篇③、马金莲22④、徐岩21篇⑤、邓一光18篇⑥、金仁顺14篇⑦、关仁山13篇⑧、向本贵13篇⑨。多数量、高频次入选反映出刊物对作家的培养及其成长速度,以蒙古族作家邓一光为例,他从1981年开始发表文学作品,一直不温不火,直到1995年《小说月报》开始将目光聚焦到他的作品身上,并接连选载《掌声继续》、《战将》、《父亲是个兵》、《遍地菽麦》、《远离稼穑》、《狼行成双》等多部作品。集中推介后⑩,他的"兵系列"小说声名鹊起,他迅速崛起,享誉文坛,可见《小说月报》对于作家培养的重要作用。又如马金莲,从2006年《掌灯猴》被选载到2018年,《小说月报》时刻关注着马金莲的创作动态,几乎每年都选载她的作品,共选载她的小说22篇,是特定时间内《小说月报》选载作品数量最多的少数民族作家之一,正因为如此,马金莲才为广大读者熟悉,为

---

① 马金莲:《难忘的记忆》,《回族文学》2017年第6期。

② 《本是同根生》、《风》、《注意熊出没》、《狗熊淑娟》、《黄连·厚朴》、《到家了》、《醒也无聊》、《梦也何曾到谢桥》、《醉也无聊》、《山鬼木客》、《黑鱼千岁》、《对你大爷有意见》、《逍遥津》、《豆汁记》、《状元媒》、《三岔口》、《玉堂春》、《拾玉镯》、《后罩楼》、《夹金山穿越》、《唱晚亭》、《太阳宫》、《月亮门》、《黄金台》、《树德桥》、《扶桑馆》、《鬼子坟》、《小放牛》、《凤还巢》、《苦雨斋》。

③ 《陆大车和他的"臭豆腐"理论》、《华容道的一种新走法》、《放飞希望》、《魔障》、《老师本是老实人》、《地下爱情》、《学者出行》、《谁能摩爱情》、《怕羞的木头》、《老师本是解惑人》、《情感逃逸》、《派我一辆吉普车》、《守口如瓶》、《换个地方去睡觉》、《皇妃庵的香火》、《追凶709》、《一树酸梨惊风雨》、《二舅二舅你是谁》、《针鼻孔 城门风》、《何处栖身》、《沽婚》、《晚霞乘务》、《贺年片》、《出门远行》。

④ 《掌灯猴》、《春风》、《碎媳妇》、《发芽》、《老两口》、《坚硬的月光》、《蝴蝶瓦片》、《念书》、《鲜花与蛇》、《暗伤》、《夜空》、《淡妆》、《荞花的月亮》、《项链》、《长河》、《绣鸳鸯》、《杏花梁》、《镜子里的脸》、《旁观者》、《听见》、《底色》、《我的姑姑纳兰花》。

⑤ 《苦艾》、《男人的游戏》、《山风无语》、《北分场的秋天》、《绥芬河》、《跟渔民说话》、《桃色梦》、《黄昏》、《冰河》、《向上的云彩》、《河套》、《地图上的大乌苏》、《照相的日子》、《夏天里回家》、《女人朴光子》、《白粮票》、《船坞山上的铁》、《遥远的鱼场》、《风过金秋》、《短篇二题》、《影视城》。

⑥ 《掌声继续》、《战将》、《父亲是个兵》、《遍地菽麦》、《远离稼穑》、《狼行成双》、《英雄满地》、《多年以前》、《怀念一个没有去过的地方》、《猜一猜我的手指》、《在香格里拉吃饭》、《热爱一只狗》、《宝贝,我们去北大》、《深圳在北纬22°27′—22°52′》、《你可以让百合生长》、《深圳蓝》、《光明定律》、《香蜜湖漏了》。

⑦ 《高丽往事》、《小城故事》、《引子》、《爱情诗》、《桃花》、《彼此》、《云雀》、《桔梗谣》、《仿佛依稀》、《在敦煌》、《梧桐》、《喷泉》、《猿声》、《纪念我的朋友金枝》。

⑧ 《苦雪》、《红旱船》、《蓝脉》、《风潮如诉》、《醉鼓》、《闰年灯》、《太极地》、《落魂天》、《民间新戏》、《藻王》、《天壤》、《镜子里的打碗花》、《飘雪》。

⑨ 《灾年》、《栗坡纪事》、《憨佬的光荣任务》、《老窖》、《碑》、《栽在城市的树》、《酒鬼张同》、《两个老人和一丘田水》、《生活如歌》、《千家桥》、《冰雪中的玫瑰》、《官场父子》、《济水长流》。

⑩ 据笔者统计,1995—2000年,《小说月报》共选载少数民族小说45篇,其中邓一光入选作品有10篇,占比22.23%。

批评家关注，最终斩获“骏马奖”和鲁迅文学奖。徐岩、于晓威、凡一平等作家的成长也有类似情况，这些新锐作家的作品入选频次高，远远超过了张承志、阿来等知名作家，从一个侧面反映出作为国内知名文学选刊的《小说月报》对于青年少数民族作家的关心扶植力度。

《小说月报》还“通过选载、评论、评奖等方式对被选中的作家给以鼓励，或客观上产生鼓励的效果，从而增强其创作信心，让他们走上了成长之路”①。满族作家叶广芩于1995年创作了中篇家族题材小说《祖坟》，可是作品发表不久后便受到了一些批评家的质疑和否定，这对她造成了巨大打击，让她“不知写作的路该如何走下去，很长一段时间停了笔”②。从1998年开始，叶广芩的家族题材系列小说一经发表就被《小说月报》转载，《醒也无聊》、《醉也无聊》、《梦也何曾到谢桥》等大量作品接连入选并引起广泛关注。据笔者统计，《小说月报》共选载叶广芩小说30篇，在所有少数民族作家中位居第一。叶广芩表示，“没有《小说选刊》及各杂志编辑的大力支持与提携，我或许已经改行干了别的”③。可以说，《小说月报》对于叶广芩作品的选刊，是她坚持创作的重要动力之一，她的成长离不开《小说月报》的培养。

为了发现更多独具风格的少数民族小说作品，培养更多优秀的少数民族作家，《小说月报》“对于边远地区、少数民族的刊物和作者，尤为关照”④。1990年代后期以来，以石舒清、李进祥、马金莲等为代表的回族作家群的崛起，这在很大程度上源于《小说月报》的重点扶持。据笔者统计，《小说月报》选载了石舒清的《选举》、《恩典》等7篇作品，李进祥《女人的河》、《屠户》等7篇作品，马金莲的《掌灯猴》、《碎媳妇》等22篇作品，回族作家作品共计选取刊55篇，占少数民族小说选刊总数406篇的13.55%。以石舒清为例，他1989年开始创作，2001年获得“鲁迅文学奖”，近三十年创作深深扎根于宁夏西海固这片土地，有着独特的风格。2015年，由于经过了心脏手术，“他不敢像过去那样点灯熬夜，持续不断地写，从量上来讲鲜有新作”⑤。2018年，石舒清创作了短篇小说《凌伯讲的故事》，“因为多年不写，写出来自己没自信”⑥，小说在《花城》2018年第5期发表后，立即被《小说月报》等刊物转载，使他又有了重拾创作的信心，随后其创作的中短篇小说《眼欢喜》出版。

三、筛选小说经典

文学选刊在“经典化”过程中具有一种重要的筛选作用。斯蒂文·托托西说：“经典化产生在一个累积形成的模式里，包括了文本、它的阅读、读者、文学史、批评、出版手段（例如，书籍销量，图书馆使用等等）。”⑦《小说月报》作为权威性文学选刊，是文学经典化过程中的重

---

① 罗执廷：《文学选刊与当代小说的发展》，《文艺争鸣》2009年第12期。

② 叶广芩：《缘分》，《小说选刊》2000年第10期。

③ 叶广芩：《缘分》，《小说选刊》2000年第10期。

④ 李子干：《红杏出墙赖春风——〈小说月报〉漫议》，《编辑之友》1992年第2期。

⑤ 王刚：《初心是追问：为谁创作 为谁立言》，《宁夏日报》2019年3月19日。

⑥ 王刚：《初心是追问：为谁创作 为谁立言》，《宁夏日报》2019年3月19日。

⑦ ［加］斯蒂文·托托西：《文学研究的合法化》，马瑞琦译，北京大学出版社1997年版，第44页。

要力量和生产机制。“在当代文学传播体系中，选刊属于二次传播机构，与原创性文学报刊和图书等首次传播机构不同，是首次发表基础上的‘精选’和‘优选’”①，如张颐武所言：“经典成为经典的道路是由刊物的编辑发现，然后进了选刊，同时被评论家所发现，进而走入经典行列。”②《小说月报》通过对当代优秀少数民族小说的“精选”和“优选”，促成了当代少数民族小说经典的产生，参与了当代少数民族文学经典乃至文化经典的建构。

“民族特质、时代观念、艺术追求，是少数民族文学的三个基本支撑点。”③据笔者统计，《小说月报》选载的当代少数民族小说主要来自《民族文学》、《人民文学》、《北京文学》、《回族文学》、《上海文学》这五个刊物，其选载比例依次为15％、9.1％、7.6％、5.7％、4.7％。④ 经过《小说月报》筛选的作品，可以说是民族特质、时代观念、艺术追求结合得较好的作品，其自身具有经典化的内在支持，一旦经由二次传播，其影响力就迅速扩大。玛拉沁夫的《活佛的故事》、张承志的《黑骏马》、《北方的河》，邓一光的《父亲是个兵》、次仁罗布的《放生羊》、于晓威的《L型转弯》等经由《小说月报》的二次传播，最后获评少数文学民族创作“骏马奖”，《父亲是个兵》、《放生羊》更是获评鲁迅文学奖，使这些作品成为少数民族文学经典的可能变成了现实。

编选精品集是《小说月报》筛选当代少数民族小说经典的另一重要方式。从2001年开始，《小说月报》编辑部每年会从12期选载的作品中精选出20篇小说编选成年度精品集，实现对作品的第三次筛选。据笔者统计，目前共有26篇少数民族小说入选2001年以来的年度精品集。⑤ 这些从众多当代文学作品中脱颖而出的作品进入年度精品集后，为自身成为少数民族小说经典提供了巨大可能。年度精品集之外，《小说月报》还推出了“百花奖获奖作品集”、“百花入围作品集”等不同系列选集，2015年，《小说月报》更是联合中国少数民族作家学会一起编选了《黑骏马：小说月报少数民族作家精品集(1980—2000)》和《放生羊：小说月报少数民族作家精品集(2001—2015)》，旨在“全面展现改革开放以来我国少数民族文学创作的丰硕成果，进一步推动少数民族文化事业繁荣发展”⑥。共有蒙古族、藏族、满族、回族、苗族、哈萨克族、佤族、达斡尔族、彝族、白族、仡佬族、土家族、纳西族、朝鲜族、仫佬族、壮

---

① 罗执廷：《文学选刊与当代文学运行机制》，《云南社会科学》2009年第4期。

② 张颐武：《打捞文学的记忆——关于文学经典、作家和作品标准的对话》，《延安文学》2002年第3期。

③ 关纪新：《民族特质·时代观念·艺术追求——对少数民族文学创作理论的几点理解》，《民族文学研究》1986年第4期。

④ 据笔者统计，选自《民族文学》作品61篇，《人民文学》作品37篇，《北京文学》作品31篇，《回族文学》作品23篇，《上海文学》作品19篇。

⑤ 分别是阿来的《鱼》、《遥远的温泉》，周建新的《黄金搭档》，徐岩的《白粮票》，孙春平的《老师本是解惑人》、《地下爱情》、《学者出行》、《何处栖身》，鲍尔吉·原野的《哈撒尔银碗》，马金莲的《发芽》、《蝴蝶瓦片》，金仁顺的《梧桐》、《在敦煌》，邓一光的《在香格里拉吃饭》、《你可以让百合生长》、《热爱一只狗》，李进祥的《生生不息》，叶广芩的《黑鱼千岁》、《扶桑馆》、《月亮门》、《后罩楼》、《玉堂春》、《三岔口》，田耳的《金刚四拿》、《鸽子血》，肖勤的《所有的星星都有秘密》。

⑥ 吉狄马加：《为当代文学史留下辉光缭绕的佐证》，《民族文学》2014年第6期。

族、瑶族、景颇族、布依族、鄂温克族等二十多个民族的95位少数民族作家的优秀作品入选。这个秉承着《小说月报》思想性、艺术性、可读性标准的经典选本，一旦入选，一方面肯定了入选小说的经典属性，另一方面更是代表着读者、刊物及文学观念的巨大认可，在文学圈中获得了重要的象征资本，直接推动作品的经典化。

在文学的经典化生产机制中，文学评奖是文学经典化的加冕机制，《小说月报》还通过“百花奖”的评选来确认少数民族小说经典。1984 年，《小说月报》推出“百花奖”评选，这是国内最早以读者投票为核心进行评选的文学奖，至 2018 年已连续举办十七届，受到了国内作家、评论家以及读者的广泛关注与认同。张承志的《北方的河》，佳峻的《虎门“犬”子》，林和平的《乡长》，叶广芩的《黄连·厚朴》、《醉也无聊》、《豆汁记》、《状元媒》、《凤还巢》、《小放牛》、《太阳宫》、《苦雨斋》，邓一光的《狼行成双》，徐岩的《河套》、《白粮票》，孙春平的《老师本是老实人》，鬼子的《一根水做的绳子》，金仁顺的《梧桐》，赵玫的《蝴蝶飞》，凡一平的《非常审问》，阿来的《三只虫草》共 20 篇少数民族小说荣获“百花奖”，其中张承志的《北方的河》和佳峻的《虎门“犬”子》获得首届“百花奖”优秀中篇小说，而叶广芩则八次获得“百花奖”，获奖次数居于少数民族作家之首，在所有获奖作家中居于第六位①。“百花奖”的获奖以加冕形式推动了作品的再传播和经典化，是对作家作品文学价值的一种特殊的认同和肯定。佳峻就表示，他的小说《虎门“犬子”》被《小说月报》头条转载并获得首届“百花奖”，此后，“《北京晚报》等多家晚报转载，几家电影厂、电视台希望改编成电影、电视连续片，几家广播电台也播了这部小说”②，小说由获得“百花奖”进而经典化。

四、引导创作潮流

“选刊从来不是被动地扶植和激励作家，而是敏感于文学发展的潮流，将培养作家参与甚至引导文学思潮的一种途径与手段。”③《小说月报》将“某些风格流派一个时期的代表作”列为选稿标准之一④，通过提倡这种创作风格，引导作家的创作走向，推动当代少数民族小说创作潮流。在“现实主义冲击波”、“生态写作”、“女性写作”、“底层写作”等小说创作潮流的兴起与发展中，《小说月报》都有所引导和推动。

“现实主义冲击波”是指 1990 年代中期那些“面对正在进行的现实生活，毫不掩饰地、尖锐而真实地揭示以改革中的经济问题为核心的社会矛盾”的作品⑤，它给人产生巨大冲击力。《小说月报》敏锐地注意到这些反映“时世艰难”的作品，1995 年到 1998 年期间，集中转载、推介了关仁山的《太极地》、《民间新戏》和邓一光的《遍地菽麦》、《远离稼穑》等 10 多部作

---

① 获奖前五位分别是方方 12 次，池莉 10 次，铁凝 10 次，冯骥才 10 次，迟子建 10 次。

② 王小平编：《〈小说月报〉第 1 届百花奖获奖作品集》，百花文艺出版社 2001 年版，第 514—515 页。

③ 罗执廷：《文学选刊与当代小说的发展》，《文艺争鸣》2009 年第 12 期。

④ “读者·作者·编者”栏目：《小说月报》1992 年第 2 期。

⑤ 雷达：《现实主义冲击波及其局限》，《文学报》1996 年 6 月 27 日。

品，并迅速引起效应。“生态写作”在人与自然关系的书写中表达生态意识。从 1983 年开始，《小说月报》便开始有意识地选载生态文学作品，如蒙古族作家敖德斯尔的《蓝色的阿尔善河》、鄂温克族作家乌热尔图的《绿茵茵的河岸》、蒙古族作家郭雪波的《沙狐》、哈萨克族作家艾克拜尔·米吉提的《风化石带》、白族作家张长的《最后一棵菩提》等一大批体现了作家们强烈生态意识的文学作品。《小说月报》长期以来对生态文学作品的推介，促进了当代少数民族作家的生态写作，推动了中国当代生态文学创作潮流的形成和发展。当代少数民族女性小说的兴起也离不开《小说月报》的作用。三十九年来，《小说月报》共选载少数民族女性作家作品 124 篇，约占选载少数民族作家作品总数的 30.5%，涉及藏族作家益西卓玛、严英秀、梅卓，佤族作家董秀英，满族作家叶广芩、赵玫、庞天舒、娜夜、钟晶晶，回族作家马金莲，土家族作家叶梅，朝鲜族作家金仁顺，达斡尔族作家萨娜，壮族作家陶丽群等，她们或写社会主义新生活，或写家族历史，或写时代现实语境，从女性立场出发，表现女性独特的思想情感，思考女性的命运，丰富了当代女性小说创作的多民族图景，成了当代女性小说创作潮流中的一个亮点。“底层写作”是 2004 年兴起的一种新世纪文学思潮，它以底层为书写对象，“在内容上，它主要描写底层生活中的人与事；在形式上，它以现实主义为主，但并不排斥艺术上的创新与探索；在写作态度上，它是一种严肃认真的艺术创造，对现实持一种反思、批判的态度，对底层有着同情与悲悯之心”①。《小说月报》为这一创作潮流的兴起和发展发挥了引领作用，从 2004 年到 2007 年，《小说月报》加大了对底层题材小说的选载和推介力度，其每年选载作品比例依次是“12.4%、17%、19%、25.8%”②。其中，《小说月报》选载了回族作家李进祥的《害口》、《剃头匠》、《屠户》，土家族作家叶梅的《乡姑李玉霞的婚事》和田耳的《拍砖手老柴》等作品，2006 年到 2007 年，《小说月报》还集中选载了满族作家徐岩的《照相的日子》、《夏天里回家》、《河套》、《向上的彩云》、《地图上的大乌苏》等 5 篇底层叙事作品，极大地鼓励引导了少数民族作家的“底层写作”。

结 语

作为一本特色鲜明、读者广大的选刊，《小说月报》通过其选刊运作和“百花奖”评选，在多方面有效促进了当代少数民族小说创作的发展。随着当代少数民族小说创作的日益繁荣，《小说月报》对少数民族小说的选载还可在数量上提升，传达多样化的中国经验，讲好多民族的中国故事，以丰富中华多民族文学图景，《小说月报》在促进中国当代少数民族文学发展的道路上可以而且应当会有更大的作为。

---

① 李云雷：《新世纪“底层文学”与中国故事》，中山大学出版社 2014 年版，第 2 页。

② 罗执廷：《文学选刊与当代小说潮流》，《中州学刊》2009 年第 5 期。

台湾文学的生产机制及传播方式

古远清*

（浙江越秀外国语学院 中文学院，绍兴 312000）

内容摘要：台湾文学不是日本的亚文学也不是中国一般省区市文学，而是和港澳文学一样的一种境外文学，但不是海外华文文学，而是中国文学的一个重要组成部分。作为重要组成部分的台湾文学，与大陆文学有同根同种同文的"共相"，更有不少"殊相"。本文就台湾文学史的外在环境即文学生产机制做出梳理，探讨文艺政策的导向、文学机构和团体的设立、文学教育方针的制定、文学话语权的争夺和文学作品的传播方式如何决定着作家主体的命运。

关键词：台湾文学；生产机制；文艺政策；传播方式

认识台湾文学的基本特征，不能满足于了解作家作品及其产生的时代背景，而必须在此基础上把握台湾文学的生产机制及传播方式。这里所说的台湾文学，不光是指持有所谓"中华民国"护照作家所创作的作品，①更不是指所谓"台湾人用台湾话写台湾事"②的作品，而是指不分国籍、种族、语言在台湾这块土地上产生的文学。它不是日本的亚文学，也不是中国一般省区市文学，而是和港澳文学一样的一种境外文学，但不是海外华文文学③，而是中国文学的一个重要组成部分。作为重要组成部分的台湾文学，与大陆文学有同根同种同文的"共相"，更有不少"殊相"。下面，就台湾文学史的外在环境即文学生产机制做出梳理，探讨文艺政策的导向、文学机构和团体的设立、文学教育方针的制定、文学话语权的争夺和文学作品的传播方式如何决定着作家主体的命运。

---

* 作者简介：古远清，浙江越秀外国语学院中文学院特聘教授。

① 马森：《文学中的统与独》，《自由时报》2001年4月2日。

② 蔡金安主编《台湾文学正名》，开朗杂志有限公司2006年版，第35页。

③ 南京出版的《扬子江评论》，2016年第6期推出《海外华文文学研究》专辑，当我看完这一专辑后，不禁大吃一惊：《启蒙焦虑与文化批判——论台湾后乡土文学的超越意义》、《交通意象转型与台北文化风格的变迁——以台湾当代散文为考察对象》，其论述对象均是中国台湾文学而非"海外华文文学"，编者显然把"海外华文文学"与"台湾文学"这两者的概念混淆了。

一、文艺政策由“战斗”转向无为而治

1949年，国民党在大陆节节败退来到宝岛，半年间美国第七舰队又巡防台湾海峡，这不仅重写了台湾的历史，也改写了台湾的文学。台湾本位于中国的边陲，在这个土地上产生的文学有人称之为“边疆文学”[①]，可自称代表中国的国民党及其御用文人，一直以“中华文化的正统代表”自居，称宝岛产生的文学不但不是“边疆文学”，而是“中国文学”代表。蒋介石1953年9月发表的《三民主义——增录民生主义育乐两篇补述》[②]，在文化层面上有施政纲领的作用。在这篇“补述”中，只见“中国文学”，不见台湾文学。原先台湾文学具有的地域特征等一系列“殊相”，在“正统”的遮蔽下，在三民主义的庇护下，从此烟消云散。

台湾文学“殊相”的形成与严酷的政治环境和肃杀的氛围有关。从1949年5月20日台湾全省戒严，基隆、高雄两港宵禁开始，到1987年7月15日蒋经国宣布解严，总计长达38年又56天，这是世界上最长的戒严令。这时期以“反共抗俄”和“战斗文艺”为主要内容的文艺政策（这里说的文艺政策是指一定的政权机关为实现一定的目的而制定的发展文艺的准则），其源头来自张道藩于1942年发表的《我们所需要的文艺政策》[③]。由于40年代多数文人“左”倾，这篇文章不具号召力和影响力，但国民党迁台后被大量翻印。这是因为张道藩在五六十年代拥有强大的话语权。他的观点和主张，受到蒋氏父子的肯定，并成为“三民主义文艺政策”的理论基础。这个理论基础，建立在国民党认真吸取1940年成立的“中华文化运动委员会”被左派夺权“只是替共产党提供子弹而已”[④]教训的基础上。出于确保台澎金马安全的考虑，执政者为加强社会民生建设和知识分子的思想控制，不提倡和鼓励给人愉快和休息的软性文学。陈纪滢就说过：“战斗”是“戈矛”而不是“皇冠”。[⑤] 为铸造“戈矛”，当局便大力鼓吹包括“战斗文学”在内的“战斗文艺”。这种“战斗文学”，是大陆国统区反共文学的延伸，所不同的是其“战斗”内容多了一项“反共抗俄”，以积极地驱使作家、艺术家为政治服务。

在五六十年代，成为主旋律的“三民主义文艺政策”，通过下面两个系统贯彻：一是由蒋经国领导的隶属“国防部”的“总政治作战部”。这个“部”发表《敬告文艺界人士书》[⑥]，除提倡“以军为家”、“军队学校化”以及“兵写兵、兵画兵、兵唱兵、兵演兵”外，另希望作家们“到军中去”，以便把文武两条战线融合起来。蒋经国还在“第二届文艺大会”上做《高举三民主义文化大旗，赢得反攻复国最后胜利》的报告，以进一步发动文艺家朝着新的方向迈进。二是

---

① 詹宏志：《两种文学心灵》，皇冠出版社1986年版，第11页。

② 史料编辑委员会：《三民主义——增录民生主义育乐两篇补述》，中央文物出版社1965年版。

③ 《文艺先锋》（重庆），文艺先锋社印行，1942年10月。

④ 姜穆：《国军新文艺运动的时代背景及其影响》，“庆祝黄埔建军七十周年、新文艺运动三十周年学术研讨会”论文集，1994年内部编印，第13页。

⑤ 陈纪滢：《战斗是“戈矛”不是“皇冠”》，参见穆穆主编《战斗文艺与自由文艺》，台北文坛社1955年版，第1—3页。这里说的“皇冠”，暗指软性刊物《皇冠》。

⑥ 发布时间为1951年3月15日，后刊于台北《军中文艺》。

任卓宣(叶青)主持的“中宣部”,让当年担任“中华文化运动委员会”主任的张道藩将功补过去建立新的组织“中国文艺协会”,通过这个上海“民族主义文学运动”与重庆“中华文化运动委员会”两者结合再出发的组织,去“巩固文艺阵营”。张道藩的思想和行动配合了国民党三民主义的时尚,形成变相的思想管制。张道藩和蒋经国就这样联手打造了以“管制”外加“培训”方式的文学体制,威逼作家艺术家从事大规模的“战斗文学”的生产。

“战斗文艺”的关键词是“战斗”,也有文艺,故张道藩所炮制的“三民主义文艺政策”也谈到民族形式问题,但其总体目标是为了坚定知识分子思想忠贞、激昂社会的士气和民心,并以功利实用作为开展清除“赤色之毒”、“黄色之害”、“黑色之罪”的“文化清洁运动”的能源。具体来说,所谓“管制”,就是凭借张道藩的政治强权,把作家们个个训导为反“赤色之毒”的斗士,由此把文艺当作对大陆作家进行心理作战的喊话工具,在岛内则用“反共抗俄”统一作家的思想,题材规定只能写与“反攻大陆”有关的内容,再加上揭露“沦陷区”的阴暗面;只能歌颂蒋氏政权,不能暴露政府的无能,更不许描写官方的腐败;作品只能宣传三民主义,不许传播社会主义和共产主义;作品不能写下层人民的生活痛苦,不能鼓吹阶级斗争,更不允许工农兵或“工农渔”文艺的出现。“培训”,则是通过“国防部”办“文化工作示范营”、“文化工作示范连”及随之而来的“中华文艺函授学校”、“中国笔友会”、“青年文艺营”的方式,培养一支忠于两蒋的“武装部队之外的笔部队”①。

禁绝以30年代文艺为代表的左翼作家作品的“管制”,与“建立文艺的陆海空军”②造就新的“忠贞之士”的“培训”,可谓双管齐下。这种文艺生产机制,严重挫伤了作家的创造力和生产力。在那个政府无所不管也是人民无所不怕的年代,作家们受到奖励的是那些写控诉、清算、反攻、战斗、战争的题材,即使有爱情佐料,也不能违反“反共抗俄”的主旋律,造成这时期的文学成为被嘲讽的对象,普遍被人们视为如嚼鸡肋的“反共八股”,其所盛开的不是娇艳而是苍白的花朵。这也不奇怪,因为这种“战斗文学”从起步开始就与日据时期台湾的文学传统断裂,它最缺乏的是生根的土壤。在政治压顶下,省籍作家大部分都停止了创作,少数人试图迎合主旋律,但由于中文写作不熟练,很难像《恩仇血泪记》③作者廖清秀那样得到文坛的认可和嘉奖。而外省作家多半陶醉在“一年准备,二年反攻,三年扫荡,五年成功”的梦呓中。他们从不拥抱台湾这块土地和人民,只把台湾当作临时的栖居地,因而很难写出反映台湾现实的作品。

张道藩向广大作家灌输“作战”意识,并要求文艺家们主动向当局表态进行效忠宣誓的做法,受到自由派作家的抵制。他们反对政治侵略文艺,看不惯当年荒凉的文学园地里最活跃的不是文人而是“武士”,即军中作家在包办文坛的情况,希望由“兵的文学”转化为“秀才

① 孙陵:《论反共精神战线》自序,火炬出版社1951年版。

② 王蓝:《建立文艺的陆海空军》,《“中央”日报》(台北)1952年5月5日。

③ 廖清秀:《恩仇血泪记》,1957年7月自印,后获“中华文艺奖金委员会”长篇小说奖。

的文学”，更不赞成用文艺政策去制约创作。胡适说：“文学这东西不能由政府来辅导，更不能够由政府来指导。”①另一些从大陆渡海来台的作家，也持相似的看法。如老诗人番草(钟鼎文)发表的短评有云：

> 至于“政策”——这些异端的闯入者。一方面会杀害诗，一方面他们本身又会互相矛盾，动起干戈，骚扰得使诗的创作成为不可能。②

其实，“三民主义文艺政策”岂只对诗有杀伤力，对别的作品又何尝没有伤害？纪弦也是头脑较为清醒的外省作家，他虽然也写“战斗文学”，但那只是应景，或为了获取高额奖金。为了实现自己的文学理想，他还是想创作没有政治图解，没有标语口号，没有呐喊和血腥的纯文学作品。正是在这种文学观念支配下，纪弦创办了《现代诗》杂志(1953)，后来又成立了“现代派”(1956)，为省内外诗人打开了一扇窗口。与讲究陶冶情操和注重娱乐性的《皇冠》(1954)不同，更与以青年学生为读者对象的《幼狮文艺》(1954)有异，夏济安创办了倾向学院气质的《文学杂志》(1956)。夏氏沿用的是抗战前上海商务印书馆发行由朱孟实(朱光潜)主编的《文学杂志》刊名。使用这一没有任何政治色彩的刊名，是为了表示自己不想加入“战斗文学”的大合唱。在夏济安看来，这种文学“辞藻华丽，热情奔放”，其实是一种“煽动文学”。夏济安主张“文学不动乱”③，说穿了就是不赞成文学为“反攻大陆”服务，企望自己所主办的刊物能脱离官方的掌控，让读者承认他们的《文学杂志》是地道的“文学”杂志，而不是像迎合主流的刊物《文艺创作》(1951)、《文坛》(1956)、《革命文艺》(1960)所发表的有“战斗”而很少乃至没有“文学”的作品。这时期不愿随大流的刊物还有白先勇主编的《现代文学》(1960)。反主流的刊物则有陈映真等人参与的《文季》(1966)、吴浊流创办的《台湾文艺》(1964)和南部先后出现的《笠》(1964)以及《文学界》(1982)、《文学台湾》(1991)。

“三民主义文艺政策”从共时性看，其内容充满内在紧张力又随不同时代在补充在变化；从历时性角度看，则由于受不同领导人的主张和观念影响而发生蜕变。到了60年代，缺乏剩余价值的张道藩不再是红人，文艺政策贯彻的渠道便只剩下较过去开明设有“禁止体罚”和“申诉制度”的“总政治部”。70年代后期，“政工干部学校”(后改为“政治作战学校”)校长王升，升任为“国防部总政治作战部”主任。他在这时担任了张道藩原任的“文艺总管”角色。在1978年召开的“国军”文艺大会上，他作了《提笔上阵，迎接战斗》的报告，这成了阐述国民党“战斗文艺”政策和点名批判“工农兵文学”的最后一篇文献。④

---

① 胡适：《中国文艺复兴·人的文学·自由的文学》，《文坛》(台北)季刊1958年第2期。

② 钟鼎文：《关于诗的理论》，《自立晚报·新诗周刊》(台北)1951年11月26日。

③ 夏济安：《致读者》，《文学杂志》(台北)1956年9月创刊号。

④ 郑明娳：《现代散文现象论》，大安出版社1992年版。

台湾一直没有专门的文化管理部门。1980年，相当于“文化部”的“行政院文化建设委员会”(简称“文建会”)破天荒在台北成立。在学者陈奇禄的领导下，这个委员会不再像过去那样急忙制定文艺政策，去发动“反黄运动”(1956)和“扑灭翻版恶风运动”(1958)，也从不举办全岛文艺会谈和推行国军新文艺运动，而是把创设地方文化中心和保存、发掘台湾民俗列为首位，使台湾的文艺政策不再以批判、破坏为主，转向建设为主。1982年，国民党“文工会”新成立了“文艺资料研究及服务中心”，并创办史料性兼学术性的《文讯》，这是国民党的文艺工作从政策指导型转为服务型的一个重要措施。这个转变适应了时代的要求。面对本土化的热潮，国民党发号施令的地方只有当局、党方主持的文化产业，已很难对进入市场的媒体进行管制。

90年代本是多元共生的时代，随着台湾经济体制和两岸关系的变化，这时原由张道藩炮制的“战斗”文艺政策早已成为一纸空文。基于这种情况，国民党不再认为文艺是一种教化或单纯的宣传工具，不像过去那样迷信“以笔为戈矛”的战争文化史观与迷信权力的制度化形式。为避免让人们从政策中直接联想到政治意识形态的宰制，便进入了缺乏具体文艺政策的“无为而治”时代。这里讲的“无为而治”，并不是什么也不做，而是不过多地干预、顺其自然、充分发挥群众的创造力，做到自我实现。按照这种新思路，国民党以前认为大逆不道的分离主义还有共产主义均不再被视为异端邪说，不再像50年代那样去防“独”防共以及去起草“现阶段的文艺政策”，就是有文艺主张也不以文件的形式下达，而是主要通过领导人的讲话实施。

台湾的文艺政策从“主导”转向“辅助”乃至“无为而治”，其原因为随着党外运动的蓬勃开展与多党制的登台，以及随军来台的外省作家普遍老化的状况，再加上经费的不充裕，当局已无能力主导文艺运动。在这种情况下，作家和媒体均不愿受政权利益的制约而放弃服从读者的口味和适应市场的需要。正因为这样，哪怕由国民党“文工会”出资主办的《文讯》，也不得不尽量淡化“官方”色彩，而那些由民间文艺界人士创办的杂志，为“做到自我实现”更不愿意被当局收编，努力寻找台湾文学的历史坐标，推动“台语”文字化和“台语文学”的写作，尽可能把文艺的资源和工作空间做足做大，并回过头来检讨“官方文化”，掀起一连串的“回顾”、“定位”、“体检”、“重建”运动，使当局再也无能力像过去那样垄断和操控文艺，只能通过无形的文艺导向来制约文学的发展。

2000年台湾首次政党轮替，国民党下野，这时执政的民进党“无为而治”的“无为”，也绝不是一无所为，什么都不做，而是“以虚无为本，以因循为用”，即未明确制定和郑重其事发布作家们应写什么不该写什么的条文，但致力于宣传、催生“独立的台湾国民意识”。为了让“独立的台湾国民意识”尽快产生和自我实现，民进党采取了“亡人之国先亡其史”的做法。在史书方面，最早有台湾“独立运动”的重要领袖之一、“独立台湾会”的创始人史明的《台湾人四百年史》[①]。在文学上,则有叶石涛突出"台湾意识"的《台湾文学史纲》[②]和与此相类似的彭瑞金所著的《台湾新文学运动四十年》[③]。陈芳明后出的《台湾新文学史》[④],同样以史明分离主义史观做指导,不同程度地强调台湾文学的"主体性"和"独立性"。值得注意的是,2000 年 5 月陈水扁在就职演说中所提出的"台湾文化"概念。他讲的"台湾文化",是一种与大陆相对立的"海洋文化"。"海洋文化"诚然是台湾文化的特征,但过分夸大和鼓吹这种文化,其目的是为了建立所谓"海洋国家"。

文艺政策作为政府部门的一种措施,原本就与政治关系密切。多年来,大家都把文艺政策视为政治现象;研究文艺政策,也多从文艺政治学的角度入手。这种做法,本无大错,如民进党为了更好地掩盖自己的政治主张和争取中间群众,有时改用语言角度去贯彻自己的并非文艺政策的政策,如把台湾文学等同于母语文学,其目的在于建立与祖国大陆不同的语文系统,即用"华人"取代"中国人",用"台语"取代"汉语",为未来的"独立建国"铺平道路。号称顺应自然变化不妄为、鼓励作家自由创作的民进党,其潜在的文艺政策不会用典范的文本发布,而是用领导人的演说或代表有关当局政治主张的"总统府资政"的讲话及相关著述来表达。这些讲话和著述其实代表了当局者的声音,所论辩的也是台湾文艺发展方向性问题,因此它在某种意义上同样具有文艺政策的功能。

二、文学社团从一"会"独大到多元竞争

人是群居动物,乃成为群族。由群族而朋党,是顺理成章的事。欧阳修就讲过"朋党之说,自古有之",这就难怪不论哪个派别都嗜好组织文学社团以推动文学运动,如在日据时代,就出现过"台湾文艺联盟"(1934)这类组织。随着国民党在大陆丧失政权,创建新的"朋党"式文艺团体,成为他们反思历史教训、控制知识分子以及文学生产一种不可缺少的手段。最能显示"武功"与"文治"相结合的政治意图和斗争策略的,是上面提及的"中国文艺协会"。这个协会与抗战时期在武汉成立的"中华全国文艺界抗敌协会"方式几乎完全相同,所不同的是没有共产党员参与其中。这是当年台湾最大且唯一有办公地点和少量专职干部的文艺团体。它是在"国民党中央宣传部长"张其昀、"教育部长"程天放、"国防部政治部主任"蒋经国、台湾省教育厅厅长陈雪屏等人的支持赞助下成立的。发起人张道藩和陈纪滢均具有"立法委员"身份,且有充分从事三民主义文运的经验,保证了这个号称民间的群众团体不会偏离官方的文艺方向。事实上,国民党也常常从文艺的生产制定原理、准则、范式——也就是从政治上、政策上、方针上给这个组织下达指令。

作为 50 年代最活跃的文艺团体"中国文艺协会",其人员后来不断扩充以至垄断文坛达

① 史明:《台湾人四百年史》,1962 年日文版在东京出版,1980 年由蓬岛文化公司出版中文繁体版。

② 叶石涛:《台湾文学史纲》,文学界杂志社 1987 年版。

③ 彭瑞金:《台湾新文学运动四十年》,自立晚报社文化出版公司 1991 年版。

④ 陈芳明:《台湾新文学史》,联经出版事业股份有限公司 2011 年版。

10余年之久。这个团体的宗旨明确规定为"以促进三民主义文化建设，完成反共抗俄复国建国任务"。它虽然也说到要"研究文艺理论"，但"研究"的最终目的是为"反攻大陆"服务。

这就把作家们纳入了"反共复国"为核心的体制化管理。正是这种写作体制，使"文协"会员获得了创作资本和高于普通作家的话语霸权。当时任何一位作家如像《心锁》[①]作者郭良蕙那样被开除，就等于放逐在台湾文坛之外。这个"文协"没有豪华的办公地，当年寄身于十分破旧的"中国广播公司"汽车间，后迁至宁波西街的一条小巷中，可就在这个"汽车间"和"小巷中"，文学生产被组织成一个规模甚大的"投稿比赛的得奖游戏"。这个提倡写大陆"暴政"以至成为"战鼓与军号齐鸣，党旗共标语一色"[②]的"政治游戏"，网罗了绝大多数知名度高的作家、艺术家。当这些文艺家听命当局的政治指令时，又反过来强化了文学的制度力量。

50年代的文学体制正是靠有完整的组织系统、有较固定和充裕的活动经费的"中国文艺协会"去完成的。此外，参与文学体制建构的还有创办于1953年的"中国青年写作协会"，于1955年创办的"台湾省妇女写作协会"，后改为"中国妇女写作协会"。在军队，加盟"自由中国文坛"有1965年创办的"国军新文艺运动辅导委员会"及由后备军人组成、创办于1976年的"中华民国青溪新文艺学会"。

作为外部因素的文学团体，对作家的创作倾向有着规范和引导作用，但作家不可能完全受制于外部历史和"指挥刀"，其中还有自由表达的可能，也就是说优秀的作品绝不可能靠团体催生出来，更不可能靠政治高于艺术的"中国文艺协会"这种团体产生出来。到了八九十年代，官方的文艺团体已被蓬勃开展的党外运动和商业利益冲得元气大损，不再可能垄断文坛。经费的严重不足，使"中国文艺协会"连一个刊物都办不了。在官方文艺团体日益衰微的情况下，为适应文艺多元发展和两岸文学交流的需要，90年代出现了一些新的民间文艺团体，以"台湾"为名的文艺团体终于出现并多了起来，其中最著名的是1987年2月15日成立的以杨青矗为创会会长的"台湾笔会"。这个"笔会"，不再是执政党通过社团形式调节和监控作家文学生产的一种组织形式，而是逃避作家体制化，具有主体性的社团。它一诞生就没有得到有关当局文学制度的认可，这便进一步促成了它的"在野"的反抗性格。他们反国民党，反体制，反独裁，反封锁，提出"政治民主化，经济合理化，文化优质化"作为台湾社会最高理想和憧憬。

总的说来，解除戒严后的文艺社团突破了以往党、政、军对文艺团体的钳制而演化和分化，出现了体制内与体制外、多种文学社团并存的新格局，在一定意义上引进了竞争机制，在管理科学化、经营企业化的前提下促进了文学事业的繁荣发展。

三、文学教育从中国化到"去中化"

文学教育是国家繁荣昌盛的重要根基之一。一个国家的先进或落后，不仅看物质是否

---

① 郭良蕙：《心锁》，大业书店1962年版。

② 郭枫：《四十年来台湾文学的环境与生态》，《新地文学》(台北)1990年第2期。

丰富，还要看文化底蕴是否深厚，人民的文化素养是否达到较高的水准。正因为如此，为宣扬中华文化和防止分离主义势力渗透，在戒严时期有关当局所控制的大学国文系、中文系及其研究所，一律不许讲“台湾文学”，要讲只能聊备一格讲“中华民国台湾省文学”，折中的办法是可以讲乡土文学。在这种封闭和高压政策下，许多大学知名教授从不知赖和、杨逵、吴浊流是何方人士。

民进党于1986年成立后，为反抗国民党不重视本土文化的教育体制，力图把台湾文学作为一门学科打入高等学校，后于1997年成功地在淡水工商管理学院(后改名为真理大学)成立了首个台湾文学系。21世纪后，民进党一刻也没有忘记文史教育，没有忘记文学场域的主体参与者能否由亲中向排中转化的思想倾向，致使台湾文学系、台湾文学研究所遍及北、中、南、东四个地区，造成教育体制颠覆性的变化：各大学的《国文》课程，不论名称还是内容均已转型以宣扬中华文化为目标的课程版图在不断萎缩；开台湾文学课的“基点”数量快速增加。所有开设课程名称中，具有“台湾文学”概念的课都以“正名”出现，不再有“乡土文学”一类含混的课名。一旦有特殊含义即与中国文学无关的“台湾文学”以所谓“正名”的姿态出现时，“中国文学”便以“副名”在下沉。有识之士担忧的是台湾文学教育传授了知识，却远离了中原文化；传递了本土文学信息，却散布和强化了数典忘祖的丑恶思想。试看“台湾文学系”的学生，读的全是“台湾”二字打头的台湾文化概论、台湾史、台湾自然史、台湾文学史、台湾文学导论、台湾母语书写及习作、台湾古典诗、台湾古典散文、台湾小说史、台湾散文选、台湾新诗史、台湾文学选读、客家文学、台湾少数民族文学、台湾乡土文化及语言课程选读……以“中国”二字打头的课程全被挤到墙壁，这便威胁到国族认同：到底是做堂堂正正的“中国人”，还是做所谓“台湾人”，以致造成讲究“主观内面生活”的学生错把台湾当成自己的“祖国”。

分离主义文学教育与分离主义历史教育是看不见的两只黑手，两者紧密结合以便书写和“发明”与中国无关的台湾文学。近三十年来，台湾文学的诠释权逐步被分离主义人士所独霸，像叶石涛、钟肇政、陈芳明、彭瑞金等人以分离主义文学史观去诠释台湾文学前辈，如赖和、吴浊流无不被他们说成是分离主义的知音。他们还有一种论述是：要与全世界先进国家接轨，就要学习日本、欧洲、美国，而不是向中国学习。从李登辉到陈水扁，这种教育模式的推广大见成效。他们一方面讲全球化，一方面讲多元文化，用双管齐下的方式来扭曲台湾，让台湾的下一代错以为台湾不是中国的一部分，台湾文学不是中国文学的支流。

21世纪由扁政权所确立的“去中国化”话语权就这样在分离主义意识主导下，在文教市场、通俗文化、读书不如玩电子游戏的价值观的联手冲击下趋向强势。“去中国化”在文学教育上的矛头指向大中学校教科书的文言文、唐诗宋词和“五四”以来的重要作家作品。《国文》课程版图的大面积缩水或改名，导致了博大精深的中华文化的神圣性、崇高性被淡化，被解构。

如果说90年代“去中国化”的文学教育是由下而上和自民间而有关当局，是本土派的台湾文化研究家所主导，那么21世纪以后文学教育上的“去中国化”，是由上而下的，带有有关当局的色彩以及广大师生的参与性。“去中国化”的直接动力来自对两蒋政权“去台湾化”的反弹，来自夺权的需要和所谓“独立建国”的梦幻。台湾文学课程在教科书中删掉“五四”以来重要作家的作品，然后用有分离主义倾向的台湾作家的作品去取代。这不仅伤害了胡适、朱自清等著名作家，而且还伤害到在台湾文学界耕耘过多年的余光中、洛夫、白先勇乃至陈映真等人。

多样的文学功能，决定了文学教育功能不可以一元化。文学功能通常包括伦理教育、审美教育、社会认知教育以及艺术思维训练和拓展，文化反思和批判意识的养成等。可急于建设和确立台湾教育“主体性”让台湾文学与中国文学分家的学者，把批判意识的培养看成高于一切。王晓波等人极力抵制这种做法，其目的在于捍卫光辉灿烂的中华文化，确保屈原、李白、曹雪芹的光环所处的中心地位。他们呼吁，应把中华文化作为中学的必修课，大学“台湾文学系”不应与中文系对立而应互补，这是他们的基本诉求。王晓波们在维护中华文化的合法地位、批判文教上的“去中国化”的不良倾向时，是从中国意识出发，从学生把“列祖列宗”写为“劣祖劣宗”这种中文水平在不断下降的实际出发，去质疑分离主义文学教育的合法性，同时也从文学教育体制必须突出中华特色的角度为自己的合法化辩护。

2008年5月马英九上台后，为治疗伤痕累累的教育体制，做了一些补救措施。但鉴于国际上普遍认可“中国”等于中华人民共和国，马英九刻意回避“中国”二字，他也就无法从民进党的“去中国化”改为“去台湾化”，更不可能彻底回归“中国化”，造成现今中小学语文课本还看不到以鲁迅为代表的大陆30年代作家作品和当代作家的文章，更难读到台湾左翼作家的作品。

文学教育有政治层面的问题，也有专业本身的问题。如张爱玲是否为台湾作家，台湾文学教材要不要把她的被列为30部台湾文学经典之一的《半生缘》选入，各个学校和出版社有不同的主张。这些不同主张，反映了编者在复杂环境下所显示的心态和灵魂的本相。这里有审美标准问题，另还有隐藏在选本后面的意识形态立场，这正反映出台湾文学教育不定于一尊的多元共生现象。

四、文学论争从“单挑”到形成“群架”

文学生产机制的建构，常常会引发不同派别作家话语权的争夺。这争夺，有“斗气”的，更多是不存在私人恩怨由“斗气”发展为“斗志”。台湾文坛尤其是诗坛，由50年代苏雪林与覃子豪、覃子豪与纪弦因象征派评价问题“单挑”式的论争①发展到“打群架”。已故的台湾新文学史家周锦曾调侃说：台湾诗人“不仅有过笔战，而且形成群架”②。

---

① 苏雪林在《新诗坛象征派创始者李金发》(《自由青年》1959年7月1日第22卷第1期)中，攻讦当今的新诗“更是像巫婆的蛊词，道士的咒语，匪盗的切口……”覃子豪在《论象征派与中国新诗——兼致苏雪林先生》(《自由青年》1959年8月1日第22卷第3期)中，认为苏氏的评语“未免有失公平”。苏氏紧接着写了《为象征诗体的争论敬答覃子豪先生》(《自由青年》1959年8月16日第22卷第4期)做出答辩，覃子豪又写了《简论马拉美、徐志摩、李金发及其它——再致苏雪林先生》(《自由青年》1959年9月1日第22卷第5期)，指出苏氏文风恶劣。

② 周锦：《近三十年来的中国现代文学》，1986年第一届中(台)韩作家会议论文，另见洛夫《诗的边缘》，汉光文化事业公司1986年版，第180页。

相对作为大社会的台湾而言，诗社只是岛内的一个小社会。作为小社会的诗社所创办的“机关刊物”，不仅是同人发表诗作的园地，而且是制造和巩固诗坛权力的阵地，是论战中向“诗敌”开火的堡垒。正如台湾诗人焦桐所说：从纪弦成立“现代派”以来，台湾新诗“即在论战中发展，派系对立的情绪普遍存在，大家各据山头，壁垒分明，颇有争夺‘武林盟主’的态势”①。

在那个高度自由化的宝岛，只要你出钱出力，就可以办刊物。那里不实行“审批制”而实行的是“登记制”。由于拥有自己的阵地，这些同人诗刊或诗社的成员无不企望自己获得更多更大的文学权力及由此带来的知名度。这些人多半认为自己比别诗社的诗人优秀，他们几乎不看别诗社社员的诗作，却很在意对方看不看自己的作品，这使他们传染上封闭性。如此交叉感染，诗社或诗刊无形中成了带有一定的排他性乃至对抗性的团体。由于“排他”和“对抗”，诗人爱打笔仗的情况，比小说界、散文界格外突出。《秋水》诗刊主编涂静怡写道：“诗坛并不是那么和谐……有人在报刊发表文章骂来骂去，笔战连连。”②

规模最大一次“群架”式的“笔战连连”，莫过于台湾大学外文系主办的《中外文学》所推出的“现代诗回顾专号”。在这个专号上，诗坛重镇洛夫发表以“诗坛春秋”为题的重点文章③，在谈有关现代诗的发展历程和一些重大诗歌现象的评价时，揭别人之短，扬自己之长，并以挑战者的姿态对“蓝星”、“笠”等兄弟诗社某些个人妄加评论。这使不甘心丧失自身文化霸权的各诗社感到严重威胁，《阳光小集》为此特制作了《〈诗坛春秋三十年〉回响》专辑④，发表了台湾各主要诗社、诗刊诗人的反弹文章。鉴于全台湾主要诗社都表明了态度，洛夫事后给《阳光小集》的信表明“不要滋生误会”，这场显赫一时的“群架”才画上句号。

台湾诗人爱打笔仗，处在亢奋状态中的诗人与诗人之间发生针尖对麦芒的“私人战争”，诗社与诗社之间引发互不相让的“连环战争”，系台湾诗坛与大陆诗坛不同的一个重要风景。如果说第一次发生在《中外文学》上论争“形成群架”，是因为诗学观的不同，那第二次“打群架”则纯是国族认同所引发。不同于上一次发生在诗社与诗社之间，这次是由《笠》诗刊单挑主办台湾文学经典评选的“文建会”及其承办者《联合报》所评选出的郑愁予、痖弦、余光中、周梦蝶、洛夫、杨牧、商禽等 7 位“经典”诗人。

当年经典评选结果一揭晓，在文坛顷刻间引发出一系列的抗议事件，“文建会”即时举行台湾文学经典研讨会，不甘示弱的本土派却针锋相对，在研讨会开幕的当天下午主办“抢救台湾文学”记者会，激烈抨击经典的评选是打压本土文学。连民进党党部也发表声明“这项活动已挑起文学界重大争议，扩大社会裂痕，也伤害了长年为台湾文学努力的作家的感

① 焦桐：《80 年代诗刊的考察》，《台湾诗学季刊》1993 年 6 月，第 107 页。

② 涂静怡：《秋水四十年》，诗艺文出版社 2015 年版。

③ 《中外文学》（台北）1982 年 5 月，第 6—31 页。

④ 《阳光小集》（台北）1982 年第 9 期。

情”[1]，可见此事已非单纯的文学事件而成为社会事件或政治事件。

在这一事件中，《笠》诗社社员扮演了重要角色。他们认为不是名单有缺失，而是余光中、郑愁予、洛夫这些人根本不是“台湾作家”而是“中国流亡作家”，这里隐含一个能否以“去中国化”作评价标准的问题。因而他们制作了《抢救台湾文学》特辑[2]，发表了 7 篇讨伐文章，愤愤不平地认为台湾文学经典的评选是“文学暴力”的行为，用媒体优势强迫“台湾作家”接受。这些分离主义作家所信奉的是：“不是台湾人，就没有台湾文学。”在他们眼中，台湾人不是中国人，正像国民党是“外来政权”一样，中国文学是“外来文学”，绝不能让痖弦、余光中这些“外省作家”的作品视为“台湾文学”。这种看法看似理直气壮，其实经不起检验。因为举世公认台湾人不是外国华人而是中国人，讨论文学问题不应该往政治上靠拢。

作为病态社会的台湾，文学论争常常泛政治化，一旦把不同意自己观点的人看作“不忠于台湾”的叛徒，这“台湾结”与“中国结”的纠缠就永远无法解开了。

作为文学场域中象征性斗争的“骂来骂去，笔战连连”的情况，与所谓的“国族认同”密切相关。“国族认同”，是一个国家的自我定位以及别人对这个国家的评价，具体到个人来说，它由自我认同走向集体认同。台湾各族群尽管生活在共同的宝岛上，但由于基于各自的立场特别是政治的诡异和政客们不断制造族群问题，造成多元的民族认同。对北部的老字号诗刊《创世纪》、《葡萄园》、《秋水》的领导成员来说，认同自己是中国人或“在台湾的中国人”基本上没问题，而由本土诗人组成的“笠”诗社，却在国家认同问题上发生裂变。正因为“国族认同”问题上南辕北辙，故本土诗人常与具有中国意识的刊物及其诗人发生摩擦。

在 21 世纪，因“国族认同”问题引发的论争就不是“打群架”这么简单，而简直是一场“南北战争”。2011 年，黄春明在台湾文学馆主讲《台语文书写与教育的商榷》[3]，成功大学台湾文学系副教授蒋为文认为黄春明以中国人自居，把本是“国语”的“台语”降格为方言，指责用“台语文”书写显得不伦不类，使人读了莫名其妙。黄春明还以台湾过端午节为例说明两岸同文同种，这演讲从题目到内容在蒋为文看来均带有挑衅意味，便带着连他自己都反对用“中国语”的中文所书写的大字报“台湾作家不用台湾语文、却用中国语创作，可耻”在黄演讲时举出以示抗议。把学术论坛变成政治舞台的蒋为文，其“造反有理”的行为引发网友纷纷讨论。他们认为蒋为文向博大精深的中华文化叫板绝不是什么学术问题，而是一个重大的政治事件。事发一年后，蒋为文向台南地院具状自诉黄春明妨害名誉。分离主义势力掌控的台南地方法院不听黄春明的辩解判决黄春明败诉，处罚金并判缓刑两年。主张用“中国语”写作的人要付出坐牢的代价，岂非咄咄怪事。难怪此判决一出，舆论哗然，北部各大报纷纷报道“成大教授闹场踢馆”事件，骆以军、纪大伟、伊格言等多位北部作家还有海外作家都

---

① 《联合报》（台北）1999 年 3 月 20 日第 14 版。

② 《笠》（台北）1999 年 6 月。

③ 《文讯》（台北）2011 年 7 月。

表达对黄春明冤案的关切。

台湾文坛一再扬起文学论战硝烟，当然不全是与意识形态问题有关。不过，从“形成群架”的诗坛到争吵不休的文坛，可以发现这是一段台湾文坛论争的倾斜史：或向国族认同问题上倾斜，或向“谎言与恶意”上倾斜。在剑拔弩张的论争中，双方都在加紧“巩固国防”，而忽视了“抓生产”。要说明的是：这些喧嚣一时的文学论战，不是因为论争过程中双方发表了什么深刻的理论见解，而是因为这些以气势雄壮而不是逻辑严谨取胜的论战乃至“混战”，曾深刻地影响着台湾文学的历史发展。

五、出版业从官办到走向民营

文学生产离不开出版业和报纸副刊。21世纪的台湾文学出版传统韵味在增添，与曾在建立“党国”文化领导权起过重要作用的有关当局办的出版社几乎全军覆没分不开。还在运作中的“正中书局”，也是日薄西山，早已没有当年的派头和风采。回想五六十年代，党营、军营、公营出版一直是国民党在文化事业上垄断舆论的一张王牌，从上述老资格的“正中书局”外加“中华文化事业出版委员会”、“中央文物供应社”到60年代中期出现的“黎明文化事业出版公司”、“华欣出版公司”以及重整旗鼓的“幼狮文化公司”，在出版市场上不仅代表了一个时代，同时也创造了一个时代。可随着“反共复国”神话的破产尤其是蒋介石去世以后，这些基本上作宣传工具利用的出版社，不是萎缩，就是关门，代之而起的是民营出版社。出版市场新添了标榜“台湾意识”、宣扬本土文化的前卫出版社，以后又有坐落在南部的春晖出版社。这两家出版社出版了一系列本省籍作家的作品，并成了台湾文学主体论述的基地。

在文学出版方面，最亮眼的还是有强烈品牌意识的“五小”出版社。“五小”出版社的“小”，系相对“联经出版公司”、“时报出版公司”等资金雄厚的大出版集团而言，它们分别是：纯文学出版社、大地出版社、九歌出版社、尔雅出版社、洪范书店。纯文学出版社已于1995年关闭，大地出版社于1990年让出了经营权，尔雅出版社在21世纪仍出版了在文坛上颇具影响力的作品，洪范书店还是以出高雅的严肃文学为己任。

作家办出版社是我国新文学的优良传统。这个传统1949年后在大陆不复存在，而台湾却一直保持着。在“纯文学”等“五小”出版社中，坚持最久、成效最为显著的是蔡文甫创办于1978年3月的九歌出版社。办文艺出版社容易走入死胡同，就算不关门也会越办越小，能坚持下来也是惨淡经营，可九歌出版社越办越火红，“九歌”竟像母鸡下蛋般生出了子公司。在“九歌”出版史上，值得称道的是《中华现代文学大系》，其中1970—1989年分为新诗、散文、小说、戏剧、评论五卷，总共15册，出版后在海内外获得一片好评。他们又于2003年推出1989—2003年同名“大系”，仍分五卷，共选300多位作家的作品，总共12册。对台湾当代文学研究来说，这两套“大系”是不可多得的参考文献。如果把各卷《导言》汇合起来，也就成了当代台湾文学的断代史。

21世纪的台湾出版业，用现代专业的企划经营、与世界接轨的手段造成快速发展，业已形成了兼具“纸质书”与“电子书”双重性质的文化现状。在此过程中生成的出版文化，见证了并以它不同于20世纪的功能优势，日益深入地参与到新世纪文学制度的建构之中。

在传媒语境的巨型覆盖下，作为主流出版形式的公办出版社遭遇重新洗牌。如果说，在20世纪解严后，现代出版的革新对台湾文学所产生的冲击波还未引起人们重视，那么到了21世纪，哪怕是对出版体制的变革持保留态度的人，都会强烈感受到“台湾”取代“中国”的思潮及网络对文学出版所产生的解构力量。不仅纸质出版经历着从“语言”转向“图像”，进入视觉文化的新阶段，而且随着科技革命尤其是电子出版物的上市，21世纪的出版体制的确发生了巨变。

这是因为不论是出版群落、作者队伍还是书籍生产、出版传播、读者消费，涌现出过去鲜有的文学生态，比如传统的出版市场由琼瑶、三毛、古龙、高阳还有席慕蓉等流行作家所垄断，现在转换成痞子蔡、九把刀一类的网络写手通过电脑或手机，让文学走入“寻常百姓家”。文学出版市场历来是具有文学知识或写作能力的读者所构成，现在转换成不一定具有高等教育水准的网民以及手机一族，他们不受纸质本的局限可以在地铁、飞机或餐馆无限制地阅读作品。即是说，“文学传播开始由单向传播转换多向交互式传播，由延迟性传播转换为迅捷性传播等，从物质、时间、空间三位一体上突破了原有的樊篱，实现了文学的无障碍传播等等，不一而足”①。

表面看来，21世纪的台湾文学出版制度在向出版民主化、自由化靠拢，书籍的生产比任何时期均活跃繁荣，可把新媒界衍生的网络出版物与纸质出版物在同一维度上加以对照，就可发现在网络上发表和出版的作品甚多次品乃至垃圾，再繁华也无法与专出纯文学的“五小”出版社的出版品竞争。

文学的出版过程在21世纪的台湾未纳入当局的行政管理，责任编辑由此成为书籍出版的重要审查员。专门从事自费出书的出版社，审查极为宽松，有的则根本不审查，校对也交给作者，因而错字多，常常出一本新书附赠一册勘误表。规模较大的出版社则不存在这个问题，责任编辑认真审稿校对，差错极少。

在宝岛，谁出资出版，谁就是老板。老板一言九鼎，他不需要编辑初审、编辑室主任复审、总编辑终审这种繁琐的“三审”制度。但这不等于说出版社完全脱离政治。一般说来，出版社不管有任何政治颜色，都不会打出旗号，都会“聪明地”隐藏或伪装自已的意识形态、权力结构、预设立场、感情偏好、人际网络。只要是好作品且有销路诚然都愿意出版，但个别作品如政治颜色太浓的作品，出版社会将其打回票。②

由于流行文化不断挤压精英文化，再加上老百姓普遍流行历史怀旧心理，这造成21世纪的文学出版有两个看点：一是回忆录的出版，最成功的作者有龙应台、齐邦媛、王鼎钧。二

---

① 刘文辉：《新媒界时代文学的生长困境与前景》，《理论与创作》2012年12月。

② 参看周复仪：《杨青矗——以文学为美丽岛历史为见证》，《联合文学》(台北)2009年12月号。

是经典的重塑,如九歌出版社对文学不变的坚持便表现在出版“典藏小说”、“典藏散文”,以及用套书形式广告推销的“名家名著选”。此外是老一辈作家全集或文集纷纷问世。

蒋介石时期有重北轻南的现象,这一现象至今没有根本改变。以出本土文学著称的南部出版社,在全球化语境下,与北部的联经出版公司、九歌出版社、尔雅出版社相比,均面临着困境。台北市毕竟集中了全台湾最大的出版资源,其中新兴的以强大势头发展的秀威信息科技股份有限公司极引人瞩目,它是台湾唯一同时拥有 POD 随需印刷技术与 BOD 随需出版机制的公司,近年来因为出版种类丰富,已逐渐成为台湾新兴出版市场的知名品牌。

有道是“同行就是冤家”,这句话在台湾也适用,这表现在出版业竞争激烈。从《联合文学》总编辑位子上退下来的初安民,另创办《INK 印刻文学生活杂志》和同名出版公司,与《联合文学》和联合文学出版社的竞争可谓棋逢对手。他们在暗中较劲,没有包袱的“印刻”潜力极大,大有后来居上之势。无论是位于北部的“东大”、“三民”、“麦田”,还是位于南部的“春晖”,不管有多么强的主观性、偏狭性、功利性,都为了各自的利益和出版理念在新的出版市场中苦撑苦战。在这种情况下,台湾文学馆在台南出版了《2007 台湾作家作品目录》、《台湾现当代作家评论资料目录》、《台湾现当代作家研究资料汇编》、《台湾文学史长编》等一系列套书,远远超过当年由军方出资的“黎明文化出版公司”出版的《中国新文学丛刊》、《中华文化百科全书》、《中华通史》等丛书的规模和质量。这一方面是由于该馆有丰富的资源,另一方面与前任馆长的努力尤其是李瑞腾下决心要将台湾文学馆办成全球的台湾文学研究中心的理念有关。

六、文学副刊从如日中天到日薄西山

报纸副刊,种类甚多,其中文学副刊最受读者青睐。副刊本是中国报纸的一大特色。相对硬性的新闻报道来说,副刊的内容呈软性:比较轻松,题材也是百花竞艳,这种附张、附页、附刊对正张刊登的国内外大事和本地新闻,起了一种补充和调剂的作用。

报纸副刊相比文学杂志,最大的优势是发行量巨大。台湾最著名的大报,背后均有庞大财团支撑,如《联合报》、《中国时报》。这两大报的副刊在发展中形成了自己的模式和特色,将这一模式打破的是有“纸上风云第一人”[①]之美誉的高信疆。

1970 年,有“新闻界的红卫兵”之称的高信疆所主持的《中国时报》“海外专栏”,以大串连的方式广泛邀请世界各地著名文化人及留学生为专栏写稿,引领风潮,弥补党禁报禁时代新闻和言论的局限,成了“戒严禁锢时代里,批判声音的唯一疏洪道”[②]。高信疆于 1973 年正式出任《中国时报》“人间副刊”主编后,提出“热爱台湾,胸怀中国,放眼天下”不凡的编辑

① 詹宏志(语),另见季季、郝明义、杨泽等编《纸上风云高信疆》,大块文化出版股份有限公司 2009 年版,第 236 页。

② 周浩正:《“颠覆者”高信疆:纸上风云第一人》,《文讯》(台北)2017 年 2 月。

理念，并以“认识自己，参与社会，反哺大众”作为实践这一理念的手段。他“下决心使报纸副刊不再具有文艺作品的浪漫性和娱乐的消闲性”①，要将纯文学副刊转型为文化副刊。他要让副刊成为广大读者认识时代、了解现实、体悟历史、追寻个体生命和群体生命共同价值的一块园地。也就是说，他要让副刊文章与整个社会发生密切的联系。正因为“人间副刊”办得比沉闷的“正刊”出色，高信疆改变了从前副刊“既与新闻无关，又与人生无涉，更谈不上激动人心、传承历史、创造文化等等的趣旨”的呆板形象②，从而走出了旧有的“文艺”格局，开创了崭新的文化天地。

作为70年代媒体英雄、“在国民党内遭严厉的批斗”③的高信疆，不惧强大的政治压力，他主持的副刊版面成为其肆意挥洒创见和诗意的最佳舞台。他把现代设计观念引进报纸编辑作业，在副刊实施形象革命，聘请画家为重要文章绘图，开风气之先。他通常不画版，而由美术编辑以最佳的审美观点设计版面，与文字共舞。“高式副刊”特别重视报导文学和报导摄影，以及文化中国、古迹维护、环境保育，还有叙事诗以及现代化与传统等重大文类和议题。他不仅把编辑从被动变为主动，还从平面转向立体，马不停蹄地主办了“时报文学周”等一系列有声有色的活动，把附属于报纸的副刊硬拉到唱主角的前台，由此“把前人视作‘报屁股’的副刊，变身为开风气之先的弄潮儿”④。此时高信疆的形象不太像文人，倒似一位呼风唤雨的导演，一位大汗淋漓的节目主持人。

具有浓厚的社会活动家气质的高信疆，高擎自由主义大旗，全力尝试改变传统文人副刊的性质，将其提升到报人副刊的层次；使副刊具有现代传播的新思维，为《中国时报》创下空前的辉煌，甚至一度接受读者只订阅副刊而不订“正刊”，新加坡华文报章也由此受到影响。只有对世间的文艺才情极为赏识和充满敬意，也就是有异于他人的眼光和胸襟，才能做到有识有胆，如出狱后的李敖，许多媒体都不敢登他的文章，可当高信疆约到李敖的作品后，临时抽掉别人的文章换上李敖的新作，用最快捷的方式让李敖重出江湖。柏杨重获自由后，高信疆用尽快的速度前往拜访，并开辟“柏杨专栏”，以营造一种文化评论的新气候。“人间副刊”积极参与社会发展的重大事件和关注文化上引人瞩目的事情，堪称人文精神的典范。“人间副刊”所扮演的这种“煽风点火”角色，成了著名左翼评论家唐文标所说的当年台湾十大文化事件之一。

七八十年代，被称作“副刊王”的王庆麟（痖弦）与“副刊高”的高信疆双雄并逐，他们分别主持的《联合报》、《中国时报》副刊，形塑了台湾文学界如日中天的黄金岁月。痖弦执掌的“联副”，继承的是“五四”以来的纯文学传统。它不似“人间”副刊那样前卫而显得较为沉稳。

---

① 周浩正：《“颠覆者”高信疆：纸上风云第一人》，《文讯》（台北）2017年2月。

② 高信疆：《一个概念（副刊编辑）的两面观》，《爱书人》（台北）1979年12月1日。

③ 王拓：《他对文化的贡献值得感谢》，见季季、郝明义、杨泽等编《纸上风云高信疆》，大块文化出版股份有限公司2009年版，第71页。

④ 周浩正：《“颠覆者”高信疆：纸上风云第一人》，《文讯》（台北）2017年2月。

这种"文学的、社会的、新闻的"与文化副刊的不同风格，形成了各自不同的读者群。竞争还表现在版面规划、专题设计与作家的争取上。在专栏作家的名单变动上，"联副"幅度小，专栏的持续性远比"人间副刊"更为长久。它与"人间副刊"一起形成"台湾最具代表性的文化公共领域"。[①] 这两大报联手在台湾掀起了媒体风云，创造了副刊的黄金时代。他们或倡导报导文学，或鼓吹极短篇小说、政治文学，或以专辑特刊的方式迅速报道诺贝尔文学奖的新闻，使副刊的守门人由此成为文化界的风云人物，副刊也成了文学传播的权力磁场。

1988年报禁的解除导致"社会解严，副刊崩盘"。报纸在大面积扩版，副刊除文学专版外，另增加了缤纷、两性、休闲、旅游、宝岛、乡情、医药等版面。90年代作为忙碌的现代人最后的一块心灵净土的文学副刊，其文学霸权不断被新兴的文化杂志、政论杂志及出版社所建立的消费系统所剥离，因而不再成为主导文坛权力的竞技场。在媒体权力重新分配时，本土思潮的兴起，使台湾报纸副刊也不再是两大报的天下，其中《自立晚报》副刊成为反宰制言说的重要舆论阵地，扮演了宣扬与"中国意识"相对立的"台湾意识"的角色。如果说，70年代后期两大报副刊是商业较劲的话，那到20世纪末则转型为"本土的"、"台湾的"副刊与"中国的"、"两岸的"副刊相互冲突的状态。前者以《自立晚报》、《自由时报》、《台湾时报》、《民众日报》四报副刊为代表，后者的代表则为《联合报》副刊、《"中央日报"》副刊等传统的右翼阵容。[②]

90年代报纸副刊不再如日中天而演变为日薄西山，在一步步走向没落。1997年初，在《自立早报》还未关门时就盛传该报副刊画上句号，以及《自立晚报》"本土"副刊缩水，《中时晚报》"时代"副刊"休克"，《大成报》没有副刊，《联合晚报》"天地"副刊停摆等消息。为不致"死亡"，不少副刊改变编辑方法，如检讨与反省过去的精英文化路线，朝庶民化方向发展，以明星化、资讯化、杂碎化、娱乐化、商业化的方式出版。就像痖弦所说，台湾文坛尽是些"甜甜的语言、淡淡的哀愁、浅浅的哲学、帅帅的作品"[③]，属于娱乐性的商品化文学。逃避文学遁入商品化，使纯文学的副刊的黄金岁月走入历史。不过，在多媒体与网络等传播科技迅猛发展、平面媒体的经营空间严重受挫的情况下，90年代以至21世纪报纸副刊走向"可有可无可缺可弃"的末路并不是媒体的过错，而是政经社会结构整体改变造成的："当整体社会对于文学的需求，不再如农业年代的人们那么强烈时，作为大众传播媒体的报业，自然也不可能再如以往一样，把副刊视为报业经营中不可或缺的一页。"[④]在解严前，副刊的存在与文学的前途有很大的关系，但多元化的当下，发起和推动文艺运动、促销样板作家、提倡某类文体的任务，报纸副刊已承担不起。出版社、文学杂志及其他媒体的运作，均应视为文学传播的重

---

① 陈义芝：《副刊转型之思考：以70年代末"联副"与"人间"为例》，"世界中文报纸副刊学术研讨会"论文，台北"国家图书馆"1997年1月11日。

② 向阳：《当代台湾文学评论大系·文学现象卷》，正中书局1993年版，第584页。

③ 李乃清：《叶维廉：台湾文坛甜甜的、浅浅的》，《南方人物周刊》2009年4月23日。

④ 焦桐：《台湾文学的街头运动》，台北时报出版公司1998年版。

要一环。如这样理解,那文学副刊从如日中天到日薄西山的没落,不等于文学的没落,更非文学的死亡。文学副刊的式微,也不等于严肃文学已走到穷途末路。

结 语

以上所论述的台湾文学的生产机制及传播方式,是两岸的台湾当代文学评论所忽视的范围。探讨台湾文学的历史逻辑和戒严前后文学运转模式与原理,可将“台湾当代文学评论”改造和升格为“台湾当代文学研究”,从而扩大以往台湾文学研究的领地,进一步深入台湾文学运动所依附的“大历史”之中。①

通过对台湾的文学生产机制及其传播手段的研究,可看到文学体制与生产传播方式对台湾文学进程和作家风格的形成所产生的深远影响。总结该领域正反两方的经验教训,能帮助读者对台湾文学的发展规律及其特点形成基本认识,同时可为大陆文学的发展提供新的参照系。

① 参见郜元宝:《“中国现代文学研究”的“史学化”趋势》,《中国现代文学研究丛刊》2017年第2期。

光复初期台湾文学史论述的多重话语维度

隋欣卉　刘小新*

（两岸关系和平发展协同创新中心 福建师范大学闽台区域研究中心，福州 350007；
两岸关系和平发展协同创新中心 福建社会科学院，福州 350001）

内容摘要：光复初期是台湾文学史上重要的历史节点。首先，它是日据时期台湾文学与战后台湾文学的连接点；其次，它又是祖国大陆文学与台湾文学对接的连接点。秉持不同意识形态和历史视野的文学史家对光复初期文学史的论述观点迥异，存在着较为明显的三组矛盾和六个面向：中断论与延续论；再殖民论与去殖民论；省籍矛盾论与阶级冲突论。这种状况的形成，凸显了光复初期文学的重要性，以及对这段时期文学与思潮的多重阐释与话语交锋。

关键词：重写文学史；光复初期；台湾文学；话语；阐释

20世纪80年代以来，重写文学史风潮在两岸几乎同时兴起，其中既有综合性、历时性的文学史研究成果，也有侧重于某一文类或断代性的类文学史研究著述。由于研究对象、视野、立场及研究路径、方法等的不同，研究者对文学现象思潮和文学史的理解诠释往往呈现较大差别，对作家的历史地位、文学活动等所给出的评价也存在差异。光复初期台湾文学是台湾文学发展过程中的一个重要阶段，堪称台湾文学史的重要历史节点。首先，它是日据台湾文学与当代台湾文学的连接点；其次，它也是祖国大陆文学与台湾文学对接的连接点。正因此，对该阶段文学史的观照和书写呈现出迥异的风貌，甚至成为不同意识形态争夺阐释权与话语权的文化战场。“（台湾）文学史书写的问题，不仅是如何书写叙述与诠释，还涉及由谁来书写叙述与诠释，甚至谁有权力叙述与诠释（台湾）文学史，显然文学史书写已不仅是讲述‘文学的过去’的故事印刷成书而已，而且还是现在进行式的论述权力争斗。”①史家们对

---

* 作者简介：隋欣卉，两岸关系和平发展协同创新中心、福建师范大学闽台区域研究中心副研究员；刘小新，两岸关系和平发展协同创新中心、福建社会科学院文学所研究员。

基金项目：国家社会科学基金项目“重写台湾文学史思潮研究”（13BZW133）。

① 张锦忠、黄锦树：《重写之必要，以及（他人的）洞见与（我们的）不见》，张锦忠、黄锦树编《重写台湾文学史》，麦田出版社2006年版，第8页。

光复初期文学史的理解和描述存在着巨大差异和冲突，对于同一作家、作品、思潮、论争，即便引用同一史料，阐释有时也存在着根本性差异。光复初期的文学史论述，至少可归纳为以下三种冲突：中断论与延续论；再殖民论与去殖民论；省籍矛盾论与阶级冲突论，它们构成了值得深入辨析的六种论述维度。

一、中断论

所谓中断论，就是认为光复初期的台湾文学与之前的文学传统产生了不可弥合的断裂的观点。持这一观点的，以叶石涛、陈芳明两人的文学史著作为代表。

叶石涛关于光复初期的论述，集中体现在其《台湾文学史纲》一书的第三章："四〇年代的台湾文学——流泪撒种的，必欢呼收割。"在介绍光复初期台湾的社会历史背景时，他特别强调自光复日至大陆公署官员赴台这两个月的"政治真空期"里，处于自治状态的台湾社会是一个"路不拾遗、夜不闭户"的"世外桃源"，[①]这一描述与上一句所描述的战后台湾民众衣衫褴褛"面带菜色"的景象并不一致，而与他突出表现的大陆军队抵台后的情状形成对照：军容不整、军纪不佳，产业垄断，知识分子失业，恶性通货膨胀，民众沦为赤贫，自杀者激增，司法制度紊乱，绝迹许久的流行疾病重返台湾，如此等等。叶石涛认为光复初期台湾民众对大陆近代文化感到疏离和隔膜，但他也承认台湾内外文化人都曾努力介绍和吸纳大陆新文学、中国古典文学、苏联文学等；他强调台湾文学的本土性和世界性，认为台湾作家从战争激变下复苏，亟欲继续完成他们的未完事业——建立富于台湾色彩的台湾文学以跻入世界文学之林。他还特别肯定龙瑛宗主编的《中华日报》日文版文艺栏的贡献和价值，也强调废刊造成的断层性后果："一九四六年《中华日报》日文版文艺栏废刊以后，所有全省的报纸副刊都变成清一色的中文了。日文作家大多数放弃文学创作的路，不得不结束了作家的生涯。40年代末未能产生新锐作家，而许多刚出头的作家放弃创作生涯，这构成了战前新文学运动和战后台湾现代文学之间的断层和鸿沟，所有日据时代新文学的遗产，似乎都快要埋入历史的坟墓里去了。"[②]这种中断论，也被其后的陈芳明等史家所采纳并光大。

在《台湾新文学史》的第一章"台湾新文学史的建构与分期"中，陈芳明对中断论有较为完整的阐释。他认为1945—1949年是台湾文学的历史过渡期、转折期，更是冲突期，这一时期对作家"更大的考验来自于全新的语言政策。1946年，来台接收的台湾行政长官公署，颁布废止使用日文的禁令。许多已经习惯日文书写的作家，被迫封笔。日据时期的新文学传统，至此又遭逢另一次断裂。本地作家之所以会在战后二十年的时光中变成无声的一代，完全是拜语言政策之所赐"[③]。不可否认，光复初期，那些在日本殖民政策高压下已习惯使用

---

① 叶石涛：《台湾文学史纲：注解版》，中岛利郎、泽井律之日译本注解，彭萱汉译，春晖出版社2010年版，第118页。

② 叶石涛：《台湾文学史纲》，春晖出版社1987年版，第75—76页。

③ 陈芳明：《台湾新文学史》（上册），联经出版事业股份有限公司2011年版，第34页。

日文创作的台湾作家在语言转型问题上面临可想象的困难，一时无法很快熟练地使用国语写作，但语言政策并非导致作家封笔的唯一原因，“完全拜语言政策之所赐”的判断显然不够准确。同一本书中也指出，“台湾作家在战后初期纷纷停笔，当不只来自文化政策的干涉。还有更为重要的原因是，当时政治风气腐化，经济萧条，使作家无法专心致力于文学活动。一九四七年发生二二八事件后，更有无数作家遭到逮捕与屠杀。于是，逃亡的逃亡，封笔的封笔，文学运动不能不陷于停顿状态。在事件爆发前，台湾社会原先还享有些微的自由空气。台籍作家与来自中国大陆的作家，也开始小规模的文化交流活动，不仅如此，部分外省籍左翼作家如李霁野、李何林等介绍鲁迅思想到台湾。这种文化盛况，在事件后即销声匿迹。直至1949年，台湾文学未见有任何起色的迹象”①。不难看出，本省籍作家封笔的原因复杂多样；而且，即便是“二二八”事件发生后，他们在文学创作与文学论争中也仍有迹可循，如杨逵、龙瑛宗等，并未“在事件后即销声匿迹”。战后20年中，本地作家也并未如陈著所言全然变成无声的一代。钟理和、钟肇政、廖清秀等本省籍作家坚持创作，钟理和更以长篇小说《笠山农场》于1956年获得“中华文艺奖金委员会”长篇小说第二奖。

在《台湾新文学史》中，陈芳明延续了叶石涛的观点，“一九四六年十月二十五日，行政长官公署正式宣布废除报纸的日文栏之后，日据时期的文学传统不能不出现断裂”②。因为“陈仪政府来到台湾，为了加速其‘中国化’的整编，而全然使台湾历史、文学、语言的传承遭到荒废。由于日据时期的历史经验非常专断地被冠以‘奴化’与‘毒化思想教育’的标签，因此，台湾历史记忆的重建，自然就渐呈空白的状态。特别是有过批判殖民体制的抗日文学传统，由于是以日文写成，却一律被视为‘皇民化’的指控之中，文学传承至此遂产生断裂”③。这一结论也与事实相悖，因为在行政长官公署正式宣布废除报纸的日文栏之后，为解决部分作家以日文创作的作品的发表问题，采取了将日文作品译为中文刊发的方式。

总体上，陈芳明认为“二二八”事件后，台湾文学史发生了双重断裂，丢失了对日据时期台湾抗日文学与中国大陆“五四”文学的传承。有意思的是，讨论作家作品时，他又提供了与这种绝对化断言相反的例证。如谈及林亨泰及银铃会时，他指出：“林亨泰是银铃会的重要诗人之一。他是在战后透过这个团体而登临文坛，对于银铃会的评价值得注意。他说，银铃会延续了战前反帝反封建的文学精神，同时对于世界文学抱持开放接受的态度。更为重要的是，在政治最为苍白的时期，他们的努力创作使台湾文学史不致中断。银铃会承先启后的角色，由此可以窥见。”④如此说来，中断论又难以成立。陈芳明论述的自相矛盾可见一斑。

---

① 陈芳明：《台湾新文学史》（上册），联经出版事业股份有限公司2011年版，第34页。

② 陈芳明：《台湾新文学史》（上册），联经出版事业股份有限公司2011年版，第218页。

③ 陈芳明：《台湾新文学史》（上册），联经出版事业股份有限公司2011年版，第216页。

④ 陈芳明：《台湾新文学史》（上册），联经出版事业股份有限公司2011年版，第248页。

二、延续论

现有的台湾文学史书写，大多将光复初期这一历史阶段视为承上启下的过渡期，此即为延续论；而同为延续论，在所延续的内容层面，文学史家的侧重点又存在不小分歧。

其一，主要强调对日据台湾新文学传统的延续。

在《台湾新文学运动40年》中，彭瑞金明确否定了中断论，在他看来，那种指陈台湾作家因语言障碍停笔进而造成台湾新文学运动断层的观点是犯了历史剪接的错误。光复前的战争末期，尽管台湾文学已呈现出一种沉潜衰退的状态，但依然有“地下文学”等延续着殖民地文学的反抗精神。“台湾新文学运动在战争期间已呈现衰退的现象，文学不再参加直接抗争，与反抗运动的主流各行其是之后，已经在战争期转以迂回前进的策略或转入地下。活跃于战争期间的作家，如杨逵、张文环、龙瑛宗、吕赫若等人的作品风格，颇能说明四十年代初期台湾新文学的处境。”[①]彭瑞金还以吴浊流的“地下文学”为例，赞扬作家在战争状态下冒着生命危险写出了长篇小说《亚细亚的孤儿》，“代表了台湾新文学作家坚毅不屈的反抗精神，成为连贯战前、战后两个截然不同的世代文学传承的有形桥梁”，“成为战后台湾文学精神的指标，吴浊流本人顺着《亚细亚的孤儿》也成为贯穿战前战后台湾新文学运动的香火传人”。[②]

光复以后，在国语运动逐步开展的过程中，日语并未骤然全部废除。“终战后最初的一年半间，创刊于1946年2月20日的《中华日报》‘日文栏’扮演了延续旧日新文学运动承传相当吃重的角色。”[③]日文栏的作家是一些颇具良知的知识分子，虽然他们的作品不多也不精，他们的活动也是昙花一现，但在短暂的过渡期内延续了台湾新文学的香火传统，值得肯定。而伴随着国语的普及，台湾作家“从各种不同的角落走出来，可以说脚步不曾停歇地在战后即刻进行文化、文学重建的工作。这对因语言和统治政权更迭造成战后文学断层的臆测不攻自破。事实上，担任此一时期台湾文学旗手或鼓手的作家早已在战争期间取得了他们应有的位置，而且他们的脚步并未歇止，反而更见积极。同时，他们的创作与使用汉文与否无关，也与环境的压力无关。战争期间他们的文学已经成为民族信心重建的一环”[④]。总之，彭瑞金强调光复初期文学并未断层，而是以各种方式和策略延续了日据时期台湾新文学传统。同时，他较多地强调外省作家对台湾文学及历史的无知。

其二，肯定与日据时期文学的历史联系的同时，也强调对大陆“五四”新文学传统的延续。这种延续论不仅是纵向的历史延续论，也是一种局部地区文学与祖国整体文学的合流论。

---

① 彭瑞金：《台湾新文学运动40年》，自立晚报社文化出版部1991年版，第33—34页。

② 彭瑞金：《台湾新文学运动40年》，自立晚报社文化出版部1991年版，第34—35页。

③ 彭瑞金：《台湾新文学运动40年》，自立晚报社文化出版部1991年版，第41页。

④ 彭瑞金：《台湾新文学运动40年》，自立晚报社文化出版部1991年版，第36页。

较早持这种论点的文学史家是台湾学者陈少廷，尽管八九十年代后他在不同语境下又否定之前看法，但他在 1977 年正式出版的《台湾新文学运动简史》一书中的观点非常明确，书中反复强调台湾新文学是中国文学的一部分，论及光复后台湾文学，他是以“台省文艺与全国文艺的合流”作为该小节的标题的。[①]

由刘登翰、庄明萱等大陆学者主编的《台湾文学史》是延续论与合流论的代表性著作，该著指出：“光复初期，台湾文坛曾出现一个短暂的复苏的时期。在日据时代受尽日本凌辱、欺压的台湾作家，接续中华民族的文化传统，积极投入文学活动。”[②]这一论述非常重视战后台湾文学复苏过程中台湾作家对祖国文化的热情，以及在两岸文化人共同努力下台湾文学向祖国文学汇流的趋势。“祖国大陆文学源源不断地输入台湾，推动了台湾战后文学的回归、重建和振兴，使台湾的文学运动呈现了向祖国文学汇流的最初趋势。这种汇流是建立在统一的中华民族文化基础之上的。”[③]在《台湾文学创作思潮简史》中，朱双一也详细论述了光复初期两岸文化汇流的盛况：光复后，台湾文化重建，不仅本省作家积极从事文化重建工作，更有大批大陆文化人肩负发扬光大祖国文化的使命赴台，其中不少是中国现代文学史上的知名作家、艺术家，如许寿裳、李何林、台静农、黎烈文、李霁野、袁珂、钱歌川、雷石榆、黄荣灿等。大陆赴台的文化人将祖国大陆的文学作品不断介绍到台湾，为台湾文学接续“五四”新文学传统，为台湾文学的重建奠定了坚实基础，也再次证明台湾文学与祖国大陆文学的血脉关系。

三、再殖民论

再殖民论的典型代表是陈芳明，在《台湾新文学史》的序言“新台湾 · 新文学 · 新历史”中，他直言这部文学史将从后殖民史观出发展开诠释。他的观点，首先体现在对台湾新文学运动的历史分期上，陈芳明将台湾新文学运动分成“殖民时期”、“再殖民时期”与“后殖民时期”这三个阶段。这一史观的认知前提是认定日据至解严这 80 余年的台湾社会性质都是殖民地社会，1895—1945 年属日本帝国主义统治时期，该阶段的台湾文学属殖民地文学，而 1945—1987 年的台湾社会则处于国民党“外来政权”治下，因此该阶段的台湾文学就属于所谓再殖民时期的文学。显然，这是对“殖民”概念的误用和滥用，也是对战后台湾社会性质和文学性质的错误判定。关于光复后文学，陈芳明以“二二八”事件为节点分为两章，即第九章的“战后初期台湾文学的重建与顿挫”和第十章的“‘二二八’事件后的台湾文学认同与论战”。这两章的内容存在一些问题，而“再殖民论”更是引发诸多争议与批评，如世纪之交的“双陈”大战[④]

---

① 陈少廷：《台湾新文学运动简史》，联经出版有限公司 1977 年版，第 189 页。

② 刘登翰、庄明萱主编：《台湾文学史》(第 2 册)，现代教育出版社 2007 年版，第 277 页。

③ 刘登翰、庄明萱主编：《台湾文学史》(第 2 册)，现代教育出版社 2007 年版，第 282 页。

④ 所谓“双陈大战”，指的是陈映真和陈芳明 2000 年在《联合文学》杂志连续发表文章，针对陈芳明台湾新文学史写作展开的一系列论争，陈映真对陈芳明的“再殖民”论述、分期三阶段论进行了有力批驳。

中陈映真的驳斥，吕正惠的《陈芳明“再殖民论”质疑》、曾健民的《可悲的战后“再殖民”文学论——陈芳明的台湾文学史观再批判》等文章都对“再殖民”论述的荒谬性进行了全面解析和批判。

《台湾新文学史》第九章从四个层面论述“再殖民”初期的文学：霸权论述与台湾特殊化；日据时期作家与文学活动的展开；来台左翼作家与鲁迅文学的传播；“二二八”事件对台湾文学的冲击。“霸权论述与台湾特殊化”部分给出了“再殖民时期”的命名缘由，即台湾的国民党有关当局等同于日本殖民政权——“来台接收的台湾行政长官公署，无论在权力结构上或组织规格上，都是日本台湾总督府的翻版。”[①]这种论述混淆了论述对象的不同性质：一个是异族异国的殖民统治，另一个则是民族国家内部的统治形态。不能因国民党政权统治不力就认定它是外国政权，其统治的性质也绝非殖民统治。这是基本历史常识，不容混淆。对此大陆学者赵稀方进行了明白的理论辨析，他认为应该把光复后国民党专制统治的问题“放在后殖民理论所谈及的民族主义的范畴中去认识，陈芳明所乐意谈到的国民党与日本人统治的相类（姑不论是否准确），正是法农所谈的警惕民族主义复制前殖民主义逻辑的现象。法农一再告诫，如果不摆脱殖民者的思维方式，殖民地独立后，民族资产阶级会沿袭殖民者的结构。不过，这并不代表本地统治者就等于西方殖民者，民族主义与殖民主义是不同范畴的问题”[②]。可以说，光复后高度权力支配的形式迫使台湾社会沦为再殖民时期的说法根本不能成立，其认知逻辑有违常识，将民族主义和殖民主义混为一谈。如果国民党治台属于“殖民统治”，又何来“光复”！而在具体论证过程中陈芳明则采用了主观臆测、片面曲解、模糊化、夸大其词等手法，如从“杨云萍的言下之意”推测出言之凿凿的结论，又如将黄得时“中国化和世界化”应双管齐下的说法，曲解成“以世界化的立场来凸显台湾文化的立场，以摆脱皇民化和中国化的纠缠”。[③] 再如将王白渊对国民党统治的批评总结为对“国民党文化”的“殖民文化的定义”，属于模糊化和夸大叙述。陈芳明还认为光复后的文化重建过程充满再殖民性。他批评陈仪治台文化政策以“中国化”来清除日本人的“皇民化”，是统治者对被统治者的“奴役化”、“奴隶化”。我们认为，光复后国民党治台确实存在诸多问题，但其症结并不在于“中国化”和“去皇民化”本身，去除殖民化、恢复和强化本民族文化是殖民历史终结后所有殖民地的必修课，而“中国化”和“去皇民化”也是光复时绝大多数省内外人士的共识。

在论述战后第一代作家承受的多重考验时，陈芳明将殖民时期的禁用汉语政策与战后的禁用日语政策并列，并将日本的大和民族主义与中华民族主义并置，这是前述错误认知逻辑的延伸：“首先，在语言上，他们经历了一九三七年禁用汉语与一九四六年禁用日文的官方政策。因此，语言能力受到不堪想象的损害，而严重影响了他们的思考与书写。在精神上，

---

① 陈芳明：《台湾新文学史》（上册），联经出版事业股份有限公司2011年版，第211页。

② 赵稀方：《后殖民理论在台湾的演绎》，《文艺研究》2009年第2期。

③ 陈芳明：《台湾新文学史》（上册），联经出版事业股份有限公司2011年版，第218页。

他们先是受到大和民族主义的驱使，继而在战后又受到高涨的中华民族主义的歧视与摧残。两种民族主义都不是出自他们内心的认同，而是受到强势权力的灌输与指导。”[①]事实上，殖民体制中异族殖民者强迫殖民地人放弃母语与光复后原殖民地恢复本民族母语的性质完全不同。论及光复初期叶石涛的创作时，陈芳明强调其历史小说创作不断向台湾历史获取灵感和题材，且主要是以荷兰、西班牙殖民时期的历史为题材，目的是为了凸显台湾历史特殊的殖民经验，也借此表达对国民党统治的不满。此外，陈著也特别指出一九四六年禁用日文政策实施后，叶石涛日文书写被迫中断。

这里必须指出两点：其一，叶石涛历史小说的书写是接受了外省文化人钱歌川倡议的影响。钱歌川的《如何促进台湾的文学运动》一文刊于 1948 年 5 月 13 日《中华日报》海风副刊，文中积极为台湾文学如何发展支招，提出两个主要观点：台湾自荷西殖民至日据时期的几百年历史中有取之不尽的素材，值得台湾作家关注；本省人更了解台湾的历史，应多多书写贴近现实的乡土题材。[②] 叶石涛创作历史题材作品也是一种响应。其二，禁用日文政策实施后，叶石涛的日文书写也并未全然中断，而是通过翻译而继续得以发表。陈芳明后文论述中也提及，“在‘跨越语言的一代’，叶石涛的创作成绩极为杰出。他的日文作品，在那段时期都必须透过他人的翻译才得以发表。殖民地语言的混融复杂，非常典型地表现在叶石涛的作品之中”。可见叶石涛此阶段创作并未中断。在论说与叶石涛同时期发表作品的其他作家时，陈著强调：蔡德本的《苦瓜》、黄昆彬的《美子与猪》、邱妈寅的《叛徒》、叶瑞榕的《高铭戟》、王溪清的《女扒手》、谢哲智的《拾煤屑的小男孩》等作品“都在描绘战后台湾社会的萧条与失序。主题虽各有异，却都指向一个焦点，那就是文化认同的问题。他们非常清楚，中华民族主义绝对不是轻易可以认同的。通过社会底层的庶民生活，他们共同表达了对政治体制的疏离。压抑、淡漠、冷酷的情绪，流动于小说的字里行间”[③]。陈芳明没有否认这些作品的主题多样性，既有如《苦瓜》、《叛徒》、《女扒手》等作对日本殖民者的控诉，也有如《高铭戟》等作致力于知识分子形象的塑造，也有如《拾煤屑的小男孩》等作则揭露战后台湾社会的萧条与失序；还有不少作品表现日本殖民统治对台湾社会和人民的伤害；一些作品确实表达了对光复后国民党劣政的不满；然而，将这些文学主题和“中华民族主义绝对不是轻易可以认同的”这么斩钉截铁的结论相连接，则是陈芳明放飞想象的任性表达。

而对于吕赫若最终去向的描述，曾专门研究台湾左翼历史的陈芳明此处的表述却莫名得朦胧，“吕赫若参加了地下左翼组织”，甚至隐晦“参加了地下政治组织”。对于这种“淡化”、“模糊化”叙述，吕正惠敏锐指出，吕赫若在“二二八”事件之后不久就加入了“台湾省工作委员会”（简称“省工委”），即台湾的中共地下党。陈芳明此处的朦胧叙述，和避免提到简

---

① 陈芳明：《台湾新文学史》（上册），联经出版事业股份有限公司 2011 年版，第 246 页。

② 陈映真、曾健民编：《1947—1949 台湾文学问题论议集》，人间出版社 1999 年版，第 260—262 页。

③ 陈芳明：《台湾新文学史》（上册），联经出版事业股份有限公司 2011 年版，第 255 页。

国贤因参加“省工委”被枪毙的史实一样，因为这些事实恰恰证明“二二八”之后部分台湾进步作家冒着生命危险所选择的反抗之路绝非反抗中国，他们所反抗的是国民党的黑暗统治，和同时期大江南北憧憬新中国理想的千万革命进步青年一样。[①]

在《台湾文学论——从现代到当代》一书中，许俊雅也有类似观点。她认为光复初期的小说呈现的是“骤然消失的繁华年代”[②]。她在杨守愚的《阿荣》、张冬芳的《阿猜女》、吕赫若的《冬夜》等小说中发现了相似的人物关系和隐喻性结构，认为这些作品“大致上都以台湾女性命运为经，以此暗喻被殖民的台湾之惨境。张、吕之作尤其架构在外省男性与本省女性之婚姻，皆是因女性为外省男士所骗、被强暴后不得不嫁给对方，此一‘强暴’行为或许有暗喻台湾之为中国收编，事实上是不能自己做主的。以女性命运象征台湾被殖民的惨境，是台湾小说一贯的写作传统”[③]。实际上，尽管光复初期部分作品涉及外省男性与本省女性之间的权力关系，如常被论者提及的吕赫若的《冬夜》和吴浊流的《波茨坦科长》，确实对国民党统治进行了强烈批判，但在当时不少具有现实关怀的作品中，借两性关系进行隐喻性批判的作品并不是特别多，“只是在族群和省籍矛盾被不断挑动、后殖民理论大行其道的今日回看这些作品时，才显得特别突出”[④]。而在亲历“二二八”的林斤澜的小说《台湾姑娘》中，恰好也出现了大陆男性和台湾女性的关系结构，却并不存在许俊雅所概括的那种隐喻性。因此将这种人物关系等同于日据台湾文学中“以女性命运象征台湾被殖民的惨境”的写作传统是很不恰当的，属于对殖民概念的滥用。实际上吴浊流、吕赫若的光复后作品，既涉及日据殖民统治如何伤害殖民地人民的心灵等内容，也尖锐批判讽刺了战后国民党政权的专制和腐败。

值得一提的是，台湾文学史书写者在不同语境下的著述可能存在较大差别。当“再殖民论”成为台湾社会甚嚣尘上的霸权论述后，某些论者会在后来的论著中补进这一“时尚”观点，如叶石涛的《台湾文学史纲》在80年代出版时尚未见“再殖民”论述，但在世纪之交的日本版自序中则明言：“战后，台湾又再度成为中国人的殖民地。”[⑤]这是极为荒唐的。

四、去殖民论

与“再殖民论”相对应的另一种观点是“去殖民论”，黄英哲的著作《“去日本化”“再中国化”：战后台湾文化重建（1945—1947）》[⑥]是这方面的代表性论述。在该书中，作者指出：光复后，国民党政权在台湾开展的一系列“去日本化”、“再中国化”的文化重建工作，是要全面

① 参见吕正惠：《殖民地的伤痕：台湾文学问题》，人间出版社2002年版，第174页。

② 许俊雅：《台湾文学论——从现代到当代》，南天书局有限公司1997年版，第212页。

③ 许俊雅：《台湾文学论——从现代到当代》，南天书局有限公司1997年版，第215页。

④ 赵冬梅：《在两岸文学史中读林斤澜的〈台湾姑娘〉》，陆卓宁主编《和而不同：第十五届世界华文文学国际学术研讨会论文集》，广西人民出版社，2008年版，第619页。

⑤ 叶石涛：《日文版自序》，自叶石涛《台湾文学史纲（注解版）》，春晖出版社2010年版，第1页。

⑥ 黄英哲：《“去日本化”“再中国化”：战后台湾文化重建（1945—1947）》，麦田城邦文化出版2017年版，第223页。

强化中华民族意识，将台湾“再中国化”、将台湾人“中国国民化”。台湾有关当局所推行的这种由上往下的新国民建设都贯穿着一种明确的“去殖民”意识。

两岸学者合作共同主编的《台湾新文学思潮史纲》第四章（曾健民执笔），将光复初期的文学思潮定位为“建设人民的现实主义的台湾新文学”，其关注重点有三个方面，集中讨论了抗战胜利后的台湾文化与台湾文学的重建；以《桥》副刊为阵地讨论台湾新文学向何处去；台湾新文学是新现实主义的人民大众文学。论述体现了祖国化、去殖民和民主化的台湾文学史观，这一史观也贯穿于曾健民的其他著作中，如在《台湾光复史春秋——去殖民、祖国化和民主化的大合唱》的序言中即指出：“光复史是台湾现代史的黎明，虽然，在黑夜与白昼的交替期总是充满着矛盾、动荡，但是白昼毕竟是主调。这个主调就是本书的副题——去殖民、祖国化和民主化。这是光复史最动人之处，也是这段历史留下来的最可贵的精神遗产，甚至对今天台湾的困境也充满了启示性。”[①]曾健民认为：台湾人内部的自我批判、自我“去殖民”，在光复初期曾经是社会的主要潮流。在他所编著的《1945 · 光复新声：台湾光复诗文集》一书中，论述了光复初期台湾社会去殖民的多个层面：精神的去殖民、教育的去殖民和文学的去殖民。另外，刘登翰等主编的《台湾文学史》、朱双一的《台湾文学创作思潮简史》均持明确的去殖民观点。前者认为台湾光复是我国台湾省历史发展的一个巨大转折，标志着台湾作为殖民地时代的结束。[②] 后者认为台湾光复重回祖国怀抱，摆脱日本殖民统治，台湾同胞恢复了作为一个堂堂正正中国人的历史性转折。[③]

迄今为止最为系统全面地论述光复初期台湾文学的著作，是徐秀慧的《光复变奏——战后初期台湾文学思潮的转折期(1945—1949)》，该著对光复初期复杂的文学场域及思潮脉络进行了清晰梳理和深入解读。在她看来，台湾化与中国化，不应是二元对立的关系，台湾化其实就内蕴于中国化之中。“由于陈仪相对开明的文化政策，使行政系统的文教幕僚一面推行‘中国化’的政策，一面也着重‘台湾化’与‘现代性’的必要性。其道理乃在于这些文教政策的执行者皆认为建设‘新中国’与‘新台湾’，具有‘现代化’意义的世界文化遗产的持续输入是必要的，同时强化台湾本位精神的‘台湾化’，也并不与‘中国化’的民族精神相冲突，都是‘去日本化’、‘去殖民地化’的文化重编的一环。”[④]徐秀慧以王思翔、杨逵、龙瑛宗为例，认为“王思翔与杨逵极力引介大陆 30 年代以来的社会主义文艺理论与作品；龙瑛宗一方面针对日据期的文学遗产提出‘去殖民地化’的反思，一方面针对当时的国民党当局提出清理‘封建性’文化的省思。龙瑛宗以‘台湾作为中国的一部分’、身为‘中国人’，而提出清理‘殖民性’与‘封建性’的呼吁，并以‘科学的世界观’要台湾人‘正确地’认识战后美苏对立的世界局

① 曾健民：《台湾光复史春秋：去殖民、祖国化和民主化的大合唱》，海峡学术出版社 2010 年版，第 2 页。

② 刘登翰、庄明萱等主编：《台湾文学史》（第 2 册），现代教育出版社 2007 年版，第 275 页。

③ 朱双一：《台湾文学创作思潮简史》，九州出版社 2010 年版，第 148 页。

④ 徐秀慧：《光复变奏——战后初期台湾文学思潮的转折期(1945—1949)》，台湾文学馆 2013 年版，第 275 页。

势如何影响中国政局发展，因为这同时也将影响台湾的政治出路”①。

五、省籍矛盾论

一些论者认为：本省人与大陆来台人士之间的冲突构成了光复初期台湾社会的主要矛盾，此即为省籍矛盾论；文学史论述中的省籍矛盾论，可以叶石涛和陈芳明为代表。

叶石涛的《台湾文学史纲》十分关注光复初期“省籍人”（即本省人）和外省人的文化差异及矛盾，体察本省人（含作家）的处境和心态，并侧重从省籍角度展开论述。他认为光复后本省人“血泪交并的努力并没有得到预期的效果。社会状况的继续恶化，与省外同胞之间的裂痕未能弥补，民生困苦，终于一九四七年二月发生的一场狂飙彻底摧毁了复苏的幼芽，大地复归一片黑暗”②。在他的论述中，这一时期台湾社会的矛盾主要体现为省籍矛盾。另一些学者并不认同这一点，长期研究光复台湾社会与文学的曾健民就认为：“光复后的各种矛盾冲突，不是省籍问题，其根源是国民党的半封建而带着官僚主义性格的统治体制问题，这问题不是台湾单独的问题，而是全中国普遍存在的问题。”③关于“桥”副刊的论争，叶石涛强调省内外作家存在较大分歧且在日后矛盾更加激化，“省外作家与省籍作家中的歧见并没有经过这一次论争而获得厘清，而这种见解的对立犹如甩不掉的包袱，在台湾文学发展的历史性每一个阶段里犹如不死鸟再次出现，争论不休。在七〇年代的乡土文学论争里，历史又重演，到了八〇年代更有深度的激化”④。他认为《桥》副刊上台湾本省作家的评论和小说“共同的特色是台湾人意识很强，翔实地反映了光复初期台湾社会的悲惨状况，有一股抗议和控诉的激情隐藏在字句之间”⑤。他选择性地介绍和描述省籍作家小说的内容和主旨：小说《苦瓜》“描写儿子战死于南洋，媳妇逃回娘家而被遗弃的一个孤苦伶仃的老阿婆，去偷摘苦瓜被毒打的故事，颇能反映光复当初，省民困苦的生活状况”⑥。“《美子与猪》则描写嫁给台湾人的日本女性，战后备受折磨的情形。”“《雨伞》，则描写太平洋战争中，欲到日本留学的学生所搭乘的轮船被美国潜艇所击沉的故事。”“《叛徒》，描写台湾人莫可奈何的‘原罪’，表现的主题跟吴浊流的《亚细亚的孤儿》有异曲同工之妙。”“《高铭戟》，描写日本留学归来的台湾知识分子，在光复后面对的挫折。”“《女扒手》，这篇小说透过女扒手的身世，描写光复后台湾民众荒芜的精神面貌。”“《拾煤屑的小孩》，描写光复后一群穷苦人家的孩子偷煤的故事；连带地刻画出黯淡绝望的光复后社会景观。”⑦而仔细阅读那些小说，则可发现除《高铭戟》描写了光复后省籍知识分子因语言问题面临的不公待遇，《拾煤屑的小孩》描写光复初期人民

---

① 徐秀慧：《光复变奏——战后初期台湾文学思潮的转折期(1945—1949)》，台湾文学馆2013年版，第275页。

② 叶石涛：《台湾文学史纲》，春晖出版社1987年版，第72—73页。

③ 吕正惠、赵遐秋主编：《台湾新文学思潮史纲》，昆仑出版社2001年版，第14页。

④ 叶石涛：《台湾文学史纲》，春晖出版社1987年版，第77页。

⑤ 叶石涛：《台湾文学史纲》，春晖出版社1987年版，第79页。

⑥ 叶石涛：《台湾文学史纲》，春晖出版社1987年版，第78页。

⑦ 叶石涛：《台湾文学史纲》，春晖出版社1987年版，第78页。

生活的贫困，其他如《苦瓜》、《雨伞》、《女扒手》、《美子与猪》等篇目，则揭示了日本殖民者发动的战争带给台湾母亲失去儿子的灾难，以及日本军国主义思想对台湾青年人的戕害等，这些作品的主旨并非省民困苦和省籍矛盾。究其实，叶石涛的省籍矛盾论与中国视野的迷失相关，也与他多次提到的台湾文学“巨视性”追求相矛盾。从他在1985年为《台湾文学史纲》写的序中所宣示的写作动机，我们也不难窥知一二：“我发愿写台湾文学史的主要轮廓(outline)，其目的在于阐明台湾文学在历史的流动中如何地发展了它强烈的自主意愿，且铸造了它独异的台湾性格。”①

陈芳明的《台湾新文学史》同样秉持省籍矛盾论，主要体现在对光复初期社会性质的判断、对文化政策(包括国语政策)的阐释、对作家作品的定位解读、对《桥》副刊论争的分析等诸方面。首先，陈芳明判定光复后台湾社会性质是“再殖民时期”，这是他的台湾文学史论述的核心论点。这一视野中，光复后台湾政治体制是日据殖民统治的“变相延续”，“台湾行政长官公署”“是日本台湾总督府的翻版”，延续也好，翻版也罢，这些修辞都旨在说明国民党当局和日本殖民统治的类似性，即所谓“殖民”性。而从书中大量将大陆称为中国的表述，如将历史人物陈仪表述中明确无误的“大陆”置换为“中国”的表达，②不难看出经过如此偷换概念后，叶石涛的“省籍矛盾论”实际上已被转换升级为所谓殖民和被殖民的对立关系，原是本民族国家内部的矛盾被错误地描述为异族异国之间的殖民与被殖民关系。在这一荒谬观点的主导下，光复初期台湾的文化政策包括语言政策不言而喻都成了殖民霸权的产物，都是“省籍对峙”③的具体体现。实际上，在光复之初，“追求‘中国化’是当时台湾自发性的文化运动方向之一”。④ 只是因为国民政府腐败失政导致社会失序，而在急切推行“去皇民化”、“去日本化”、“去奴化”及“祖国化”、“中国化”文化理念的过程中，也因对台湾历史的隔膜、误解而带来种种问题。“国府”令人反感失望的统治或许会让人们在情绪上联想起殖民时代的日本殖民者，甚至将二者并置比较；但不能因此将二者视为一样的“殖民政权”。人民反抗殖民政权和人民反抗本国统治者，都是反抗，但反抗的对象和性质不同，不容混淆。前者是民族矛盾，后者是阶级矛盾：民族国家内部存在着统治者与被统治者之间阶级的矛盾，而这正是1940年代中后期两岸的中国土地上同样发生着的核心社会矛盾。陈芳明始终在混淆民族矛盾和阶级矛盾。在讨论行政长官公署教育厅官员有关日据时期台湾“奴化”教育的言论时，他引述1947年2月9日《民报》上张一步文章《谈谈民主政治人才》中一段反驳的话：“但是他们(指外省人)忘记台湾省这五十余年，生活于近代帝国主义国家的社会形态里。在这环境里的省民是时时刻刻感到宗主国国民与殖民地人民的差异，且观察强大民族与弱小民族的区别。这种观察能使省民发生对于国家社会批判的能力。”在这段引文后，陈芳明得出

① 叶石涛：《台湾文学史纲·注解版》，春晖出版社2010年版，第8页。

② 陈芳明：《台湾新文学史》(上册)，联经出版事业股份有限公司2011年版，第212页。

③ 陈芳明：《台湾新文学史》(上册)，联经出版事业股份有限公司2011年版，第213页。

④ 黄英哲：《战后鲁迅思想在台湾的传播》，中岛利郎编《台湾新文学与鲁迅》，前卫出版社2000年版，第163页。

如下结论:“这篇文章等于是把日本和中国看成台湾的宗主国:相对于台湾是弱小的民族,日本与中国都是属于强大的民族。”[①]从引文看,张一步确实表达了对官员(此处的“他们”是否完全等同于陈芳明书中括号里的“外省人”呢?笔者存疑)观点的不满,但张的表述里清清楚楚的“台湾省”和“省民”概念说明他并没有将台湾视为不同于中国的独立民族的看法,更没有所谓中国是强大民族、台湾是弱小民族的荒唐论点;针对那一时期部分外省官僚对本省历史的隔膜,他肯定省民不屈服于日本的“奴化”教育,强调台湾省民始终意识到自己与殖民者之间的区别,并进行了抵抗和批判。不难看出,陈芳明将自己的主观意愿强加到历史人物的表述中,其对“省籍矛盾”现象的解读存在着明显的曲解和过度阐释现象。

在讨论光复初期本省作家的思想和心态时,陈芳明侧重讨论了本省作家的认同焦虑,认为“认同的焦虑对当时台籍作家而言,极为迫切。几乎每位本省作家都被迫要为‘台湾文学’一词辩护”[②]。而在论述杨逵的认同问题时,陈芳明的主观性表现得尤为突出。他在讨论杨逵《如何建立台湾新文学》(这篇文章的题目就有“台湾文学”一词)一文时认为“杨逵的台湾认同极为强烈,文章中插入一段中国作家范泉的中文引文,强调要建立‘属于中国文学的台湾文学’读来颇为突兀。是否译者代为润笔综合写成,还有待考证”[③]。显然,对于杨逵文章中引述范泉的文字感到不满,这个引述和陈芳明所强调的杨逵“台湾认同”不那么一致,于是他就质疑这引文可能出自译者的润笔综合。对此,吕正惠先生已在《陈芳明“再殖民论”质疑》一文中进行了相当详细的探源和剖析,澄清了事实,说明陈芳明对杨逵“台湾认同”的夸张和窄化是明显的主观和偏颇。[④]事实上,杨逵该阶段的文章既涉及台湾文学的特殊性,也强调了台湾文学在中国文学中的重要性。

关于《桥》副刊的论争,陈芳明的论述也充满“省籍冲突论”意识,他对外省作家的看法不乏错误和偏见,如认为“参加论战的外省作家,大多是在‘二二八’事件之后才到达台湾。他们没有亲身感受到屠杀场面的残酷,因此政治压力并不太强烈。他们对于台湾的殖民经验也不熟悉,触及台湾文学议题时往往过于粗糙,甚至粗鲁。由于台湾作家遭到镇压,使得中国论述取得‘合法’的地位,外省作家在讨论中国文学与台湾文学之间的关系时,特别得心应手。对照之下,台湾作家的发言位置特别恶劣;他们很清楚,屠杀行动乃是朝向本省知识分子进行恫吓,使他们在讨论文学时变得非常拘谨束缚。较诸皇民化运动时期的环境,本省作家的言论与思想空间可谓受到无比的压缩。因此,在讨论台湾文学时,被迫必须做一定程度的敷衍与让步。双方对话并没有产生交集,但对日后台湾文学之发展却具有深刻的暗示”[⑤]。陈芳明还认为,“杨逵扮演的角色,完全不逊于在日据时期的批判姿态。尤其他强调

---

① 陈芳明:《台湾新文学史》(上册),联经出版事业股份有限公司2011年版,第215页。
② 陈芳明:《台湾新文学史》(上册),联经出版事业股份有限公司2011年版,第259页。
③ 陈芳明:《台湾新文学史》(上册),联经出版事业股份有限公司2011年版,第259页。
④ 吕正惠:《殖民地的伤痕:台湾文学问题》,人间出版社2002年版,第182—186页。
⑤ 陈芳明:《台湾新文学史》(上册),联经出版事业股份有限公司2011年版,第256页。

台湾历史经验改变了台湾人的思想情感、自然环境、经济结构与文化教育，等等。这些具体而细微的历史经验，绝非外省作家所能理解。何况，有许多外省作家在论争中大放厥词，一旦政治风暴来临，仍然还可逃回中国大陆。台湾作家绝对不可能有任何退路；而且在论战之后仍然必须为台湾新文学的重建而努力。那些主张台湾新文学运动的作家，在论战之后，无须承担任何的重建工作，便扬长而去。这说明了为什么有许多外省作家的名字，至今已无法考证。但是，台湾作家的每位发言者在往后的新文学发展过程中，仍然扮演着受难的角色，但也同时担任领导者的角色”①。这些表述极不严谨，不符合事实，充满偏见、歪曲、夸大其词与自相矛盾，不难看出陈芳明如何为了论证省籍冲突论、为了“去中国化”而刻意扭曲史实。我们并不否认，由于省内外知识分子对彼此历史发展的陌生和隔膜，在某些问题上会产生误解、分歧；但这一时期总的发展方向如杨逵所言，是省内外作家通过合作来克服鸿沟，共谋台湾文学发展的道路与方向。至于指摘外省作家危机来临逃回大陆、本省作家无退路，这种罔顾事实的观点，与其同一本书中“《桥》副刊的主编歌雷，作者孙达人、雷石榆也遭到逮捕”的论述就自相矛盾，书中提到的另一位作家苏新即是台湾作家，逃回祖国大陆，而大陆来台作家许寿裳则在台湾被暗杀。对此，还可参见吕正惠的《陈芳明“再殖民论”质疑》一文，文中列举了具体事例逐一进行了充分有力的批驳，指出陈芳明将省内外的作家完全“一刀切的两分法”是一种“种族主义”的思考模式。②

杨照也特别强调《桥》副刊论争中两岸文化人之间的隔膜，指出“讨论根本就是在一个严重的误解下产生的，那就是许多新近从大陆来台的文人作家以为台湾没有新文学，以为大家都是站在空白的原点上来商量如何创造出一样新东西来”。“可是对杨逵、叶石涛等人而言，‘台湾新文学’是早就存在的东西，而且已经有了它自己的个性与传承。他们努力申辩‘台湾新文学’已然成立的种种理由，大陆作家则不断予以否认。在这过程中，大陆作家根本认为台湾文学就是‘真空’，当然不会提出任何作品来讨论，于是讲来讲去大家就只能笼统地在‘文艺精神’、‘创作心理’一类范畴里自说自话。”③这种未经全面考察即断然得出的结论，与前述“一刀切的二分法”一样，值得反思。如前所述，光复初期两岸文化人对彼此了解不深，存有某些误解。然而，对于台湾作家的解释，大陆作家并未不断予以否认，不仅如此，主编歌雷还曾有过鼓励台湾作家不断投稿的呼吁。更何况大陆作家和台湾作家并非两个铁板一块的独立群体。台湾文史作家叶芸芸（叶荣钟女儿）如此评价这次论争：“这一场过去被掩埋的文学论争不仅呈现出蓬勃丰富的思想内容，在创作上似乎重新找到了批判精神的着力点。”④而杨照却将《桥》

---

① 陈芳明：《台湾新文学史》（上册），联经出版事业股份有限公司 2011 年版，第 261 页。

② 吕正惠：《殖民地的伤痕：台湾文学问题》，人间出版社 2002 年版，第 186 页。

③ 杨照：《雾与画——战后台湾文学史散论》，麦田出版股份有限公司 2010 年版，第 543 页。

④ 叶芸芸：《个人的伤感——1947—1949 台湾文学问题论议中的一个议题》，《中国现代文学研究丛刊》2018 年第 6 期。

副刊论争定性为“是一场有批评、却没有文学的空洞论战”[①]。这样的论述显然失之于简单粗暴。

对于发生在《桥》副刊的论争，参与其中的台湾作家杨逵当时明确表示：“台湾是中国的一省，没有对立。台湾文学是中国文学的一环，当然不能对立。存在的只是一条未填完的沟。”[②]既清晰阐明台湾文学作为中国文学一环的关系，也客观指出了由于历史的原因二者之间存在一条“澎湖沟”的事实。诸多研究者都认为论争中虽存在一些分歧，但省内外文化人为建设属于中国文学的台湾新文学所做的共同努力则弥足珍贵。陈映真在《一场被遮断的文学论争——关于台湾新文学诸问题的论争（一九四七——一九四九）》中，立足于详实的史料，进行过整体分析，得出如下结论：“论争中，不问省内省外，不论文论的差别，众口一词，三复斯言地强调了台湾是中国的一部分，从而台湾文学是中国文学的一环。台湾文学建设的目标在向中国新文学整合发展；台湾文学的任务是增进（二月事变后）对台湾人民和生活的理解，从而作为增进省内外团结的手段……”[③]一向以严谨扎实著称的施淑教授也客观指出：“这股由台湾本地和大陆来台文艺人士共同提出的文学要求的出现，正表明了台湾和大陆文学的内在关联，彰显了光复初困厄的现实下，敢于面对社会真相者，对台湾的也是中国的历史的严肃思考。”[④]长期研究光复初期文学与文化思潮的徐秀慧也指出：“具有左翼世界观的进步文化人，在与大陆来台的进步知识分子的交流、合作中，能很快跳脱省籍矛盾……仔细考察此一时期的文化活动，将不难发现这个时期的文化抗争，焦点在于民主的追求，而并非民族认同问题。”[⑤]

省籍矛盾论过分夸大冲突对峙，实质在于论者对台湾社会主要矛盾的错误判断，这种认知和判断带有狭隘性和排他性，并不符合历史事实。我们不否认光复初期的社会问题中包括省籍矛盾，但这一时期台湾社会的主要矛盾不是省籍矛盾，而是国民党统治与全体民众之间的矛盾，而这也是当时全中国社会普遍存在的主要社会矛盾。

六、阶级冲突论

与强调冲突对立的省籍矛盾论不同，阶级冲突论则将光复初期的主要社会矛盾归为阶级冲突，而非省籍矛盾。一些学者带着这样的观点来观照光复初期的台湾文艺现象。

---

① 杨照：《雾与画——战后台湾文学史散论》，麦田出版股份有限公司 2010 年版，第 543 页。

② 杨逵：《台湾文学问答》，陈映真、曾健民编《1947—1949：台湾文学问题论议集》，人间出版社 1999 年版，第 141 页。

③ 石家驹：《一场被遮断的文学论争——关于台湾新文学诸问题的论争（一九四七—一九四九）》，陈映真、曾健民编《1947—1949：台湾文学问题论议集》，人间出版社 1999 年版，第 22—23 页。

④ 施淑：《台湾社会主义理论的再出发——〈新生报〉桥副刊的文艺论争（1947—1949）》，《世界华文文学论坛》2000 年第 4 期。

⑤ 徐秀慧：《光复变奏——战后初期台湾文学思潮的转折期（1945—1949）》，台湾文学馆 2013 年版，第 277—278 页。

在吕正惠、赵遐秋主编的《台湾新文学思潮史纲》一著第四章(曾健民执笔)中,该章的标题"建设人民的现实主义的台湾新文学"就很好地概括了作者对光复初期台湾文学及思潮的基本认识。作者回顾了光复后台湾文化界的整体气氛和主要潮流,客观分析了台湾文学重建过程面对的困难和问题;清晰梳理了《桥》副刊上两岸文化人有关台湾新文学的丰富论议,其中第三节的标题为"台湾新文学是新现实主义的人民大众文学",专门论述论争中出现的"人民的文学"思潮,将其归纳为以下六点:文学的阶级性、人民性;文学的内容与主题;文学的形式;人民作家的生活实践——到人民中去,并自我改造;人民的文学要向人民"普及和提高";人民的文学注重展开"文艺统一战线"。"人民的文学"思潮的核心论点在于主张文学的人民性,并提出阶级性命题,如扬风就明确指出:"文学要为大多数人所属的那个阶级服务。"[①]"人民的文学"思潮还认为真正表现人民心声的文学具有改革社会的力量,如杨逵所言:"只要切实地表现人民的真实的心声,文学有其促起人民奋进,刺激民族解放与国家建设的伟大力量。"[②]

黎湘萍在《文学台湾:台湾知识者的文学叙事和理论想像》一书中指出,"二二八"事变的爆发根本原因是"统治阶级与被统治阶级的矛盾,而不是笼统的外省人与本省人的矛盾"[③]。朱双一在《台湾文学创作思潮简史》中认为光复初期两岸社会具有同构化特点,光复初期台湾社会存在的问题也是全中国到处皆然的普遍现象,其共同的时代主题是反抗官僚统治。"在这种对于'困苦和苦闷'的'共感'中,台湾文学迅速走向与祖国大陆文学的'同构',即:虽在右倾、反动当局的统治下,却是左翼的、进步的现实主义文艺占据文坛的主流。这种文艺继承'五四'以来中国新文学反帝反封建的传统,勇敢揭露社会的黑暗和阶级的压迫,充满对贫苦阶级的关怀和同情。"[④]而论及"二二八"事件对两岸作家命运的影响,朱双一的观点与陈芳明强调省籍作家受重创而忽视大陆文化人同样遭受打击的偏颇看法迥然不同,他以具体例证说明省内外作家及文化人的命运是相同和相通的,"二二八事件使本省和外省籍的进步作家和文化工作者都受到重创。随着客观环境的恶化,'鲁迅风潮'开始衰减。一年后许寿裳不幸被害,无异于对进步作家和文化人的严重警示,李何林、李霁野、雷石榆、袁珂等被迫离开台湾,未离开的黄荣灿后来死于狱中,台静农、黎烈文等转入纯学术研究和著译,'鲁迅风潮'基本消退"[⑤]。对于上文提及的省籍冲突论观点,朱双一也持相反判断,他认为"反动当局所要压制、消音乃至剿灭的并非单纯的台湾省籍的作家及其文学,而是所有进步的、敢于揭露社会黑暗的作家及其作品,因此'消音'、'噤声'现象的实质,并非'本土文学'和'中国文学'的对立,而是进步的、现实主义的文学遭到反动当局的压制和禁锢。或者说,当时的

---

① 吕正惠、赵遐秋主编《台湾新文学思潮史纲》,昆仑出版社 2001 年版,第 158 页。

② 吕正惠、赵遐秋主编《台湾新文学思潮史纲》,昆仑出版社 2001 年版,第 159 页。

③ 黎湘萍:《文学台湾:台湾知识者的文学叙事和理论想像》,人民文学出版社 2003 年版,第 155 页。

④ 朱双一:《台湾文学思潮创作简史》,九州出版社 2010 年版,第 154—155 页。

⑤ 朱双一:《台湾文学思潮创作简史》,九州出版社 2010 年版,第 158 页。

文坛态势，和整个中国的政治态势是一样的，即国共之争，反动和进步之争，而非‘中国’与‘台湾’之争。这才是对历史正确的理解和解释”①。

徐秀慧在《光复变奏——战后初期台湾文学思潮的转折期(1945—1949)》一书中认为：光复初期台湾处于“脱日本殖民”而“回归中国”之历史阶段，国民党的独裁统治体现在政治、经济、社会、文化多个层面，知识分子在政治上的抗争主要诉诸的是“民主政治”、“地方自治”的实施。尽管当时社会上“省籍矛盾”日渐发酵，媒体言论也充斥着对“行政长官公署”特殊省制与政经政策的批判，但本省知识分子要求的是台湾地区与中国其他各省政治地位的平等，并以“三民主义”中的“地方自治”理念来合理化这种政治诉求，基于“民族政治平等”的理念批判长官公署体制与治台政策的“非民主化”。徐秀慧以民间两大报《民报》、《人民导报》为例，认为虽然这两份报纸分别代表的是本土资产阶级与左翼文化人阶层，但论点基本并无二致：厘清省内外隔阂起因于政、经的恶化，强调泯除情感隔阂应从澄清吏治做起，呼吁台湾争取民主要与中国大陆澎湃的民主运动相应。徐秀慧认为具有左翼世界观的进步文化人，在与大陆来台的进步知识分子的交流、合作中，能很快跳脱省籍矛盾，认识到影响台湾社会发展的各种动因，努力在国民党言论、思想控制的层层封锁下，透过报纸、杂志等传媒以及各种文艺创作活动，宣扬民主思潮，对抗国民党封建、官僚的统治。仔细考察此一时期的文化活动，徐秀慧判断发现这个时期的文化抗争的焦点在于民主的追求，而并非民族认同的问题。

在省内外文化人的交流合作问题上，徐秀慧在著作中强调省外文化人以抗日战争以来所发展出来的“新现实主义”、“大众文学”的左翼美学成规，站在台湾人民的立场对抗国民党的法西斯统治。杨逵秉持1930年代社会主义文艺理念与外省文化人结盟。贯穿两边人士的实践逻辑乃在于“阶级认同”与“民主体制”的建立。徐秀慧认为“二二八”事件后文化场域积极活动者，表现的大都是“左倾”、“亲共”的论述。那些主张“文化交流”、“加强省内外合作”，或者后来干脆标举“统一文化阵线”者，基本上是看好共产党即将“解放台湾”的文化人。展现了两岸进步文化人在国共内战生死交关之际，“倾共”的政治宣誓与行动抉择。两岸进步文化人面对台湾政、经社会逐渐与中国“一体化”的事实，尽管中间横隔着“二二八”事件，一度使彼此身份“位置”的差异性更显突出。但是“‘反内战’与‘阶级认同’的实践逻辑，让他们的‘习性’随着时间与现实条件的生成，逐渐产生共鸣，修正差异，扩大共识”②。

以历史照见现实，以现实反观历史，徐秀慧指出了台湾文学研究存在的问题与偏狭：“吾人若以七八〇年代才产生的‘台湾民族主义’认同，强加在四〇年代后半期的杨逵(以及台湾左翼文化人)身上，不仅忽略当时的社会情势，漠视左翼文化人正积极介入的‘阶级革命’的战斗性社会语境，也忽视了杨逵一再呼吁填补‘澎湖沟’、两岸文化交流与文化统一战线的真

① 朱双一：《台湾文学思潮创作简史》，九州出版社2010年版，第161页。

② 徐秀慧：《光复变奏——战后初期台湾文学思潮的转折期(1945—1949)》，台湾文学馆2013年版，第283页。

义。”[①]如其所言：“二二八事件以后，随着国、共内战的情势急转，二二八事件以前左、右翼结盟的台湾文化场域，继1927年‘台湾文化协会’分化后，又一次在国共的分裂情势中分化。此一分化或许为七八十年代国民党统治力松动之际、文化场域分化为‘台湾结’与‘中国结’埋下了历史契机，成为叶石涛所言的‘省籍对立’的‘不死鸟’。但是，从当时台湾文学的‘特殊性’与‘一般性’的论议中，包括叶石涛本人当年的言论，都可见‘省籍对立’并非是主要因素，‘阶级认同’的意义分化恐怕是当时更为根源的社会因素。”[②]

结语

不同史观、不同身份立场会深刻地影响着文学史写作。“撰史者总是选择自己认同的被阐释的历史，在这一意义上，那些以单音为本质的文学观念或文学史，其建构以及典律的生成，就与书写者所持角度与意识形态息息相关，亦主导着文学史的书写或重建。”[③]

我们认为，光复初期文学史的写作应该从辩证唯物主义的宗旨出发，材料使用上应遵循历史脉络，客观使用，而应避免选择性记忆、选择性失忆，更不应该断章取义、张冠李戴。这要求弄清如下几个方面的问题：第一，作家的位置与分量，作家的比重，哪些作家应被放在重要位置，而哪一些作家分量较轻，可以简略书写；第二，作品的位置与分量，哪些作品需要被突出，哪些作品则需被弱化。第三，对于同一位作家、同一部作品的叙述与阐释，不同的文学史侧重了哪些方面，又遮蔽了哪些方面。综合来看，光复初期的文学，应该是现实主义的、大众的、解殖的。诚如杨逵先生所言：“虽然说文学是时代的先声，人民世纪将要来临，而健全的文学都要站在人民的立场。”[④]

---

① 徐秀慧：《光复变奏——战后初期台湾文学思潮的转折期(1945—1949)》，台湾文学馆2013年版，第283页。

② 徐秀慧：《光复变奏——战后初期台湾文学思潮的转折期(1945—1949)》，台湾文学馆2013年版，第283—284页。

③ 张羽：《台湾文学的多种表情——关于台湾文学研究的思考》，鹭江出版社2008年版，第4页。

④ 杨逵：《给各报副刊编者及文艺工作者的一封公开信》，《新生报》，1948年4月20日。彭小妍主编《杨逵全集》(第14卷)，文化资产保存研究中心筹备处2001年版，第311页。

雍容与“性灵”的“苏味”

——苏州地域文化视角下的艾雯散文

吴 云*

（徐州工程学院 人文学院，徐州 221018）

内容摘要：台湾著名散文家艾雯是离散流寓的苏州贵族小姐，14年惬意的苏州生活使她对苏州充满了贵族式的爱意和留恋。她的苏州题材散文塑造了苏州雍容闲适的前现代城市形象，悠逸的市民、怡情的饮食、特出的服饰、性灵的文艺、永恒的至景、隽永的风俗等书写使其成为苏州贵族文化的重要载体，堪称文学版的民国初、中期苏州民俗风物志。她将苏州贵族文化的精髓转化为散文美学和艺术技巧，创造了小而精巧、淡而高雅、质而实绮、广而率性、柔而有骨、变而守旧的“性灵”散文，在境外以独特的“苏味”艺术展现了苏州文化的卓然魅力。但苏州贵族小姐的身份成就了艾雯，也限制了她的思想和眼光，使其散文始终局限于闺秀散文之中。

关键词：艾雯；散文；地域文化；苏州；“苏味”

虽然地域环境对作家的创作具有深刻而持久的影响，“从空间范围来谈论文学又一直是一个自然而然的话题角度”①，但由于时代、阶级、性别等的差异，作家们接受相同地域环境影响的程度和角度又有很大差异，作品中表现出来的地域之“味”也不尽相同，其创作才成为地域文化不可或缺的组成部分，促进地域文化的丰富与繁荣。

作为中国最美丽、最富庶的城市之一，苏州以其优越的自然环境与优异的文化哺育出众多优秀作家，艾雯就是这些作家中的一位。她是台湾著名散文家，岛内研究者对其评价颇高，陈芳明将其与张秀亚并列，称“她们所处的位置一方面上承‘五四’白话文传统，一方面下

---

* 作者简介：吴云，文学博士，徐州工程学院副教授。

基金项目：本文系江苏省社科基金项目“台港暨海外华文文学研究”（18ZWB005）、江苏省“青蓝工程”优秀青年骨干教师科研基金项目阶段性成果。

① 汪政、晓华：《无边的文学》，作家出版社2013年版，第112页。

接现代主义浓缩的文字艺术”[①]，钟丽慧认为她是“永远的《青春篇》”[②]，钟怡雯赞扬她“自一切事物中发现真善美”[③]。由于受到岛内政治及文学生态的影响，台湾研究者更关注其散文的美学价值和“在地化”书写，淡化或忽略其故乡书写。大陆学者范培松从《怀乡草·石榴花开时》中发现了她对苏州的痴迷，“送她一个名副其实的称号，那就是‘艾苏州’”，但很可惜，这一研究视角并没有得以展开。本文将在范文的基础上将艾雯与陆文夫、范小青等苏州作家的苏州身份、苏州书写和“苏味”散文艺术相比较，指出其独特性，进而评判艾雯散文对苏州地域文化的贡献及局限。

一、苏州女儿：离散流寓的贵族小姐

艾雯1923年生于苏州，1937年随父亲赴江西任职，在苏州总共生活了14年。1940年，父亲病逝，艾雯独立养活寡母、幼妹，无力返回苏州。1949年随身为国民党军官的丈夫赴台，直到1990年才得以回苏州探亲。

虽然同为苏州作家，但陆文夫是男性，他对苏州的观察较为深沉和理性，而艾雯是女性，她对苏州的体验则含有较多感情的因素。虽然同为苏州女儿，但范小青不仅在苏州长大，还在苏州成家、立业，对苏州的感情有着成年女性的宽广与客观；而艾雯14岁便离开苏州，此后只在68岁返乡一次，因而她只是苏州未成年的女儿，对苏州怀着的是小女孩对母亲般单纯而痴情的爱恋。

与陆文夫出身于农家、范小青出身于下放干部家庭不同，艾雯是一个贵族人家的大小姐，被外婆、父母捧为掌上明珠，在高墙大院中过着锦衣玉食、仆妇环绕、无忧无虑、闲适自在、诗书自娱的生活，没有真正到过乡下，没有真正接触过穷人，没有品尝过苦难。“人的品性在童年开始形成。我们长大后成为什么样的人，取决于童年时的所学与所为。”苏州时期是她一生中生活最惬意、最舒适、最快乐的时光，蜜糖般的生活使她从外婆、父母处学来闲适、高雅的品位，同时远离了苏州的底层社会，她不可能像陆文夫那样接触到被改造的“妓女”，也不可能像范小青那样体会到村民有病无人医的痛苦，因而也就屏蔽了审视与批判的眼光和思想深度。

不管是陆文夫，还是范小青，不管他们是否居于外地，其生活都是逐渐变好的，社会地位是越来越高的，所以早年的苏州生活成为他们忆苦思甜、审视社会、反思人性的重要载体。而艾雯的经历恰恰相反，离开苏州后，她不仅失去了大小姐的身份和享受，而且流离失所、生活凄苦。到台湾后生活虽然安定了，但长期居于乡下，交通闭塞、文化匮乏；后来到了台北，虽然该城的现代气息浓厚，但它缺少苏州的闲适、高雅和淡定。美国传播学家门罗·普莱斯

---

① 陈芳明：《艾雯和战后台湾散文长流》，《艾雯全集》(第1卷)，台北松霖彩色印刷事业有限公司2012年版，第3页。

② 钟丽慧：《永远的“青春篇”——艾雯》，《文艺月刊》1985年第2期。

③ 钟怡雯：《一条不寂寞的路——艾雯自一切事物中发现真与美》，《国文天地》1996年第4期。

说“每一个流浪和漂泊的族群都有着本民族的剧本和生活方式，并由此转换为一些刻板印象、残存记忆或者对过往情形的夸张”①，早年的苏州生活是艾雯一生生活的顶峰，她对这段生活充满了爱意和留恋。

二、苏州镜像：雍容闲适的前现代城市

文学中的城市形象是现实中的城市在作家心镜中形成的影像，既受到现实中城市形象的影响，更是作家身份、观念、性情、心态等的反映。作为离散流寓的苏州富家小姐，艾雯心镜中投射出的苏州是由悠逸的市民、怡情的饮食、特出的服饰、性灵的文艺、永恒的至景、隽永的风俗共同构成的雍容卓绝、悠闲舒适、未受现代工业文明浸染的前现代城市。

（一）悠逸的市民

艾雯散文中的苏州人没有《小巷深处》中徐文霞式的苦命人，没有《围墙》中空谈的知识者，没有《赤脚医生万泉和》中缺医少药的农民，没有《裤裆巷风流记》中斤斤计较的小市民，也没有《灭籍记》中迷失主体的自我，有的是富裕、淡定、悠闲、逸雅的苏州市民。

他们“不是显宦的后代，便是沿传的乡绅地主”（《惦念》卷一），家底大多是厚实的，“门庭深深，起码三进五进，光是厅，就有正厅、花厅、轿厅好几座，一间间轩敞高大”（《乡心新岁切》），就连守寡的外婆，住的也是三进的大宅，摆的是沉沉发光的红木家具，早点吃燕窝，晚饭喝玫瑰花雕（《玫瑰花雕——外婆与我》）。

他们财大但不气粗，而是将财力化作生活的底气、“宁静无为”的天性和乐天知命的智慧，凡事想得开，开明、刚强、淡定、不急躁、不固执、不偏激、不争强好胜。“在历史人物中，除了吴氏家族，阖闾、夫差，似乎再没有叱咤风云的战将和野心勃勃的侵略者”（《最爱是苏州》）；生活中，母亲没有儿子，但没有人看低她；外公娶了小妾，外婆没有“争吵拼斗”，而是在他去世后“毅然带着女儿用人”“自立门户”（《玫瑰花雕——外婆与我》）；北伐战争及军阀混战的烽火连天，外婆照旧念佛、打牌、吃燕窝。

他们不用上班，还有用人可以使唤，因此可以随性地打发大把的空闲时间，因而“最喜欢那种优游岁月的悠闲生活”（《悠闲》）。悠闲的市民自由出入娱乐场所，茶馆常常座无虚席，庙会“人潮一波一波拥挤”（《轧神仙——苏州、父亲，我》），观前街的游人熙来攘往、摩肩接踵；有些在麻将桌或者吃饭穿衣上消磨时光，“跟几家亲朋好友，常常有个聚会‘搓搓小麻将’”（《玫瑰花雕——外婆与我》）；有些寄情于吟诗作画、莳花弄草、访古览胜，踏踏青、吟吟诗、勾几笔水墨（《童年琐忆》）。

他们不求闻达于天下，也不想成王成圣，只想在富饶的故乡过着令自己适意舒心的隐

---

① ［美］门罗·普莱斯：《记忆之弧：一位犹太难民的人生故事与历史反思》，龙耘译，社会科学文献出版社2017年版，第9页。

士生活，他们不是喜爱炫耀的暴发户，而是精神的贵族，注重内心的满足。他们“不太一本正经地提丰功伟绩，只喜欢讲点刻苦勤奋的经历”（《最爱是苏州》）；他们有着“高雅的审美观念”，“总喜欢将周遭的居住环境，将日常生活中的每一个层面，都提升到品味的高度”（《最爱是苏州》），比如家中的大厅，“红木雕花天然几上，供奉着古色古香的天青色冰纹瓷花盆，静寂中，数朵小小的兰花，散布着淡雅的幽香……”（《去看花的日子》），红木几、瓷花盆、幽兰香，皆高贵而素雅，氤氲出奢华又脱俗的情调；他们富而仁，看完观前街的年画，“我接过一大把铜板施舍给蹲满台阶两边的叫化子”（《千载香火玄妙观》），每年夏天的街头都会出现“白木茶亭”，“这都是乐善好施的人家免费供给大众方便的”（《五月石榴照眼明》）。

（二）怡情的饮食

艾雯像陆文夫、范小青一样写出了苏州饮食口味的清淡甜糯、用料的丰富考究、做工的精巧细致、色泽的“鲜明耀眼”（《苏州肴馔》），但与陆文夫、范小青的平民立场不同，艾雯笔下的苏州饮食是与贵族生活紧密相连的，因而多了美容养生、消遣怡情、彰显身份等特征。

外婆“皮肤才教好哩，白白净净，水露露格”，得益于她常年饮用以盛开的玫瑰花与上好的高粱酒精心酿制的玫瑰花雕，得益于她每天早上吃的营养早点，也得益于她“花样不少，却吃得不多”和以进补为主的饮食方式（《玫瑰花雕——外婆与我》）；小孩子的饮食也格外注意养生，夏天要喝去火的中药饮料，冬天则要喝暖和的“香粳米粥”。

黄昏时分，打了一天小麻将的外婆回到家就开始独斟独酌，“她缓缓地端起酒盅，撅起嘴唇轻轻啜一口酒，又夹两粒青豆在嘴里慢慢地咀嚼着”，“外婆这一顿酒，总要吃到掌灯时分”（《玫瑰花雕——外婆与我》）。显然，这种吃法并非为了吃饱喝足，而是打发时间的一种方式，目的是让自己心情愉快。

花黄蟹肥之时，父亲与友人“持蟹尚菊”，“对着墀前槛外的菊花，尝一口竹叶青，花雕，又吟哦上半天”，这种酒吃出来的是名士的“雅”趣（《天凉好个秋》）；客人来拜年时，要敬“元宝茶”、“莲子羹”和“四色咸甜的点心”，尤其是“莲子羹”，“荷叶形状的小碟子托着莲花瓣的小汤盅，里面盛着十来颗莲子，小巧的银匙恰恰容纳一颗莲子”，敬上的不仅是人情，更是富贵和实力（《乡心新岁切》）。

（三）特出的服饰

范小青曾形容第一次在上海买的裤子，“也幸亏我坚持下来，买下了它。后来穿上它，走在校园里，就感觉自己像个仙女……过了好些年，这条裤子仍然是时髦的，仍然是出众的”①。但在艾雯的散文中，以丝绸为衣、以鲜花为饰的苏州服饰既时尚又得体，既端庄又高雅，是最出众的，也是具有东方神韵和地域特色的。

当母亲穿着“莲青色镶滚黑丝边的华丝葛驼绒旗袍，纯白丝围巾垂拂胸前，无指手套”，

---

① 范小青：《那一年，我头一回去上海》，《苏州人》，南京大学出版社2014年版，第251页。

艾雯评价说“雍容端丽，是那时最时髦的打扮。但也很‘乡土’，因为所著丝绸锦绣全是苏州的特产”（《小时候——亲情绵绵》）；当父亲穿着“一身雪白耀眼的纺绸衫裤，外罩一袭鸽灰色绸长袍”，艾雯觉得他“格外潇洒飘逸”（《五月石榴照眼明》）；当看到“缀饰着一串配合时令的花束”，“珠光宝气，粉妆玉琢”，“裙袖摇曳”的女客，“只觉得面前婷婷袅袅娇滴滴的人儿，一个个都是才从画轴中走出来的美女，云端里降下来的天仙”（《小小茉莉》）。

（四）“性灵”的文艺

艾雯与陆文夫、范小青一样用鼎盛来概括苏州的文风，但与他们不同的是，艾雯的散文否定苏州人为“一朝成名天下知”而读书与作文，不认为苏州鼎盛的文风是“苦读书苦出来的”①，而是将其归因于苏州人纯洁美好的心灵，无论文人文艺还是民间文艺，在艾雯的眼中，都是作家、艺术家人格的表征、理想的体现，是充满性灵的文艺。

对于文人文学与艺术，艾雯突出其率性而为、不同流俗、形象生动的特质。听到喜鹊叫，“父亲兴致来了，拈支羊毫随意在摊开的宣纸上挥洒竹叶”（《蝴蝶飞来都变黄——父女俩去踏青》）；父亲在自己画的假山横梅图上题着“仙姿不带一尘气，写照还求冰雪文，疏瘦自来性本色，孤高妙在有清芬”，表现了父亲孤高自赏、不同流俗的品性，与苏州名画家仇十洲的《艳雪图》彼此呼应（《一树独先天下春》）；白乐天“红栏三百九十桥”形象贴切地勾勒出苏州水城独具特色的风韵；张继《枫桥夜泊》写出了古老的枫桥散布的“宁静安详的气氛”（《梦入江南烟水路》）；《浮生六记》塑造了一位“颖慧、贤淑、懂得生活情趣的女主角”（《小小茉莉》）。

对于民间文学与艺术，艾雯强调的是启迪心智、贴近生活、向善求美的特征。她说苏州版画是孩子们的启蒙老师，使他们“小小年纪，便已识得如许常识、文学、世间万象”，赞美苏州年画“永远取之不尽，用之不竭的年画题材，是生活、是工作、是情趣、是创造和进步，人类所有的一切活动。是心愿、是希望、是期许、是信仰、是美好和祈盼，人们最真诚的感情，最坦率的思想”（《版画年画桃花坞》）。

（五）永恒的至景

艾雯散文中的苏州美景与陆文夫、范小青笔下的一样古老、美丽，但陆文夫与范小青笔下的古老是古而不老，与时俱进、逢春抽枝、旧貌新颜，是“古代文化与现代景观完美结合圆融整体”，不断“焕发出了青春的光芒”。② 而艾雯散文中的古老是“韶华永驻，长生不老”（《玫瑰花雕——外婆与我》），永恒不变，如同容颜永驻的美人，岁月的流逝带不走她的盛世美颜，反而使她出类拔萃，不同凡俗，她无须改变，改变不会增加反而会破坏她的美；艾雯散文中的苏州之美美在完美无缺，美在至美无双。

艾雯常用“最”“冠”等形容苏州之景，比如“苏州应该是最能代表中国风格”的古城（《最

---

① 范小青：《苏州人和苏州园》，《苏州人》，南京大学出版社 2014 年版，第 8 页。

② 范小青：《万岁桥头万年月》，《苏州人》，南京大学出版社 2014 年版，第 50 页。

爱是苏州》)，“苏州的桥之多、之美、之坚，乃冠于全国全世界”。“幽幽静静的姑苏城便坐落在景最灵秀、地最富饶、气候最宜人的江南平畴”(《月华浓处是姑苏》)。又喜突出苏州之景兼顾众美之美，比如“潺潺的水流和静静的石桥，总让人感到一脉舒缓悠逸的情调，而庄严的宝塔显得安定稳重，宁静祥和”(《北寺塔——苏州的标竿》)，夸赞水流、石桥与北寺塔之间柔媚与庄严相济的和谐之美。由于认为故乡美得无与伦比，艾雯希望故乡美景永远保持着未被现代文明浸染的原初形态，任何变化都让她痛心不已。当看到庄严静穆的大宅院变成拥挤嘈杂的大杂院时，她哀叹着“七进宅第已破损不堪，唯规模犹存”，“黯然返台”(《玫瑰花雕——外婆与我》)。

(六) 隽永的风俗

陆文夫、范小青笔下都经常出现对苏州风俗的描写，但这些风俗大多是为营造典型的环境或刻画人物形象服务的，而艾雯散文中的苏州风俗不是配角而是主角，不仅如此，这些风俗还被赋予丰富多彩、妙趣横生、意味深长、启蒙育人等特点与作用，艾雯希望这些美好的习俗不会随着岁月的流逝和时代的变迁而改变或简化，而是万古长青、永存于世。

在艾雯笔下，苏州的节日繁多，不仅有春节、元宵节、端午节、中元节、中秋节、重阳节等民族重大节日外，还有“二月二日百花生日”、“地藏王诞辰”、“三月廿八日东狱生日”、“四月十四日吕洞宾生日”等带有地方特色的小节日。大节过得轰轰烈烈、花样繁多，小节也过得郑重其事，百花生日时要在“树梢枝头系上红红绸条”，地藏王诞辰时，要“抱一捆燃着的檀香，从天井插到大门口”。节日习俗大多很有趣，端午节时用七彩丝线绕铜钱、粽子、编结樟脑丸线串，乞巧节穿针引线等都让艾雯乐此不疲、沉浸其中。艾雯认为苏州风俗寄寓着苏州人美好的心灵和情感，中元节烧纸，“除了焚烧给祖先，还去街头巷尾烧给孤魂野鬼”；吕洞宾生日时要去轧神仙，外婆虽与外公恩断情绝，但清明时依然虔心祭典他。在艾雯眼中，苏州的风俗是一本优秀的教科书，潜移默化、润物无声地将传统文化渗入苏州人的内心，教会苏州人做人的道理，如“顺着长幼次序，无比庄重地去祖宗面前上香，跪拜。在那肃穆而宁谧的气氛中，让人自然地打从心底泛起一份深沉感情……绵绵不绝的亲情……回绕在每个子子孙孙的身边”(《乡心新岁切》)。

三、“苏味”艺术：柔婉清丽的“性灵”散文

呈现地域之人、事、景、物、文化，等等，只是文学中的表层地域之“味”，深层的地域之“味”体现在艺术层面。只有表层地域之“味”，艺术上没有地域特色的作品，只是地域题材作品，大凡被称为具有地域之“味”的作品，其艺术上一定受到地域文化的深刻影响。与塑造同一地域的不同镜像一样，同一地域的作家在艺术上表现出的地域特色也是有差异的。

被称为“艾苏州”的艾雯是一位具有独特苏州“味”的作家，作为一个很少接触底层人民，在精致、高雅、率性、传统的苏州士大夫、闺秀文化中长大的女作家，她与在人民当家做主社会主义的苏州长大、深受社会主义文艺与西方现代主义文艺影响的陆文夫、范小青的散文艺

术具有很大差异，后者具有鲜明的人民中心、直面现实、忧愤深广、理性思辨、犀利睿智等特征，艾雯的散文虽然也有一些关注现实的作品，但自己的内心体验才是她书写的重心，主要的书写目的是培养自己和读者高雅脱俗的情趣，表现出小而精致、淡而高雅、广而率性、质而实绮、柔而有骨、变而守旧的“性灵”散文风格。

（一）小而精致

艾雯的散文就像她笔下的苏州点心，小小巧巧，做工考究，形态可人，甜美可口。其散文短者三五百字，长者不过五千，多数字数在一千到一千五百之间；题材往往也很小，通常一事（人、物）一篇。可篇幅虽短，结构却曲折回环；题材虽小，讨论的问题却很大。

比如《一个字的震撼》是一篇关于米的随感，开头却把米字藏起来，好像在和读者玩猜谜一样，先说这个字带给自己的震撼和它的字形字义特征，待把读者的胃口吊起来，才一抖包袱，亮出谜底。接下来还原自己被“米”字招牌震撼的情境，由其他招牌引出“米”字招牌，“不知有多少……艳俗土气的广告招牌，一一掠过眼前，视而无睹。而唯独那块简单朴素的米字招牌，就在远远接触刹那，宛如磁和铁的相遇，牢牢吸住了我的视线，震撼我”，通过强烈的对比凸显出“米”字招牌的朴素和“我”对它的喜爱。进而再精雕细描“米”字招牌的朴素，再由“米”字招牌的朴素联想到米在中国的栽培史，赞美它的质朴和奉献。接着笔锋一转，指出在“繁华的工业时代”，被米养大的人们渐渐丢掉米的质朴，“崇尚虚荣，贪慕奢华，追求物质的享受，变得自私自负，不知感恩”，对米“任意糟蹋”，而米仍在默默奉献，在此基础上热烈地赞美米“是真实、是根本、是能源、是亘古不变”。最后回到“米”字招牌，称赞它的主人“在豪华炫耀的高楼大厦间，独保持着朴实的古风，安置着我们洁净的地粮”，并陶醉于对自己淘米做饭的朴素生活想象之中。从一块小小的广告牌引出传统与现代的冲突，表现对工业文明的反思，以小见大，引人深思；结构上曲径通幽，含蓄精致，就像她笔下坐落于小巷深处的大宅院，只有穿过小巷，跨过门槛，绕过影壁，经过回廊、花厅、客厅……方可登堂入室，目睹精华。

（二）淡而高雅

艾雯认为“散文是健康生命的气息”（《散文时代》），其散文就像她笔下的苏州人，不求干出轰轰烈烈的事业，但求在平淡生活中寻到高雅。其散文大多从自己或他人普通、平凡、卑微的生活取材，但从不凸显社会的阴暗面，或刻画人性的异化，也从不照搬生活的枯燥、无聊，而是从生活的一地鸡毛中挑出相对美丽的那一支，予以精心美化，将其变成立意高远、雅正脱俗的艺术品。

比如《幽禁——山村小简之一》，创作时只有22岁的艾雯带着寡母弱妹寄居于偏僻的赣南山村，独自养活一家三口，战争的硝烟、环境的闭塞、生活的困顿使她无奈、苦闷、忧郁，感觉“被驱入绝境”，但她能在一片荒凉中想象出一幅“山清水秀，绿暗红嫣的图画”，通过描绘想象中的图景，她“发现了自己”，“认识了自己”，“建立了自己”，“增加了生存的勇气和信心”（《艾雯自述》）。从乏味单调的生活入，以乐观超脱的心态出，在给自己信心的同时，也鼓舞了读者超越凡俗、追求高雅生活的信念。再比如《生命之笔》由女儿练毛笔字时写坏就撕掉之事引发感想，从练字之笔联想到生命之笔，指出字练得不好可以撕掉再写，但生命不能撕掉重来，进而告诫自己和读者“谨慎我们的言行，谨慎我们的所作所为，谨慎的运用我们的生命之笔”，提升读者的生命意识。

（三）广而率性

艾雯说“只要对任何事物感到好奇，散文的内涵可以包罗万象，散文的题材更俯拾皆是。面对如许浩繁，我独选择其特别使我动心，使我有所领悟，使我铭感难忘，使我感到意义深永的”（《不具“风格”的风格》），这种题材观既受苏州年画题材广泛的影响，也与“父亲”式文人的率性而为一脉相承，使其散文在题材上呈现为广而率性的特征，诚如陈芳明所说“她的散文书写跨域甚宽……几乎容纳了亲情、友情、爱情、乡情所有的相关议题”，但不管什么题材，都经过了她感情的筛选和“熔铸”。

《青春篇》取自年轻人的生活，“写出年轻人对理想的狂热，对自由的向往”；《生活小品》“自日常生活取材”，由身边琐事入手，“借以从平凡的事物中觉得新颖的美”；《浮生散记》取自“困厄的生活”，将其“提升为生存的勇气”；《忘忧草》“从天地万物、社会景象、文化艺术中获得灵感”，以达到“‘与物同春’的境界”；《最爱是苏州》从记忆中的故乡取材，“借笔卸我千斛乡思”；《花韵》以花为题，使花与心灵“涵融而臻美化神化”。

（四）质而实绮

艾雯将散文视为“一份情思的升华，一份性灵的流露”，强调“每一篇自有每一篇的中心思想”（《昙花开的晚上 · 新版小言》），注重散文内容，强调散文内容的怡情与教化作用，在质与文之间，她更看中质，认为文是为质服务的。但如同她笔下采用“泰西版画”表现技法的苏州年画艺人，为了更好地书写“性灵”，艾雯也是非常注重表现形式尤其是语言形式的。

艾雯喜欢将长短句结合，爱用比喻、排比、拟人等修辞手法，大量运用华丽的辞藻，尤其擅长使用形容词和副词，这些使得她的散文像她笔下的苏州绸缎一样绮丽华美。比如《小小茉莉》的引子是一首小小的抒情诗，“但愿今夜梦里，花香引领我回去；回去我那魂牵梦萦的故乡，回去我那开满小小茉莉的童年的长廊！”以梦、花香、茉莉、长廊等美的意象营造出一个如梦如幻的梦中故乡的意境，再用一句比一句长的句法形式形象地表现出思乡情的愈益绵长，二三句顶针、三四句押韵的使用都使得小诗充满柔婉的音韵之美。在正文第二段，她又写到“娇小的、纯净的白色花朵，闪耀在密密茂茂的绿叶丛中，比起同时代玫瑰的华丽，蔷薇的娇艳，百合的矜傲，她显得那样谦逊而淡雅，只是悄悄地开放，又悄悄地布散着芬芳”，“娇小的”、“纯净的”、“密密茂茂的”等刻画出茉莉花的美丽纯洁，“白色花朵”“绿叶丛中”使文字呈现出绘画般的色彩感，最后两句押韵的使用使得这段文字有了浓浓的诗意。

（五）柔而有骨

从结构、语言等来看，艾雯的散文就像她笔下的苏州风景一样柔婉，即使批评社会现象的文章，也迂回曲折，语气平和。比如《狐狸性格》，虽为批评男性狭隘心理而作，但文中并没有怒火，而是心平气和地将友人失恋到“我”家做客、诋毁前女友、“我”的劝说、友人的不以为然及愤而离去等过程娓娓道来，没有进一步的批评和声讨，只在文尾轻轻一点，以“狐狸性格”对友人的男性狭隘心理进行揶揄。

但从思想、情感等来看，艾雯的散文又像她笔下摆脱夫家赁屋独居的“外婆”一样有志气，有主见，旗帜鲜明，敢作敢当，能给人精神支持。在谈到文学风格时，她说“风是风度，代表一个作者的精神、人格和气质。是心灵和德行的结晶，是不卑不亢的骨气，坚贞的志气，高洁的情操，和不倦不息的爱心”（《艾雯自述》）。受苏州文人文艺的影响，艾雯将文学视为高雅的精英艺术，既反对用文学讨好权贵，也拒绝为了发行量而迎合读者，她认为文学家是灵魂的工程师，要“发挥兼善天下的感召能力”（《不具“风格”的风格》），因此不管是乡土文学流行，抑或女权主义文学蔚为大观，艾雯默默守着自己的文学园地，讲述着“善良和朴实、真挚和诚恳、爱和美的故事”（《生命之笔》），像一篇篇心灵鸡汤，向读者传递着爱、美、自由和平等的理念。

（六）变而守旧

艾雯的散文像她笔下苏州人的服饰一样喜欢求新求变，但作为苏州贵族小姐，她笔下的女子穿绸戴花的传统习俗总是不变的。她自言“总喜欢做多方面的尝试，以期从变化中求创新、求突破”。她进一步解释说，自己“创新”与“突破”主要表现在“系列的作品”题材和体裁的变化，《生活小品》采自身边事，采用日记体，《浮生散记》采自“心灵深处”，采用札记体，《最爱是苏州》采自故乡苏州，采用童年视角的忆旧体……但她又说“艺术家变化其表现方式，并不意味着改变内心的状态”，事实也确实如此，虽然一直在变化，但以温婉的语调、现实主义的方式书写身边的小事，或以激情的语言、浪漫主义的方法抒发一时一地的情感，借此鼓起读者向善向美的欲望，向读者传达人生的智慧，是其所有散文的特征。在她的散文中，既看不到现代派的手法，也几乎看不到撼人心魄的心灵搏斗，看不到地动山摇的时代变迁，看不到社会的残酷，看不到人性的卑劣，一切都蒙着温情的面纱，美丽而虚幻。

结　语

作为民国时期在苏州长大的“贵族小姐”和少年离乡、终老台湾的离散者，艾雯是最后一个苏州贵族作家，她的经历在苏州作家中独一无二，其散文在苏州籍作家散文中也是举世无双的。她的苏州题材散文虽不如《东京梦华录》那样全面，但也描绘了抗日战争前苏州的富丽繁华景象，尤其是详细记录了从饮食起居到文人雅聚等苏州贵族社会的生活、心理和时尚，这在中国现当代文学中是绝无仅有的。可以说，艾雯的苏州题材散文是民国初、中期苏州文化尤其是苏州贵族文化的重要载体，堪称文学版的民国初、中期苏州民俗风物志。除了直接讴歌苏州，艾雯还吸收苏州文化特别是贵族文化的精髓，成功地将其转变为自己的散文美学，创造了带有前现代贵族雍容华贵气质的“苏味”“性灵”散文，以区别于大陆散文的方式向境外读者展现了苏州文化的独特魅力。

但成也萧何败也萧何，苏州贵族小姐的身份限制了艾雯的思想和眼光，即使流离失所，她也始终以大家闺秀自居，一味追求“闲适”、“高雅”的生活和品味，无法真正了解底层人民的心理和情感，使得其散文题材虽广，但大多指向自己内心的安宁、充实和积极向上，心灵鸡汤的成分较大；文字虽美，但雕琢痕迹较为明显，文字背后的思想较为单薄；文体虽时有创新，但总体上并未越出现代美文的技艺之外。

从“殉赌”到“殉城”：澳门赌场空间与城市文化

凌　逾　霍超群*

（华南师范大学 文学院，广州 511400）

内容摘要：澳门汉语新文学的赌场书写塑造了“殉赌者”和“殉城者”两类主题。前者可视为中国传统“禁赌”箴言的故事新编，后者肩负本土使命，以激进的姿态捍卫城市尊严。从“殉赌”到“殉城”，意味着澳门的赌场书写在后知后觉地咀嚼着百年来澳门被他者形塑的赌城形象，体现了个体经验对澳门城市伦理的反思。但目前这种思考怀有某种先入为主的偏见。澳门“三教合一”的宗教传统并非根生，在本土思潮的启蒙下，澳门处在缺失文化主心骨的焦灼状态。寻找文化的归宿成为澳门回应本土必须跨越的难关，也让赌场成为一个反思的空间。

关键词：赌场空间；殉赌；殉城；城市伦理；文化话语

在中国传统文化中，“赌”被认为是一种游手好闲、贪图享乐的糟粕，“只见赌钱人十个九输，钱都往那去了？钱财尽入（那）开张（的）手，地宅都归（在）守分人。（劝你）回头休干（那）捞筲（的）事，沙井日淘（只是）日日深”①。赌者贪心，终为贫困，莫由“贪”变“贫”，传统规训世代流传。赌者，博簺也。《说文》：“行棊相塞谓之簺。”②“棊”同“棋”，运行棋子以相互阻塞为“簺”。博簺亦称博塞，是一种棋类娱乐。赌博起源甚早，《管子·四时》“秋三月以庚辛之月发五政，一曰禁博塞”，后注：“博塞长奸邪，故禁之。”③可知，赌博在其发展早期，已作为恶习被禁止。

广东自古“赌风”繁盛，澳门因其赌场“招待之善，礼仪之恭”④而使他处皆不能及。港口

---

* 作者简介：凌逾，文学博士，华南师范大学文学院教授；霍超群，南京大学中国新文学研究中心博士研究生。
基金项目：本文系国家社科基金重大项目“华文文学与中华文化研究”（14ZDB080）的阶段成果。

① ［明］吕坤撰，王国轩、王秀梅整理：《戒赌博》，《吕坤全集》，中华书局 2008 年版，第 1263 页。

② ［清］郝懿行著，李念孔等点校：《赌博》，《证俗文》，齐鲁书社 2010 年版，第 2373 页。

③ 黎翔凤撰，梁运华整理：《管子校注》，中华书局 2004 年版，第 851 页。

④ 徐珂编撰：《澳门有番摊馆》，《清稗类钞》，中华书局 2010 年版，第 4911 页。

优势丧失后，葡萄牙将赌博业作为大力扶持的对象，并易其名为中性化的“博彩”。博彩业长时期一枝独秀地支撑着澳门城市的经济命脉，成为现代澳门成其所是始终绕不开的社会因素。不管视角几何，澳门畸形的经济与其繁盛的博彩如双生并蒂，牵引着数代澳门人的神经。

有人说，老澳门人是不赌的。吕志鹏却说“澳门对‘赌’这个字，哪个能真正逃得了，说什么澳门人自身能有免疫，这不过是痴人说梦”[①]。2002年赌权开放后，“以前小城内有娱乐场，今天小城本身已蜕变为娱乐场”[②]的空间易形为作家提供了丰富的文学想象。那么，赌场空间给澳门人带来了怎样的本土体验？赌场林立与澳门城市伦理的关系几何？背后反映出澳门正面临着何种文化处境和选择？

一、赌场叙事：从“殉赌”到“殉城”

澳门关于赌博的文学书写较早可追溯到清末。清丘逢甲诗“银牌高署市门东，百万居然一掷中。谁向风尘劳物色，博徒从古有英雄”[③]描绘澳门赌场盛况，其门皆署银牌以招客。澳门新文学发展较缓慢，但赌博主题的文脉从未中断。摩挲其中，一个饶有意味的现象出现：沦为赌徒的人，下场免不了悲剧。暂且放下对澳门作家创作技巧雷同的质疑，这批阔大深长的死亡名单，足够让人心悸。笔者将之称为“殉赌者”。

1961年2月，葡国政府颁布第18267号部令，确定澳门地区为旅游区，特准在澳门开设赌博娱乐业，并强调赌博娱乐在澳门经济发展中的作用。自此，澳门长期存在的赌博业成为正式的、完全合法的行业。但本地人对“赌”的态度仍是畏而远之，创作“赌博有害”的主题屡见不鲜。锷未残《老顾客》(1965)、游静萍《格力狗》(1965)是当中的典型。《老顾客》和《格力狗》无论从人物塑造还是主题表达上都表现出相似之处：前者的赌徒是会计主任刘先生，后者是“这间屋同住的人生活得最好的”[④]陈先生，他们原本过着无忧的小康生活，却因沾染赌博而穷途末路。刘先生因赊账太久被水果小贩上门追债，仪表尽失；陈先生因还不起赌债选择轻生，留下孤儿寡女。作品通过一个个血淋淋的故事告诉读者：沉迷赌博没有好下场。这两部作品可谓是中国传统“禁赌”箴言的故事新编，只不过换了地点，面貌是现代人罢了。

尽管创作初衷相似，余行心在作品中多了一层澳门城市的“新感觉派”的色彩。小说写的是发生在名为“快活楼”酒店上的故事。澳门赌场、娱乐场的前身是酒店，酒店与“快活”交叠，衍生出多重暧昧的含义。作家“我”到此处希望找寻写作资料，因为这里“有舞厅，赌场，餐室，菜馆，和美容院等开设”[⑤]，各路人马，摩肩接踵，好不热闹。便捷的设施，娱乐服务一

---

① 吕志鹏：《异宝》，《在迷失国度下被遗忘了的自白录》，作家出版社2014年版，第274页。

② 李宇樑：《上帝之眼》，澳门日报出版社2008年版，第217页。

③ ［清］丘逢甲：《澳门杂诗》，钱仲联主编《清诗纪事》，凤凰出版社2004年版，第3346页。

④ 游静萍：《格力狗》，凌钝编《离岸文学拾遗》(下册)，澳门基金会1995年版，第45页。

⑤ 余行心：《快活楼》，陶里编《澳门短篇小说选》，澳门基金会1996年版，第54—56页。

应俱全，此为“快活”的基本需求。但内里让人无所适从“赌场，有无数的人头在攒动着……里面烟雾弥漫，无数的嘴巴在抽着香烟”[①]，拥挤的人潮，让人窒息的烟雾，却是赌客的人间仙境，他们的心情跟着三颗骰子跌宕升降，寻求极度的刺激便是他们盘踞“快活楼”不眠不休的原始动力。这个空间让“我”反感，却让朋友周行念念不忘。人的欲望总比运气大一些，当周行由手气颇顺到动用公司赊款，最后仍把钱通通输光，“快活楼”已成为“折堕楼”。绝望的周行一跃而下，留下凄惶的妻子哀伤成疾。

这些被赌博饕餮的亡徒，以自身“殉赌”的经历警示世人“毋沉迷赌博”，应该说，劝善意图是较为明显的。澳门赌徒之死，很大程度是内心的贪念作祟，与个人意志软弱、抵制不住诱惑有关。严歌苓早期短篇小说《拉斯维加斯的谜语》中的赌徒老薛、茨威格中篇小说《一个女人一生中的二十四小时》中C夫人钟情的年轻男子，有极其相似的赌徒心态，原本衣食无忧，一朝沾染赌瘾，在堕落与忏悔中沉沦。从某种程度上说，澳门文学的“殉赌”现象具有普遍的人性意义，赌场空间被视为人生由盛转衰的转折点，在世界文学的书写历程中经久不衰。

澳门回归后，博彩旅游业被定位为澳门的支柱产业。大量澳门人涌入赌场工作，赌业与日常生活息息相关，“我有理想穿着学士袍做荷官”[②]，成为21世纪澳门的新社会现象，有媒体称之为“荷官时代”[③]，与众不同。这些围绕“赌”展开的故事，除了早已浮出水面的“赌博—破家”叙事框架外，背后还隐含了对另一重身份——“殉城者”的审美指认。

“殉城者”孕育于赌场空间，人物设置不再仅仅是贪得无厌的赌客，而是普通的博彩从业人员，如荷官(按：赌厅发牌人)、沓码仔(按：赌厅和赌客间的经纪人，负责赌厅客源，从中赚取佣金[④])、监控员、赌厅注资者等，甚至是受赌业影响的星斗小民。赌场空间如一个魔咒，成为他们悲剧的起源。太皮的小说《荷官欧阳家明》中的荷官，盗窃筹码被发现，逃跑过程中摔下楼梯致死；梁锦生的小说《亏空澳门》中移居澳门的“哥哥”昊进从地盘工人转入赌厅工作，被昔日同伙栽赃，不堪重负而自杀；方恨少的小说《浮影》别出心裁，想象澳门未来有一种博彩活动名曰“休闲娱乐倒计时系统”，赌钱“升级”为“赌命”，能以“非常优雅的方式把赌术与运气都不济的人士处理掉，令社会资源更有效地投放”，[⑤]正义人士“独臂人”奋起反抗，被一台巨型机器抽干生命能量。

李宇樑是澳门作家群中最具本土担当和批判意识的小说家之一。他持续关注澳门赌业发展，中篇小说《上帝之眼》(2008)、短篇小说《二〇二七》(2012)、《失物二十四小时》(2014)均将笔触投至受“赌”影响的澳门小人物身上，他们的命运同样摆脱不了以死收场。

---

① 余行心：《快活楼》，陶里编《澳门短篇小说选》，澳门基金会1996年版，第54—56页。

② 贺绫声：《一座城市，三首挽歌》，《如果爱情像诗般阅读》，作家出版社2014年版，第197页。

③ 参见：刘昭瑞、霍志钊《蝶变：澳门博彩业田野叙事》(下)，商务印书馆2017年版，第427—442页。

④ 参见：刘昭瑞、霍志钊《蝶变：澳门博彩业田野叙事》(下)，商务印书馆2017年版，第606页。

⑤ 方恨少：《浮影》，邹家礼、汤梅笑、姚风等主编《2015年澳门文学作品选》，澳门基金会2016年版，第61页。

"殉城者"与"殉赌者"最大的不同，在于前者人物的悲剧不止于个人意义上的道德失控，而是与城市命运息息相关。殉城者为城市发展而死，是赌城扩张下无名的牺牲品。太皮借欧阳家明的经历，道出了这些"殉城者"在命运面前无力抗争的悲哀，他们背负着"一条看不见的时间线"[①]，这条"时间线"即是澳门回归后激剧的社会变动。蓬勃发展的博彩旅游业看似开放市场、增加劳动力，普通从业人员却无法从中获得职业成就感，遑论安居乐业的本钱？与其说欧阳家明本人经受不了金钱的诱惑，不如说以荷官为代表的赌场底层工作人员在激烈变动的现实面前何其无力。小说为了凸显欧阳家明的"生不逢时"，在个人潦倒之外还穿插了金融风暴、赌权开放、房价攀升等澳门城市发展的现实问题，其背后深意不言而喻。为着薪资好、前景佳的泡沫迷梦，荷官们甘愿为过去被视为"偏门"行业的赌场奉献青春，最后发现爱情、家庭均是竹篮打水一场空。于是欧阳家明以赌反抗，消沉度日，终被击垮。《失物二十四小时》中的"他"自从加入叠码行业后，以牺牲和母亲吃饭的时间换取精致的生活，小城好像也因此暴富起来。"赌业的迅速发展，儿子的生活愈来愈体面，可是她对他却愈来愈陌生。"[②]在一个醉酒的夜晚，他遗失了赌客嘱咐入账的巨额筹码，这是他一辈子都无法还清的债，他退无可退，因为他违背了赌城与赌城中人签订的"生死契"，一失足成千古恨。若问他们早知今日，何必当初？许均铨笔下的《赌妈》(2012)借平凡的澳门家庭之口，哭诉"千错万错，谁叫我们出生在赌国?"[③]让人深思。

然而，并不是谁死在赌城都会赚人热泪。寂然小说《死在澳门》便讽刺了在赌场行骗，最后输光跳楼的湖南女人。振梁和普通澳门青年一样，离开教师岗位来到更高薪的赌场工作，不幸沉迷赌博。偶遇的湖南女子声称和他"合作"(出千)，可缓和振梁的经济状况。事成后，湖南女人翻脸不认人，还让同乡对他大打出手。赌场信用破产的振梁沦为潦倒赌客终日以赌消愁，某天发现赌场顶端有新的跳楼者。当他确认此人便是早前的湖南骗子时，他竟愤慨道："那个女骗子，为什么要死在澳门?"[④]同样是殉赌者，为何换来振梁的不满？从"殉赌"到"殉城"，当中有哪些不可或缺的链条？正如振梁口口声声宣称，湖南女人是"骗子"，是她的出现让振梁生命"整个烂掉"，"上天选择以这样的方式来惩罚他和他的城市，他知道自己是躲不开，逃不掉的"。[⑤] 在他看来，赌场绚烂的光笼罩整个澳门，却只是金玉其外，内部充满了贪婪、欲望、自私，成为人性弱点的堆填区。城市业已沦陷，人的羞耻如微薄的草芥。因此可以说，"殉城者"包含了与这座城同生共死的指涉，外来者以行骗的手段在赌城获得一席之地，却没有身份、没有资格入土为安。

---

① 太皮:《荷官欧阳家明》,《神迹》,作家出版社 2015 年版,第 55 页。

② 李宇樑:《失物二十四小时》,《狼狈行动》,作家出版社 2014 年版,第 332 页。

③ 许均铨:《赌妈》,廖子馨、汤梅笑、郑国伟等主编《2012 年度澳门文学作品选》,澳门基金会 2013 年版,第 182 页。

④ 寂然:《死在澳门》,《有发生过》,作家出版社 2014 年版,第 315 页。

⑤ 寂然:《死在澳门》,《有发生过》,作家出版社 2014 年版,第 315 页。

似乎只有真正的澳门人才能承担、赓续这份“殉城”的“殊荣”。“殉城者”为赌城浇铸了扭曲不堪的都市底色。这个向来被看作“没有悲情的城市”[①]，也许需要被重新估量。吊诡的是，澳门与“赌”结缘已久，同一空间，为何会出现“殉赌”到“殉城”的转变？我们应如何理解“殉城者”以激进的本土姿态捍卫城市的尊严？

二、赌场林立与城市伦理反思

澳门别称“赌城”由来已久。亨利·诺曼的旅行日记(1895 首版)有一章名为《澳门：葡萄牙的神秘中心》，称“中国人是世界上最大的赌徒”，还说澳门是“东方的摩纳哥”。[②]（按：摩纳哥王国位于法国南部，地中海沿岸，内有“赌城”蒙特卡洛）同样，在一本名为《香港指南》的旅游手册(1893 首版)中，澳门被骄傲地吹捧为“南中国赌博精神之中心”[③]，着重强调澳门的主要魅力是香港禁止的赌场。

台湾作家牛哥第一部小说《赌国仇城》(1948)选择澳门作为故事发生的背景，开篇即描绘了“赌城”澳门南欧风情的外表与丑陋不堪的内在：“赌城，这位在珠江和西江之间的商埠，山清水秀，林木苍郁，洋房矗垒在绿荫环蔽的半岛，马路广阔，风景幽雅，充满了南欧风光，西方人士称它为‘东方的宝石’，也有称它为‘东方蒙地卡罗’，但我却只称它为赌城。赌城的外表美丽，内在却丑陋不堪，这儿有公开营业的赌场，公开的卖淫所，鸦片烟馆……是豪门阔客、富商巨贾、王孙公子，樗蒲轰饮，征歌选舞的好去处。荒淫、颓唐、生活糜烂……一个昏浊的世界。”[④]内地也有小说《梦断澳门》(1996)，讲述外地劳工在澳打工的故事。主人公于国海渴望出人头地，把葡京赌场当作梦寐以求的场所，工友周宗明煞有介事地把葡京的造型描述成“鸟笼子”，“它把人比喻为鸟，进去了就飞不出来了”。[⑤] 谁料一语成谶，于国海自此在澳门恶势力的刀光剑影中不得自拔。

可见，把澳门与“赌城”对等起来，并赋予荒淫、丑恶等负面的指涉，最早并非源自澳门的本土书写。在澳门省思自我形象之前，城市的罪恶图式已由西方、中国香港、中国台湾、中国大陆等多棱建构，“在强势话语的影响下，某一种文本会被看作一个文化体系中塑造异国形象的模式，使得同一历史时期不同的文本表现出很大的互文性或者被程序化”[⑥]。他者的想象具有集约性，同时不免概念先行，可贵的是，澳门作家在写作过程中有意无意地与他者腔调保持了一定的距离，丰富了澳门形象的多义性。

于是我们看到澳门既有如周桐所言的“没有繁华的夜生活，没有五光十色使人为之目眩

---

① 参见吴志良：《一个没有悲情的城市》，澳门日报出版社 2006 年版。

② 参见郑妙冰：《澳门：殖民沧桑中的文化双面神》，中央文献出版社 2003 年版，第 134—135 页。

③ 《香港指南》，1982 年，第 135 页。

④ 牛哥：《赌国仇城》，中国友谊出版公司 2001 年版，第 1 页。

⑤ 吴威如：《梦断澳门》，华龄出版社 1997 年版，第 80 页。

⑥ 参见巴柔：《形象学研究：从文学史到诗学》，孟华编《比较文学形象学》，北京大学出版社 2001 年版，第 215 页。

的高级商场……澳门只是一部黑白电视机”[①]的淳朴小城形象，也有“在黑夜中闪耀着光芒迎接我们”[②]的欲望都市形象。二者泾渭分明，生活态度“丰俭由人”。这可以解释为什么我们说回归以前的赌场叙事，赌客的悲惨下场是个人意义上的选择，它与整座城市的发展并无直接影响。回归以来的赌场空间，实实在在影响了澳门人的日常生活，个人裹挟其中，利锁名牵。赌权开放后澳门的社会巨变，袁绍珊概括得当：“‘30平方公里’加上‘50万人口’加上‘千亿税收’的条件，对作家来说，这地方就不缺千奇百怪的写作材料。”[③]赌场作为澳门负面符码的集大成，本是所有书写澳门作品中共生的经验，相对于外来视角的“澳门只有赌场”的认知，澳门本地群体原本可以借此打一场漂亮的翻身仗，却在“一觉醒来在拉城”[④]的迷失中丧失自我。

文学世界里大量涌现的“殉城者”可视作一个危险的信号，意味着澳门的赌场书写在后知后觉地咀嚼着百年来澳门被形塑的赌城历史，与他者话语共谋，殊途同归地讲述一个个纸醉金迷的赌场故事。2002年开放赌权后，澳门博彩业快速发展，2006年博彩毛收入已超越美国拉斯维加斯，2013年达3607亿，[⑤]在赌场林立的今日，让人难以否认，“赌城”这一称谓名副其实。“殉城者”以“死”抗争，体现了个体经验对澳门城市伦理的反思。外来者严歌苓为写《妈阁是座城》，亲身体验澳门赌场、采访当地正宗叠码仔，唯独遗漏关注“赌城”之生成，因此女强人梅晓鸥在澳门没有扎根的生命体验，“妈阁”只是她跨域体验的飞毡。反观澳门作家对“赌城”的批判，态度之强烈，情感之真切，让人动容。

澳门城市应如何发展，或许不能强求作家为此出谋划策，但他们大胆地介入现实，构筑了一个反讽、异化的世界。黄文辉用词大胆，想象奇特，以诗明志：“你们看一座座遮天蔽日的巨根，便是未来幸福的保证；你看街头亢奋的情欲，便是购物长廊的刷卡声。道德不过是避孕套，发泄完欲望便丢掉。”[⑥]将高耸的赌场比作男性生殖器，交相辉映以“人造的蓝天”[⑦]，暗讽“幸福”之虚假，直斥当地官员片面发展经济罔顾道德的无耻行径。值得注意的是，“道德”的喻体“避孕套”，有速食廉价之意，体现了诗人对赌场的存在具有某种消极的价值判断，这与梯亚的看法不谋而合，他在《通街上等人的澳门》中认为“澳门近年忽然爆发得不好意思不高谈文化来清刷一下我们满街赌场的原罪”[⑧]。

赌场为何成为一种“原罪”？原罪是基督用语，人类的始祖（亚当和夏娃）违背上帝命令，

---

① 周桐：《错爱》，澳门星光出版社1988年版，第26页。

② 方欣：《葡京，下不完的赌注》，安徽文艺出版社2003年版，第13页。

③ 袁绍珊：《澳门回归15周年：澳门文学的跨域筑梦》，《文艺报》2014年12月12日。

④ 参见林玉凤：《一觉醒来在拉城》，澳门日报出版社2013年版。

⑤ 刘昭瑞、霍志钊：《蝶变：澳门博彩业田野叙事》（下），商务印书馆2017年版，第5页。

⑥ 黄文辉：《色欲都市》，《历史对话》，作家出版社2015年版，第203页。

⑦ 黄文辉：《色欲都市》，《历史对话》，作家出版社2015年版，第202页。

⑧ 梯亚：《通街上等人的澳门》，廖子馨、汤梅笑、郑国伟等主编《2012年度澳门文学作品选》，澳门基金会2013年版，第359页。

偷尝禁果，被逐出伊甸园，罪根世代遗传下来，即是原罪。“原罪”被认为是人的思想与行为上犯罪的根源，是各种罪恶滋生的根，会把人引向罪恶的深渊，又是使人难以自拔的原因。在梯亚看来，赌场空间是滋生罪恶的温床，是澳门社会道德滑坡的根源，这一判断也带有较浓重的主观色彩。袁绍珊对澳门现今的“罪恶”加以溯源，使之更具历史感，在《名考·重写一页地方志》中，她写道：“人们在母体里偷渡/像一个癌细胞和赌场/轻轻转到别的分支，开出一间间庞大的连锁店/时值公元一五五七又四百五十五年/这里依然是一个/卖着龙涎香的妙龄城市/又名旺财、无名氏/又名埃及、希腊、威尼斯。”[①]“偷渡”隐喻当年葡萄牙涉海而来，以晾晒贡物为名，强占澳门，并带来了像癌细胞一样扩散能力极强的赌业；“连锁店”写出当下澳门社会赌场接踵的状态。“龙涎香”和“妙龄”将澳门女性化，并赋予相当的情色意味，让人不禁联想当年澳门放任猖獗的娼妓风气，今日“依然”存在，换言之，在“公元一五五七又四百五十五年”后的当下，澳门的城市发展仍须靠着“黄”、“赌”、“毒”等传统意义上的“偏门”生意维持，挑战着人的道德底线，作者对此本能地感到隐忧和抗拒。最后“旺财”、“无名氏”、“埃及”、“希腊”、“威尼斯”五个借代，写出了澳门在“异国情调”的招牌下盆满钵满却难以自明的窘态。若与作者相近时期的散文《复制成人乐园》进行对读，会发现当中的反讽意味不言而喻：“澳门一直努力复制里斯本的葡式优雅，以及拉斯维加斯式的金光璀璨。我们抱怨政府仿制昂贵的葡式碎石路，嘲笑赌场东施效颦搬来拉城的假火山，移植和岭南风情格格不入的威尼斯和希腊元素。十五年过去了，我们由最初热烈期待‘横的移植’，可以令城市急速国际化，到感叹城市因为复制而失去个性，成为不伦不类的全球化产品。”[②]

由对赌场存在价值的质疑延伸到对“赌城”发展伦理的反思，是回归以来澳门文学对赌场空间全新的认知。殉城之殇，意味着澳人对如假包换的“赌城”的拒绝。有意思的是，澳门坊间对与“赌”有关的命名讳莫如深，如将“赌场”称作“娱乐场”、“赌客”称作“玩家”、“赌场往返接驳巴士”称作“发财巴”等，拒绝的背后亦透露出闪躲、软弱和恐惧。胡适曾一针见血指出“我们中国有一个很伟大的宗教……他就叫做‘名教’……‘名教’便是崇拜写的文字的宗教；便是信仰写的字有神力，有魔力的宗教”[③]。他进一步解释“名教”盛行的原因在于“我们的古代老祖宗深信‘名’就是魂，我们至今不知不觉地还逃不了这种古代老迷信的影响”[④]。澳人身在“赌城”，坐收千亿税收，却拒绝“赌魂”，这似乎是一个值得深思的现象。我们要问：赌场空间如何形塑澳门城市文化？澳门反思“赌城”之名实，体现了他们怎样的文化心态？

---

① 袁绍珊：《名考·重写一页地方志》，廖子馨、汤梅笑、郑国伟等主编《2012 年度澳门文学作品选》，澳门基金会 2013 年版，第 495 页。

② 袁绍珊：《复制成人乐园》，邹家礼、汤梅笑、姚风等主编《2015 年澳门文学作品选》，澳门基金会 2016 年版，第 364 页。

③ 胡适：《名教》，梁实秋、胡适、罗隆基《人权论集》，新月书店 1930 年版，第 185—187 页。

④ 胡适：《名教》，梁实秋、胡适、罗隆基《人权论集》，新月书店 1930 年版，第 198 页。

三、赌博“药剂学”与本土文化话语权

要追问赌场如何改变了澳门的城市文化传统，首先要了解所谓“旧澳门”的城市文化所言何物。郑妙冰将澳门的多元文化状态概括为“三女神聚会之地”，“如果澳门被冠以‘玛利亚之城’之名（因为澳门的大部分教堂都是以各种各样的形式为圣母玛利亚而建），那么将它称为‘天后之城’（道教的海神）以及‘观音之城’（佛教的慈悲女神）也不可非议。这三位来自三个不同宗教的贞洁女神在支配澳门宗教文化中构成了无可置疑的三人组”。[①] 概言之，两个民族的相遇使澳门的城市文化以宗教信仰多元的方式呈现，三种信仰见证了澳门的沧桑与变迁。尽管三者在争夺文化空间的主导权中各有招数，但它们共同以“神圣”、“纯洁”、“庇护”等象征教化一方。澳门的城市性格长久以来被视为淳朴、宁静、与世无争。林中英在散文《小澳门大澳门》中记录了朋友间讨论港澳两地的差异，认为：“香港太商业化，在香港做文人太困难，我来到澳门就不想回去。……澳门是个桃源，来这里居住、工作是我最大的心愿。”[②]廖子馨也曾满心欢喜地说：“澳门是一座让人觉得很舒服的城市，路过的人都这么说。他们说，澳门真宁静。他们喜爱那些有教堂有屋宇的大街小巷，就像我喜欢德国小镇的石子路一样，他们在这里看到浓郁的中国传统色彩，又嗅到丝丝的欧洲气息，在别的城市所找不到的一种中西结合魅力。”[③]可见，澳门曾因“性格温和”为众人所喜爱，也因此产生过强烈的自我认同。

那么，“赌博”所携带的，又是什么文化基因呢？这或许是一个不证自明的话题。赌博与罪恶对举，似乎早已成为某种固定搭配。程文撰文《财大气粗》，将今昔澳门比作风格迥异的女人，“愈来愈不喜欢这个城市，已从昔日恬静淡雅的少女变成今天穿金戴银的泼妇”[④]。“财大气粗”一语想必能引起多数澳门人的共鸣。但是，“赌城”气质仅限于此吗？赌博文化并非一个扁平的负面指向，它还可指向博弈、幸运、冒险、进取等中性甚至褒义的含义。陀思妥耶夫斯基写作《赌徒》，以惯常擅长的心理描写刻画了祖母和“我”两个疯狂的赌徒，尤其是后者在赌博过程中的“灵光乍现”让人惊叹。“我想走，但我头脑中产生了一种古怪的感觉，产生了一种向命运挑战的要求，产生了一种给它一个耳光、摘下它舌头的愿望”[⑤]，“我”鬼使神差般地赢得了一笔大数目，又在顷刻间输掉一切。但这头脑发热的感觉并未让人就此罢手或者起誓戒赌，而是让人振奋。陀氏的小说，在有意无意中减轻了架设在“赌博”身上的深重的道德负担，也表明了“赌博”具有如杰克斯·德利达所言的“柏拉图的药剂学”的矛盾效

① 郑妙冰：《澳门：殖民沧桑中的文化双面神》，中央文献出版社 2003 年版，第 82 页。

② 林中英：《小澳门大澳门》，邹家礼主编《澳门笔会三十年作品选》（上册），澳门笔会 2017 年版，第 317 页。

③ 廖子馨：《寻找城市》，邹家礼主编《澳门笔会三十年作品选》（上册），澳门笔会 2017 年版，第 337 页。

④ 程文：《我城我书》，作家出版社 2015 年版，第 26 页。

⑤ ［俄］陀思妥耶夫斯：《赌徒·白夜》，陆永昌译，北岳文艺出版社 2000 年版，第 20 页。

应。“这种‘希腊药’是灵丹妙药，即可化解毒素亦可毒害人，它以它的矛盾性进入讨论的主体。这种魅力，这种迷惑人的特性，令人着魔的力量可以是交替地或同时对人有益或有害。”①“药”不仅意味着毒药——破坏、有害、加重病情；也是解药——有益的治病药物，起着预防、修补和治愈的作用。所以，“药”总是处于矛盾重重的状态，处于好坏两极，它不是单纯地有益，也不可能是无害的解药。赌博，具有古希腊药的特质，它既改变了澳门原本淳朴的气质，使其趋于商业、市侩，又因此让澳门从不知名的小渔村一跃成为光鲜的国际小城。然而，这样的文本立意在澳门赌博叙事中并不多见。总体而言，无论是澳门社会还是个体，都表现出对“赌博”怀有某种先入为主的偏见，赌博即是罪恶的书写不绝如缕。“一面倒”的状态让人省思：澳门现今究竟需要以何种文化加以自持？

2005 年 7 月 15 日，澳门历史城区成为中国第 31 处世界遗产。与此同时，澳门开始寻找本土文化与建构自我身份，学者林发钦主编的《澳门街道故事》和《澳门建筑的故事》早已在坊间引起回响；作者也因此感慨：“乡土教育就是要年轻一代，对本地产生归属感，有认同感。……香港是一座文明城市，那澳门是什么？澳门应该是一座‘文化城市’，而文化要先了解历史！”②讽刺的是，澳门的“文化城市”身份并未得到广泛认同。方欣在小说《葡京，下不完的赌注》中，表达对澳门文化处境的担忧。上海姑娘林晓思二十年前移居澳门，但生活不甚如意，后来，邂逅了美国白领伊凡，并陷于热恋，但对伊凡来澳目的感到诧异。因为在她心目中，澳门并没有什么好玩的地方。但伊凡道：“怎么不好玩？澳门是袖珍型的男人的天堂，吃喝嫖赌都全了，对男人来说还图什么？”这番话引起了林晓思的反感。“我觉得悲哀，澳门是这样的一个旅游城市的话，那么它存在的经济价值又是什么？赌场养活了政府和澳门人；澳门提供旅游点，让全世界的人来吃喝嫖赌？它存在的价值仅仅是这些？在全世界都在走向科技、文化的年代，澳门，作为一处休闲之地，难道不应该有这方面的内涵吗？”③小说主人公这番话让人不禁想到李展鹏对澳门“申遗”成功的思考，“应该没人会否认，民间以前的文化保育意识是几乎于零的。……从小住在风顺堂区的我，虽然每天被珍贵的文化遗产包围，但我对他们却是视而不见”④。一系列让人啼笑皆非的自剖表明，所谓“文化城市”在澳人心中是相当模糊的概念，在“保育”思潮下，本土“文化”有可能只是一个空洞的能指。那么，“申遗”的成功，意味着澳门人需要在“文化”的概念里填补实在的对应物，澳门人亟须在现有的文化经验中选择“主导的思想”。尽管澳门有“三教合一”的宗教传统，也曾被称作“天主圣明之城”，但澳人对教堂的接受并非根生。文学中的“张冠李戴”现象让人莞尔：李宇樑的《上帝之眼》刻意模糊中国传统的“阴阳眼”和西方的“上帝视角”的界限，使得教堂空间附着了一层中国传统的

---

① 杰克斯·德利达：《论柏拉图的药剂学》，转引自郑妙冰《澳门：殖民沧桑中的文化双面神》，中央文献出版社 2003 年版，第 163 页。

② 林克伦：《乡土教育改革 澳门寻回本土历史》，《中国时报》2010 年 4 月 19 日。

③ 方欣：《葡京，下不完的赌注》，安徽文艺出版社 2003 年版，第 217 页。

④ 李展鹏：《未被说明的秘密：文化遗产》，《在世界边缘遇见澳门》，澳门日报出版社 2013 年版，第 75 页。

“鬼气”；吴威如的《梦断澳门》将信教者在教堂做弥撒等同于和尚念经等情节均表明，澳门其实并未无把握“驾驭”这些在本土存在已久却未深入人心的文化遗产。澳门开埠四百年，真正让澳门人铭心刻骨的文化资源，是在他们眼中与罪恶同义的赌博文化。

无论是体现在文学作品中“殉城者”的大量涌现还是体现在日常生活中澳人对“赌城”伦理的欲说还休，都似乎暗示了澳门目前处在缺失文化主心骨的焦灼状态。Anselem Strauss曾指出城市人依靠符号理解城市：优美的金门大桥代表了三藩市，纽约南端的炮台公园起始的天际线(skyline)则等同于纽约市。[①]《圣经·旧约》也有故事表达高塔与城市的关系：诺亚的后代在大洪水之后定居下来，决定建造一座城市和一座可以达到天堂的高塔来彰显他们的名字，以免其在这广袤的大地上离散。高塔保证人们从远处可以看到它，因而城市的存在就可以被感知。天际线即是这种感知存在的抽象表述，它象征了人类的群体，通过天际线的象征和指引的力量阻止了人类社会的离散。李展鹏将“天际线验证法”引到文化研究领域，探究城市天际线的改变与权力转移的关系。他指出，当一幢幢巨型豪华的赌场登陆澳门，澳门的天际线已由大三巴转移至赌场。当21世纪以来赌场以强大的力量倾轧他者的文化空间，并有可能成为澳门新的城市性格和强势话语时，澳人出现了强烈的排他反应。寂然借赌徒振梁之口大骂“他妈的，抬头不见天，只见到赌场，这是什么世界”[②]，便是对赌场蛮横争夺天空的义愤填膺。

正如陆奥雷在小说《东望洋时速200》中如精神分裂患者一般喃喃自语：“反正有钱就是比较方便吧，这个我可以理解。”“如果我有钱，九点就不用做赌场过着那种日子了，我最憎恨他妈的赌场。”“赌场，好像很合理又很不合理。”[③]赌场和澳门的关系，剪不断，理还乱，如果说拒绝赌场是警惕过于纸醉金迷的城市性格，那么回归以来的澳门又将以何种文化示人？寻找文化的归宿成为澳门回应本土思潮必须跨越的难关，也让赌场成为其对城市文化发展的一个反思空间。

---

① Strauss, A.：“Images of the American City, Chicago”，转引自李展鹏《我们的天空，我们的城市文化》，《城市文化形象的塑造：第八届台港澳文化交流研讨会论文集》，澳门基金会2007年版，第118页。

② 寂然：《死在澳门》，《有发生过》，作家出版社2014年版，第315页。

③ 陆奥雷：《东望洋时速200》，《板樟堂的倒数声》，澳门日报出版社2012年版，第100页。

卓别林与中国早期电影导表演观念

江　萌*

（江苏开放大学 传媒与设计学院，南京 210036）

内容摘要：卓别林是杰出的电影表演艺术家，也是杰出的电影导演艺术家，其电影导表演观念对于中国早期电影亦有重要影响。卓别林关于影片导演首先要有优秀的文学剧本、导演创造力求“去旧务新”以“促电影事业之发达”、导演要“使演员努力其职业，制造有价值之影片”等观念，对于中国早期电影和电影观念的建构具有重要意义。

关键词：卓别林；电影导表演观念；中国早期电影

卓别林是世界影坛伟大的电影艺术家。萨杜尔指出：“在整个无声艺术时期，美国的喜剧学派一直是世界上独一无二的学派。卓别林的天才首先给这个学派创造了光辉的成绩。”①其喜剧电影在中国早期影坛同样获得巨大声誉，被公认为“以滑稽名者，首推卓别麟”，因为他“以自己的个性而使人发笑”，是“影界最有天才的人”。② 国人非常欣赏其喜剧电影表演“不仅使人笑，而更能使人悲的技艺”③。

其实，卓别林不仅是全世界公认的“富有思想之滑稽大王”，1917 年之后，他在继续从事电影表演的同时，又转而从事电影导演工作，对于电影的导演和表演亦有重大贡献。卓别林是杰出的电影表演艺术家，也是杰出的电影导演艺术家，与格里菲斯、殷格兰姆、地密尔、刘别谦齐名，并称为当时好莱坞的“五大导演”。他所摄制的《巴黎一妇人》、《淘金记》、《马戏场》等杰作，在中国早期影坛被誉为“有艺术价值的影片”，“导演方法之新颖巧妙，实足令人

---

* 作者简介：江萌，艺术学博士，江苏开放大学传媒与设计学院讲师。

基金项目：教育部人文社会科学青年基金项目“中国早期电影与外来影响”(16YJC760017)阶段性成果。

① [法]乔治·萨杜尔：《世界电影史》，徐昭、胡承伟译，中国电影出版社 1995 年版，第 252 页。

② 见周瘦鹃：《影戏话》(四)，《申报》1919 年 8 月 7 日；善柯：《笑匠之竞争》，《大公报》1928 年 9 月 4 日。

③ 逋客：《贯波林没有什么希望了》，《大公报》1928 年 6 月 12 日。

叹服不已”，其“声誉之隆，与葛雷菲斯、殷克兰姆等名导演相等”。[①]

学术界对于“富有思想之滑稽大王”的卓别林与中国早期电影的关系研究较多，但是，对于电影导演艺术家的卓别林与中国早期电影的关系研究较少，对于卓别林电影导表演观念与中国早期电影关系的研究几乎没有。本文在收集“历史现场”丰富的电影批评文献的基础上，力求对此进行问题探索和理论阐释。

一、“剧本之创作”：“电影界今后之要图”

作为导演，卓别林摄制电影极为注重“公众之观念”，强调“非特可能者始为之，即不可能者，亦必竭其全力，务使观者满意”。[②] 在这一方面，让中国早期电影家、影评人和观众感受最为深刻的，是卓别林“影片的设计与处理，最符合观众心理”。具体地说，就是“它的镜头，它的看法，都是平平常常，老老实实，毫无花巧之可言。如细致研究，会发觉每个镜头的角度、地位、距离、高低、长短等，都是观众自己挑选出来的最好的位置，要看的都看到，都看清楚，时间又看够，称心如意”。为什么卓别林影片具有如此艺术魅力呢？评论者接着指出，这主要得益于卓别林“把戏剧的处理与镜头的设计，两者合作无间，天衣无缝。戏剧处理，千锤百炼；镜头设计，郑重考虑。戏剧为男女老少咸宜而处理，镜头为世界观众眼睛而设计……镜头完全为戏剧服务，熔化在戏剧内容中，合而为一”[③]。时评卓别林导演影片“结构的严整，情节的紧凑，表情的生动”[④]，亦即此意。

正因为如此，卓别林导演影片首先强调要有优秀的文学剧本。卓别林批评早年摄制电影没有剧本，所谓“人既全，而剧本仍付阙如，乃搜索枯肠……”之弊端，认为“电影界今后之要图”乃是“剧本之创作”，甚至强调“电影之剧本，必以当专著为电影之用”，因为电影剧本对于影片摄制之结果关系甚大。[⑤] 而在剧本付诸摄制时，卓别林又强调电影导演还要懂得剧情分幕的重要性。他曾严厉批评当时大部分影片不懂分幕，“大抵欲一剧中之剧情，包含丰富，剧本编辑家及导演者，乃从而反复参入己意，线索满布，乱如散沙，乃至紧要之处则又骤然下降，岂能令人满意哉”[⑥]，认为若想电影艺术进步，导演须具钻研精神，特别是在拍摄之前对于剧情分幕要有充分研究。

中国早期电影的摄制，同样存在着没有文学剧本，也不重视剧情分幕的严重问题。因此透过卓别林的影片和文章，中国早期电影家、影评人和观众，认识到了文学剧本对于影片摄

---

① 参见罗梦《从卓别林的〈马戏〉说起》，《民国日报》1928 年 12 月 9 日；马二先生《〈巴黎一妇人〉》，《大公报》1926 年 10 月 22 日；佚名《卓别麟导演之悲剧》，《申报》1925 年 3 月 20 日。

② 伯编译：《卓别麟之电影论文》，《申报》1923 年 10 月 27、28 日。

③ 程步高：《影坛忆旧》，中国电影出版社 1983 年版，第 149 页。

④ 芸：《中国电影前途的展望》，《影戏生活》1931 年第 1 卷第 48 期。

⑤ 见伯编译《卓别麟之电影论文》，《申报》1923 年 10 月 27 日；佚名译卓别林《电影之将来》，《中国电影杂志》1927 年第 1 卷第 1 期。

⑥ 伯长编译：《卓别麟对于电影之论调》，《申报》1923 年 10 月 21 日。

制的重要性——“设剧本不佳，虽配以才艺兼全之演员，亦不能得满意之结果”①。同样，卓别林导演影片其“布局异常紧凑，幕幕有呼应之妙，毫无半点闲墨”，又让中国早期电影家、影评人和观众，懂得了剧情分幕对于影片摄制的重要性——“分幕即布局之谓。何者应在前，何者应在后，某处当衔接某幕，则情节贯串，某幕当设有伏线，以呼应后文，要皆须于摄制之前，有充分之研究。若其中插入一无关本文之幕，或不相呼应之幕，则全剧受其影响而失却固有之精神矣。”②认识到电影剧本关系到影片“精神”之所在。

二、“促电影事业之发达，去旧务新”

对于电影导演，卓别林非常重视。他说：“吾为导演家，乃欲促电影事业之发达，去旧务新。”③电影导演如何将戏剧处理与镜头设计相融合呢？卓别林导演影片给予中国早期电影家、影评人和观众深刻印象的主要有四点：

首先，是导演要将自己对于社会人生、对于人的体验和感悟，融入影片尤其是人物形象塑造之中。卓别林导演电影善于从生活中找寻材料和人物，善于观察、体悟人性和人情，并在其中融入自己的人生经历和思想情感。因此，国人看到“贾无父，母年已衰老，而年幼不得他人之爱，其戚痛又何如，是以今日虽演滑稽之作，其蔚蓝之眼，仍含悲苦之色”④，看到卓别林的婚姻遭遇使其抑郁痛苦但仍然善良温厚，如《马戏场》主人公失恋、痛苦、茫然却帮助有情人成为眷属，“也许就是卓氏真生活的表现啊！”⑤

其次，是场景安排要自然、简洁而有意味。卓别林导演影片以“自然”、“经济”、“蕴藉”著称，劳逊说，卓别林的影片之所以能感动世界各国的观众，是“因为他创造了富于人性的形象”，也因为“它们的结构赋予它们最高级的艺术所特有的统一性。这种结构是简单的，但却难以用语言来形容”。⑥ 国人对此亦感同身受，如《巴黎一妇人》，叙火车到站，只摄人物身上车影攒动表示车至；叙聚众观裸女，只摄此女身上之裹布徐徐展开转而裹于另一男子身上；叙女主人公的恋情，只摄其抽屉里的男人领结，等等。其“片幕之配置，简而有味，所谓增之一分则太肥，减之一分则又嫌瘦也”⑦。

再次，是卓别林导演影片不仅构图“兼具骚人情文并茂之词、画家传神之笔”，且有“突兀出人意料之手段”。⑧ 如上述《巴黎一妇人》中女郎在站候车，车抵时只见地面行动之车影一

---

① 黄道扶：《银幕摭谈》，《申报》1924 年 10 月 23 日。

② 王石农：《〈巴黎一妇人〉之评述》，《申报》1925 年 3 月 24 日。

③ 转引自李涤尘：《导演员与摄影员》，《申报》1925 年 6 月 1 日。

④ 洪大勋：《贾波林之隐痛》，《大公报》1928 年 6 月 19 日。

⑤ 云心：《〈马戏〉的回味》，《大公报》1928 年 4 月 17 日。

⑥ [美] 约翰·霍华德·劳逊：《电影的创作过程》，齐宇、齐宙译，中国电影出版社 1985 年版，第 40 页。

⑦ 闻铃：《顾影闲谈》，《申报》1928 年 5 月 8 日。

⑧ 佚名：《卓别麟导演之悲剧》，《申报》1925 年 3 月 20 日；马二先生：《〈巴黎一妇人〉》，《大公报》1926 年 10 月 22 日。

段，卓别林不拍火车，却把摄影机升高，只用俯角镜头拍摄站台地面上的火车影子进站，画面构图，干净利落，地白影黑，分外显明，情文并茂又清逸如画。比较此前电影叙述火车到站情形，或摄其自远而至、黑烟缭绕、万头攒动，或摄其汽笛一声、车轮徐动，等等，让人耳目一新。国人誉为“空前杰作。于是上海各电影公司，争相效尤”①。

第四，是导演要善于将某些“不雅”场面通过巧妙摄影转为“雅趣”。卓别林导演的影片中涉及不少“不雅”场面，然而，他都能通过摄影艺术地、审美地予以表现。最典型的，如《巴黎一妇人》中拍摄写生室裸女解缠身布的场景，众人争观裸体美人，摄影机却不拍摄裸女，而拍摄观者或去目镜、或伏地而前等种种状态。时评“其描写巴黎之淫恶，虽似直写，而以摄影巧妙，转觉雅趣”②。

美国电影史家雅各布斯认为，“卓别林的重要不在于他对电影艺术方面，而在于他对人道的作用。如果把他当作一名电影工艺家来看待，那是微不足道的，他没有给电影添加什么新的形式，但是他创作了许多重要的影片来充实社会”③。雅各布斯论卓别林电影“对人道的作用”的观点是完全正确的，但是，他说卓别林“没有给电影添加什么新的形式”，那就需要商榷了。美国早期电影充斥“舞台性”，极少采用电影技巧，其基础大都是话语和情境的戏剧，大多数场面是内景，更多是运用交叉镜头以突出对话的内容。卓别林导演影片的上述创造都是突破和创新。它令国人印象深刻，被誉为“银幕艺术之上品，取以为鉴，足资研究，凡从事于影戏事业者，皆当不厌百回看也”④。在相当程度上，中国早期电影家、影评人和观众是透过卓别林影片，认识到“导演员为全剧之司航人，凡幕表、背景、表演等，莫不受彼之支配，故一片之佳，导演员实负有莫大之责任”；更懂得导演必须具有“审美的观念”、“高尚的思想”和“创作的能力”等，才能摄制出深刻表现社会人生的影片。⑤

三、“使演员努力其职业，制造有价值之影片”

卓别林认为电影导演还有一项重要工作，就是要“使演员努力其职业，制造有价值之影片”⑥。卓别林自己杰出的银幕表演受到国人的高度赞誉，欣赏其滑稽表演以神情冷峻胜，人物的一举一动“有深合人类同情的表情，有观察、有诙谐、有幻想、有情绪，有因果律哲学，有人生的目的意义”⑦；而透过卓别林导演和表演的影片，中国早期电影家、影评人和观众又加深了对于银幕表演的认识。那么银幕表演如何使戏剧处理与镜头设计合作无间呢？卓别林导表演影片给予中国早期电影家、影评人和观众的启示大致有三点：

① 程步高：《影坛忆旧》，中国电影出版社1983年版，第150页。
② 毅华：《论卓氏导演之新片》，《申报》1925年3月28日。
③ ［美］刘易斯·雅各布斯：《美国电影的兴起》，刘宗锟等译，中国电影出版社1991年版，第239页。
④ 剑云：《评〈三个妇人〉》，《明星特刊》1925年，第3、4期。
⑤ 黄道扶：《银幕摭谈》，《申报》1924年10月23日；李涤尘：《导演员与摄影员》，《申报》1925年6月1日。
⑥ 转引自李涤尘：《导演员与摄影员》，《申报》1925年6月1日。
⑦ W.T.：《卓别灵之艺术的成就》，《东方杂志》1927年第24卷第15期。

第一，是强调银幕表演要自然、真实。美国早期电影表演粗糙简陋，“表演方法大体上仍然是矫揉造作和舞台动作”①。卓别林则强调电影表演要真实、自然，认为即便是滑稽喜剧表演也不要夸张不要过分，应该更多运用技巧的动作来逗人发笑。故国人对于卓别林导演影片的表演，印象特别深刻的，就是其“表演实在是一个写实主义者”②。如评论《巴黎一妇人》女主人公的表演，“在村时则一乡女，及至巴黎则俨然富妇。在车站得悉情人不往巴黎，其表情失望怨恨，可谓至矣。初见报上李佛订婚事毫不介意，既复观之，不觉悲从中来，皆极自然。及后遇金而喜，闻金不娶彼时之失望苦笑，及伏尸时之恸哭，亦极能感人”③。进一步，中国早期电影家、影评人和观众在美国电影观赏和比较中，也感受到“卓别灵未入电影界以前，电影内容颇多虚伪和不自然的做作，卓氏屏弃这些做作，而返于卡尔诺手势戏的自然”④的银幕创造。

第二，情感的表达主要靠演员的表情和动作。卓别林导演电影注重情感的表达，尤其注重通过演员的面部表情和形体动作去表达。因此透过卓别林影片，中国早期电影家、影评人和观众懂得了面部表情的重要性：“盖演员之所以贵者，在其面部之能表演……即在其面部之有戏。”⑤而 20 世纪 20 年代世界电影还是无声片，故银幕表演又注重哑剧演技般的形体动作，中国早期电影家、影评人和观众透过卓别林影片，同样感受到这些“动作的寓意，比言语来得深刻和明显”⑥。卓别林的滑稽喜剧片表演在这一方面给予国人的印象更加深刻。例如表情，认识到“表情本来是演员所必具的要素，而滑稽的表情更是难……有时候一段很枯燥无味的剧情，被善于滑稽表情的明星主演了，就果然很滑稽很有意味了”；例如动作，认识到卓别林的滑稽表演“所以到现在还受一般人的欢迎，就因为它的一举一动，既滑稽而复耐人寻味而具深刻的描写”⑦，其表演使观众能够感受人物真实的内心情感。

第三，是银幕表演要注重美感，演员要有与众不同的表演形式。特吕弗曾这样评价卓别林的滑稽喜剧表演：“如果在夏尔洛首次亮相银幕 58 年后的今天，我依然为那种热情感到心醉神迷的话，那是因为我在其中看到了一种深刻的规律，而这种规律又包含着一种宏大的美感。”⑧因为早期滑稽喜剧片完全靠哑剧表演来构成喜剧情境的剧作法，是一种不需要具有个性特征的面部表情的情节喜剧，是卓别林创造了独特的喜剧表演形式并使其具备美感，大大发展了电影表演艺术。中国早期电影家、影评人和观众也认识到这一点，指出：“他的特异

---

① [美]刘易斯·雅各布斯：《美国电影的兴起》，刘宗锟等译，中国电影出版社 1991 年版，第 229 页。

② 友萍：《谈卓别灵》，《现代文学》1930 年第 1 卷第 1 期。

③ 麒：《新片〈巴黎一妇人〉述评》，《申报》1925 年 3 月 25 日。

④ W. T.：《卓别灵之艺术的成就》，《东方杂志》1927 年第 24 卷第 15 期。

⑤ 伯长：《观〈巴黎一妇人〉》，《申报》1925 年 3 月 28 日。

⑥ 琼卿：《谈卓别麟》，《影戏生活》1931 年第 1 卷第 24 期。

⑦ 罗树森：《谈滑稽电影》，《明星特刊》1927 年第 25 期。

⑧ [法]特吕弗：《前言》，《巴赞论卓别林》，吴蕙仪译，上海人民出版社 2008 年版，第 3 页。

之化妆，及与众不同之表演形式，正是他的本色，他所独具的风格。”①

卓别林曾说其影片成功源于在银幕上真实深刻地表现人，这归根结底都不过是一种对人的认识。中国早期电影表演同样简陋粗糙，故有评论者指出：“（卓别林说）‘我为了电影而研究人类’……这实在可做我们国产电影的肤浅人物的‘座右铭’。”②中国早期电影家、影评人和观众，在某种意义上是透过卓别林导表演的影片，逐渐懂得了银幕表演的真谛。

① 冷皮：《〈马戏〉话》，《大公报》1928年4月10日。

② 友萍：《谈卓别灵》，《现代文学》1930年第1卷第1期。

“五四”戏剧论争中《新青年》群体的“分裂”

石　良*

（南京大学 文学院，南京 210023）

内容摘要：“五四”戏剧论争作为新文化运动的一部分，关于论争双方戏剧观念分歧的研究成果很多，而对论争中“《新青年》派”内部的态度歧异的梳理则相对较少。如果对历史遗留文献仔细梳理，就会发现在“五四”戏剧论争中，“《新青年》派”内部的论争与“新旧两派”的论争是并行存在、发展的。在此次论争中“《新青年》派”的目标是一致的，但是他们之间的意见分歧也十分明显，这种分歧不但导致了胡适和钱玄同、刘半农的“误会”，而且直接影响了此次“戏剧论争”的结果。

关键词：戏剧论争；“《新青年》派”；分裂；影响

引　言

在戏剧史上，众所公认的“五四”戏剧论争中有两个派别：一方是胡适、钱玄同、周作人、刘半农等为代表的《新青年》群体，可以称之为“《新青年》派”；另一方是以张厚载和马二先生（冯叔鸾）为代表的中国“旧戏辩护士派”。两派的观点冲突十分明显，其论争的焦点集中在中国“旧戏”的“劣点”，以及对中国“旧戏”的“改良”。论争双方的观点针锋相对，论争的局面喧闹纷呈。这些辩争既有胡适所主张和坚持的以学术研究的态度进行的学理层面的辩论，也有钱玄同、刘半农所挑起的充满“骂詈”之词、徒逞口舌之快的“意气”之争。这两种不同局面的形成，是“《新青年》派”内部的态度歧异造成的。因此，全面考察此次“戏剧论争”，不止要看到外在的“《新青年》派”与“旧戏辩护士派”的争论；也应梳理始终伴随“戏剧论争”，在“《新青年》派”内部由潜而明的关于“旧戏”和“旧戏辩护士派”的态度分歧，以及由此而产生的“分裂”。

* 作者简介：石良，南京大学文学院戏剧与影视学博士研究生。

一

“五四”戏剧论争是由钱玄同、刘半农对中国“旧戏”的批评，以及胡适提出的“废唱而归于说白”而引起。《新青年》群体将“戏剧”视为“文学革命”之文学题材之一，其戏剧观与其文学观是相混同的。他们从“文学革命”的角度审视当时活跃于舞台之上的中国“旧戏”，对其表演活动提出了一系列的批评和质疑，并倡言“戏剧改良”。在《新青年》群体看来，批判中国“旧戏”，提倡西方“新剧”，是“文学革命”中推翻“旧文学”建立“新文学”的一部分。自然，他们对于“文学革命”的态度也就应用于“戏剧改良”。

对于“文学革命”，陈独秀主张“必不容反对者有讨论之余地：必以吾辈所主张者为绝对之是，而不容他人之匡正也”①。陈独秀这种对于不容他人“匡正”的武断态度，得到了钱玄同和刘半农的坚定支持。陈独秀的这番言论虽然是面向《新青年》的所有读者，但是其直接对象是胡适。因为胡适此前在与陈独秀的通信中表示：“此事之是非，非一朝一夕所能定，亦非一二人所能定。甚愿国中人士能平心静气与吾辈同力研究此问题。讨论既熟，是非自明。吾辈已张革命之旗，虽不容退缩，然亦决不敢以吾辈所主张为必是，而不容他人之匡正也。”②

无论是钱玄同、刘半农和陈独秀，还是胡适都将“新戏”作为他们所提倡的“新文学”之一类，并且把改良中国“旧戏”视为“文学改良”的应有之义。从这个角度来说，他们关于“戏剧改良”的出发点是一致的。但是在对待“文学革命”是否应该容人“匡正”一事上，“文学革命”四大“台柱”（胡适和其他三人）之间的分歧十分明显。尤其是在“戏剧论争”这一事件中，在面对“旧戏辩护士派”的“匡正”时，他们在是否应为之提供自由讨论空间的问题上，态度的分歧完全暴露出来。

针对钱玄同、刘半农和胡适提出的关于中国“旧戏”的一系列观点，当时还是北大学生的张厚载在1918年6月15日《新青年》第四卷第六号“通信”栏发表了《新文学与中国旧戏》。张厚载在文中对钱、刘、胡三人对中国“旧戏”的批评表示反对，并从戏曲表演美学的角度认为中国“旧戏”的脸谱“分别尤精，且隐寓褒贬之义”，中国武戏的“打把子”种类很多，是“从极整齐极规则的功夫中练出来”。他从一名熟悉京剧、爱好京剧的票友的角度做出了对中国“旧戏”的总体评价：“总之中国戏曲，其劣点固甚多；然其本来面目，亦确自有其真精神。固欲改良，亦必以近事实而远理想为是。”③很明显张厚载看待中国“旧戏”的角度，与“《新青年》派”存在着明显的错位。他是从中国戏曲完整、自足的表演美学体系出发，来为中国“旧戏”展开辩护的。“《新青年》派”对中国“旧戏”的评判是从“文学改良”的角度，按照胡适的话

① 陈独秀：《寄胡适之》，《新青年》1917年5月1日第三卷第三号“通信”栏。

② 胡适：《致陈独秀》，《新青年》1917年5月1日第三卷第三号“通信”栏。

③ 张厚载：《新文学与中国旧戏》，《新青年》1918年6月15日第四卷第六期“通信”栏。

说就是“旧戏的评论只是要重新估定旧戏在今日文学上的价值”①。

双方虽然在对中国“旧戏”的评价上存在分歧，在对话上存在错位，但是张厚载对“戏剧改良”并非持完全否定的态度，他承认中国“旧戏”“劣点固甚多”，并且进一步表示“近有刘筱珊先生，颇知中国戏曲固有之优点，其思想亦新，戏剧改良之议，仆以为可与彼一斟酌之也”。② 如果“《新青年》派”接受张厚载所发出的这一共同研究中国“旧戏”的学术邀请，双方就“戏剧改良”展开充分的讨论，进而充分理解对方的立场，是有可能就改良中国“旧戏”达成共识的。然而，钱玄同、刘半农和陈独秀对张厚载的“文化立场”从根本上持否定的态度，更不用说理解。

对于张厚载在中国“旧戏”方面的“匡正”之词，钱玄同、刘半农和陈独秀对其所持的态度是一致的。他们将张厚载为中国“旧戏”的辩护，视作与其“提倡新文学，反对旧文学”的“文学革命”的对立，以自己的“绝对之是”而对其大加驳斥。钱玄同不屑与张厚载辩论，在张文的跋中痛骂道，所谓“隐寓褒贬”的中国“旧戏”脸谱是将朱熹做《纲目》的“阳秋笔法”画到了脸上；将中国“旧戏”的脸谱比作“和张家猪肆记卍形于猪鬣，李家马坊烙圆印于马蹄一样的办法”。③ 刘半农认为，中国“旧戏”的对打即便“有一定的打法”，“然戏剧为美术之一，苟诉诸美术之原理而不背，即无‘一定的打法’，亦决不能谓之‘乱’。否则即使‘极规则、极整齐’，似亦终不能谓之不‘乱’也”。④ 陈独秀从西方戏剧的角度，以教训的口吻说：“尊论中国剧，根本谬点，乃在纯然囿于方隅，未能旷观域外也。”⑤他认为“至于‘打脸’‘打把子’二法，尤为完全暴露我国人野蛮暴戾之真相，而与美感之技术立于绝对相反之地位”⑥；并将“打有定法，脸有脸谱”，与“从极整齐极规则的功夫中练出来”的“做八股文”和“写馆阁字”作比，认为它们没有“文学上美术上”的价值。

胡适在张厚载《新文学与中国旧戏》文后的跋中，称张厚载为“以评戏见称于时，为研究通俗文学之一人”⑦。首先从身份上对张厚载进行了认定，认为他是中国“旧戏”这一“通俗文学”的研究者，并未将其直接划为自己的对立者。针对其所提出的中国“旧戏”“废唱而归于说白，乃绝对不可能”的观点，胡适并没有直接驳斥，而是谨慎地表示“将作专篇论之”与其做深入的学术范围内的讨论。

《新文学与中国旧戏》与《新青年》群体跋文中关于中国“旧戏”的交锋，标志着“五四”戏剧论争的正式开始。钱、刘、陈对张文的大加驳斥，与胡适的“平心静气”地愿与之探讨的态度对比鲜明。至于陈独秀所说：“适之先生所主张之‘废唱而归于说白’，及足下所谓‘绝对的

---

① 胡适：《新思潮的意义》，《新青年》1919 年 12 月 1 日第七卷第一号。

② 张厚载：《新文学与中国旧戏》，《新青年》1918 年 6 月 15 日第四卷第六期“通信”栏。

③ 张厚载：《新文学与中国旧戏》，《新青年》1918 年 6 月 15 日第四卷第六期“通信”栏。

④ 张厚载：《新文学与中国旧戏》，《新青年》1918 年 6 月 15 日第四卷第六期“通信”栏。

⑤ 张厚载：《新文学与中国旧戏》，《新青年》1918 年 6 月 15 日第四卷第六期“通信”栏。

⑥ 张厚载：《新文学与中国旧戏》，《新青年》1918 年 6 月 15 日第四卷第六期“通信”栏。

⑦ 张厚载：《新文学与中国旧戏》，《新青年》1918 年 6 月 15 日第四卷第六期“通信”栏。

不可能'，皆愿闻其详。"[①]从陈独秀此前所持"必不容反对者有讨论之余地"的决绝态度，以及他对张厚载所持中国"旧戏"观的评价，他的这番看似理性的表态，其实更多的是支持胡适"将作专篇论之"，而不是想与张厚载理性讨论中国"旧戏"。

为了表明自己对中国"旧戏"的厌恶，钱玄同在1918年7月15日《新青年》第五卷第一号"随感录"栏，针对当时北京突然流行昆曲并且被追捧的现象，再次采取痛骂的态度评论中国"旧戏"。他认为"如其要中国有真戏，这真戏自然是西洋派的戏，绝不是那'脸谱'派的。要不把那扮人不像人的人，说不像话的话全数扫除，尽情推翻，真戏怎么能推行呢？"[②]

1918年8月15日《新青年》第五卷第一号"通信"栏中以《今之所谓"评剧家"》为题，刊出了刘半农、钱玄同分别写于8月7日和8日的通信，钱玄同在信中针对马二先生(冯叔鸾)声援张厚载的文章，公开反对胡适此前答张厚载时"君以评戏见称于时……其赞成本社改良文学之主张，固意中事"[③]的表态，表示"我们做《新青年》的文章，是给纯洁的青年看的，绝不求此辈'赞成'"[④]。对于马二先生在学理层面的论辩，直接表示"这种文章不但不必答复，并其原文亦并不必看"，"我们是还想做'人'的，应该爱惜自己的脑力与时间，用于当用之地。若与此辈辩难，殊不上算"。[⑤] 咒骂"以评戏见称于时"的张厚载和马二先生等"评剧家"对中国"旧戏"的辩护："此实与一班非做奴才不可的遗老要保存辫发，不拿女人当人的贱丈夫要保存小脚同是一种心理，简单说明之，即必须保存野蛮人之品物。断不肯进化为文明人而已。"[⑥]

钱玄同对中国"旧戏"和"旧戏辩护士派"的一系列评论完全不是学术研究的态度，而是采取直接人身攻击的方式，表达他的极端厌恶之情。如果说此前钱玄同、刘半农等人与胡适在"戏剧改良"上的分歧并未显现，那么钱玄同在此文中直接反对胡适对张厚载的评价，反对与"旧戏辩护士派"展开辩难，以及对张厚载等"评剧家"的痛骂，则是在态度和行动上间接挑明了与胡适在对待"旧戏辩护士派"的观念分歧。

二

为了详述自己所持的中国"旧戏"不能"废去唱功而全用说白"的观点，张厚载在1918年的8月18号的《晨钟报》"剧评"栏目发表了《白话剧评》。虽然胡适当时仍在病中，但是他在看到张厚载的这篇文章后，第二天(8月19日)就写信对其理由加以辩驳，其内容完整刊载于8月22日的《晨钟报》"剧评"栏。从文中可知，胡适在此信之前就曾写信给张厚载，请他

---

① 张厚载:《新文学与中国旧戏》,《新青年》1918年6月15日第四卷第六期"通信"栏。

② 钱玄同:《随感录·十八》,《新青年》1918年7月15日第五卷第一期"随感录"栏。

③ 张厚载:《新文学与中国旧戏》,《新青年》1918年6月15日第四卷第六期"通信"栏。

④ 刘半农、钱玄同:《今之所谓"评剧家"》,《新青年》1918年8月15日第五卷第二号"通信"栏。

⑤ 刘半农、钱玄同:《今之所谓"评剧家"》,《新青年》1918年8月15日第五卷第二号"通信"栏。

⑥ 刘半农、钱玄同:《今之所谓"评剧家"》,《新青年》1918年8月15日第五卷第二号"通信"栏。

“做一篇文章，详详细细的说明中国旧戏的好处和废唱用白，所以绝对的不可能之故”[①]。此外，胡适针对钱玄同等人对于张厚载等人的咒骂，明确表示“这个问题太大了，绝不是开口乱骂的论调所能讨论的”[②]。胡适的文章是写给张厚载的书信，他同意张厚载将其刊载出来，[③]同样相当于明确公开自己对“戏剧论争”的态度和策略。胡适此种做法的目的，如其在信中所说“心寻想以为中国旧戏的‘辩护士’，正正经经的替中国旧戏做一篇辩护文”[④]，就中国“旧戏”在学理层面展开充分的讨论。

胡适在8月19日给张厚载写信说不应该“开口乱骂”之后，在第二天夜间(8月20日夜)写信给钱玄同。他在信中规劝钱玄同“适意不当乱骂人，乱骂人实在无益于事”[⑤]。胡适在这里之所以规劝钱玄同，是因为钱玄同等“丑诋”宋春舫，并且表示若胡适“看得起张缪子”，“便要脱离《新青年》”。[⑥] 面对钱玄同对张厚载极端厌恶的态度，胡适再次申明自己对张厚载的总体态度，以及自己与之辩论的用意：“我以为(张厚载)这个人也受了多做日报文字和少年得意的流毒，故我颇想挽救他，使他转为吾辈所用。若他真不可救，我也只好听他，也决不痛骂他的。我请他做文章，也不过是替我自己找做文的材料。我以为这种材料，无论如何，总比凭空闭户造出一个王敬轩的材料要值得辩论些。”[⑦]胡适通过书信在关于张厚载一事与钱玄同展开正面的交锋，其目的是想弥合他们之间的分歧，以免“使我们内部有意见”[⑧]。胡适对张厚载和钱玄同两方的规劝和调停，显然是试图调和双方的对立情绪，以免出现双方陷入骂战的局面。

面对胡适的规劝，钱玄同对张厚载的态度并没有转变。他在回复[⑨]胡适写于1918年8月20号夜的信中认为：“至于张厚载，则吾期期以为他的文章实在不足以污我《新青年》(如其通信，却是可以)。”[⑩]并“奉劝”胡适：“老兄对于中国旧戏，很可以拿他和林琴南的文章、南社的诗一样看待。老兄的思想，我原是很佩服的。然而我却有一点不以为然之处：即对于千

---

① 胡适、张厚载：《评剧通信》，《晨钟报》“剧评”栏，1918年8月22日第7版。

② 胡适、张厚载：《评剧通信》，《晨钟报》“剧评”栏，1918年8月22日第7版。

③ 张厚载在《评剧通信》中明说“胡先生已经同意把他的信在本报发表”。

④ 胡适、张厚载：《评剧通信》，《晨钟报》“剧评”栏，1918年8月22日第7版。

⑤ 胡适：《胡适致钱玄同》，中国社会科学院近代史研究所中华民国史研究室《胡适来往书信选》(上)，社会科学文献出版社2013年版，第9页。

⑥ 胡适：《胡适致钱玄同》，中国社会科学院近代史研究所中华民国史研究室《胡适来往书信选》(上)，社会科学文献出版社2013年版，第9页。

⑦ 胡适：《胡适致钱玄同》，中国社会科学院近代史研究所中华民国史研究室《胡适来往书信选》(上)，社会科学文献出版社2013年版，第9页。

⑧ 胡适：《胡适致钱玄同》，中国社会科学院近代史研究所中华民国史研究室《胡适来往书信选》(上)，社会科学文献出版社2013年版，第9页。

⑨ 此信在内容上是对胡适8月20日信的回复，并且在此信中出现了“你如其有大稿，请明日交给他(三号极迟九月十五一定要寄出)”的内容，可见此信的写作时间应该在8月20日之后，9月15日之前。

⑩ 钱玄同：《钱玄同致胡适》，中国社会科学院近代史研究所中华民国史研究室《胡适来往书信选》(上)，社会科学文献出版社2013年版，第10页。

年积腐的旧社会，未免太同他周旋了。平日对外的议论，很该旗帜鲜明，不必和那些腐臭的人去周旋。”[①]钱玄同对胡适的“立异”以“求同”的策略完全不理解，秉持在“文学革命”中“不容他人之匡正”的“武断”态度，认为张厚载为中国“旧戏”辩护的文章与“林琴南的文章、南社的诗”一样，是应该像对待“王敬轩”那样痛骂，而不应该与之辩论“周旋”的。

胡适和钱玄同在张厚载一事上的态度，是他们在对待“文学革命”中是否应该容许“他人之匡正”之态度上的延续。在对待是否“容他人之匡正”上，钱玄同和胡适在此前并未明确阐明其宗旨。针对钱玄同的“不以为然”，胡适写信[②]回复钱玄同辩白道：“我所有的主张，目的并不止于‘主张’，乃在实行这主张，故我不屑‘立异以为高’。我‘立异’并不‘以为高’。我要人知道我为什么要‘立异’。换言之，我‘立异’的目的在于使人‘同’于我的‘异’。（老兄的目的，惟恐人‘同’于我们的‘异’；老兄以为凡赞成我们的都是‘假意’而非‘真心’的。）”[③]在这里胡适明确表明了自己之前一再强调“平心静气”、“容他人之匡正”、[④]“绝不致‘不容人以讨论’”[⑤]等态度的深刻用意——“正当的‘立异’皆所以‘求同’”[⑥]。胡适反对钱玄同等人在论争中采取严厉的“斥异”的策略，因此他不但不赞成钱玄同在“戏剧论争”中继续采取虚构、痛骂“王敬轩”的“斥异”方式，而且主动约请张厚载“做文”，希望能够从学理的角度充分展开论争，以达到“为吾辈所用”，实现就“改良戏剧”这一主张达成共识，真正实行“戏剧改良”的目的。

胡适所谓的“立异”以“求同”，不单单是针对反对“文学革命”者，而且是面向《新青年》群体的。针对与钱玄同在张厚载一事上的歧异，胡适无论是在与钱玄同的私人信件中，还是在公开发表出的与张厚载信中，都坚守着“求同”的底线。对于钱玄同在通信中说胡适是为了“免骂”，胡适尽管气愤，但也极力克制，表示这是钱玄同的“失言”，“恕不驳回”。

三

对于钱玄同提议将张厚载的文章刊登在《新青年》“通信”栏，胡适并未接受。因为此时的《新青年》“通信”栏的性质已经由最初的“质析疑难，发舒意见”[⑦]，很大程度上变为了“肆

---

① 钱玄同：《钱玄同致胡适》，中国社会科学院近代史研究所中华民国史研究室《胡适来往书信选》（上），社会科学文献出版社 2013 年版，第 10 页。

② 此信没有标注写作时间，但是从信中的“至于张厚载……好在我还有轮着编辑的一期，到那时我可以把他的文字或作我的文字的‘附录’，或作《读者论坛》，都无不可”推测，此信的写作时间应该是在上文的《胡适致钱玄同》之后，1918 年 10 月 15 日之前。

③ 胡适：《胡适致钱玄同》，中国社会科学院近代史研究所中华民国史研究室《胡适来往书信选》（上），社会科学文献出版社 2013 年版，第 11 页。

④ 胡适：《致陈独秀》，《新青年》1917 年 5 月 1 日第三卷第三号“通信”栏。

⑤ 胡适：《致汪懋祖》，《新青年》1918 年 7 月 15 日第五卷第一号“通信”栏。

⑥ 胡适：《胡适致钱玄同》，中国社会科学院近代史研究所中华民国史研究室《胡适来往书信选》（上），社会科学文献出版社 2013 年版，第 11 页。

⑦ 陈独秀：《社告》，《青年杂志》1915 年 9 月 15 日第一卷第一号。

意而骂”的是非之地。胡适约请张厚载做文，本意是为了将“戏剧论争”从骂战的“歧途”引回学理层面讨论的“正轨”，因此他不同意将张厚载的文章刊载在“通信”栏。

在1918年10月15日发行的《新青年》第五卷第四号上，将张厚载应约所写的《我的中国旧剧观》作为傅斯年《戏剧改良各面观》的附录刊载。此号《新青年》集中刊载了数篇关于“戏剧改良”的文章，因此胡适说“这一期有许多关于戏剧的文章，真成了一本‘戏剧改良号’了”①。这些文章包括：胡适的《文学进化观与戏剧改良》，傅斯年的《戏剧改良各面观》、《再论戏剧改良》，欧阳予倩的《我的中国旧剧观》，宋春舫的《近世名戏百种目》，张厚载的《予之戏剧改良观》和《“脸谱”——“打把子”》。

“戏剧改良号”中关于戏剧改良的文章都是胡适邀约或组织的，尤其是张厚载的文章是在胡适的积极邀约下才最终成文的。胡适对“戏剧改良”文章积极组织，并为讨论“戏剧改良”特意开辟“戏剧改良号”，是对自己一贯坚持的通过讨论解决分歧的实践。“戏剧改良号”在一定程度上，为论争双方系统、理性地讨论“戏剧改良”提供了对话空间。有了胡适的积极组织和这个相对理性的讨论空间，才有了张厚载与胡适、傅斯年从学术研究的角度，就中国“旧戏”在学理层面上的交锋。

在“戏剧改良号”上，张厚载为中国“旧戏”所做的辩护文，确实如胡适在给钱玄同的信中所说，成为胡适和傅斯年“做文”展开讨论的材料。针对张厚载在《我的中国旧剧观》一文中为中国“旧戏”的辩护，胡适和傅斯年根据“进化论”的观点，对其观点提出了针锋相对的反驳。但是双方的交锋仅限于学术层面，并不针对个人。傅斯年在《戏剧改良各面观》中说：“我们对于旧戏的形式和材料，不表示同情，原不消说。然而仅仅漫骂，也不能折人之心。”②在《再论戏剧改良》中表示：“我来做文回答繆子，并不是专和旧人过不去。”③傅斯年的这番表态，与钱玄同对“旧戏辩护士派”近乎人身攻击的谩骂态度截然相反。

在“戏剧改良号”上，张厚载在其另一篇文章《“脸谱”——“打把子”》中，反驳钱玄同关于中国“旧戏”“脸谱”、刘半农关于中国“旧戏”“打把子”和陈独秀的应“旷视域外”的观点，张厚载认为他们关于中国“旧戏”的观点是“极端之理想论”。④ 针对张厚载的辩难，钱玄同不屑与之纠缠，在该文的跋中直接表示：“我现在还想做点人类的正经事业，实在没工夫来研究‘画在脸上的图案’。张君以后如再有赐教，恕不奉答。”⑤与钱玄同不愿与之纠缠，也不愿对中国“旧戏”多做“研究”的态度相同，刘半农对张厚载的反驳没有直接回应，而是在1918年11月15日的《新青年》第五卷第五号的《“作揖主义”》一文中表明了自己的态度。在该文中

① 胡适：《文学进化观与戏剧改良》，《新青年》1918年10月15日第五卷第四号。

② 傅斯年：《戏剧改良各面观》，《新青年》1918年10月15日第五卷第四号。

③ 傅斯年：《再论戏剧改良》，《新青年》1918年10月15日第五卷第四号。

④ 张厚载：《“脸谱”——“打把子”》，《新青年》1918年10月15日第五卷第四号“通信”栏。

⑤ 张厚载：《“脸谱”——“打把子”》，《新青年》1918年10月15日第五卷第四号“通信”栏。

刘半农称张厚载和马二先生为“一位北京的评剧家和一位上海的评剧家”①,他认为对于“旧戏辩护士派”的张厚载和马二先生,应该采取“作揖主义”的态度。所谓“作揖主义”,就是“保存精神,在正当的地方用”②,而不去“用尽了心思脑力、唇焦舌敝的同他辩驳”③。此前钱玄同就将张厚载视为“千年积腐的旧社会”中“腐臭的人”,刘半农则将张厚载和马二先生同“前清遗老”、“孔教会会长”、“京官老爷”、“鬼学家”和“王敬轩”视为同类,他们对于“旧戏辩护士派”的定位和态度是相同的。因此,钱玄同在该文的附记中评述道:“半农发明这个‘作揖主义’,玄同绝对的赞成;以后见了他们诸公,也要实行这个主义。”④钱玄同和刘半农对于此类人的痛骂和不屑与之“辩驳”,恰如陈独秀曾在1918年6月15日发行的《新青年》第四卷第六号上对《讨论学理之自由权》的回复中所倡明:“其不屑与辩者,则为世界学者业已公同辨明之常识,妄人尚复闭眼胡说,则唯有痛骂之一法。”⑤

此时,周作人也参与到“戏剧改良”的讨论之中。《新青年》第五期第五号“通信”栏刊载了以《论中国旧戏之应废》为题、1918年11月周作人与钱玄同的通信。在文中周作人认为,“从世界戏曲发达上看来”“中国戏是野蛮的”,而且是“有害于‘世道人心’”,因此中国“旧戏”应该废除,“兴行欧洲式的新戏”。⑥ 钱玄同在回复中在对周作人的观点表示完全赞同的同时,他顺着周作人认为中国“旧戏”幼稚的思路,对张厚载等“旧戏辩护士派”极尽挖苦和嘲讽,说他们如孩童那样“骑竹马”、“戴面具”、“打哇哇”、“斗斗虫”。

四

对于胡适、傅斯年和周作人关于“戏剧改良”的观点,以及钱玄同、刘半农对“旧戏辩护士派”的挖苦、讽刺,张厚载在1919年1月和2月的《晨报》“剧评”栏,连载发表了《我对于改良戏剧的意见》和《戏剧问题的各面观》两篇文章做出回应。在《我对于改良戏剧的意见》中张厚载声明“对于文学家讨论戏剧是极端的欢迎”⑦,对于“改良戏剧”张厚载表示赞同,但是他认为“创造新戏确实是改良戏剧最要紧的一桩事情,但是改良旧戏其实倒可以不必”⑧。尽管张厚载对“旧戏”依然不改“维护”“保存”的立场,但是在“戏剧改良”问题上通过在学理上的讨论,他与胡适、傅斯年和周作人基本达成了共识。

在《戏剧问题的各面观》一文中,张厚载开篇首先肯定了《新青年》群体提出“戏剧改良”这一主张的功绩,他认为“将来我们中国戏剧倘有进步发达的一天,那就是现在一般文学家

---

① 刘半农:《“作揖主义”》,《新青年》1918年11月15日第五卷第五号“随感录”栏。
② 刘半农:《“作揖主义”》,《新青年》1918年11月15日第五卷第五号“随感录”栏。
③ 刘半农:《“作揖主义”》,《新青年》1918年11月15日第五卷第五号“随感录”栏。
④ 刘半农:《“作揖主义”》,《新青年》1918年11月15日第五卷第五号“随感录”栏。
⑤ 崇拜王敬轩先生者、陈独秀:《讨论学理之自由权》,《新青年》1918年6月15日第四卷第六号“通信”栏。
⑥ 周作人、钱玄同:《论中国旧戏之应废》,《新青年》1918年11月15日第五卷第五号“通信”栏。
⑦ 张厚载:《我对于改良戏剧的意见》,《晨报》“剧评”栏,1919年1月6日第7版。
⑧ 张厚载:《我对于改良戏剧的意见》,《晨报》“剧评”栏,1919年1月7日第7版。

研究讨论所获得的佳果”[1]。此外还强调“现在一般文学家对于戏剧问题多肯破些工夫研究讨论，这个戏剧问题竟成了文艺上狠有高尚趣味的一个问题，这是我们最引为乐观的一件事”[2]。他把此文之前所有参与“戏剧改良”讨论的“文学家”分为两类：第一类是“对于戏剧肯拿研究学术的态度去讨论”[3]的人；第二类是“不是真要想改良戏剧，不过生成一种‘由膏’，天天拿轻佻狂妄的语调来骂人”[4]的人。张厚载所谓第一种人显然是指胡适、傅斯年、周作人等从学理角度来讨论“戏剧改良”的“温和派”，第二种人则是以钱玄同、刘半农和陈独秀为代表的谩骂“旧戏辩护士派”，不愿采取“研究”的态度讨论“戏剧改良”的“过激派”。对于这两种“文学家”，张厚载对他们的态度的不同也是泾渭分明的：对于第一种，张厚载表示“那是我们最欢迎的、最引为乐观的、最愿意领教的”[5]；对于第二种，张厚载表示“绝对不愿同他申辩的”[6]，并用钱玄同和刘半农曾用以挖苦、谩骂“旧戏辩护士派”的“放屁”、“遗矢”、“打哇哇”、“斗斗虫”和“作揖主义”[7]等言辞，对钱玄同和刘半农做出回击。

此文是张厚载从他个人的角度，对此次“戏剧论争”的总结。[8] 他不仅对《新青年》群体所提出的“戏剧改良”做出了初步评价，而且从个人感受上，将“《新青年》派”做出了区分。张厚载的这种对“《新青年》派”的区分，并不是依据他们各自的学术观点，而是依据他们对待“戏剧改良”的学术态度。张厚载的个人感受，从侧面证实了“《新青年》派”在此次“戏剧论争”中存在着明显的歧异。

钱玄同和刘半农在“文学革命”和“戏剧论争”中的骂人问题，不单单引起了被骂者的反击，也引起了社会舆论的关注，并最终成了一个舆论事件。当时《国民公报》的社长蓝公武在1919年2月11起在《国民公报》上连续发表并被《新青年》转载的与胡适的通信中写道：“辩驳人家的议论说几句感情话，原也常有的事，但是专找些轻佻刻薄的话来攻击个人，这是中国自来文人的恶习，主张革新思想的，如何自己反革不了这恶习惯呢？像《新青年》通信栏中常有的这种笔墨，令人看了生厌……减少议论的价值。吾敢说《新青年》如果没有这几篇刻薄骂人的文章，鼓吹的效果，总要比今天大一倍。吾是敬爱《新青年》的人，很望以后删除这种无谓的笔墨，并希望刘半侬先生也少说这种毫无意思的作揖主义。”[9]蓝公武反对《新青年》群体在论争中所持的“骂人”的态度，并直接点了刘半农“作揖主义”的名。针对蓝公武对“革命家之态度问题”的批评，胡适在回信中对蓝公武所持的观点(“我们今日正当以身作则，

---

① 张厚载：《戏剧问题的各面观》，《晨报》“剧评”栏，1919年2月16日第7版。
② 张厚载：《戏剧问题的各面观》，《晨报》“剧评”栏，1919年2月16日第7版。
③ 张厚载：《戏剧问题的各面观》，《晨报》“剧评”栏，1919年2月16日第7版。
④ 张厚载：《戏剧问题的各面观》，《晨报》“剧评”栏，1919年2月16日第7版。
⑤ 张厚载：《戏剧问题的各面观》(续)，《晨报》“剧评”栏，1919年2月18日第7版。
⑥ 张厚载：《戏剧问题的各面观》，《晨报》“剧评”栏，1919年2月16日第7版。
⑦ 张厚载：《戏剧问题的各面观》(续)，《晨报》“剧评”栏，1919年2月18日第7版。
⑧ 张厚载在1919年3月被北大开除，双方关于中国“旧戏”的论争也不了了之。
⑨ 蓝公武：《蓝志先答胡适书》，《新青年》1919年4月15日第六卷第四号“讨论”栏。

矫正旧恶习，就是把自己的虚荣心看作第一层，真理反在第二层的恶习，开出个讨论真理的基础来，才有改革可言。至于主张上的成败，到还是第二层的问题”①）表示赞同，并引用此前在《新青年》第五卷第一号上所发表的关于“讨论是非”“定须平心静气”的表态，强调自己与钱、刘二人态度的不同。②

胡适不但在态度上表明对骂人的讨论方式的反对，而且在《新青年》第六卷第四号的文章排版处理上，为了彰显“平心静气”的讨论态度，将蓝公武的这封应自己约请而作的商榷信（以及胡适、周作人与蓝公武的相关通信），放在了此前从未在《新青年》出现过的“讨论”栏目之中。胡适的此种做法显然是想把此次商榷通信与其他通信区分开来，表达自己对钱玄同、刘半农此前在“通信”栏中对“匡正”者采取“不屑与之争辩”而“痛骂”和所谓“作揖主义”态度的反对。胡适采取开辟专栏并将其冠名为“讨论”的方式，从某种意义上来讲是接续此前轮值编辑“戏剧改良号”时所持的从学理层面展开充分讨论的态度和做法。

关于《新青年》群体当时的分歧，胡适在1919年6月29号的《每周评论》刊载的《欢迎我们的兄弟——〈星期评论〉》一文中表示：“近年《新青年》杂志提出文学改革的问题，对于‘国语文学’，有一致的主张，故收效最大又最快。但是他们有几种主张是内部先就不能一致的，所以不但不能收效，反惹起许多无谓的误会，挑起许多本可没有的阻力。这是我们亲自经验的事实。”③胡适提到的“不一致”“误会”“阻力”，暗示了当时《新青年》群体的“分裂”，其中之一应该包括他们在“戏剧改良”一事上的观点歧异，并由此造成他与钱玄同关于张厚载的纷争，以及与刘半农“有意见”。

结 语

“五四”戏剧论争最先是由《新青年》挑起，《新青年》群体在整个的论争过程中都处于主导地位。但是在此次论争中，《新青年》群体自始至终对是否应该对“旧戏辩护士派”的“匡

---

① 胡适：《胡适答蓝志先书》，《新青年》1919年4月15日第六卷第四号“讨论”栏。

② 胡适与刘半农在“戏剧论争”中观点的分歧肯定是存在的，但是并没有直接证据，只在钱玄同的日记中可以找到一些蛛丝马迹。在钱玄同日记中，1919年1月22日钱玄同记道：“适之此次路过南京、上海一带，不知怎样挨了人家的骂，一到就和独秀说‘有人劝我，为什么同这班人合在一起办报’。适之自己也写了多……”钱玄同的这则日记不但没有写完，而且还被他涂掉（从其日记原稿可以看出），很令人疑惑。其中虽然没有直接说明这班人具体指谁，但是显然应该包括刘半农。紧接着钱玄同在1月24日的日记中写道：“午后三时半农来说，已与《新青年》脱离关系，其故因适之与他有意见，他又不久将往欧洲去，因此不复在《新青年》上稿。”结合胡适从1918年11月25日至1919年1月10号左右回老家奔丧期间，刘半农发表了《作揖主义》一文（《新青年》该号上所印的发行时间虽然是1918年11月15日，但是根据《新青年》的惯例，真正刊物印刷面世的时间应该是在1918年12月），以及蓝公武对刘半农的指名道姓的不满推测。胡适与刘半农在1919年初的“有意见”，直接原因应该包括刘半农在《作揖主义》一文中对“旧戏辩护士派”的讥讽。此外，胡适在与钱玄同的通信中，就表示了对钱玄同、刘半农的“双簧信”做法的不以为然，而刘半农和钱玄同在“戏剧论争”中，多次使用“双簧信”的做法，展开对张厚载和马二先生的奚落。刘半农的这种做法显然与胡适在“戏剧论争”中的态度存在着分歧。而且在“戏剧论争”中刘半农个人所持的观点看，刘半农的立场始终与钱玄同保持一致，并合作撰文。

③ 胡适：《欢迎我们的兄弟——〈星期评论〉》，《每周评论》1919年6月29日第28号第1版。

正”之词，采取“平心静气”的“学术研究”的态度存在着分歧，并由这种分歧直接导致了胡适与钱玄同的直接冲突，以及《新青年》群体在“戏剧论争”中的“分裂”。在此次“戏剧论争”中，“《新青年》派”内部不但存在着意见分歧，而且由于他们态度的不同而导致了迥异的结果。以胡适为代表的《新青年》“温和派”，从学理的角度与张厚载等人就中国“旧戏”展开学术的讨论，引出了张厚载较早对中国戏曲表演美学理论做出总结的《我的中国旧剧观》，并使得“戏剧问题”引起当时“大多数文学家研究讨论的兴味”①。而以钱玄同为代表的“过激派”则引起了与“旧戏辩护士派”之间，充满意气之词的相互讽刺、谩骂。对于“戏剧改良”来说最根本的不是态度问题，而是由态度的歧异所产生的结果。在“戏剧论争”中钱、刘二人“轻佻刻薄”的“痛骂”态度，引起被骂者(张厚载、马二先生)的反击导致了双方的对骂，而对骂的直接结果就是模糊最初“戏剧论争”的焦点和目的，使得“戏剧论争”沦为一个徒显纷闹的“舆论事件”。这种局面不单单会对对骂双方造成俱损，而且影响到其他试图“平心静气”地研究、讨论 “戏剧改良”的参与者。因此，虽然胡适在此次“论争”中极力矫正钱、刘二人的“过激”态度和做法，但是并不能从根本上阻止此次“戏剧论争”沦入混战的局面。“《新青年》派”对中国“旧戏”所做的各种批判，并未取得“以理服人”的广泛认可，也未能从根本上实际影响中国戏曲艺术的发展进程。此次“戏剧论争”的结果，恰如鲁迅对其回顾时所做的评价：“那时的此后虽然颇有些纸面上的纷争，但不久也就沉寂，戏剧还是那样旧，旧垒还是那样坚，当时的《时事新报》所斥为‘新偶像’者，终于也并没有打动一点中国的旧家子的心。”②

---

① 张厚载:《戏剧问题的各面观》(续),《晨报》“剧评”栏,1919 年 2 月 18 日第 7 版。

② 鲁迅:《〈奔流〉编后校记》,《鲁迅自编文集·集外集》,译林出版社 2014 年版,第 148 页。

“当代文学创作与新文学传统”研讨会暨云南大学第十届中华文艺复兴论坛会议综述

邱　健*

（云南大学 文学院，昆明 650091）

一

彩云之南，银杏飘黄。由教育部人文社会科学重点研究基地南京大学中国新文学研究中心、云南大学文学院、云南大学中国当代文艺研究所联合主办的“当代文学创作与新文学传统研讨会暨云南大学第十届中华文艺复兴论坛”，于2018年11月8日在云南大学东陆校区科学馆隆重召开。与会专家学者、师生代表三百余人参加了此次会议。研讨会开幕式由云南大学文学院博士生邱健主持。文学史家、文学评论家、作家、南京大学中国新文学研究中心主任丁帆教授致开幕辞并进行学术报告。

丁帆教授指出2019年将是法国大革命230周年、新中国文学70周年、“五四”运动100周年三个重要历史时间节点。他追溯了“五四”新文化运动和西方启蒙运动对中国知识分子的深刻影响，以及中国新文学的百年发展历程。丁帆教授谈道，革命的“五四”与文化的“五四”存在双重悖论，知识分子在自身都没有完成启蒙的情况下就去启蒙大众，这种自上而下的思想运动到20世纪30年代后就逐渐消退了。他从三本书说起。第一本是周策纵的《“五四”运动史》。它让“五四”先驱们自己出来说话，追问了“五四”运动的领导权，并试图说明由知识分子组成的精英集团如何主导启蒙。第二本是罗伊·波特的《启蒙运动》。它向我们提出了一系列诘问，如全世界的启蒙运动，难道只有精英的启蒙而没有大众的觉醒吗？又如，启蒙运动是权力集团得到了启蒙，还是启蒙思想融入了权力之中？第三本是文森佐·费罗内的《启蒙观念史》。这涉及如何捍卫启蒙运动的成果，以及如何理解英国光荣革命和法国大革命的范式。中国启蒙运动所遭遇的情况是：当试图用文学的武器去批判社会时，到头来却被社会所批判；当试图用启蒙的思想来改造国民性时，知识分子自身却陷入了被改造的悖论中。面对此种情形，解药在哪里？丁教授认为，最难以挣脱的是文化的枷锁，自我改造是思想启蒙的前提，身处在变革历史语境中的知识分子反躬自问才更有思想价值。中国知识

* 作者简介：邱健，云南大学文学院博士研究生。

分子面临着二次启蒙，他们在意识形态与消费文化的双重语境中能否突破生存状态跳跃到新的高度，成为自由精神的代言人而不是消费文化的奴仆，并坚守正义向社会、文学进行批判是时代呼唤的精神。

二

开幕式后，研讨会上半场由文学史家、文学评论家、长江学者特聘教授、南京大学中国新文学研究中心常务副主任王彬彬教授主持。首先进行主题报告的是南京大学中国新文学研究中心副主任张光芒教授，他以《当下文学对于新文学传统的背离及其表现——以文学与生活的关系为视角》指出文学如何参与到思想启蒙中，又如何被生活所干扰的困惑局面。张光芒教授把生活分为社会生活、道德生活、个体生活三个层面。它们在"五四"新文学时期都建立了各自的传统，但在后来时续时断，断的时候更多一些。在社会生活层面，新文学在揭示时代变化的叙事中挖掘出了本质的东西，社会生活呈现出了立体化的结构。在道德生活层面，新文学在揭示人与人的关系时有一种探讨新道德批判旧道德的勇气，鲁迅、沈从文、巴金等人的作品道德从来不缺席。在个体生活层面，新文学也强调个人欲望并把其作为人的解放的起点，但情感的表达与理性的觉醒是升华的，它在文学的深层结构上带有个体哲学的追求，是一种动态的、个体的启蒙传统。当代的文学创作在市场经济的冲击下背离了新文学的传统。文学中的社会生活走向了表象化，道德生活走向了虚无化，个体生活走向了欲望化。这种经验主义色彩浓厚的止于表象、止于虚无、止于欲望的写作值得反思。

云南大学文学院张震副教授做了《抒情主义及其限度——对郁达夫文学观的反思》的学术报告。郁达夫是"五四"新文学最重要的开拓者之一，他的作品有不少是杰作，但从郁达夫本人的学养和才华来说，他的作品并没有将之完全显示出来。郁达夫文学思想的核心是一种抒情主义的文学观。他认为文学即抒情，"情"构成了文学的核心要素，文学创作即情感的表现与情绪的刻画，文学的效果则在于情调的感染，这三者构成了文学的价值及其评判标准。郁达夫的抒情主义文学观与其问题意识、艺术气质、文体创造等密切相关。不过，这种文学观也有其局限，主要表现在三个方面：对情感的反思的削弱；表现与创造的混淆；情调与形象的悖论。郁达夫和创造派的浪漫主义开创了情感小说的路径，但也有很大缺陷，严家炎先生就指出，"这些作品常常留于情感的宣泄，乃至失去节制"。就郁达夫的小说而言，一味的情感宣泄失去了文本内在的张力，削弱了精神探索的内在层次感，甚至成为为宣泄而宣泄的癖好。用黑格尔的话来讲就是"作风"，而艺术家一旦有了"作风"，就是粘取了一种最坏的东西。简言之，抒情主义文学观的局限，为郁达夫文学创作的成就划定了边界。

南京大学李章斌副教授做了《新诗节奏研究的反思与展望》的报告。新诗的诞生打破了旧体诗的格律，节奏问题实际上是其合法性危机的产物。闻一多、朱光潜等人想要重塑或建构新诗的节奏，以英语诗歌的节奏来规约中国诗歌的节奏。但他们不自觉地把格律与节奏混同，并没有对语言周期或行进过程进行更为深入的探讨。现在的新诗整体上还是沿着胡适的路线发展的，即一种自然音节、自然节奏的韵律。从这一点来说，新诗与口语、散文在节奏上并没有根本区别。研究者应把韵律的概念从格律的概念中解放出来。韵律学是以声音的方式交流的学科，但不是提供一种现成的模式供诗人们写作。我们只能从那些成功的写作中去发现节奏性的东西，并将其上升为自觉意识。诺贝尔奖得主帕斯就认为，格律只是一种抽象的规范，节奏却是具体的时间性。“面朝大海，春暖花开”，“卑鄙是卑鄙者的通行证，高尚是高尚者的墓志铭”，这些诗句能被记住，声音的节奏起到了关键作用。研究新诗节奏不能只去关注抽象的格律形式，而要在具体的节奏实践中思考。当代新诗的节奏还有广阔领域有待开发。

云南大学文学院青年教师魏云做了《“双轨传统”对当代文学创作的真实影响》的学术报告。“双轨传统”借用自台湾学者的说法，强调台湾日据时期形成的文学思维，与新文学传统共同构成了一种“双轨传统”。在日据时期，台湾文学一方面是受到日本文学与欧美文学影响，另一方面是受台语的影响。而鲁迅、矛盾、巴金等很多新文学以来的作品都是在解禁后才接触到的。反观大陆当代文学写作，也存在一个“双轨传统”。与启蒙的新文学传统并立的是“革命文学”或“主旋律文学”的传统。尽管新文学传统到20世纪30年代就中断了，但暗流层面上它仍然存在，尤其是翻译的文学。从作品来看，新文学传统对当代写作的真实影响或立足点，是对西方经典文学与当代杰作的模仿，这也正是新文学为中国文学注入活力的关键所在。几乎每位当代有影响力的作家，都写过解读西方作品的著作；中国当代流行的文学作品，几乎都可以找到与之对应的西方文学的原型与模板。凡此种种，都是“双轨传统”影响的有力证据。

云南大学文学院青年教师符二做了《“过”与“不及”之间：从张悦然〈法力〉看有难度的汉语写作》的学术报告。近年来，为拒绝平庸无效、粗制滥造的写作，很多作家开始在写作的难度上下功夫。提高汉语写作的难度，本来是没有问题的，是让作家探索更加高妙的写作技艺，使作品具备深刻的思想性。有难度的写作意味着作家必须对艺术世界有独特的发现，中国当代不少作家已经展示出这样探索、追问、辨析心灵世界的能力和勇气。但是，提倡有难度的写作，又产生了另外一个问题——作家似乎又走得过头了。一方面要提高汉语写作的难度，但是如何提高，这是一个值得警惕的问题。目前，大多数作家对有难度的写作处于“过”和“不及”之间。这个问题终极的探讨，最后可能会使我们回到最初的起点——文学传统之中。重新解放作家的感知系统，老老实实讲故事，人情练达，世事洞明，让人物正常说话，精细地刻画一个场景，舍得在细节上下功夫，再加之作家可能还需要具备中国传统文人身上那样的性情、旨趣和胸襟，这些看似已经被今天所抛弃的写作基本功，可能才是使文学复活的重要手段。

三

研讨会下半场由诗人、“语言漂移说”创始人、云南大学文学院院长、云南大学中国当代文艺研究所所长、《学问》主编李森教授主持。

南京大学中国新文学研究中心常务副主任王彬彬教授在《通俗文学与严肃文学的根本区别》中认为，“五四”新文学是在与旧思想、旧文化、旧文学的较量中确立自身传统的，它的敌人之一是鸳鸯蝴蝶派。在某种意义上讲，新文学是在和通俗文学的较量中争夺话语空间和捕获社会大众的。以小说为例，欣赏文学有三个层次。一是欣赏故事情节。这是一个浅显的、初级的层次，不需要欣赏者有太多的文化底蕴。二是欣赏思想观念。这是一个深入的、较高的层次，需要欣赏者用其理智对文艺作品进行判断。三是欣赏文学语言。这是最高的层次。欣赏文学就是欣赏语言，文学作品不能离开语言而存在。王教授认为，通俗文学和严肃文学有两个根本差别。一是从故事情节来看，通俗文学有着巨大的传奇性、非现实性、反现实主义，它是离生活最远的。而严肃文学却有着极大的日常性、现实性，按照生活的本来面目表现生活，意在揭示生活中的问题。二是从道德观念来看，通俗文学具有强大的保守性，它在不断强化社会固有的伦理体系，大众认同什么、相信什么，它就主张什么。而严肃文学却是不断挑战固有的、僵化的、不合理的伦理观念、道德体系，让人们改变陈腐的看法以追求新的生活方式推动社会进步。

云南大学哲学系副教授王凌云(笔名“一行”)在题为《当代诗、文明处境与士的文学》的发言中，以李森长诗《明光河》为例，对“当代新诗创作如何回应文明处境与语言处境”这一问题进行了分析和阐释。一行从“盘峰论争”之后的“新诗的保守主义转向”说起，指出近二十年来中国文化与思想界的主要动向，是对“五四”、新文化运动和启蒙现代性的激进反思与批判，而“保守主义新诗”的兴起恰好对应着这一思想文化潮流。一行认为，我们今天的语言处境，是现代汉语作为一种开放、兼容、内含多重来源语汇和异质语法的系统，在当代生活经验和语用状况中被不断重新塑造、调整和更新。李森《明光河》将古典田园诗的景观、浪漫派颂诗和神话诗的空间气象、当代事物诗的细微知觉和冥想特性、民间歌谣的直接性和单纯熔于一炉，在语言上多向度地挖掘了现代汉语的潜能。《明光河》所诉诸的是“以天下为己任”的“士”的传统，其对“士之志”或“文心”的强调，使得《明光河》成了一条被文明之光照耀的语言之河，而文明，正是从“文”或“文心”放射出来的无量光明。

资深出版人、哲学博士，南方出版传媒集团花城出版社首席编辑林宋瑜教授进行了《我们继承了什么样的新文学传统》的主题报告。林教授以林贤治的《巴金浮沉一百年》和李洱的《花腔》展开对知识分子的讨论。林贤治在巴金身上看到一系列悖论：从理想主义者到经验主义者；从无政府主义者到领导者；从“家”的叛逆者到“家”的守护人。巴金不断地追求着、变化着、适应着又反抗着，他在一百年间不断蜕变，化蛹成蝶、化蝶为蛹。李洱构思的《花腔》世界其实是对早已沉默的历史人物进行解构。革命与知识分子，独立人格与大时代，英雄的光环与真实的形象等宏大主题都藏匿于“假作真时真亦假”的叙述之中，认真、沉重的思索寄附于轻巧的“花腔”。从这两部书的主人公命运来看，中国知识分子的精神脉络并不连贯。20 世纪 30 年代之后的中国人，基本主题是救亡、爱国，这成为国家和社会的主旋律，也压倒了思想启蒙。加上后来的历史演进，事实上，所谓自由精神、独立人格已一次次溃败。

留给当代文学的新文学精神是什么？这需要被深刻剖析和反省。

云南大学文学院博士生纪梅做了题为《作为城市风景的人们——1990年以来新诗中的城市人形象》的学术报告。在中国最早一批新诗中，零星出现了几种处于社会底层的城市人形象，如沈尹默的《人力车夫》，周作人的《两个扫雪的人》。虽然描写对象都处于底层，但周作人的态度不是怜悯同情，而是基于平等的尊重和兄弟般的亲切。周作人创造了中国新诗的一种新的文学传统：将城市里生活的普通人作为新的诗意资源予以关注和表现。可惜的是，20世纪的战争和苦难使这种诗学开端随后中断了，直到1990年之后，城市人的形象才获得了更具个人性、具体性、瞬间性的描述。虽然有些是消极的，如杨克的《广州》、汗漫的《一个残酷的春天》。但也有很多是积极的，如聂广友的《1994年初春来信1》、张翔武的《酒醒后打开一本小说集》、黄灿然的《少妇》等。这些微妙的感受和现代性的体验，就如蒂博代(Thibaudet)所言："只能在大城市里写出来。"当城市的陌生人成为自然资源的现代性替代品和重要的诗意来源，通过观看、辨认这种独特的"城市风景"，赋予他们合宜的空间和显现方式，诗人也对位性地生成了自我的形象，并完成了自我灵魂风景的建构。

云南大学文学院博士生邱健做了《语言与诗意：〈青花瓷〉歌词创作刍议》的学术报告。邱健认为，移风易俗莫善于乐，自新文学诞生以来现代歌词创作就是文学的重要内容，它的影响力不比其他文学形式弱。歌词在声音的舞台上表演，歌唱突显了歌词的意义，这种活动区别于静态文本的阅读，它在发声的时刻让耳朵感受到了音律和节奏。对于大多数听众而言，对歌词的接收与理解是在语言习惯和文化心理预设的聆听模式中完成的。当下流行歌词的创作不是在因袭的传统中按部就班，它总是在挑战或突破聆听的界线，让既有的模式失效，与此同时又建构出新的通道。《青花瓷》是当代极具影响力的文艺作品，它不同于以交流为功用的日常语言，它企图在语言中建构一种特殊性，让语词在修辞的幻象中成为艺术品。这种艺术品展示了语词间的新型关系，它不再拘泥于传统歌词的写法，它在打破既有感性边界的同时形成了新的审美路径。方文山以"素颜韵脚诗"的诗学理想来建构汉语纯诗的写作机制，以在仿古写照中展现现代意识。周杰伦的音乐与方文山的词作产生了江南丝竹与青花水墨的诗意共振。

四

在研讨会闭幕式上，云南大学文学院院长李森教授做了《郭沫若〈女神〉的文学遗产》的主题发言。从"语言漂移说"来看，文学作为一种艺术之所以成立，是因为它进行了诗意创造。语言在诗意创造中向着四个方向漂移：意识形态、纯粹形式、直陈其事、修辞幻象。每个路径只是一个主要方向，它同时也裹挟着其他路径。尽管郭沫若的《女神》富有西方浪漫主义色彩，也加入了中国古代神话叙事，但这都只是掩盖它作为意识形态价值观写作的迷障。有人认为《女神》的哲学思想来自尼采，但这其实是一个误会，因为尼采哲学的基础乃是重估一切价值。李森认为，《女神》更多是来自黑格尔式的辩证法系统，它建立在了真/假、善/恶、美/丑的二元对立中。按照康德的三大批判，知识、道德、审美构成了人类文明的三角。但如果一味地把知识论和道德实践移入审美，那审美就会失去自身的纯粹性。当人们通过一系列逻辑演绎制造出假想的意识形态的世界并信以为真时，甚至把它装入我们的诗歌创作并作为诗意生发的主要价值，那这个传统是值得反省的。真正的启蒙就是每一个作家的写作对民族的、文化的、诗意生成的路径的反省。

本次会议规格高、亮点多、选题新。各位学者的发言既有宏观层面的思考，也有中观、微观层面的分析，这都为研究当代文学创作与新文学传统提出了宝贵意见。李森教授在闭幕词中对发表主题报告的专家学者表示感谢，对筹备此次会议的工作人员表示感谢，并对今后研究寄予了新的希望。

图书在版编目(CIP)数据

中国现代文学论丛．第十四卷．2 / 胡星亮主编．—南京：南京大学出版社，2019.11

ISBN 978-7-305-10509-8

Ⅰ．①中… Ⅱ．①胡… Ⅲ．①中国文学－现代文学－文学研究 ②中国文学－当代文学－文学研究 Ⅳ．①I206.6

中国版本图书馆 CIP 数据核字(2019)第 228791 号

出版发行 南京大学出版社
社　　址 南京市汉口路 22 号　　邮　　编 210093
出 版 人 金鑫荣

书　　名 中国现代文学论丛(第十四卷·2)
主　　编 胡星亮
责任编辑 郭艳娟

照　　排 南京理工大学资产经营有限公司
印　　刷 江苏凤凰通达印刷有限公司
开　　本 880×1230 1/16 印张 14.25 字数 302 千
版　　次 2019 年 11 月第 1 版 2019 年 11 月第 1 次印刷
ISBN 978-7-305-10509-8
定　　价 42.00 元

网　　址：http://www.njupco.com
官方微博：http://weibo.com/njupco
微信服务号：njuyuexue
销售咨询热线：(025)83594756
